海猎

刘玉民 —— 著

作家出版社

目 录

"重新发现"的文学史意义（代序）/ 1

小说卷

海　猎 / 3
不肯流逝的岁月 / 62
岳家军的第一面旗帜 / 109

散文卷

泉涌如诗 / 191
泉城柳 / 196
第三名成员 / 199
星条旗为谁而降 / 207
穿越生死线 / 210
沙漠里的欲望城 / 214
爱你生命的每一天 / 218
女儿的第十八本相册 / 314

春风秀 / 318

文学是一只长翅膀的鸟儿 / 322

发自孔府的惊叹 / 326

灵岩寺与中国的"神奇" / 329

清泉洗心 / 332

梨花谷，梨花谷 / 337

欢乐谷 / 342

樱花潮 / 347

台北的两次聚会 / 351

一路槟榔 / 354

岭南寻诗 / 358

初夏，黄满寨瀑布群 / 362

潮声百韵 / 366

天上的篁岭 / 382

岁月埋没不了的荣耀 / 386

半生酒缘说茅台 / 391

郁郁葱葱《人之树》,《奇异的蒙古马》真奇异 / 398

新诗为什么不押韵？/ 401

戏说岳飞何时了 / 404

东方奇人传 / 407

后　记 / 461

"重新发现"的文学史意义（代序）
史建国

  作家行走于文坛，会形成自己的"文坛形象"或"文坛面孔"，这种"形象"或"面孔"有时源自作家本人有意识的追求或建构，有时则是批评家或文学史家们提炼概括的结果。譬如一位作家主要致力于诗歌创作，他的文坛形象自然就是"诗人"；一位作家主攻话剧，他的文坛面孔自然就是"剧作家"……文坛形象对于作家的重要性不言而喻，它会把一位作家的特征加以突出，更利于批评家阐释和读者接受。但是任何一个文坛形象都无法做到对作家的总体观照与全面概括，在突出某个侧面的同时又往往会对其他侧面形成遮蔽，以至于忽略和遗漏了对于作家乃至于文学史都堪称重要的精品佳作。

  刘玉民先生的文坛形象当然是小说家，或者说专擅长篇的小说家，因为他的长篇小说《骚动之秋》与陈忠实的《白鹿原》、王火的《战争和人》、刘斯奋的《白门柳》一起获得第四届茅盾文学奖，这就奠定了他在中国当代长篇小说创作领域的地位。也因此，他的长篇小说创作总会受到评论界的热情关注，《羊角号》《过龙兵》等长篇出版后都有不错的反响。但其实，其创作所涉及的体裁是非常广泛的，除长篇小说外，他在中短篇小说、散文等领域同样用力甚深，并且作品丰硕。然而长期以来，这些作品却始终躺在长篇小说的阴影里,乏人问津。

比如他写海上渔猎生活的中篇小说《海猎》就是如此。海洋题材的作品原本就相对较少,佳作更是难觅。《海猎》刊登于《十月》,以鲁渔3037和3038出海捕捞对虾的过程为线索,描写了"老福将"和"海狮子"两代头船长之间观念、处世风格等方面的不同与冲撞。小说的故事时间很短,就是两艘渔船出海捕猎的过程,但中间却又穿插了对十年前"渤海湾大会战"的追忆、海狮子取代老福将成为两艘渔船领航人的经过,以及围绕老福将、海狮子、黑塔、小布鸽等人所发生的一系列故事等等,这就使得小说的叙事时间被有效地拉长,叙述的密度也大大增加,在保证了可读性的同时大大丰富了小说的内涵。虽然只是写一次海猎的过程,却将时代的变迁以及随之而来的人心变迁等内容都压缩了进去,主线与分线齐头并进,一个个鲜活饱满的人物形象也被立了起来。

作品中的老福将和海狮子这前后两位头船长都是性格鲜明的人物。老福将是在那个千军万马"大战渤海湾"捕对虾为国家换外汇的年代凭借自身丰富的渔猎经验脱颖而出的,他正直刚硬、坚持原则,在渔猎队伍中有着很高的威望。当渔业公司书记领着县里领导上船"感受风情"时,他用满满一大竹节杯白酒将他们拒之舱外,并因此而被撤掉了头船长的职位。对此,他的内心一直是耿耿于怀的。在海猎过程中经历了对"篡位"的海狮子,从充满对抗意味的冷眼旁观到感同身受的忧心忡忡,再到不无保留的认可和欣赏,其心理变化与冲突写得十分真实,人物形象也因此跃然纸上!

海狮子是依靠对渔业公司书记曲意逢迎当上头船长的,在海猎过程中,他更是使用了几乎所有合法和非法的、正当和非正当的手段。所有这些都烘托出了他身上所具有的一种亦正亦邪的摄人魅力。一方面他世故圆滑、不守规矩、心机深沉、狡黠奸诈,另一方面他又从小信奉"清清白白为人,堂堂正正处事"的人生信条,并表现出机智果敢、胆大心细、沉着冷静、临危不乱的优良品格。正邪两种品格在他身上冲撞，形成了巨大的张力，也使得这一人物形象异常的饱满鲜活。套用福斯特《小说面面观》中对人物形象的分类，无论老福将还是海狮子，都属于圆形人物，人性的丰富性与复杂性被多方位地、深入地呈现和揭示了出来。尤其是海狮子这一人物形象，其魅力不输已被写进文学史的一些成功的典型形象。

而在散文方面，多年来刘玉民也勤奋耕耘、用力甚深。无论是可爱的幼女还是给家人带来无数欢乐的"第三个成员"小猫咪咪，也无论是自然景观、人文风物还是历史古迹、旅途随感，他都能信手写来涉笔成趣。百脉泉、梨花谷、灵岩寺，黄满寨的瀑布、武昌的黄鹤楼、贵州的茅台酒以及中国台湾的槟榔妹、日本的樱花潮、华盛顿降了半杆的星条旗……一篇篇写下来，或绘景，或叙事，都融入了作者的独特感悟。尤为可贵的是，作者往往能够超越个体经验的记录，在一个更为宏阔深远的视野中对书写对象展开深入的思考。比如他的《泉涌如诗》，内中不仅以优美的笔致写了泉水给济南人带来的"欣欣然飘飘然"，也写了泉水停喷带给济南人的"愕愕然茫茫然"和"愤愤然凄凄然"。城市无限制膨胀，工厂无限制兴建，地下水开采量呈十几倍几十倍增加，直接导致"进入1978年之后，泉水停喷就成了家常便饭。不仅天旱、老天爷为难时停喷，老天爷不为难，降雨量超过正常年景时照样停喷；停喷的间隔从八个月降到七个月、五个月、三个月，停喷的时间则由一百多天、三百多天延续到五百多天、七百多天、九百多天……"泉水是济南的名片，也是城市的灵魂。失去泉水，会让济南人感到尴尬和悲怆、心灵被掏空，而破坏生态平衡后带来的后果还远不止这些，必须引起人们的充分警惕。这种对现代性的反思和对生态文明的追求使得文中的思考抵达了相当深入的境地，余味隽永，耐咀嚼，具备了一篇优秀散文的品质。

《东方奇人传》是一篇以非虚构形式对民营企业家刘承府十余年间生活故事、创业故事的记述。与单纯为企业家歌功颂德的作品不同,《东方奇人传》中所流露出来的使命感是非常强的,塑造的人物形象也是相当成功的。当时正值改革开放初期,激活民营经济的活力进而使整个经济结构焕发生机成为关键,像刘承府这样的人物正是时代所需要的先行者,其与蒋子龙《机电局长的一天》中的霍大道、《乔厂长上任记》中的乔光朴一样,都是改革时代所出现的"时代新人"形象。如果说霍大道、乔光朴等国有企业中的"改革者"形象已经受到文学史的足够重视的话,那么民营企业中的"探索者"刘承府这类"时代新人"恰恰是当时文学作品关注较少的,正面书写这样的"时代新人"不仅填补了这一类文学形象的文学史空白,也表达了对当时改革开放、搞活经济的社会主潮的肯定和支持,其文学史意义和现实意义都不容忽视。

作品中利用大量细节来对人物形象进行刻画,从多个侧面呈现刘承府的性格特征,也使得这一时代所需要的"东方奇人"形象生动鲜活,立体饱满。这样的人物形象摆脱了"时代新人"通常具有的那种理念化、概念化弊病,性格饱满、真实可信,作为一个文学形象也是堪称成功的。

总之,在长篇小说之外,刘玉民在其他体裁领域同样拿出了不少佳作。这些作品与《骚动之秋》《过龙兵》等长篇小说一起,共同构成了他的文学创作版图,是其文学贡献不可或缺的组成部分。当然,其实也不独刘玉民为然。可以说,在不少作家能够代表其文坛形象的主打作品之外,都可能存在一些由于种种原因而被遮蔽的佳作。对这些佳作的重新发现,不仅对于作家个人意义重大,对于读者乃至于文学史建构而言,也是一件不可或缺的工作。

(作者为山东大学文学院教授、博士生导师)

小说卷

海 猎

1

港湾里第一声舵铃响过,第一只渔船点火起锚的时候,鲁渔3038的船员们,便无一遗漏地出现在船头船尾的舱板上。

那是海湾一年一度最为静谧神圣的时刻。当夜如同一名最劣等的油漆匠,莫名其妙地把天和地、天和海、海和地,涂抹成完全相同的一副面孔时,停泊在港湾里的数千条大小不一的渔船,便悄然地潜伏起来。刮了一天一夜的东南风才要刹住,北风又鼓噪着撕扯得渔旗猎猎作响,生怕目标不被海龙王发现似的。海的呼吸由此而越发浑重急促,料峭的寒气和并不讨人欢心的亲吻,便轮番地袭向渔船。那些几天里刚刚从山东半岛各地,从辽宁、河北、天津和江苏北部沿海,风云聚会而来的渔船,却只撇下一盏昏昏黄黄、半松半醒的锚灯,安然地枕着蓝色的原野,做起了九月金秋的梦。

九月金秋的渤海渔港之夜啊,你凝聚了多少渔家儿女的梦想和憧憬!

突然,港湾中不知哪个方位响起一串舵铃。舵铃很轻,也不急促,却十分脆响悠扬。望不见人影,听不见脚步声,柴油机和起锚机便轰然作响。港湾里出现了一组红白绿三色灯光。"左红、右绿、当头白"——正是一只启航的渔船。渔船小心翼翼地在无数船的丛林中回旋，款款徐徐地朝向港湾外的渤海海面驶去。

这仿佛是一个信号。鲁渔3038身高马阔的大副黑塔，没顾得瞅一眼腕上的"大罗马"，身子先从舵楼上滑落下来。与此同时，前舱后舱的门被甩得噼啪作响，包括大车二车在内的全体九名船员，鱼跃似的出现在舱面上。

港湾里的静谧和神圣被打破了。先是几条船上响起舵铃，亮起三色灯光。不过几分钟时间，舵铃此起彼伏响成一片，人声鼎沸，各种型号的柴油机竞相争鸣，遍布港湾中的疏落而惨淡的锚灯，倏忽间，化作了一片色彩斑斓的灯群。灯群中人影幢幢，船影幢幢，千百面火样的渔旗，千百只作为收网标记的五颜六色的虾芒，飘忽闪耀。黑夜浑如白昼，秋风荡逸的港湾，变成了一座繁华喧腾的闹市。

鲁渔3038仿佛一个弃儿，孤单单地偎依在港湾边角的码头旁。舱门关闭，舵楼上只有一盏锚灯。按照规定，此时进入渤海湾必须悬挂的"准流"渔旗，中桅杆顶也找不见影儿。黑塔和九名船员或坐在船头，或站在船尾，只把定定的、满是忧虑和焦躁的目光，贪婪地投向动荡着的港湾。

"妈拉个巴子！今年算是砸到底啦！"

终于忍不住，有人骂起来。是一个四十多岁，长着一圈络腮胡子的船员。

"不砸到底才算神仙！等着回去当裤子卖老婆吧！"

有人应着。应着的还有一片长吁短叹，几声踢在舱板和船帮上的凶狠。一个十七八岁、被唤作"小布鸽"的船员，好像是为了缓解和转移同伴们的情绪，用手指着港湾里正在争先向外运动的渔船，说："都是些要钱不要命的！报了北风五到六级，还这么往外抢！"

并没有达到目的。话题没有被转移，情绪越发旺起来。一个名叫"大力"的船员跳将起来，指着舵楼骂道："咱们这伙人真是瞎了狗眼！摊上这么个熊船长，怎么也不早让海蜇漂子把那小子给吞啦！"

"哧——"黑暗中有人笑了一声。笑声旋即被风熄灭了,接下的是一句轻声细语的调侃:"没听说过,海蜇漂子吞得了海狮子的!"

海狮子,那是船员们私下里送给船长的雅号。这也许是一种嗜癖,一种从祖祖辈辈那里继承下来的遗产,船上的人无一例外都有一个雅号。那雅号,有的文雅,有的粗俗不堪,有的出处确凿、蕴意深长,有的则一呼而成让人莫名其妙。当然,这些雅号大多是当事人不在场的情况下才能叫的。

"海狮子个屄!海屎一堆!海鸡巴一个……"

临近几条渔船启动的轰鸣淹没了诅咒。刺眼的灯光照射过来,一条转向的渔船几乎要撞到鲁渔3038身上,除了黑塔和小布鸽跳起来,竟然没有谁想到还应当挪挪屁股、抬抬脚跟。

"弟兄们!咱们先走一步啦!拜拜!"转过向去的渔船上,一名船员露出一口白得发亮的牙齿。

"什么狗东西!滚你的蛋吧!"有人回敬。

对方依然一口白牙闪着亮光,"别上火,弟兄们!你们叫唐僧肉撑着了,咱们弟兄还没尝鲜哪!"

白牙齿离去了,港湾中间,密密麻麻的渔船中间,已经蹚出了一条通路。许许多多渔船正竞相驶出港湾,把星星点点的渔火,撒向目不可及的遥远的海天。

"海狮子那小子怎么还不回来?"

络腮胡子和众人的目光,不约而同地转向码头上那座醒目的二层小楼。他们的海狮子,鲁渔3038的船长,从一靠岸就被"请"进那座小楼,已经五六个小时没有露面了。

"不会是叫那帮小白脸炒了豆瓣酱了吧?"

小白脸,要算是一种极端蔑视的称号了,哪一个经过风浪的渔民不是黑面堂堂?小白脸,那算是什么鸟儿!

"那才便宜了他!只怕那帮小白脸没那个种!"

"黑塔,你装的什么哑巴!"对于不在眼前的海狮子的任何诅咒谩骂,都已经无法排遣船员们的怨怒,身为大副的黑塔便成了进攻的目标。

"跟你说!海狮子回不来你顶着!咱们有的是账算!"

黑塔黑沉的面孔上跳上一重紫红。凭着他一米八五的身膀和豪气,平素日船员们是轻易不敢把他作为进攻目标的;而他确也从不甘于忍受这种进攻。此时,他紧锁的眉尖跳了几跳,却忍下了。再过几个小时,就是那个等待已久的时刻了。那个时刻一到,北方四省一市风云聚会而来的上万条渔船,就要在浩瀚无际的渤海海面上,展开一场气势磅礴的秋汛捕虾战役。这场战役对于每一个北方渔民所具有的意义,黑塔是再清楚不过的。经过三个月的休渔期,渔船、渔具整修一新,渔民摩拳擦掌,等待的不就是那个开海的时刻吗?如今这个时刻摆到面前,眼看别的渔船浩浩荡荡奔赴而去,黑塔心里的焦躁和气恼,是绝不亚于面前这些船员的。

"放他老祖奶奶的花花屁!该杀该剐有脑瓜子顶着!没有这么糟蹋人的!"黑塔的怒气拐了弯儿,一只大手重重地落到船尾的水柜上。

"黑塔!你真是个有种的,就领咱们到小楼里去!"络腮胡子气冲冲地指着岸上那座小楼。

"对!找那帮小白脸去!找那帮小白脸去!"大力几个威风凛凛地助着威。

黑塔被激得一个踉跄。在海上、船上,他是实实在在一座顶风镇浪的铁塔,然而到陆上,尤其进到那座象征海上秩序和权威的小楼中去,就完全是另外一回事了。

"你他妈熊包一个!"胆大的船员见他缩了脖子,骂着还要再激,背后猝然响过一声爆炸似的脆响。

——一把铁锨被横丢在众人身后的舱板上。舱板上挺挺地站着一个人：四十冒头年纪，中等偏高身材中略略带出几分富态，身着白色针织短衫，短衫上披着一件长袖中山装；一切都显得随意洒脱，随意洒脱中却又分明地透出一股剽悍强壮的气势。他看也不看黑塔和船员们，正把一支刚刚点着的香烟送到唇边。

"船长！"

"船长！"

满腹的怨愤、懊恼仿佛顷刻间冰消瓦解，黑塔和船员们的目光一齐拢来。

海狮子像是害怕烟火熄灭，只顾一口接一口地吸着。烟头的红光一闪一闪，落在那个鹰隼似的鼻尖上。似乎过了好一会儿，他才一字一顿地说："谁再敢胡说八道一句，我就把他给开啦！"

他依然不看船员们，说完也全然不看船员们作何反响，噔噔噔走上舵楼，哗地拉开木板小门，随即又啪地关上了。

只呆愣了短短一瞬，船员们便明白了事情的全部结果。失望！怨恨！与失望和怨恨俱来的对于公然威胁的抵触和愤怒，使船员们乱哄哄地跳将起来：

"什么玩意儿！把船弄早了，倒冲咱们爷们儿抖起威风来啦！"

"王八羔子！海狮子！海狮子……"

"王八羔子！海狮子！海狮子……"

并没有等他们再多骂出一句，船上唯一亮着的那盏锚灯熄灭了。

锚灯是渔船夜间停泊时显示船位的信号。一只熄灭了锚灯的渔船，同一个卧轨自杀的人，并没有多少实质性的区别。

"这个不是人的海狮子！"船员们一齐惊住了。

"都回舱！都回舱！"黑塔生怕闹出更加难以收拾的事情来，连忙吆喝着，推推搡搡地，把怒气大张的船员们轰进到舱里。

船上出现了短暂的平静，黑塔爬上舵楼。

舵楼很小，除了仪表、舵轮和一个通向机舱的车铃，便是一个双层铺位。铺位成桶状,刚好容得下一个人休息;黑塔这样的身架,连头带脚留不出半公分空隙。两个铺位,照例分属船长和大副。上铺已经有了人,黑塔拉亮锚灯,随之钻进下铺;他并没有躺进去,只是倚坐在拉门旁。

"你少在船上胡说八道涣散军心!"上铺滚下声色俱厉的一吼。

"我什么时候胡说八道涣散军心啦?"下铺抗声说。如果不是担着大副的责任,如果不是为着稳住和胶合船员们的心,碰到这种情形,他这个黑塔是第一个把天也踢得下来的。

"我是告诉你!"依然厉声锐语,却翻过一个身去不再言语了。

黑塔嗓眼里正烧着一团火。

"你吃饭啦?"

没有回答。

"今黑夜咱就这么早着?"

"叫老鳖咬着了,有么法儿?"他又翻过身,似是面朝舵楼上方了。

"该罚多少咱认了,不就得了?"

"你说得轻巧!"

"……得给那些小白脸点腥味吃!"

"把你聪明的!我倒比你笨?"

下铺噎住了,闷闷的几声叹息。

"唉!不提前进海就好啦!这会儿也该……"

"废话!你怎么不说,要是不叫那个小白脸咬住,这会儿万儿八千早就进到腰包里啦?"

下铺默然,无可奈何地躺进铺位。

上铺却愤然起来,"这些小白脸,尤其领头的那个小子比老鳖还毒!雷打也不松口!早晚叫龙王爷碰上,叫他尝尝海水是咸是淡!"

骂过也噤声了。舵楼里只剩下两条汉子呼呼哧哧的鼻息声。

北风还在用力地晃着海水,海水还在用力地晃着渔船,渔船恍如一只悬在半空里的摇篮。

港湾里,渔船向外运动的速度明显加快了。机声汇成一片壮丽的合唱,彩灯映得海面一片辉煌,几只100——一百马力机帆船,悠然地拉起了笛号。

海狮子又翻腾起来。又不声不响了。终于,舱板上又出现了那个剽悍强壮的身影。海风挥舞着冷飕飕的利刃包抄上来,他丝毫感觉不出,只把目光投射到傍邻的另外一条同样型号的渔船上。

一只酒瓶子从那条船上飞出,在他面前的海水里溅起一串浪花。浪花溅湿了他的裤脚衣襟,同时在他面颊上落下几滴腥冷。他嘟哝一声:"老福将!"点起一支烟。烟头的红光,又在那个鹰隼似的鼻尖上一闪一闪。

2

与鲁渔3038傍邻的另一条一百三十五马力机帆船,是鲁渔3037。这是一对兄弟,一对姐妹,一对夫妻。小舢板可以孤舟泛影,万吨巨轮可以独自邀游世界,拖网渔船无论多大多小,只能双双结伴而行。这是海上特有的小家庭。比起一般小家庭来关系似乎还要紧密笃诚:同踏风浪,同享收成,祸福同担,荣辱与共。鲁渔3038因违捕被扣,鲁渔3037自然也便成了难兄难弟。

同所有家庭都存在成员之间职责上的分工一样,每对渔船都有头船二船之分。头船长便是这支队伍的总首领。

原先的头船是鲁渔3037,头船长是老福将;如今,倒了个儿。

"老福将"自然是雅号。本来是"福将","老"字是近年新添上的。由于福将是指牛皋、程咬金一类能够逢凶化吉、化险为夷、无往不胜的角色,由于老福将确曾有过那样一段名扬渤、黄海域的辉煌历史，这个雅号从一开始，就是得到包括本人在内的渔民们认可的。由此真实姓名倒被挤得没了地位。

老福将之老，其实不过是五十上刚刚挂了几个零头。紫黑的面庞，紫黑的胸膛，紫黑的四肢，连眉毛和胡须也闪耀着紫黑的光泽。他是喝着海风长大的渔民，是在密密麻麻的人丛中，一眼就认得出来的那种道道地地的渔民。

老福将在喝酒。熬风耍浪的生涯使他对酒有着特殊的嗜好。但今天的酒确是超量了。半瓶景芝特酿干了底儿，一瓶洋河大曲眼看又完。关键还在于空着肚子，饭没入口，酒肴也只有一包散牛肉和几颗花生米儿，炊事员要炒个小锅被他喝住了。或许是酒的缘故，港湾中的喧腾骚闹，渔船上的焦躁不安，都没有能够进入他的视线。

船员们却急了，怂恿老福将的干儿豹子爬上舵楼。

"干爹，人家都出海了，你看咱们……"

"找头船！"老福将眼珠儿没转过一圈，脚一抬躺进铺位，把酒菜杯碗丢在铺门外的地板上。

"大伙说，你能不能……"

"我能不能？"老福将几分悠扬几分恼怒，"去告诉大伙，我老福将落魄了，现在是只听吆喝儿！"

豹子舌尖打了几个旋转，脑袋一晃，缩回去了。

老福将抓起那瓶洋河大曲用力吮了一口，仰身把有些昏晕的脑袋放到枕上，嘴里自言自语地骂道："妈拉个巴子！落魄啦？老子当头船，这会儿早就进洋占湾啦！"

那的确是老福将值得长久回味和自豪的。退回十年，渤海湾秋汛捕捞是被称作"大战渤海湾"或"渤海湾大会战"的。那据说还是周恩来亲自做出的决策，目的是最大限度地捕捞对虾，以换回国家急需的外汇和钢材，并以最大可能减少对虾向公海的流失——在公海，日本渔船的捕捞能力绝对是令人望尘莫及的。每年秋汛时节，当千军万马会聚港湾，开战的前一天下午，会战指挥部总要召开声势浩大的"誓师会"。几百几千名渔船船长和从省到公社的头头脑脑集于一堂，发号召，表决心，还要敲锣打鼓表演节目。下午五点，誓师大会一声令下："出发！"数千名船长从会场直奔码头，跳上渔船，便争先恐后地向港外开拔。其时鞭炮齐鸣，渔旗招展，高音喇叭里播放着让人心热血涌的进行曲。所有船长都拿出自己的高招，试图第一个冲出港湾。

而那第一个，十有八九总是鲁渔3037、3038。当老福将指挥自己的渔船进入选定渔区开始撒网时，不少渔船还刚刚出港。老福将！鲁渔37、38！渤、黄海域的渔民，哪个提起眼珠子不放亮光、大拇指不挑得高过眼眉，那才算是怪事！

如今倒好，成了旱鸭子！趴窝鸡！看门狗！

豹子的脑壳在舵楼门外晃了几晃，又出现了，"干爹，大伙说不能这么干靠着。求你摆摆老，到小楼里去说道说道。"

"这又是谁叫你来的？"

"大伙。"豹子的目光是直直前视着的。

"大伙？大伙不是都拥戴海狮子早进湾的吗？"老福将言语中火星迸溅，"我说没说过不行，啊？如今闹到这种地步，这大伙又想起我来啦？"

豹子哑然，终于又败退下去。

不行！不行！的确，渔船进湾时，老福将是说下过不少于几十个不行来的。

五天前，晚霞如火的时刻，老福将正逗着不满两岁的外孙女在享受天伦之乐，海狮子突然做出了出海的决定。

"在家里闷得难受，提前出去溜达溜达，看看阵势。"海狮子堆出一脸浅笑。

大战将临，这几天铁定是渔民养精蓄锐的时光。然而老福将没有多言一语。如今海狮子是头船船长,作为头船船长,秋汛是他将要指挥的第一次大战役。他的急切、焦虑、激越,老福将是不难理解的。

一天一夜,鲁渔3038、3037出现在广阔的渤海海面上。

开捕前的渤海宁静而又神秘。渔船照例集结到龙口、长岛等几个大型渔港去了,海面上除了海鸥和间或几只惊鸟似的违捕渔船,便只有时而出没的渔政巡逻艇。逢到天晴日朗,偶尔还会出现渔警飞机的身影。巡逻艇和渔警飞机,使宁静神秘的海面,呈现出大战前的战场所独有的那种凝重肃杀的气氛。

渔船在海上兜过几圈之后,海狮子忽然命令下网开捕。

"不行!这简直是胡闹!简直是……"老福将怒声斥责阻止,可海狮子主意已定,船员们,包括豹子那伙小子竟然也都众口一词赞同冒险。

开海日期铁定如山,老福将是深知提前违捕的后果的:多少胆大的渔民被罚得一败涂地、狼狈不堪!他怎么能够允许自己的船……可是身为二船船长的老福将,是除了说几个"不行"之外,并没有什么足以阻止的办法的。

流网下水,老福将如坐针毡。

奇怪的是,一天下来安然无恙。巡逻艇和渔警飞机,水上空中打过几个照面便远远离去了。真是邪啦!真是出神仙啦!直到第二天中午,老福将带着一肚子疑问细细观察时才发现,3038中桅杆头,悬挂的竟然是一面"科研"渔旗——那是仅有几只经过特别批准提前开捕的渔船才有的标志!

预谋!一切都是经过精心策划的预谋!

这个胆大包天的海狮子!这个不知死活的海狮子!

下网收网,鲁渔3037、3038船舱里增加了几千斤海中珍宝,那海中珍宝,使除了老福将之外的所有船员,都露出了雪白的牙齿。

可是第三天,当那艘标有"辽政008"字号的巡逻艇径直靠上船舷,那个精明而又刁悍的小白脸要查验特准证件时,所有雪白的牙齿一齐封闭了——鲁渔3038、3037顿时成了一对俘虏,一对任人戏弄宰割的牛羊……

"呸,你这个海狮子!头船长不是让你给抢走啦?好好品品滋味吧!呸,你们这些不学好的豹子!现在想起后悔来啦?后悔药好吃,就大把大把朝嘴里填吧!"老福将举着酒瓶,独自发着狠。

像是得到了某种补偿,发过狠之后,老福将心灵中觉出了暖融融的滋润。这是好长时间以来未曾有过的。他长舒一口气,两手托着脑壳,蒙眬中合上了眼睛。

说不清过去了多长时间,当最后一只出海的渔船远去,港湾突然变得死一般寂静时,老福将惊悸地从铺位上跳了起来。面对空空旷旷的港湾和港湾里萧萧瑟瑟的秋风、昏昏冷冷的灯光,老福将一下子意识到:自己和自己的渔船,是实实在在地被这个世界抛弃了!

他难以自禁地打了一个冷战,心里说:兴许真应该到那个小楼里去试上一试?

3

虽然极尽努力,鲁渔3038、3037进入渤海渔区时,已是开捕的第三天上午了。

两天两夜,船上所有人的唇边都新添了一层燎泡,所有人都像经历了一次炼狱的熬煎。然而一声舵铃脆响,所有人身上的所有沮丧、怨愤、绝望,都被一种昂扬跳荡的激情取代了。

渔船以每小时八节的速度,向大洋深处开进。罗盘上的指针直瞄五十二海区方向。几天前,正是在那片海上,他们露出过雪白的牙齿。听说要去那儿,老福将回了声:"晦气!"海狮子才不管晦气不晦气,他知道那儿海底有宝;有宝,便是一切。

渔船在海区中打了一个盘旋，海狮子瞅准一片船只和虾芒稀疏的地段，下达了下网的命令。船速减缓，黑塔和船员们身着渔衣渔裤，迅速地、有条不紊地把流网向海里撒去。他们的神态异常的庄严，动作出奇的敏捷、和谐，每一杆子网仿佛都凝满了沉重和真诚。

他们已经失去了日进斗金的两天时间，从现在开始的每一秒钟，对于他们，都不能不具有特殊意义了。

两小时稍多，舱板上小山似的一堆流网，化作了海上五颜六色的一溜虾芒。海狮子掉转船头，沿着虾芒巡视一遍，随即把船停住，熄了火。从下网到收网中间要隔四五个小时，这是流网在水中跟随海流扫荡猎捕的时间，也是渔民们在船上养精蓄锐消磨盘桓的时光。

冲洗过舱面船板，黑塔和小布鸽登上房间顶，逗弄他们的布鸽去了。海狮子牵好航轮，透过窗户朝3037方向眺了几眼，拿起对讲话筒呼叫起来："37！37！"

片刻，对讲机里传出老福将慢条斯理的回声："我是37。什么事儿？"

"你的网下完了吗？"海狮子问。海上渔船之间的联络主要依靠对讲机，电报是对陆地或距离很远的船只联络时才用的。

"完了。还有什么事？"

回答简短而且极不耐烦。海狮子只当是听不出来。像这样一种海上小家庭，在陆地不怕闹出种种不愉快，到了海上则只能和睦共处。尤其眼下非寻常时候，海狮子是绝不愿意在自己与老福将之间，留下芥蒂来的。

"你看今天这个海，有没有盼头？"海狮子言语中满是温柔。

"你选的地方，没盼头不亏啦？"

"不，我是说风，有没有可能刹住？"

"问气象台！"

"你是老经验啦，气象台哪儿摆！"海狮子送过一串笑声。

"扯淡！"回答简捷利落，对讲机也随之关闭了。

"这个老家伙！"海狮子悻悻然地朝窗外睇去几眼。不识抬举！这个不识抬举的老家伙！

他开始怀疑自己的选择，怀疑留下老福将当自己的二船长是否明智了。

冲突是从打青虾开始的。青虾又称"春虾"。当春暖花开，在休渔区度过整整一个冬天（按照国际渔业条约，休渔区禁止一切捕捞活动）的对虾群，沿着固有的线路，浩浩荡荡向渤海和日本海洄游时，满肚子卵把腹部和脊梁染得一片青黑。当青虾洄游到成山头外的黄海渔区时，渔民们在这里展开了一场围追堵截。这就是所谓"打青虾"。打青虾不过十天时间，对于渔民们却有着非同寻常的意义。

那一日老福将率领渔船刚刚凯旋，渔业公司书记大黄眼领着几个衣冠楚楚的人来到码头，远远喊着老福将的名字，说要"感受感受船上风情"。

一看那架势，老福将立时明白了来意。

"欢迎，欢迎。"他嘻嘻地把客人迎上船，转身却又拦住了，吩咐豹子拿过一桶白酒和一个竹节杯。他满满倒下一杯，端到客人面前说："咱们船上有个规矩，凡是上船的人先得喝下这杯酒。喝了，算是瞧得起咱们这些穷打鱼的，就是兄弟、一家人，船上有的，好吃的管吃，好用的管用，好拿的管拿；不喝，那可是外路人，咱们穷打鱼的可是伺候不起的。"

"哎，这几位是县里的领导，就免了吧？"大黄眼笑模笑样，一副潇洒的样子。

"那可不行！这是祖辈留下的规矩，谁也不能破！"老福将说。

"老福将！我说情，免啦免啦免啦！"

大黄眼仗着当年与老福将一条船上耍过风浪，如今又戴着书记的桂冠，摆摆手就领客人向舱面走。老福将却全然不管那一套。这不仅因为青虾个大味鲜数量少，是海中元宝、渔民血汗，他不甘心任人挥霍，更因为他对大黄眼其人，有着难以开释的怨恨。这位当年老福将手下的小船员，当了公司书记后全然变成另外一种人，请客送礼多吃多占那些乌七八糟的事儿不说，一连两个春节，他竟然把几千吨冷冻鱼全部卖了高价，让当地群众腥味儿也闻不到鼻子里去。老福将找去，也只拿出十几吨已经变味发黑的鱼虾应付了事。仅此一件，老福将就把他看透了、恨透了。如今他找到老福将面前蹭油卖人情，那才是真正找对了地方！

他一把扯住大黄眼，厉声道："哎！你这书记成心要坏祖辈的规矩不成？今天这个酒是非喝不可！不喝，可别怪我老福将慢待了你的贵客！"

竹节杯恭恭敬敬擎到客人面前，赔带着的是一副笑容可掬的面孔，"书记的客要是看得起咱们穷打鱼的，就请喝下啦！"

客人们一脸惶悚。那是真正的一节竹筒，碗口粗，半尺深，至少盛得下半斤白酒。

老福将逐一送到客人面前，见一片退避躲闪，倏地变了脸色，把满满一竹筒的酒噗地泼进海里，甩手回舵房去了。

大黄眼满面愠怒，却也只得退去。退下3037，却上了3038。

靠港拴缆，两船原本相邻，加之方才海狮子正站在船头指挥卸货，老福将与大黄眼演的一出戏，他是连潜台词也听得清清楚楚的。大黄眼下了头船又上二船，明显是对老福将的一种挑衅。然而海狮子装作不知情的样子，对大黄眼及其客人笑脸相迎，一顿豪吃之后，又打点不下十斤青虾算作了礼品。

大黄眼抹着嘴唇、哼着小曲离去了。老福将把海狮子骂了个狗血喷头。

故事的精彩处还在第二天早晨。当鲁渔3037、3038准备再次出海时，大车二车却没能给渔船加上油。老福将去找，也没找出结果。金子般的春汛时节，分分秒秒都是用金子做成的，船旱在岸边只一个上午，便把船员们对老福将原有的敬重转换成怨恨：怨恨老福将不该为一点小事，得罪了大权在握的公司书记。事至此时，海狮子的原本并不为众人赞赏的举动倒显出了光彩。而那果然灵验，在船员们的怂恿下，海狮子大模大样去找过一趟后，渔船竟然便且歌且舞地向海区进发了。

不过两月，故事的结尾出来了：海狮子取代老福将，成了鲁渔3038、3037的领航人。

本来的安排是，让老福将披上功成身退的大红袍，回家抱孙子，或者到养殖场去挂个顾问的虚衔。不知出于对老福将的歉疚、留恋之情，还是由于对这个头船船长缺少饱满充实的信心，老福将最终被留在了船上。

这个决定是明智的吗？老福将会真心实意地辅佐自己吗？自己还真的需要他的辅佐吗？……海狮子望着不远处的那只船，微微地晃着脑壳，鼻孔里发出一声哼。

4

黑塔随同小布鸽登上房间顶，确是为的那笼布鸽。那笼布鸽同人一样，经受了几天几夜的熬煎。

那笼布鸽是随同小布鸽一起扎根到船上来的，这些年来，黑塔还是第一次前来探望这群令人怜爱的小生灵。

小布鸽要飞走了，布鸽们却要留下，随同黑塔一起生活。

这绝对是黑塔的意愿。为此，他是赌了咒、发了誓的。与布鸽上船时，黑塔仿佛已经全然换了另一副肝胆。

倘若说世界上确有为某种职业或事业而降生的人，黑塔便是单单为打鱼来到人间的。他十二岁接替父亲上船，踏波履险早已成为一种生命的需要。晕船是初踏海途的人必经的一道关口，黑塔只为自己无缘领略那"晕"的滋味而时时抱憾。那年在老洋里遇上九级风浪，一天一夜，海狮子、老福将他们吐空了黄水又吐血饼，黑塔却在惊涛骇浪中跳跃，只觉出难得的欢欣和乐趣。他有的是无尽的粗犷豪放，至于百结柔肠，那似乎是从下生时连同脐带一起被剪掉了的。

"这是渔船，不是热炕头！纯粹是胡扯鸡巴乱放屁！小唧唧（资产阶级）分子唧唧到家啦！"

第一次、第一眼看到小布鸽将一笼布鸽搬上渔船时，黑塔愤愤然地大叫大嚷。当他发现这种大叫大嚷，对于貌似文弱的小布鸽全然不起作用时，便毫不犹豫地采取了行动：船回港时，趁人不注意，把五只布鸽装进一只口袋，背到集市上，以每只五毛钱的价格卖掉了。小布鸽发现后急得要掉泪，他却用卖布鸽的钱买回一只烧鸡，美美地饱餐了一顿。可是，两天后船出海时，那五只布鸽意外地又出现在舵楼上方。这一次黑塔有了经验，他耐心地等到船在几千里外的一个小镇靠港时，才连同笼子一起把布鸽又一次卖了出去；卖出的同时，还再三叮嘱买主多加小心，千万不要让鸽子飞走了。

一连两个月，渔船在茫茫汪洋中奔波，从渤海到黄海，从黄海又进入大洋深处。连日的疲惫和风浪的困扰，使小布鸽也渐渐地把那群小精灵忘记了。可是有一天傍晚，正在航行中的渔船上方，突然响起一串尖厉的鸽哨；紧接着，五只鸽子仙鹤般地自天而降，落到桅杆上方的拖网标识上，随之又落到惊喜若狂的小布鸽头顶和肩膀上。霞光恰到好处地跳上布鸽们的翅尖翼尾，辉辉煌煌、璀璀璨璨，如同生出了一道道光环。

"神鸟！"海狮子和船员们欢呼着。

黑塔惊得卷了舌尖。整整一个晚上，布鸽们似乎都在衔着他的脑壳、脑浆。他虽然不相信那真的会是神鸟，却从此不敢再打那群鸽子的主意了——伤害有灵性的生命，龙王爷是不会宽恕的；对于龙王爷，黑塔就不能不心存敬畏了。

　　黑塔生性粗爽，说话三句不离老婆、女人、脐下三寸。平平常常一句话，从他嘴里出来，便生生带出几分血腥气味。那次半月没出海，出海那天一上船他就宣称，这半月里他搞了三个小娘儿们；并且绘声绘色把三个小娘儿们的特点、妙处，细细地描述了一番。谁都知道他是在过嘴瘾，在为同伴们调剂空气，哈哈大笑一通散去了事。遭到黑塔几次暗算的小布鸽，有意要整治他一次。船靠连云港时，用一只旧信封，模仿家人的口气给黑塔写了一封信，言辞哀哀地告诉说，他出海的当天晚上，一个刚刚登岸又喝了酒的渔民，如何如何闯进家门，如何如何轻而易举地把他媳妇给睡了，如何如何至今还占着他的窝不走。黑塔是斗大的字不认一箩筐的，行船出来绝少给家里写信，家里人自然也难得有信给他。他听大力一字一句把信念过之后，脑袋轰地便炸了。这类事在过去，在海边渔村，完全是司空见惯的。渔民家娶上媳妇的不多，娶上媳妇的渔民一出海十几天、几十天，家里丢下一个馋人流涎水的媳妇，那些履波踏险、把脑袋挂在裤腰带上八方闯荡，而又难得沾上一点女人味的光棍汉们，是难得不血热心狂的。那些出海的渔民在外面，也往往按捺不住性情，演出一些花花绿绿的勾当；海上的人们，对于那些男男女女朝云暮雨的事儿，很少有人看得山高水重。然而如今不同了，行船蹈海来去如风，并无生命之虞；渔民富裕了，个个都有自己安稳饱暖的小窝儿；爬墙头、打野食儿日益遭到唾弃和鄙视。而偏偏，黑塔娶的是个三村四邻数得上模样的媳妇，他对那媳妇的爱恋，只差不能把她揣在怀里含在嘴里，走到哪儿带到哪儿了。踏着舱板把那个渔民咒了个祖辈翻天之后，黑塔买了车票便要往回赶；及至弄清事情真相，又被船员们一阵嘲笑奚落，黑塔发了一通塌天大火。但自那他知道了小布鸽的厉害，平地生出了几分敬畏。

小布鸽确是厉害。七岁上学，念到初中，考试没有哪次落在前三名外的。如果不是父亲意外地被一只大蛸鱼打进海里淹死，家里生活骤然变得难以维持，他是绝不会扔下学业登上渔船的。

那是谷雨，一年一度的渔民节。当海边的峭岩被涂上第一抹亮彩时，小布鸽一身新衣新裤，由母亲陪伴来到港房。其时，港房里摆起一张八仙桌，桌上摆着猪、羊、狗三牲和一些祭品。渔民们在桌前点起香火，面向大海毕恭毕敬给龙王磕过头，侍过酒，然后点响鞭炮。鞭炮噼噼啪啪一天不断，酒、肉、庆贺也一天不断。晚上，阖家还要郑郑重重吃上一顿元宝（饺子）。过了渔民节的第二天，成千上万的渔船一齐出海了。渔民节，那是一年渔民收获的开端——谷雨一过，百鱼近岸，渔民便可以大显身手了。

小布鸽就是追逐谷雨后的第一次鱼汛，闯进大海里来的。

苦，对于他算不得什么。海上的苦倒也并不在体力上，机械化早已使渔民体力上得到了解脱。海上的苦，一是熬风扑浪，另外就是远离亲人和陆地，时时如同囚徒般的樊篱、孤寂和枯燥所引起的心灵的折磨。一群布鸽就是这样飞上船的。每当闲极无聊或者心里憋得难受时，喂喂、逗逗布鸽便有无尽乐趣。有谁知道，当那一群布鸽——现在已经远远不止五只了——打着呼哨飞上天空、飞向太阳时，带去了小布鸽多少童真的幻想和憧憬！有谁能够想象，海风习习、星月灿灿之下，小布鸽的一支轻吟曼唱的竹笛，伴着一群灰色的精灵，带给世界的是多少清朗和诗情啊！

渔船增加了一个小布鸽，小布鸽把黑塔融化了。

然而小布鸽却要走！

再过几天，小布鸽就要到城里去了，到城里的远洋轮船公司去了。这是他最后一次跟随渔船出海，最后一次与成了好朋友的黑塔和原本就是好朋友的那群灰色精灵在一起了。

喂了花生、绿豆、菜叶，喂了水，布鸽们在新老主人的手臂和肩膀上歌唱舞蹈一番，飞上了天空。这伙非凡的精灵，仿佛即使飞上月球太空，即使经过几百几千个年代，也能在无际无涯的海洋上，在茫茫苍苍的尘世中，一眼寻到这只小得不能够再小、平凡得不能够再平凡的渔船！

"小老弟，你走了，小花漂让人抢走了怎么办？"

黑塔又在与小布鸽磨牙了。小花漂是渔业公司商店的售货员，长得玲珑剔透，一身碎花裙穿在身上，惹得不知多少青年渔民香梦连连。

"我就知道狗嘴里吐不出象牙来！"小布鸽反击着，"人家抢不抢，关你什么事儿啊？"

"咱俩不是有交情嘛！我可不是吓唬你，好多人都在争着把小花漂朝怀里搂哪！"

"你可真敢瞎说！"

"瞎说？你没见那小手跟发面饽饽似的又白又滑溜，摸一把管保和尚爷也得动心！那天我去，只摸了两下，人家就不让摸了，说是嫌乎咱脸黑手糙。妈拉个巴子的！"

"吹！吹——"

两人从房间顶跳下，小布鸽指着黑塔的脑门叫嚷着。对于那个穿着一身碎花裙的售货员，小布鸽心里确是埋藏着一缕情丝的。

"黑塔，你是看着人家要走，怕没日子欺负了是不是？"坐在舱板晒太阳的海狮子打过一记冷枪。

"咳！我敢欺侮他？"黑塔昂昂地叫着，"你让他说句实话，小花漂的手是不是又白又滑，跟块海绵似的？我就知道，人家两个嘴都亲了不下几百回啦！"

小布鸽的脸腾地成了一片红绸子，他狠狠地白了黑塔一眼，朝船尾去了。黑塔见他败逃，越发粗声锐气地大笑着，尾随而去。

海狮子笑笑，仰身躺到舱面铺着的一块帆布上。

九月的渤海，要算是一年里最美妙的时光了。风，有了凉意，不冷；太阳隐去了灼热，还暖；海水、天空经过了风和太阳的筛滤，正处在最为清明、熙和、温厚的情态里。海狮子敞开衣襟，四肢大张，任凭海风和阳光温存抚慰。这些日子他累极了、紧张极了，在大自然的沐浴里，他理应得到松弛和休整。他二目微闭，全身放松，极力把意念抛向浩浩茫茫的宇宙。只一刻，一股不可言喻的暖流便向每一根神经末梢扩展开去，渐渐地，整个身心仿佛都泡进到酥人筋骨的温泉池中了。

宇宙、天地、人、海洋……一切一切，都变得隐隐约约、虚虚幻幻了。

……那小手……又白又滑……

好像过了很长时间，云气蒸腾的温泉池中忽然浮升起一句模模糊糊的话语。

是的，那小手，又白又滑。是的，正是那句话！那小手，又白又滑！

——那是印下了海狮子无尽情意的手啊！那是在海狮子身上印下了无尽情意的手啊！

作为渔村长大的孩子，海狮子的人生之路却并不是从渔船上开始的。他的父亲在县供销社当过副经理，海狮子中学毕业之后接替父亲，成了县供销社的一名干部。妻贤子聪，海狮子又是县里的先进工作者和模范党员，县城里那个小家庭原本是充满着朝气和欢乐的。

那年民主推荐领导班子，海狮子的得票最多；而父亲的老伙计、德高望重的老主任就要退休，并且力主选拔海狮子接班。组织部门考察、党委研究都顺利通过，偏偏与海狮子交谊颇厚的一位科长，向县委写去一封反映老主任与海狮子关系如何如何的信，信中列举了几件夸张到失实的事例。纪委完全出于应付，派人找海狮子核实。海狮子只要支吾几句就足以了却一切，但他认定自己问心无愧，对那几件与事实有出入的"事实"，坦率地据实说明，并且提供了另外几件类似的情况。他的本意完全是为了让组织对自己有一个实事求是的了解；他不愿意让人家说，自己为了当那个主任隐瞒了什么。清清白白为人，堂堂正正处事，是他自小形成的人生信条。

事情发生了戏剧性变化。先是已经打印出来的任职决定收回，随之宣布历年的先进工作者和荣誉称号撤销。如果说这两条还只是使海狮子震惊和惶惑的话，接着公布的两项决定，便足够使他回味半生了：老主任降职半级提前办理退休手续，告状有功的那位科长接替了主任的位子；海狮子被"重新分配"到离家八十里外的一个仓库当保管员。

决定公布，海狮子大病一场。

大病中，几次月黑风高、雷雨交加之夜，他跑到老主任家门外，久久地伫立、久久地落泪。

大病初愈，他便毅然回到渔村，开始了履波踏浪的生涯。

当幼儿园教师的妻子得知后，几乎要一头撞到墙上昏死过去。但事情已经无可挽回了，海狮子与妻子过起两地分居的生活。

一对缱绻夫妻分离，一个令人艳羡的家庭罩上阴霾。海狮子自认罪孽深重，他不愿见妻子和女儿的面，却又时时眷恋着妻子和女儿。每次出海归来，他都提着鱼虾和买来的衣物，悄悄地送到城里的家中，又悄悄地回到村里。有时实在压抑不住想见妻子、女儿的愿望，便躲在幼儿园窗外或路边，偷偷地看上几眼。他发誓要与虚伪和奸诈绝缘；发誓要把蓝色的海洋当作人生的战场，驱船做马，创造真正属于自己的全新的生活；发誓要做一个没有愧色的丈夫和父亲。直到一年后，他的那所颇为气派的新舍落成时，他才写去一封信，邀请妻子和女儿回来，看一看他为她们修建的"招待所"。

妻子带着女儿来了。一来，便没有再回去。

妻子的厚爱愈加激发了海狮子的雄心。正式被任命为头船船长的那天晚上，熄灯上床后，海狮子伏到妻子耳边说："告诉你，吴乡长说了，让我好好干上一阵头船长，干出点名堂来。大黄眼名声太臭，乡里准备把他换下来。"

妻子好不高兴，却问："那要是头船长干不好呢？"

"老福将、大黄眼那些人有多大能耐？我动动手指头就比他们强！放心，等着当你的书记夫人吧！"

海狮子拥着妻子好一阵亲热，亲热之后，又把妻子的一只手拉到自己胸上。

那手，那又白又滑、印满温柔的手啊！……

5

蟹子、蟹子……海狮子两眼盯得发直、发涩、发灰、发白了，眼前还是蟹子、蟹子……

最初几只蟹子出水，他毫不犹豫喝令丢回海里。"稻子黄了梢，蟹子半拉膘"；码头上的蟹子卖到三块钱一斤。半拉膘，三块钱一斤也丢！他要的是对虾，对虾！

蟹子却逃命似的只顾向上爬，红壳的、青壳的，大个公的、小个母的，舞着坚硬铁钳的、抖着妖冶花裙的……丢不完、甩不下还要撕网，那就用脚踩，把鲜肥的蟹子踩成稀浆，再抖落到海水里。

对虾呢？望眼欲穿的对虾呢？

也有。偶尔几只，玉石玛瑙般晶莹。或金钩倒挂，如背空攀越的勇士；或纵横弹跳，似绿茵场上的健儿。

可是一晃，不见了影儿。剩下的除了蟹子便是空网——好漫长好漫长的空网！

晦气！——海狮子僵死呆板的脑壳上方，隐隐约约飘着两个灰暗的字眼。

6

望着拉起的长长的空网，老福将也蒙了。他无法相信，这就是他熟悉得不能再熟悉的海——渤海！

渤海曾经是何等丰饶富庶啊！春天摇一只舢板撒一趟线，不过几百只钩，一夜工夫，几百斤红鳞加吉鱼就上了船。赶着芒种到夏至的鼓点儿到莱州湾撒上一网，上万斤刀鱼或黄花鱼稀松平常。如今好了，红鳞加吉三十几块钱一斤，也只有大宾馆买得到；刀鱼和黄花几乎绝了根儿。对虾同样，那时一只拖儿带女的连家船，一个秋天，在近海也能打几千斤虾——对虾干。海是什么时候空的，怎么空的，老福将说不真切，但确是空了，空得令人难以置信！

不仅仅海空，也有人的事儿。大会战时，指挥部要多管用有多管用。统一预报，统一调配，统一收购，统一价格。上万条海船有条不紊，错不出丝毫。也有空网的时候，但指挥部里的专家一分析一研究就发命令：到××海区去！有人总不相信：几个戴眼镜的书生就真的看得透海？老福将不，向来罗盘一转，点火就去；去了总是好收成。"老福将"人人喊、人人夸，可并没有几个知道那"福"字里的诀窍。如今好了，指挥部不指挥渔船，渔船不听指挥部指挥。规定时刻一到，近二十万平方公里的海湾、几万平方公里的渔区里，全靠渔船自己去碰。碰上虾群，就肥、就发；碰上空海，你就哭吧，哭掉下巴有人管你才算是怪事！唉！

一股辛辣的气味从胸腔升起，老福将感到了一种从未有过的悲哀。

再过八个月就是老福将五十三岁生日了。五十三岁，对于从事别的行当的人们也许算不了什么，对于长年颠簸于海上的渔民却实在不算小了。老福将原先的打算是干满五十五岁，然后干净利落回家养老抱孙子。与大黄眼闹翻，尤其当了多年的头船长丢了，使得他不得不重新思谋起自己的退路。

　　从内心里说，老福将并不怕大黄眼翻脸。他出海三十五年，当了二十五年船长，靠的是能耐血汗，一个渔业公司书记拔不了他几根汗毛去。他没料到的是海狮子，这个自己一手带起来的二船长，竟然与大黄眼串通一气，把他的根本动摇了。不错，这几年为着一些事儿他没少与海狮子发生冲撞，但那是工作，为的是让他少犯错误，少往邪路上走。他怎么也想不开，为着那点冲撞，海狮子竟然会对他如此绝义断情。

　　头船长丢了之后，人们断定老福将不会在渔业公司继续干下去了。几个联户渔船争着要请他去当老大，工钱开得比公司书记还要高出几成。老福将也拿定主意要走。然而船上几个老船员、岸上的一帮老伙计千求百劝："你就这么丢下渔船不管了？让海狮子那小子当家，天知道会出什么事儿！那可是两条船、二十几口子的生命啊！冒充船长犯的可是红茬子（砍头）罪。"头船长肩负的责任老福将是再清楚不过的。把自己视为光荣和骄傲的鲁渔3037、3038的命运完全交到海狮子手里，他确是于心不忍、于心不甘。正是由于这种心理的驱使，由于老船员、老伙计们的挽留，老福将才忍辱负重，当上了海狮子的二船长。出海几天的遭遇，越发证实了他的选择是何等的正确！

　　"37！37！"对讲机里传来呼叫。

　　"我是37。什么事儿？"老福将慢条斯理拿起话筒。

　　"你的网收完了吗？"

　　"收完了，怎么着？"

　　"打了多少虾？"

　　"你哪？"

对讲机里一阵沉默："不到十斤。"

"行，够塞牙缝的了。"

相隔好远，老福将却清楚地看到了海狮子此刻的狼狈和困窘，看到了黑塔和络腮胡子们睥睨的目光。渔民们讲究的是实际和实惠，一个船长的全部信誉和权威，都建立在这种实际和实惠基础之上。

一个屡战屡败的将军，怎么可能取信和驾驭自己的部队呢？

牛皮吹得不能再吹啦！老福将心底悠悠升起一缕慊意。

那慊意气泡似的旋转过几圈，很快却又变成了一种沉重：秋汛捕虾是一年中最为重要，因而也是收入最多的一次捕捞活动，倘若只背着一万元罚款回去，渔民们一年的收成就注定泡汤了，那关系的是二十几户人家一年的生计啊！

事情弄到这种地步，海狮子不拿出点实实在在的招法是不行了。而那招法，除了向他老福将讨教，一败涂地的海狮子还会有什么选择呢？

对讲机里静静的，海狮子显然正在寻找讨教的词句。而老福将是不需急的，他等待着对方开口，并且，他想，只要对方开口，他似乎还是应当指点一番的：那也是对这个狂妄家伙的一种教训呢！

然而，对讲机里传来的却是一声硬邦邦的命令："开车！扒鲜！"

"扒你海狮子的老祖宗！"老福将如同受到天大的愚弄，恶声骂过一句，心里同时为方才生发的一片怜悯失悔不迭。

暮色降临，海上笼罩着一层青灰的雾霭。鲁渔3038开足马力向西南方向驶去，老福将只得尾随而行。一路下去，几只标有"冀水×××号""辽水×××号"的收鲜船相继闪过，直到海上星星点点亮起灯光，海狮子才在一艘标有"鲁水422"字号的大型收鲜船旁停住。"什么东西！总共不到四两对虾，倒也值得跑出半边海去！"老福将又是一阵愤愤然。

鲁水422与鲁渔3038、3037要算是老搭档了。自从红幅黄边的收鲜旗开始在海上招摇,几乎每个鱼汛、每次大的行动,双方总会不约而同地出现在同一渔区:收和捕,原本也是难以分家的呢。

三船并连,老福将看着豹子几个把对虾过了秤,爬上422高耸敞亮的舵楼时,海狮子正同422船长黑胡子在吃着蟹子。蟹子鲜红透亮,热气蒸腾,显然刚刚出锅。

"今天开了蟹子斋。还有两箱鲜的,我让送厨头那儿了,给你手下的弟兄们也尝尝鲜。"海狮子一脸憨厚爽快相。

"怎么,想叫我给你抬抬价儿?"黑胡子咯嘣咯嘣咬着蟹腿。

"你说得我一分钱不值啦!我那点玩意儿,一百块钱一斤又怎么样!"海狮子笑着,拣了一个又大又肥的母蟹子,丢到黑胡子面前,"妈拉个巴子!今天邪了,五十二海区那边屄毛没有一根!"

"刮了几天北风你不知道?非在那儿沤着当肥料不可?荣成的船在六十七区那边发大的啦!"黑胡子朝老福将递过一个招呼,虎着脸训斥说。

"六十七区那边?真的假的?"

"我他妈耍你!"黑胡子骂着,走到舵盘那边打开雷达预热开关,又拿起高频对讲机呼叫询问了一阵,对海狮子说,"听见没有?六十七区那边一条船收到八百五十斤!"

"这些小子!"海狮子埋头扒起一个蟹黄。

"你再看看雷达!"黑胡子招呼着。

与黑胡子聊过几句回到船上,老福将立刻接到了准备半夜开拔的命令。

7

海上的黎明是被风吹来的。当天空和海洋被一只黑色的鬼怪密密匝匝封闭在笼子里的时候,风的翅膀是被捆绑着的。她诅咒、挣扎，拼命地、一次次地冲突撞击，终于挣开绳索，冲开一条缝隙，使一缕明亮的物体从宇宙外层透射进来。黑色鬼怪吓得缩起脖子，被封闭在一起的海天开始浮升或沉降，渐渐地脱离开去。洞开一方圆形的世界。那世界很小，布满烟雾。风一刻不肯懈怠，扇动双翅巡回扫荡，使一方世界越来越宏大高阔，越来越舒展明亮。这就是海的黎明的开始。

九月的海的黎明到来的时候，弯月还斜斜地挂在天的尽头。天的尽头是一片安详而又宁静的灰色。而在另一边，迎向太阳的一方，则是一幢幢连接整个天宇的山峦和城堡，黑苍苍、阴森森，或拙朴或奇巧，或如星汉倾倒或如鬼斧神工。当风鼓荡着海涛，海涛中放射出千百道光箭时，山峦和城堡被镶嵌出金碧辉煌的边缘。黑苍苍和阴森森，越发显出了沉重的意思。但只过了不一会儿，当太阳开始涌动跳跃时，那黑苍苍和阴森森便开始淡化了。最初出现的太阳绝无光芒，大红，缓缓上升，顶端被山峦和城堡切成平状，底部欲脱未脱，与海面粘连成一条横线。于是，太阳活脱脱一个刚刚出窑的红色瓷瓶，鲜丽玲珑得让人心痛。瓷瓶被吞噬了，太阳又一次从更高的位置出现时，已经全然换过了另一副容貌。圆形的世界被又一次扩展了，黑苍苍、阴森森的山峦城堡，成了浮游于蔚蓝天空和碧绿海面之间的一朵朵白云。

鲁渔3038、3037，在黎明刚刚开始时，就出现在这片海图上标有"67"字样的海域中了。辛劳一夜的海风，聚集到高空的某个角落休息去了；难得平阔的海水中，正铺陈着一条横贯东西的彩色练带。海狮子绕着那条练带兜过偌大一圈，满心喜悦变得惶然了。

海面上渔船点点、虾芒纵横，已经无法找到一方立足之地了！

按照海图上标明的数字，渤海被划分为几十个海区，每个海区一百平方公里左右。由于对虾戗风而行，几天北风，把原先在浅海区的虾群，驱集到深水区来了。一个海区一百平方公里，再者，所谓对虾在某某海区，指的只是中心渔场，并不仅仅局限于一个海区的范围。这样一片宽广的海域，按说即使开进几百条渔船也显不出拥挤来的。偏偏对虾流网与一般网具不同，一放十多里长。入水后又形同一堵海中城墙，随着海流游动，有时一游就出去十里二十里。放流的渔船之间如果不拉开相当距离，网便可能被海流冲到一起，发生撕网或其他更为严重的矛盾和纠纷。海狮子本来打算趁天刚亮，别的渔船没有动作时悄悄把网撒下去。这样，即使原先在这里扎下营盘的渔船也莫可奈何。然而何曾料到，别的渔船动作比他预计的快出了许多倍！

船员们是一进海区，未等舵铃敲响，就换上渔衣渔裤等候在舱面上的。那完全是一种破釜沉舟、背水一战的气概。此时望着面前的情景，也不觉目瞪口呆了。

海狮子又一次成了众目所视的中心。他清楚地意识到这一点，极力把稳舵轮，试图显示出临危不乱、镇定自若的大将风度。但那由于失望和紧张越发铁青的面孔，却把内心的一切，无一遗漏地披露出来。

摆在面前的是两条路，或者把网撒到海区外围，或者转向他方另寻渔区。两条路对于海狮子和他率领的这支队伍来说，都无异于听凭厄运摆布，把自己置于毫无希望的境地。

然而，怎么办？

海狮子电子计算机似的运转的脑层里，蓦然蹦出两个字：闯海！

闯海意味着什么？那意味着一场纠纷，一场决斗；意味着一旦发生麻烦白白赔上一副流网，而一副流网就是一只渔船的整整一个秋汛期的全部家当！

海狮子的目光，缓慢而呆滞地在海面上睃巡；厚厚的双唇抿得紧紧的，仿佛稍一松张就会丢掉口中的珠宝；鹰隼似的鼻尖上方，出现了细密的汗珠，汗珠聚集扩张，透出了晶莹的光亮。

豁出去啦——掌舵的手一片青筋在跳。

"准备好!下网要快!"

海狮子从窗口向黑塔和船员们吼着。黑塔和船员们从那神态和语调中分明地感受到了什么,紧绷的神经越发像要爆炸。

渔船打了一个回身,又在海区中穿行起来。前方出现了几只渔船,海狮子盯准一只正在下网的八十五马力机帆船,尾随追了上去。

"37!37!准备下网!准备下网!"他拿起话筒呼叫。

对讲机里传过老福将的回应,他却又把音量调到最大限度,继续反复地呼叫着:"37!37!我是38!准备在这儿下网!准备在这儿下网!"

果然,正在下网的渔船被惊动了,对讲机里传出一个沙哑嗓:"鲁渔3038!鲁渔3038!鲁渔5159在你前方下网,请你不要靠近!请你不要靠近!"

鲁渔3038越发快速地追随上来。船上舵铃脆响,人影晃动。

鲁渔5159被身后的情景惊住了,忽然船头一摆,拦住了去路。

两条船几乎撞到了一起。

"你们没长眼是怎么着?"5159船长沙哑嗓站在舵房外,操着一口又硬又艮的鲁北腔质问着,"我在这儿下网,你贴着屁股也要下,想干什么?"

海狮子向黑塔使个眼色,黑塔威风凛凛地迎了过去。

"你才没长眼!这海是你家的吗?撞了老子的船,老子饶得了你才怪啦!"

"你懂不懂规矩?找你们船长来!"

"船长来也是这话!掉头!掉头!溜边去!"

"你们想打架呀?我告诉你们……"

"打架你们是个儿?"

黑塔挺起钢板似的胸膛,指着舱面上恶煞似的一排船员。包括小布鸽在内的船员们挺胸袒臂,一齐嗷嗷叫着冲向沙哑嗓。情况总是这样,渔船上的成员之间可以有万千争端,只要遇到外来的挑衅或敌对行为,无论道理在不在自己一方,所有的成员都会义无反顾地汇成一股力量。这正是特殊生活环境和生活需要,赋予他们的特殊禀性。

两条船上对阵的力量是:十比七。

"咱们找渔政!找渔政!"沙哑嗓只好改变进攻方式。

"有种就去找!把船掉开!"海狮子在舵楼上挥着手,口气完全是命令式的。没等沙哑嗓回声,他突然一声加速,渔船猛地向前冲去。沙哑嗓吓得一个箭步蹿回舵房,把船头打到一边去了。

鲁渔3038擦身而过,船上响起一片哄笑。

鲁渔5159被迫闪退,船上是一片咒骂。

"快!下网!"海狮子把舵打到5159航道上。同时发出命令。

流网被以最快速度抛向水中,海面上拉起一条由五颜六色的三角小旗组成的虾芒的长阵。

"3038!我×你祖宗!我到渔政和法院去告你这个流氓!无赖!鳖羔子!"对讲机里,沙哑嗓声嘶力竭地骂着。

海狮子并不回嘴,只是笑眯眯地听着;跟听姜昆、李文华的相声似的,不时发出一串忍俊不禁的窃笑。

5159在原地盘旋了好一阵时间,只得停止下网,开出渔区去了。

得意扬扬的黑塔爬上舵楼,献殷勤似的把一支点好的烟放到海狮子嘴上。海狮子吸过几口,悄声说:"今天准备早收网,免得小白脸们真来了麻烦。"

8

对虾简直就是灵物。一连几网上船,满天的烟云和晦气,都被驱逐到人影不见的海底去了。鲁渔3038满载着一船喜悦,一船欢歌。

黑塔的粗话又成连珠妙语。大力的媳妇又锁进保险箱——他是因为家中太穷，说好的媳妇要飞，才跑到渔船上来的。络腮胡子又刮了脸，只是因为刮得太狠，满脸泛着清凌凌的寒光。

　　最兴奋不过的是小布鸽。在即将离开家乡的时候，他是带着一种近乎圣洁的情愫登上渔船的。四年，这条小小的渔船给予了他多少痛苦和欢乐、希望和自豪啊！他害怕轻而易举地离去，会使他失去所珍视的一切。他要重新细细地体验、细细地品味，把过去和现在的一切，都融汇到心脏和血液中去。进入渤海这几天，他的饥渴的心灵得到了满足。

　　难得温柔的海！难得温柔的阳光和风！

　　刮了几天的北风悄然遁去，一排排气势雄壮的长浪和兀然耸立的三角浪也不见了踪影，海面成了一床偌大的苇席，苇席编织的花纹也清晰可辨。天空出奇的纯净高朗，阳光伸出无数只情意绵绵的手，脉脉抚慰着饱经风雨的渔船和渔船上的每一个生灵。

　　下过网，喂过布鸽，黑塔和大力几个在船头钓起海猫子。小布鸽拿出心爱的竹笛，登上船头。美妙的海，美妙的阳光和风，唤起了他的美妙心境；他觉出周身有一股激情冲涌，手指和嘴唇发起痒来了。

　　"吹！吹个乐和的，给咱们伴唱伴唱！"黑塔远远地送过一个鬼脸。起初他是把笛子称作"哭丧棒的"，如果不是海狮子阻拦，他早就干净利落地送给海龙王做礼品了。

　　海狮子对于小布鸽似乎怀有一种热辣辣的感情，但他从未表露过，只是偶尔从他眼睛里逸出的难得温柔清澈的光波里，才可以感受到。那多半是在小布鸽吹起笛子的时候。笛音缭绕，海天一曲，海狮子会一反常态，变得猫儿似的温顺，久久地坐着或躺着，微眯的双眸里间或还会透出几团潮润。有一次小布鸽以为出了什么事儿，吓坏了。后来才猜想，那一定是笛声唤起了他心中隐藏的某种情思：海狮子原本要算是有知识有修养的人呢！

小布鸽在船头的锚架上坐定，咿咿呀呀吹奏起来。多日未吹，嘴唇有些发干，手指有些发硬，气力似乎也不够平稳绵长。但只过了一会儿，一曲不见任何谱本，却充满悠扬清亮韵气的乐调，便在渔船上、海洋里、天空中飞翔起来了。

那是幽幽细语。那是亢亢歌唱。那是剖开的渔人胸腔的跳荡。海狮子从舵楼里探出身子望了望，不见了。那群灰色精灵欢呼着，扑棱棱飞上船头，在前桅杆顶，在舱板上，在小布鸽的肩头，跳起轻曼的舞蹈。

"海猫子让你吹得不上钩啦！"一曲终了，黑塔嚷嚷着，"吹！吹！我让伙房余个蟹子汤犒劳你！"

小布鸽已经无心吹奏下去——不远处的海面上正驶过一艘轮船，巨大的船体，雪白的船身，在阳光中流金溢彩。那是从龙口开往大连去的，小布鸽记不清多少次看到它经过这条航道了。此刻，轮船却一下子载去了他的心。

……大连……轮船公司……

那梦一般飘来的机遇啊！

半年前一个偶然的机会，母亲在街上碰到从大连回来的一个熟人。闲谈中得知，小布鸽在大连的姑夫得了癌症，没有多少天活头了。姑夫两口子是解放前去大连的，父亲在世时间或有些往来，父亲死后，这门亲戚就算是断了线儿。但听说得的是绝症，母亲还是好一阵伤心，让小布鸽写了一封情意深长的信，连同一包土特产让熟人捎了去。一连几月音信全无，母亲和小布鸽就把那情节淡忘了。

一月前大连忽然来了信，说是姑夫的癌症只是误诊，现在已经好了。姑夫原先所在轮船公司准备招收一批职工，因为要出远洋，城里很多人不愿意去，姑夫把小布鸽推荐上了。因为小布鸽是渔民，字和信又写得好，领导准备让他先去学习一段时间，让小布鸽务必国庆节前赶到大连。

母亲捧着信，欢喜得泪雨淋淋。小布鸽把信拿到船上，海狮子翻来覆去看了几遍，一言未发。老福将摸着小布鸽的脑壳说："好，该出去闯荡闯荡了！"小布鸽的父亲是他的老伙计，他对小布鸽怀有一种父亲般的情感。小布鸽上船是他接收的。如今小布鸽要走，他又最先表示着支持。

黑塔先是反对，脖子青筋一拧，"干那行子，还不是在海上扑腾？咱们打一年鱼的钱，够他五六年挣的！"见船员们众口一词，大局已定，又悲悲哀哀地说，"还是人家有本事啊！等以后混上好事，可别忘了咱们！"

像是真的害怕被小布鸽忘掉似的，及至小布鸽走的日子越来越近，黑塔简直有些婆婆妈妈起来。

"哎！又想小花漂的红嘴唇了吧？"黑塔又出现在面前，"得啦，还是甩鲅鱼吧！"

"甩鲅鱼？"小布鸽递过疑疑惑惑的目光。

"你看你看！"黑塔指着船侧的水面。那里，镜子似的水面上正冒着一串水泡；水泡四周，一群鲅鱼在水面上不时划出一道道或长或短的弧线。黑塔找来一根长长的竹竿，竹竿顶端垂一条钓线，钓线下面系一缕白色布条。

"耍戏法啦？"小布鸽不无嘲讽地问。

"戏法？你把眼睛给我瞪大啦！"

黑塔故作高深地一笑，在傍近水面的船边找一个位置站好，把竹竿斜着伸向一边，等钓线上的布条恰好触到水面时，轻轻用力，横向平行地挥动竹竿，使白布条紧贴水面运动起来。一个奇异的情景出现了：当白布条掠过鲅鱼戏游的位置时，那些欢跃的家伙争先恐后探出脑壳，在布条后面追逐起来；黑塔虚晃几下，突然一收竹竿，一只咬住布条的鲅鱼被生生地甩到了船上。

"吁——哟！"小布鸽一声惊呼。从来只见过用网打鱼、用钩钓鱼，何曾听说过用一缕布条就能够把鱼甩出水面来的！

"神啦！神啦！"小布鸽放下竹笛，望着舱板上蹦跳挣扎的那条鲅鱼，又抓过竹竿上的白布条打量着，连声喝彩。大力、络腮胡子几个走来，也觉出稀奇和古怪：

"这鲅鱼八成是被龙王爷判了死罪的！"

"邪啦！沤了十几年海，头一次见这种新鲜事儿……"

黑塔站在一旁，恣悠悠咧着大嘴。这是他自小从父亲那里学来的一绝，是风平浪静、成群结队的鲅鱼在水面逐食时才会出现的。这时的鲅鱼异常欢跃骁勇，见到白布条误以为是小鱼，便竞相追来。追在前面的身手矫健者，一口咬住便不肯松口，直到被甩出水面，仍然以为占了天大便宜。这一手，黑塔多年未曾露过了。

小布鸽拿过竹竿，照着黑塔的样子试了几次，也甩上一条。大力抢过来也要甩，但用力不均，竹竿扫进水里，等竹竿取出，海面再度平静时，那群逐食戏游的鲅鱼早已不见了影儿。

"丧门星！"黑塔瞪着眼珠子，作为惩罚，吩咐大力把两条鲅鱼洗净，送进伙房去了。

小布鸽兴犹未尽，眼睛还在海面上流连。日近正午，太阳变得燎人了，海面上显出斑驳陆离的色彩。远处一片嫩绿，如同春风吹拂的麦田。与"麦田"傍邻，是被行云遮蔽的阴沉沉的面孔。近处则银光瓦亮，一片炜炜煌煌。小布鸽觉出热，脱掉外衣；还觉得热，目光便投进诱人的海水，并且在黑塔脸上闪烁起来。

"哎，怎么样？"他朝船下努着嘴。

黑塔瞟着舵楼，"好大胆！他那眼珠子比鹰还尖！"

"睡啦睡啦，我刚看见的。"大力说，"你们动作快点，我给你们看着。"

按照规矩，渔船出海之后，没有特殊情况任何人都是不得下水的。海中鲨鱼多，稍有不慎，人和渔船都难免遭受不幸。黑塔小时候跟随帆船出海,两脚搭到船帮都要遭到父亲呵斥。眼下立秋已过,鲨鱼回到深水,船上就更忌讳下水了。但黑塔经受不住小布鸽和内心涌起的一股强烈欲望的怂恿,三下五除二扒光衣服,与小布鸽一起,扒着船边的栏杆悄悄潜入水中。

初秋的海,带着太阳的火热和自身的凉爽,浸透小布鸽的身心。他多想扬起手臂,尽情地舒展一番哪!这也许是他在以后的岁月里,难能得到的享受了。可是为了逃避海狮子的眼睛,只好随着黑塔,像一只游不远的鸭子,在船尾那片小小的水面上盘桓。

"谁下水啦?这是谁下水啦?"

船上突然响起喝问。未等黑塔和小布鸽躲藏,海狮子怒冲冲地出现在船尾的横板上。他望着水下,脸色阴沉得如同稍远处那片乌云遮蔽的海面。

黑塔和小布鸽连忙爬上船要穿衣服。衣服却被海狮子一把搂起,丢到一边。

"谁叫你们下的?活得不耐烦,怎么不在家里上吊?凭什么叫我们大伙跟着沾光?啊!"海狮子凶凶的目光落到黑塔身上,"特别是你!了不起!处处带头!"

黑塔自知理亏,赤溜着炭也似的身子,不发一言。小布鸽不肯让人代过,嗫嚅道:"不关他事。是我想着……"

"你想着就有理啦?你是铜头铁身子,鲨鱼单怕你硌了牙是不是?"

小布鸽不敢吱声了。太阳在他身上尽情地描绘着青春的色彩和旋律。

海狮子似乎不急于了结。在两人面前来回踱过几次,突然出其不意,把黑塔和小布鸽一齐推下船。未等两人和船员们明白怎么回事,海狮子全身扒光,一个鱼跃式,带着阳光中划出的一条短促的弧光,落入到海中去了。

船上船下响起了一片笑声、喝彩声。

海面上,三只蛟龙搅起一串雷电。

"妈拉个巴子的!人人都说晦气,我就不信!这不,鲨鱼也没把咱们谁的小兄弟衔了去!"半小时后,海狮子一面用淡水擦着身子,一面扬扬自得地夸耀着。

9

还在渔船下网之前,几百海里之外的黄海上空就啸集起一股冷空气。冷空气自西向东移动,经过十几个小时的跋涉,终于穿过狭长的渤海海峡,进入葫芦头似的海湾上空。午夜刚过,渐渐丰满起来的月亮刚刚升到渔船上空,无精打采了几天的千百面渔旗,忽然舒展开去,发出轻松欢快的嬉闹。如同苇席铺展的海面,随之变成丘陵起伏的山地。

一连收了两次空网,汇聚在六十七海区附近的几百条渔船,一夜之间相继散去。只有鲁渔3038、3037,依然固守在原来的阵地上。

还是昨天收过网,老福将就忍不住要拿起对讲机,可终于还是忍住了。几天的好收成使海狮子又抖起翅膀,他不愿意在这种时候讨那个嫌,何况海狮子又不是三岁童子,空了网能不知道挪挪地方?

偏偏今天早晨,对讲机里传出的仍然是就地下网的决定。老福将只想破口大骂,但还是勉强服从了。他要看看今天的结果。与海狮子这种人讲道理,单靠一两件事是很难起作用的,尤其眼下已经摆脱了厄运追逐的时候。

厄运的摆脱,一半归功于机遇,另一半则要归功于海产品价格放开。去年秋虾最高十五元一斤,今年青虾也不过十八元;而秋汛一上来就突破了二十,最高达到二十五元。即使按二十元计算,五百斤对虾便足可补齐被小白脸罚去的款,前几天的收成已经绰绰有余了。自然那远不是目的。去年老福将统率这支人马,一个秋汛创下十五万元纯利。今年海狮子是夸了海口的，可天知道这小子招了哪门子邪，竟然守着一片空海修炼起来！

好不容易熬到收网，结果使老福将大吃一惊：几乎满网都是又肥又大的对虾，产量几乎超过了前几天的总和！

邪啦！实实在在邪到家啦！这如同自天而降的虾群，是让海狮子侥幸碰上的，还是真的被他找到了什么根据？如果是侥幸碰上的，天下竟有这样蹊跷的事儿？如果是有根有据，那根据又是什么呢？

作为与海打了大半辈子交道的老船长，老福将深知这件事非同寻常，他忍不住拿起对讲话筒要问个明白，就算是屈尊讨教，也是值得的。

对讲机里却先自呼叫起来："79！79！"

老福将听出是海狮子的声音，以为他喊错了，正要回声，有人已先开了口："我是79！我是79！"

哪儿冒出个79？而且声音是那样熟悉！

渔船上的对讲机是全方位开放的，使用同一型号对讲机的渔船，可以在几百平方公里的辽阔海域内，听到任何两只渔船之间的对话。

"79！今天你在哪儿？"

"在六十七海区这边。"

"又发大财了吧？"

"发了大财的舅老爷——大霉啦！"

"你就说打了多少虾吧！"

"连箱加起来十斤还多。"

"别他妈糊弄人啦！"

"谁糊弄你是大闺女养的！要不明天你到这边试试！"

"我他妈眼珠子瞎啦，往死窟窿里钻！"

"……"

海狮子与"79"聊了不下十分钟，末了，老福将才从一句粗俗的笑骂声中听出,那个"79"竟然就是3038上的那个大副黑塔!

这两个小子耍的什么鬼花胡!老福将愤愤然了。海上渔船很多,向来没有谁胆敢把对讲机当作闲聊扯谎的工具,他丢下话筒正要关机,里面又传出呼叫:"37!37!"

"什么事?说!"老福将听准是呼叫自己,才冷冰冰地回了一声,讨教的愿望烟消雾散了。

"扒鲜!"命令干净利落,不带一点灰尘。

海上风正在加大,渔船蹚着浪涌开出不远,"鲁水422"便出现了,老福将做好靠舷准备,海狮子却忽然转舵,从422尾部绕过,直朝前方开去。直到开出至少十海里,海狮子才在一只并不起眼的"冀水650"收购船旁停住。二十几箱冲得明光耀亮的对虾搬出,收购船上立刻一阵骚动。船长,一个肉滚子似的中年人,从舵楼上风也似的刮下来,远远地便送过一脸甜笑,"老大,抽烟!抽烟!"

海狮子矜持地瞥过一眼,似乎并不情愿地接过一支"凤凰",又静等对方给点上了。

"好运气!这是从哪儿拉上来的?"肉滚子佯作随意地眨着一双小眼。

"什么运气!咱还不是拾点人家的后漏?"海狮子端着架儿。

"哎!就算是拾后漏也得有个地方!今天你老兄夺魁啦!"

"不会吧?我那儿是谁也瞧不上眼的!八十五海区,谁不知道烂泥底子?"

"哎!兵出奇(祁)山,这才是诸葛亮的招法!行!老大,有你的!"肉滚子夸张地拍了拍海狮子的肩膀,又客气地点上火,回舵楼去了。

海狮子溢满一脸的狡黠和得意。

看着面前的情形,老福将一下子明白了海狮子的心机,明白了对讲机中方才上演的那一幕。"这小子活脱一个魔王再世!"他朝向海狮子瞪过一眼。但不知怎么，心里同时又涌上一股酸溜溜、甜丝丝的激流。那激流使得他好一阵工夫都没能平静下来。

10

扒过鲜，渔船刚刚抛锚泊定，炊事员就吹响了开饭哨。

太阳正在沉没。海上的日落与日出极其相仿，只是太阳似乎更加浑圆、雄阔、深沉、凝重，云气垒起的山峦城堡更加高峻、奇巧、阴森、黑苍。而在缓缓坠落的玲珑可人的红色瓷瓶上，有时竟会出现一匹骏马的剪影，那骏马垂首拂尾，悠然自得，使人生出无穷的遐想。逢到这种时候，即使看惯了海上种种奇观的渔民们，也禁不住要七嘴八舌赞叹一番。

渔船上的饭既简单又丰盛。当船靠港或者虽然出海只是锚泊待命，饭是简单得不能再简单的。一碗面条下得糊糊涂涂，里面撒几片香菜叶，外加几块萝卜咸菜就是一顿饭。吃不吃、吃饱吃不饱没人过问；反正压铺板睡大觉，即使饿了，各人身边也都带着罐头点心。渔网朝海中一撒，情形就大不一样了。鱼虾顿顿总是断不了的，鱼也总拣好的吃，而且斩头去尾；只有"嘉鱼头鲅鱼尾，刀鱼肚子老板的嘴"，因为大有讲究头，算是例外。鱼的做法也不同于陆上，欢蹦乱跳的鱼剁进锅里，舀一瓢海水倒进去，盐和酱油也不加一点就炖起来。炖着再加水，一炖一两个小时。等到汤炖得跟糨糊似的你就吃吧，保准鲜得让你拿不下嘴来。这自然是爷爷和父亲辈上的渔民们的吃法，黑塔和小布鸽这些人是瞧不上眼的。不加油盐那是因为穷，没有。他们说。爷爷和父亲们只是摇头：鱼自身哪有没油的？新鲜鱼再加盐，不白白把口味给糟蹋了？也许是对不相信老人们道理的一种惩罚，如今渔船上做的鱼往往油腻腻的，让人攥不了几筷子就想退避。为这，黑塔几次把炊事员呲得眼泪簌簌朝锅里落。

黄花鱼是收网前，海狮子让从舱里取出来的。他断定今天有好戏看，说是让大家换换口味，也算是个庆贺。天知道他的大话，居然便应验了。

吃着黄花鱼，嚼着白面烙饼，海狮子的得意是沿着头发梢儿向外喷放的。几天前，他搬着几箱蟹子登上鲁水422收购船时，黑胡子的几句训斥敲开了他的脑门。本来，"对虾忮风行""虾行一条线"，是他登上渔船一开始就清楚的。然而在刮了几天北风之后，他竟然不分青红皂白又开进五十二海区。这提醒他，作为头船船长，越是在逆境中越是应当杜绝急躁和鲁莽，同时也使他想起出海前，为了争取试捕任务去海洋研究所，听研究所韩所长讲过的有关对虾规律的话。比如对虾是节肢动物，靠不断地蜕皮来完成生长过程，对虾蜕皮时行动迟缓，往往标志着海上虾汛高潮的出现。比如，对虾在海中的运动不仅与风向有关，还与不同海区的温度、盐度有关，等等。进入六十七海区之后，海狮子细细地把那些话琢磨了好多遍，并且找出了出海前买来的一本介绍渤海海况的小册子，对照着反复作了研究。当海上起风，六十七海区虾群突然消失，渔船纷纷挂帆离去时，海狮子发现打上的对虾中许多正处在蜕皮期。他对照风向、风力和温度、盐度等等情况，对照天气预报，断定虾群没有走远，风向稍转就有可能回来，而且会形成一个高潮。对于这个发现和判断，他既兴奋又害怕。一连两次空网，他看着船员们失望和不满的神情，听着老福将故作沉稳的腔调，几次动摇，想要拔船离去。硬着头皮顶到昨天夜里，风终于转了向。当看着密密麻麻爬满流网的对虾出水，看着黑塔和小布鸽他们手舞足蹈时，海狮子的心真真切切地醉了，以至于两腿酥软，掌舵的双臂也簌簌地打起了颤抖。心情平静后，他又果断地采取了防止大批渔船重新卷入的措施：在对讲机里与黑塔演出一幕"双簧"戏，扒鲜时又故意施放了一通"烟雾弹"。

现在，他可以高枕无忧地等待着好运的再一次降临了。

"拿酒去！今天破破例！"他叫着。

"拿酒！给咱们船长庆庆功！"黑塔响应。这种带有明显奉迎的热情，在他是极为罕见的。

两捆啤酒、一瓶"双沟"拿来，船上越发荡起热雨熏风。

"船长，37号找你。"值班的报务员走来报告。

海狮子一怔：这是出海以来，老福将第一次主动进行的对话，会是为的什么呢？他起身要去，却又蹲下了，朝黑塔努努嘴，"你去看看什么事儿。"

黑塔去了转身又回，说老福将说，他要找的是海狮子，而不是别人。

"奶奶，八成出了什么事儿！"海狮子只得向舵楼那边去。从心里说，他并不愿听到老福将冷冰冰的声音；尤其现在，正处在兴头的时候。

老福将好像只是为了同他拉几句闲呱。

"你干什么哪？"

"吃饭。"轮到海狮子节约语言了。

"吃完饭干什么？"

"睡觉。"

"好！发了一网洋财安生了！"

"你是说不安生才好？"

"我问的是你！"老福将好像觉出口气有些尖厉，缓了缓，又道，"哎，刚才我猛不丁儿想起，那年在舟山拉乌鱼，你在不在哩？"

舟山拉乌鱼是两年前的事。那次海上出了奇观，乌鱼层层叠叠，把海水染得变了颜色。鲁渔37、38密切配合，紧张奋战两昼夜，创下了有史以来的最高纪录。当地渔民给两条船送了一个美名：乌鱼大王。

那次正是海狮子驾驶3038，同老福将一起创下的荣耀。而老福将竟然问他海狮子在不在!

"你老到底有什么事直说吧!"海狮子语气生硬起来。

"我会有什么事儿,"老福将还是打着哈哈,"我是想问问你,一天两日会不会再倒风。"

真是扯淡!倒不倒风问气象台嘛!海狮子才要反唇相讥,对方叭地把对讲机关了。

真是大白天见了鬼!颠三倒四,胡诌八扯!这个老家伙搞的什么鬼把戏!海狮子把话筒一丢,便回船尾去。但只一步便站定了:老福将特意找他,就是为了扯几句云遮雾罩的闲话?这怎么可能呢?

那么,什么意思?

……吃完饭干什么去…舟山拉乌鱼……一天两日会不会倒风……

这个老家伙!这个老家伙!海狮子脑海里蓦地透过一层光亮,他两手一拍,几乎便要蹦起高儿来。这个老家伙!这个老家伙!

等到回到船尾,重新拿起啤酒瓶向嘴里灌时,海狮子已经平静得什么事也没发生似的。

"哎,你们觉得喝了酒,身上还有劲没劲?"他用胳膊撞了撞黑塔和大力,随手把那瓶"双沟"放到了屁股后面。

"那得看什么事儿,"黑塔龇着牙,"要是送几个小娘儿们上来,保准哪一个劲头也不比别人小。"

"那才不一定。"小布鸽有意抬杠,"兴许上来一群仙女还没有人招惹呢?"

"没人招惹那是一帮瞎子!要不是就是阉了,那玩意儿成了聋子的耳朵!"

"我就保证咱船上没有你说的那种人!"

"你保证?"

"哎!"

"输了，小花漂算我的？"

"算你的！"小布鸽一丝不软。

"大伙可是都听见了，他把小花漂让给我啦！"黑塔张扬起来，"嘿！那小手，又白又滑溜！这回我可是要……"

"你先别咋呼！你把仙女请来当场试试吧！"

众人哄地笑起来，黑塔也乐了，"噢！闹半天，这是叫我去给你们拉皮条哇！"

海上生活枯燥，一群男子汉在一起，抬杠，要算是一种经常性的娱乐活动。黑塔和小布鸽的友情，好大成分还是从抬杠中来的呢。

海狮子笑眯眯听完，说："仙女和小娘儿们，还是等上岸以后再想吧！我是问你们想不想享享口福！"

"口福？什么口福？"

"吃对虾！"

众人一怔，随即笑了。

"别开那个外国玩笑啦！还吃对虾？吃对虾屎也得有卖的！"大力撇着嘴。因为对虾价格昂贵，捕捞量又少，打虾的渔船上绝没有人会提出吃对虾的要求，这几乎成了一条禁令。

"要是早十年么！"黑塔咂着嘴唇。早十年，渔船上吃的是大锅饭，对虾又不值钱，渔民自然是断不了时常开开斋的。

"怎么还得早十年！我问的是现在——就这一会儿，大家馋不馋吧？"海狮子一钉一铆。

"馋不馋？"大力被煽起精神，"还有个人是不馋对虾的吗？你当就那些当官的和外国鬼子知道对虾鲜哪？"

"真是！"络腮胡子接口道，"我那个连襟在东山宾馆，说是大官来了，都是纯用对虾包饺子，连个青菜叶都不向里加！"

"咱们也来上顿对虾饺子怎么样？"海狮子又叮一句。见众人一片哗然，说："咱爷们儿熬风扑浪，打一年对虾，连口对虾汤都喝不上，这正常吗？咱们比那些当官的和洋鬼子还贱些？不就少卖几张票子吗？咱爷们儿还得给票子当孙子不成？"

道理激动人心，可船员们的心还是落不到实处。

"我告诉你们，今天得有个条件！"海狮子跳起来，"晚上趁热打铁，用拖网再来他一下子！拖上来我要是不兑现，你们就把我剁了包饺子！"

"噢——"黑塔和小布鸽们一齐跳起来，扬手跺脚，把筷子、饭盒、酒瓶子丢得满舱板都是。

11

巨鲸张开大嘴，要把整个渤海吞进肚里似的向前推进。被追逐了一个白天，刚刚浮到海水表层安歇下来的虾群，仓皇划起舟楫向前奔逃。

巨鲸加快了速度。陷入险境的虾群一齐弯腰曲背弹展开去，把修长银亮的躯体抛向空中。险境并没有越过。虾群一次次提升着弹跃的高度。海上沸腾了，海面上仿佛扬起一片麦糠；灯光辉映，又宛如一层迷迷漾漾的紫雾。

终于，巨鲸合上了大嘴。

夜色青青，万点渔火在海的世界里，筑起了一座蔚为壮观的都市。

12

流网船不带拖网入海这是规矩，鲁渔3038、3037要算是个例外。从老福将手中传下来，拖网就从不离船。也不仅仅是拖网，各种渔具网具，从不轻易下船。海上不同鱼类，不同水层，需要不同的渔具网具。别的船上那种用完就丢、急了怨天咒地的情形，在鲁渔37、

38 上是不允许的。这也是老福将之所以成为"福将"的诀窍之一。

诀窍果然显出威力。拖网刚一开拉,老福将就预言少不下一千斤。拖网上船果然就没有少。这真是给海狮子壮了胆!有了这一招,海狮子的头船长的宝座是注定坐稳了的,老福将有一千条理由不助他这一把,然而……

望着一箱箱对虾冲净、摆好,又装进底舱,老福将的喜悦是如同溪水般流淌着的。海上捕捞,渔民靠的吃苦耐劳,船长靠的却是道眼。一个道眼就是几千几万财富。能够看着自己的道眼变成财富,对于老福将便是一种至高的荣耀了。

豹子从舵楼上下来,"干爹,38 说,刚才这一网多亏了你这好军师。"

"哼!"老福将似乎不满意地偏了一下脑壳,心里实在恣得不行,你海狮子知道就好!我老福将是你们想的那种熊包、无能之辈吗?

"38 还说,大家劳苦功高,让包顿对虾饺子犒劳犒劳。"

"什么?"老福将竖起耳朵。

"让包顿对虾饺子尝尝鲜!"

"这是谁说的?"

"黑塔。"

"放屁!找海狮子,让他查查谁出的馊主意!"

豹子去了,转瞬又回:"海狮子说,是大伙的主意,他们那边已经动手了,每人两斤对虾。"

两斤对虾!老福将惊得舌头尖卷起麻花。每人两斤,二十几个人就是四十几斤,就是八九百块钱!轻轻松松拉一趟网,一顿夜餐就吃进八九百块钱去,这真是走遍黑海红海绝无仅有的奇闻!

"你没听错?"他盯住豹子。

"海狮子让我好好跟你说说。说是……"

"这个混账透顶的败家子!"老福将勃然大怒,转身走到舵楼旁,抓起对讲机就要呼叫。但不知为什么,张开的嘴又僵住了。

"这个混账透顶的败家子！"老福将原地打了一个旋转，把凶狠的目光瞄向3038。3038上灯光通亮，喧闹异常，显然如同豹子说的已经动手了。

"这个混账透顶的败家子！"老福将重复地又骂了一句，话筒一丢，抓住舵楼扶梯把手一拉，进到舵楼里面了。

"干爹！咱们包不包？"豹子在下面喊。他身后站着几个船员，一色目光炬炬：吃对虾饺子的消息是不能不打动他们心的。

老福将肚里骂着：都是些没出息的馋嘴猫！回头却说："谁愿意包谁包！包完了，我把船送到废品公司换酒喝！"

舵楼小门哗的一声响，把豹子和船员们满肚子的期望关在外面。

老福将愤愤然地躺进铺位。几小时前，他刚刚认定海狮子是有道眼的人（虽然绝不是个老诚人），甚至觉得原先对海狮子的怨恨并不全有道理，拿定主意抛开个人恩怨，帮他闯闯威信立立根基。何曾想这小子是个稳不住台的猴孙子，刚一得意，就把屁股眼儿露出来了！对虾是咱们吃的吗？那是金条、元宝！一个一块五六毛钱哪！一口吞一个金条元宝，那还有点渔民的味儿吗？如今虽说不兴说为了国家怎样怎样了，可对虾总是国家的宝贝，一出口就换得回大笔外汇和大批的钢材、机器！就算那关不着咱渔民的事儿，对虾也总是大家的财富。你一个头船长，嘴一张就把几十斤对虾扔出去啦？你这不是胡作非为是什么？凭你这种做法，别说几千斤对虾、一对渔船，一座珠宝殿摆你面前，当不了几天也得成鸡蛋壳篓！

唉！老福将啊，你可真是头瞎眼骡子！把这种东西当成能人！还要帮他去壮的什么胆、立的什么威！唉唉……

舵楼外叽叽嘎嘎，豹子他们还在望着3038流涎水。这伙没出息的东西！就值得馋到这种程度？不就是个对虾饺子吗？就真的从来没有吃过？唉，要是退回到十年前，对虾不值钱那会儿，吃上一顿或许也算不了什么。那年八月十五我就吃过，不就是那么回事嘛！

的确，老福将是吃过对虾饺子的。年轻时候吃的记不清了，十年前八月十五那次，他和伙伴们在海里就是用对虾饺子祭的月儿。

对虾肉又肥又硬，剁饺子馅时要加很多水。不加水，饺子下出来会像砖头石块，下不了嘴；加少了也难以吃出鲜味儿来。馅里千万别加多了油和酱油，葱或韭菜能调调味也就行了。包对虾饺子是要有技术的：馅儿稀溜溜的像水，得包得住；包起来还得能下得住，不破。出锅的饺子一咬一口汤，那才算是到了家。海鲜海鲜，吃的就是一个"鲜"字；没汤，鲜味不全丢了个屁的？

唉！说起来，老福将也是整整十年没享那个口福了。

可那有什么呢？世上好吃的东西多得很！熊掌多少人吃过？燕窝多少人吃过？见出谁多了什么少了什么吗？你个败家子的海狮子！看你吃了对虾饺子，今天黑夜里能不能长出副金盔银甲来！

老福将独自在舵楼里发狠，站在舱外的豹子和船员们忽然发现，3038正缓缓地朝这边靠来。

"哎！你们包没包饺子啊？"未等靠拢，黑塔先自嚷着。

豹子摇摇手，指指舵楼，又摇摇手。

两船并拢，3038上递过两个偌大的铝盆，盆里满满都是刚出锅的饺子。

豹子又惊又喜，却问："都给了我们，你们吃吗？"

"我们还在包。"黑塔回答着，同时用手指指自己船上的舵楼，又指指豹子船上的舵楼。豹子明白，那是说是海狮子让送的，特别让送给老福将的。

"哦——对虾饺子咯——"船员们抢着，把饺子囫囵个儿朝嘴里塞。一个比豹子稍大的船员边吃边嚷："妈个巴子的！吃一顿对虾饺子，死了也不枉当了一趟子渔民！"

老福将是早已被惊动了的。望着船上的情形，肚子几乎像要鼓胀开去。见豹子端着满满一碗送进舱楼来，立刻喝着："给我端回去！"

豹子装作没听见,把碗朝他铺位前一搁,径自关上舵楼小门去了。

老福将恨恨地要把那碗拨到一边。但没等他伸出手,一股熟悉而又陌生的特殊气味直冲鼻孔扑来。他极力按捺住冲涌升腾的食欲,脱衣躺下了。躺下好一会儿终于又爬起来,用两个手指捏起一个饺子放进嘴里。只这一放,便一发而不可收——海狮子那小子实在把馅调到家了,比起十年前吃的那一次,似乎还要鲜出了几倍!

13

……白云似的帆影陡然变成一只银色巨轮,像是龙口开往大连去的货轮,又像是电影、电视上见过的南极考察船。庞然耸立的船体,简直就是一座隆起海面的山丘,山丘上是一眼望不到边的甲板和让人眼花缭乱的桅林。小布鸽身着海员服,正在舱房里忙碌着(忙碌什么呢?)。海员服白底蓝边,船形帽,黑皮鞋,漂亮极了!威风极了!小布鸽全身仿佛都飘浮在云里,云朵如风摩挲着他的面颊和四肢,发出咝咝的声响,舒服极了,动听极了……有人忽然捂住他的双眼。那是一双温热的小手,绵软柔滑得让人心颤。小布鸽猜出那是谁,伸手要去扑捉,那手却倏忽消失了——小花漂抿着一张樱桃似的嘴唇,含情脉脉地望着他:那闪动的每一束眸光中,都荡漾着春风、阳光和神奇!她递给他一副望远镜。望远镜泛着涟漪的镜面上显出了小布鸽和小花漂的笑脸。蓦然,望远镜飞旋着,载起小花漂悠悠升空。小布鸽追逐着,呼喊着,登上一个高大敞亮的平台;不,不是平台,是一座望不见边际的舵房。海员服变成了威严的大盖帽和缀满条条杠杠的船长服。肩章瓦亮,袖扣瓦亮,手中的望远镜瓦亮。小布鸽缓缓举起双手,望远镜中显出一片片尖顶的教堂和辉煌无比的城郭。"呜——"好像他并没有按那个机关,轮船已扬起高亢的歌喉……

小布鸽忽然睁开眼睛，上铺传来大力和络腮胡子的鼾声和呓语，他这才想起，因为昨晚睡觉太晚，下过流网后才又回到舱房补充"损失"来的。

舱房弹丸之地，横竖两层排着七八个铺位。每个铺位自有拉门，关起来就是一个小小的世界。枕着白日的波涛，做起这样一个奇美无比、奇妙无比的梦，小布鸽觉出腹腔里的那颗心，好一阵酥软陶醉、跌跌撞撞。

"訇——訇——"

海浪敲打船底的声响，清晰无误地传进耳鼓，随着海浪晃动的船体，使小布鸽恰如躺在一只婴儿的摇篮里。有谁有心探索海的性格，最简单的办法莫过于躺进渔民的舱房，听一听海底波涛——海的心脏——的跳动。那跳动有时如同千万颗雷霆爆炸，使人觉得船体每一秒钟都有可能被炸成碎片，自己每一秒钟都可能变作一团粉末沉入水底。逢到这种时候，即使老福将那样的老渔民，也难免心惊胆战夜不成眠。风浪稍弱，敲击变成咚咚的铜鼓声。那时，人们只要坦然以对，就可以酣然入梦了。而当海上布满席纹似的涟漪，船底则会出现母亲逗引孩子似的低吟细唱，使人联想起一位暴虐的祖母发过脾气之后，搂着受到伤害的孙儿所发出的唏嘘与抚慰。

有人说海是暴君，有人说海是慈母，有人说海大度而慷慨，有人说海狭隘而吝啬。而在小布鸽心目里，海从来就是一个极富个性的、真真实实的人！

"海是生命的故乡。"一月前，小布鸽曾经写下这样一行诗句。那惹来了黑塔和络腮胡子们好一番折腾。小布鸽却坚信那是一句好诗、一个真理。那不仅因为书上说过，地球上最初的生命来自海洋，海洋至今仍然繁衍和养育着无数的生命；更重要的是，正是海洋使小布鸽用柔嫩的肩膀担负起生活的重担，正是海洋为小布鸽未来的生命，铺设了一条灿烂辉煌的大道。

想到未来，小布鸽的思绪立刻展开了翅膀。因为那个未来，母亲恨不能每天与他厮守一起，他也乐意尽可能多地厮守在母亲膝前尽一尽孝心。村里那群一起长大的伙伴，要同他好好告别告别，他也同样有很多留恋要送给伙伴们。更主要的还是小花漂，那个嘴唇红红、小手软软，经常闯入到他梦中来的、身着碎花裙的售货员。出海前他是见过她一面的，他朝她笑笑，她也朝他笑笑，连句话也没有说。从来都没有认真地说过一句话。从来都没有，没有！无论是在信上还是单独在一起。他只知道叫她小花——"漂"字是黑塔不无恶意地加上的；而她只知道叫他小布鸽——一个竟然对布鸽入了迷的小渔民。他多想跟她单独在一起呀！哪怕只有五分钟也好！他多想拉起她的手抚摸抚摸呀！哪怕抚摸一下让他去死也心甘情愿！他暗自下了不知几百次决心，暗自写了不知几百封信，终于还是小布鸽是小布鸽，小花漂是小花漂。也许由于她太白、太漂亮，是个售货员，而自己太黑、太丑，是个小渔民？

现在这个障碍不存在了，一个即将走向大城市的国家职工，一个未来的远洋巨轮的船长，他是完全有资格，去捧起心中那轮光芒四射的太阳的！

应该给小花漂写一封信！

应该给小花漂买一件纪念品！

应该跟小花漂去照一张彩照！

应该……

然而时间只剩下半个月，渔船还遥无归期！

小布鸽感到一股焦灼的火流的炙烤。他躺不住了，起身走出舱房。他在船尾找到了黑塔，支支吾吾似乎什么也没有说清楚。

粗心的黑塔却一听就懂，而且没有感到半点惊讶，说一声："我跟海狮子说说。"进舵楼去了。

十分钟后，小布鸽得到通知：鲁水422收购船今晚收港，正好可以把他带上岸去。

小布鸽的心像海风一样清朗起来。下午收网时,他像往常一样早早穿上渔衣渔裤,站到收网机旁自己的位置上。想到这是为渔船最后一次建功立勋,他的稚气的脸上,透出了彤云般的激动和庄严。

海也骤然间激动起来。北风自两天前卷土重来,一直处在相对平稳状态,此时突然加大了。风裹着浪,浪助着风,海上出现了白茫茫的一片。行船蹈海,浪滚子并不可怕,你有多大,我有多高,至多颠簸得厉害些罢了。开花的浪则不同了,那是可以置人于死地的。开始收网时,浪花若隐若现,收过十几盘后,情况却大变了。海狮子叫一声"不好",赶忙喝令加快速度。但已经迟了。风和怒浪汇集一起,把出水的流网和网中捕获的对虾,一次次抛向空中;渔船也身不由己地打起颤抖和旋转。海狮子用力卡住舵轮,用力将船侧对准收网的方向,同时在舵楼里左右回旋,不停地把脑壳探出窗外,观察着、吼叫着。这样凶猛的风浪,撕网丢网丝毫算不上稀奇,但海狮子绝不允许那种事发生在自己船上!

舱面上气氛更加紧张。风浪使人几乎站不住脚。保住流网成了全体船员唯一的意志——流网丢了,一切希望都要泡汤!起网机却只是不紧不慢地转动着,黑塔只好带领几个身强力壮的船员轮流拽拉底缳。小布鸽也站到其中。此时无论他或其他人,都把他就要离开渔船的事丢在脑后了。

黑塔、络腮胡子退下,小布鸽和大力立刻接上。底缳又粗又硬,风浪冲击中更变得千斤之重,那每一拉都要憋足全身气力。小布鸽低头叉步、满脸血色;底缳和流网以最快的速度向上提升着。

突然一个凶猛的浪头袭来,渔船和刚刚出水的流网猛一抖动,底缳的一个接头一声脆响断裂了。大力被晃倒在地,断裂的底缳以巨大力量向海中收缩而去。底缳是流网的脊骨,底缳落水网便无可挽回了。小布鸽手疾眼快,一把抓住缳头死死拽住;野马似的底缳毫不犹豫地将他平地甩起,在起网机转轮上划过一道弧线,抛到坚硬如铁的船帮上了。

脱缰野马被一拥而上的船员们抓住,小布鸽昏了过去。

"小布鸽!小布鸽!"一片撕心裂肺的呼喊。

小布鸽像是睡着了,惨白的脸上平静得如同一汪泉水,嘴角挂着几行鲜红的血迹。

立刻,小布鸽被送进舵楼——那里颠簸最小,躺在海狮子的铺位上。

最后一只虾芒终于收回了。海狮子一面喝令捆牢网具,一面盯准罗盘转动起舵轮。这种天气,继续待在海里已经失去了意义。更重要的是船上还有一位受了重伤的小布鸽!

对于小布鸽,海狮子确是一向怀有一种特殊感情。这种感情是从哪里来的?是因为小布鸽聪明纯真、讨人喜欢,还是因为从小布鸽身上可以依稀看到自己的影子和生活的霞光?海狮子自己也说不明白。在即将离开渔船的前一刻,小布鸽不惜一切保住了流网,使海狮子的这种感情升华到一种近似圣洁的境地。

喂过几口热水,小布鸽醒来了,但伤痛仍然使他昏昏沉沉。船上没有医药,立即返航,立即以最快的速度返航,成了海狮子唯一的意愿和目标。

"船长!"舵楼的门被拉开,报务员探进半边脑袋,"指挥部通电,六十七海区三小区发生撞船事故,要求就近船只立刻前去救援!"

情况经常是这样:指挥部接到遇难船只报警,派不出或者来不及派出救援船,便以通电的形式向海上的渔船或其他船只,发出紧急救援通知。

海上救援是渔民的天职,往常遇到这种情况海狮子决不含糊。此时他却如同没有听见一样,加快了返航的速度。

对讲机里几声杂响,传过老福将厚重的嗓门:"38!听到救援通知没有？"

海狮子明知对方用意，却故意问道："怎么啦？有事吗？"

"你想就这么回去？"老福将威严地压低着声调。

"不这么回去怎么回去？"

"好！好！你没忘了槐根子他爷是怎么死的吧？"

槐根子他爷原是一位很有声望的船长，因为一次结伴的船遇难没有抢救，被遇难渔民家属活活地烧死在海滩上。这在家乡，是无人不知无人不晓的一件事。

"你少来这一套！"海狮子吼起来，"小布鸽受了重伤你知道不知道？耽误了抢救你敢不敢负责？"海狮子仿佛终于找到了回敬老福将的机会。作为头船船长，他的这口气憋得太久了。

老福将果然闷住了。那不仅因为海狮子口气威严，更因为小布鸽；小布鸽的安危命运，他是不能不动心的。

对讲话筒丢开去，鲁渔3038依然以最快的速度向陆上驶去。

小布鸽被惊动了，低声叫着："船长……船长！"

黑塔接过舵轮，海狮子俯身站到铺位前。

"船长，救人吧！"小布鸽额头渗着一层汗水。

"不，布鸽！"

"不，船长！"

似乎因为不愿意违拗了小布鸽的意愿，海狮子犹豫了片刻，打开了对讲机，对讲机中传来一个急迫求救的声音：

"各渔船船长注意！我是辽政008！我在六十七海区三小区！这里发生严重撞船事故，请你们赶快前来救援！请你们赶快前来救援……"

呼救的声音使海狮子和黑塔为之一惊。他们不约而同交换了一下目光，倾耳又听一遍，不觉发出一阵爽声的大笑。

小白脸！正是小白脸那小子！

"好你个王八羔子小白脸啊！老天爷有眼，你也会有今天哪！"

海狮子喝醉酒似的叫骂着，歇斯底里地哈哈大笑，笑得脸上一连滚下几颗偌大的泪珠。压迫在他心头十几天来的种种屈辱、忧闷、仇恨……都在一瞬间得到了尽情宣泄。

"船长，救人吧！"小布鸽抓住海狮子的手。

"不，布鸽！你听我说……"

好像是为了动摇海狮子的决心，对讲机里的呼救更加紧迫了："各渔船船长注意！我这里有二十几个人遇难！情况危急！情况危急……"

"船长，救人吧！"小布鸽青红的面庞上，闪耀着带电的泪光。

他显然已经猜出求救的是什么人，却仍然把执拗的目光，投射到海狮子脸上。

海狮子的心不由一阵颤抖。在这个水晶般纯真的青年面前怎么开口呢？说小白脸是个恶棍，海中遇难正属报应，根本无须前去救援吗？说在这样的风浪中，在离开陆地六七个小时航程的汪洋里，一只不过一百三十五马力的机帆船，要想救难的本身就是一种极大的冒险吗？说你小布鸽是船上的大功臣，为了尽快把你送上陆地，无论怎样都是天经地义的事情吗……

"船长……"掌舵的黑塔望着小布鸽，也投来一束恳求的目光。

海狮子终于做出了决定：命令黑塔去告诉报务员，请鲁水422收购船按原计划把小布鸽带走，同时通知老福将做好救援准备。

尽管小布鸽怒声抗议，黑塔还是下舵楼去了。凭经验，海狮子知道小布鸽伤势很重——这种伤最容易损伤内脏，而一旦内脏损伤，后果便难以料定了。他绝不愿意让他多耽误哪怕一分钟。

鲁水422收购船驶近了，小布鸽被用一副简易担架抬着出现在舱板上，惨白的脸上依然挂着几缕血迹。海狮子久久地打量着，严峻的面庞上，多少年中第一次流露出深沉温厚的光芒。

"你走了，走了……"

海狮子有许多话要说，嘴里却只是重复着这几个字。一月前，小布鸽拿着大连来信询问他的意见时，他就没有开口。他不是无话可说，而是怕说得太多，干扰和耽搁了小布鸽的前程。小布鸽果真要走了，他多么想把他当作自己的亲生兄弟，坦诚相见一吐肺腑啊！

他想告诉他：外边的天地的确辽远宽广，却不像想象的那样明媚可爱；海上的风浪再大，只要把稳舵轮或者依傍港湾，总可以战胜；而生活中的风浪往往无舵可把，没有港湾可作依傍。

他想告诉他：人生并不轻松，人生之路远不止有鲜花和笑脸；为人处世，过于老实就是迂腐，迂腐就会一无所得、一无所成，变成人所唾弃的可怜虫；世界是个大森林，你要生存得好，就得变成一头猛兽。

他想告诉他：几乎每一个人都希求有所作为，但作为要靠机缘，也要靠自己咬紧牙关；如今正是才干挥扬的年代，如果真是个有本事的人，就应该豁出去纵横拼杀，闯出自己的一番天地来！

他想告诉他……

然而只有沉默，和伴随沉默的凝重的目光。

"船长，你说吧……我一定记住。"小布鸽看出那神情，竭力试图露出一缕笑容。

"不，没有！"

一刹那间海狮子拿定了主意。这样一个经受了飓风怒浪洗礼的青年，还需要别人唠唠叨叨灌进一耳朵叮咛去吗？即使需要，自己又何必要在一片阳光明媚的天空中，撒上阴霾和风雨的种子呢？

"不，没有！"海狮子俯身抚住小布鸽的肩头，把坦诚的面庞和胸膛投向小布鸽，"你走我很高兴。我等着你有一天当上船长回来。不管那时你还记得不记得我这个……海狮子！"

"海狮子……不，船长，"小布鸽双眸喷上一层湿雾，"我不会忘记你的……不会!"

"好!我相信!"海狮子朗声地笑了。笑完回头,两颗偌大的泪珠,噗噗落进汹涌激荡的大海中了。

终于,收购船启航了。小布鸽被人搀扶着,在高高的舵楼上露出手和脸。退避一旁的鲁渔 3038、3037,突然同时响起悠长嘹亮的笛号。随着笛号,那群精灵般的布鸽呼啸着飞上天空,在鲁水 422 耸然的舵楼上方环绕盘旋。

再见了,鲁渔 3038、3037!

再见了,海狮子、黑塔、老福将!

再见了,我的灰色的神鸟!

再见了,我们可爱的小布鸽……

14

送走小布鸽,海上的风浪越发凶猛了。渤海水浅,遇有大风浪海底也会掀起,整个海湾也便成了一个魔鬼横行的地狱。

风像一个凶险恶毒的阴谋家,悄无声息地躲在暗处,在原本平静的世界上制造出数不清的峰峦峡谷。峰峦连绵,峡谷勾连,展示着一副副千军万马决战般的广阔和雄伟。太阳胆怯地挂在天角,面容惨淡,苍白可怜。一股灰蒙蒙、冷森森的云气正在海面升腾浮动,召唤着更加险恶恐怖的黑夜的到来。

鲁渔 3038、3037,开足马力向六十七海区三小区驶去。一排排波涛汇成的气势汹汹的马队,接连不断地呐喊冲锋;数不清的雷霆弹火,在渔船上空和四周频频炸响。海狮子厉目前视,驾驶渔船在峰顶谷底攀行潜跃。

遇难船只在哪里?可恶至极的小白脸在哪里?

他打开对讲机。对讲机里响着小白脸哭丧似的哀号,他欣赏小曲似的听了几句，拿起话筒，"辽政008！辽政008！你现在在哪儿？赶快出示信号！"

对讲机里一下子静默了，但未等海狮子再次呼叫，已变得嘶哑的呼救声便越发紧迫地传递过来："鲁渔3038！鲁渔3038！我是辽政008！我在六十七海区三小区遇难！船上信号灯失明！请你赶快前来救援……"

海狮子没有料想小白脸会立刻听出他的声音，并且指名道姓发出呼救。那副哭腔触动了他的神经，他破口大骂起来："我×你个小白脸的祖宗！这会儿你倒认识起你大爷来啦？你找龙王爷下跪去吧！你大爷没工夫管你这档子闲事啦！"

"3038！不，海狮子船长！"小白脸的声音越发颤抖了，"我不是人！我对不起你海狮子船长！我罪该万死！我以后再敢有一点对不起你海狮子船长的地方，天打五雷轰！我求你啦！海狮子船长啊……"

海狮子并不理睬他的哭号，问明准确方位，厉声喝道："小白脸，你听好！看在二十几个遇难兄弟的面上我马上就到！你赶快准备好缆绳，把人组织好！损伤一个人，我把你丢到海里喂王八！"

"海狮子船长！谢谢你的大恩大德啦！"对讲机里一迭声的感谢。

当海狮子和老福将，好不容易靠近两条相撞的船时，船上的人已经等候在舱板上。大力、络腮胡子和豹子他们分别跳到两条船上，把遇难的人一一接了过来。海狮子喊过黑塔掌舵，自己一纵身，落到小白脸船上。

小白脸正在收拾东西，见海狮子来了感激涕零就要道谢。海狮子睬也不睬，目光炯炯直视着，"我问你，船是怎么撞的？"

"因为他，他……不，是我，我急着收港……"

他，是一只八十五马力渔船。

"打算怎么办？"

"……赔，回去我就打报告赔！"

"留下字据！"

"……船长，你看，你看……"小白脸紧紧抓住舵楼门框，几次险些被晃倒。

"不写也行，你记着我也记着。回去要是反悔，下次咱们见面，我先撞你几个窟窿！"

"不反悔，我保证！……真的，海狮子船长！"

"那好，咱们的账，你看是不是也该清一清了？"

"船长，海狮子船长！那一万块钱我的确是交了公的！我要是有一句谎话……"

"你知道我说的是什么！"声音低沉严厉得吓人。

小白脸怔了怔，连忙钻进舵房拿出一个皮包，从皮包里掏出两个沉甸甸的纸包，交给海狮子。海狮子接过掂了掂，随之手一扬扔到自己船上。

"这本来就是我的，这叫完璧归赵。"他绷起嘴角，讥讽奚落地一笑，又道，"怎么，想叫我白白救你一次大命？连点腥味也不给老子闻一闻？"

"不！给！给！"小白脸惶然地点着脑袋，又从皮包里掏出两个纸包送到海狮子手里。

这一次海狮子没有掂也没有丢，只是慢慢地、一层一层地，把包在外面的那层纸揭开和撕去了。

纸包里露出两沓捆扎完好的人民币。

海狮子把人民币在小白脸面前晃着，"这又是在哪儿吃的腥味呀？拿回去就不怕遭天火吗？啊？"

并不等小白脸回话，海狮子把人民币拆散开来，一手抓住一捆，擎到船边的海面上。先是一张一张，任凭飞落；继而几张几张，随手挥撒；再继而，轻一用力，把两沓人民币一齐抛向空中——两声沙沙颤响,"腥味"融进海风和波涛的怒吼中了。

　　小白脸两眼呆滞,四肢打着哆嗦;他似乎要扑过去,却瘫到舱板上了。老福将和船员们、被救的人们,露出一片或惊诧或叹服的目光。

　　"行啦,现在咱们两清啦!"海狮子一个纵身回到自己船上,同时发一声喊,"拴缆!"

　　"拴缆!"老福将也喝令着。

　　鲁渔3038、3037又一次启航了。黑夜和风浪重重叠叠,设置起数不清的陷阱和坟墓。海狮子只把目光专注地投射到远方天空中的一团星云上。星云稀疏而又明亮,那预示着明天又是一个波翻浪滚的日子。

不肯流逝的岁月

1

妈是什么时候上的路我并不知情,但我相信那一定是鸡叫头遍的凌晨。人的记忆每每呈现离奇和诡谲,那个夏日凌晨的情形我绝未眼见,然而却真实详尽地刻进我的心扉,以至时隔三十几年后的今天,我只要在夏日的凉台或原野上默坐片刻,让思绪随着暖风回到千里之外的那个山村,我便能够清晰地看到一盏煤油灯摇曳的光亮,看见光亮下闪烁着的妈的泪眼。那泪眼的每一闪烁,都足以掀起我的心潮的波澜。

妈,你是凌晨离去的——我相信。

那正是我和英姐酣然入梦的时刻,咯咯咯的几声鸡叫,在洒满露水的夜幕上方撕开一抹缝隙,被绝望和即将降临的厄运压垮了的妈,已经用粗粝的手指和干裂的嘴唇表尽了对于儿女的爱恋,鸡叫和随着鸡叫将要出现的破晓,使她有生第一次也是最后一次打破了固有的懦弱。她又一次把油灯飘忽的光亮映到我和英姐脸上,但只一刻,便噙住了喉管和眶子里涌起的潮头,毅然决然地打开了门。一股夜风扑灭了油灯,她生怕惊醒了我们的梦,赶紧把门关严,最后望一眼生活和经营了四十一个年头的家院,扶着墙,挪着小脚,跌跌撞撞地朝向夜的深丛走去……

星汉漠漠！我知道妈就是这样走的，这样默默地、一去不返地走的！

假如三十几年前的那个时刻，我目睹了上述这些细节，我断言后来的一切，包括我的整个命运都会是另外一种情形。然而上苍没有给我机会，我被从酣睡中唤醒时，天边最初的阳光，已经把院中那棵梧桐树涂抹得斑斓而又明丽了。

"兄，妈没有了，快起来找妈！"英姐摇晃着我。"兄"即弟，在家乡的土语里，兄弟一向是被称作"哥"和"兄"的。

我惺忪两眼问："没在茅房？"

"没。"

"园里呢？"

"也没。"

我跳下炕跑到院里，又撒腿向河边跑去。清早起来，妈经常是端着一盆衣服或提着一篓菜到河边去洗的；洗完，再回来做饭和打发我和英姐上学的。

然而东河边不见妈的身影，南河边也不见妈的身影。妈会到哪儿去了呢？

我记起昨晚睡觉前的情形：王展子的恫吓和妈的惊惶；妈确是说了几句不祥的话的。

"妈——"我喊着，边喊边跑。

"英子！文子！都别找啦！你妈在这儿哪！"村里传来婶的高嗓门，"这个没有出息的！哪儿不好去，偏是跑到这么个别憋子地方来！"

婶在园里，我循声奔去，却并没有见到妈的身影。

"婶，俺妈在哪儿？"

"那个没有出息的在这儿哪！"

顺着婶的手指，我的目光落到园中那口井旁：露水浸湿的井台上放着一双又小又尖的女鞋，女鞋端端正正摆放一处，鞋尖对准家的方向。

一刹那间,我明白了一切。

我扑到井边,不顾婶和匆匆赶来的绑子哥的呵斥和阻拦,怆然地呼喊着、哭叫着。妈被从井里打捞上来,躺在一张门板上,身上盖着一领旧席,外边只露着两只赤裸的小脚。我捧着妈留下的那双鞋,跪在了妈的灵前。

妈,你就这样撇下我离去了吗?半月前,正是你吩咐我在拔了莴苣的菜地里栽下两畦黄瓜和芸豆。你说,这够我们全家吃上一个秋天了。半年前正是你找来绑子哥,让我和英姐帮着,对院里那几棵梧桐树做了修剪。那是你准备给我做箱子柜子用的。你说:"多会儿英子出了门子文子娶了媳妇,我的心事才算了啦。"一年前正是你让大姐从城里买回水泥,思量着要把半截短墙推倒,垒起日下时兴的那种高门楼和既安全又体面的院墙。你说,这是爹活着时候没办成的,你要替他了却这桩心愿……如今,黄瓜芸豆刚刚冒出嫩芽,你的心事没了,爹的心愿没有实现,妈,你怎么就走了呢?

妈,我知道,是王展子那个挨千刀的逼你走的这条路!我知道,即使离去,你的灵魂也难以得到安息!

妈被抬回她永别了的家院。闻讯赶来的乡亲挤满了屋里院外。英姐和火速赶回的大姐二姐扶棺恸哭。婶和乡邻们也泪下如雨,只有我不哭,生生地折断了两根拇指粗的木棒。

2

妈是苦命人,如花似玉的童年得了一场天花,十八岁时为了舅舅娶媳妇,被姥爷用六百吊钱卖给了爹。那时爹三十八岁,死了前妻,身边还带着一个六岁的女孩。妈一辈子出了多少力遭了多少罪似乎都没有留下记忆,只有享过的一次"大福"让她念念不忘。那是刚有了大姐的时候,邻村亲戚家娶媳妇,妈去帮着伺候客,吃过一次"大碗肉"。那是妈一生最得意的一次享受了。

"那可真是了不得!碗大的方块肉,净是条白条白的肉膘子,吃一口,香得你拿不下嘴来!"妈时常夸耀。夸耀时嘴角总是嗞嗞咂着,眼睛里放出扎眼的光亮,有时还情不自禁流下几滴涎水。我们怔怔地听,如同听天书,只是对于碗大的白肉膘子到底是什么样儿,会香到什么程度,无法像妈那样体认和回味。那时候不到逢年过节,谁家里也休想见到一点肉腥儿呢。

妈有时也糊涂,那多半是生活过得艰难时,也多半是吃饭时,姐姐们回来她拿不出好吃的东西招待时。

"唉,这是过的么日子!还不如你爹扛大活那时候,还能吃上个大豆子粑粑!"

大豆子粑粑是在玉米面里掺上豆面蒸出来的,金黄金黄,透暄透暄,对于我们,那要算是除了饽饽之外,再好吃不过的食物了。

爹做小买卖赔掉了房子和地,我们家的日子是土改后才逐渐好起来的。更加大姐二姐参加了工作,英姐和我上了学,妈的话一出口,总是要遭到一阵围攻。

"妈可真糊涂!"

"你妈糊涂知道人得吃饭,你们不糊涂把脖子扎起来!"

"爹是给地主扛大活,现今谁还去吃那种饭哪!"

"地主的饭就不是饭?那大豆子粑粑就塞牙?"

"爹遭的罪你怎么不说?那大豆子粑粑是那么好吃的?"

"好吃不好吃总是吃了,可现如今……"

"妈,那你倒是说,是现如今好还是过去好?"大姐是区妇联主任,最能抓住要害。

"对,你倒是说,是现如今好还是过去好!"

"要是过去,你儿和你闺女不去给人家看牛、当丫鬟,还能上

65

学、参加工作吗?"

"要是过去……"

妈被逼得无路可走,沉一沉脸,定一定心,伸出筷子夹一口菜,这才吐出一声说:"那可是!"

"嘻……"我们笑,我们胜利了。

"你们这些小贱骨头!"妈也笑,妈也胜利了——妈对于新社会原本就是发自内心地拥戴的呀。

妈生性懦弱,却好交结人。婶子大妈自不必说,山子妈那种人也断不了来往。

村里叫人很少叫大名,小名也多是择其末尾一字,后边再平添上一个"子",如文子、山子、英子、绑子等等。山子爹人称"彪贵子"。"彪"是呆和傻的意思,彪贵子不呆也不傻,只是早年当兵被炮弹崩瞎一只眼,加之心眼不够灵透,名字前面才多出了一个字。按辈,我叫彪贵子"哥",他的媳妇我得叫"嫂",但我很少叫。她是从七里外一个山夼嫁来的,据说姓王,名展子。但按照乡俗,嫁过媳妇嫁不过名,王展子三字很少有人知晓,村里老少只知道有个贵子媳妇和彪贵子媳妇。

奇怪的是妈喊山子妈,很少喊贵子媳妇或者彪贵子媳妇,而是喊展子或王展子。用妈的话说,王展子"比猴都精"。

这大约是指为山子起名的事儿。按照规矩,家里生了孩子名字要由长辈起;有爷的爷起,有太爷的太爷起,有老太爷或老老太爷的要由老太爷或老老太爷起。那些老爷子起名绝不像现在的人,讲究个花儿、枝儿、叶儿、草儿,时兴个玲玲、丽丽、方方、圆圆。他们自有自己的一路套数。山子出生时他太爷还在,八十三岁,住在又低又矮的西厢房里。彪贵子跑去报喜,同时请老爷子给起个名儿。老爷子从被窝里拧了拧身子抬了抬脑袋,又干咳了几声这才问:"是个么?"

"是个带把儿的。"

"唔……"老爷子咧了咧嘴,又是一阵咳嗽,喉咙里拉起了丝弦;丝弦拉过好一会儿,才颤颤巍巍地抬起手指说:

"……八……八十……三……"

村里的孩子以长辈的岁数命名的并不少见,如六十一哥、七十七叔等等。但王展子听了好不气恼,眼皮合着大气不出一声。直到第二天才忽然问道:"他太爷给孩子起了个什么名儿哩?"

彪贵子说:"夜里不是跟你说了?"

"说了,我怎么没听见?"

"八十三。"

"么嘎?呸,还九十六呢!我看你是耳朵里长驴毛啦!"

"那……我再去问问。"

"你敢!你想把老爷子气死是怎么着?咱这儿四遭是山,老爷子明明说的是山子,你偏是胡诌!山子,往后就叫'山子',听见了没?"

八十三就这样成了山子。更妙的还在"三""山"谐音,老爷子又活了两年,到了也没察觉出半点破绽。

王展子是村里少有的"朝天椒",嗓门高,性子焦,泼,邻里邻居多不愿意同她交往。因为这,她时常显出孤单。妈心软,见面送过几句好话,她就把妈当成了贴心知己,常向我们家跑。因为常来,碰上大姐二姐从城里捎来稀罕东西,妈免不了让她拿回一些尝尝。她知恩图报,家里有了新鲜东西也时常回送一点。一来一往就是情谊,加上我和山子在其中串通,无人敢于沾边的王展子,居然和胆小怕事的妈相处得熨熨帖帖。

好像是秋天,西院邻居借了妈十五块钱,几天后妈去要时那户人家一口咬定已经还了。那十五块钱是大姐捎给妈抓药的,妈气得一个劲儿落泪,埋怨好心没得好报。王展子听妈诉说后,忽然跳起,隔着墙头就骂起来:"借三婶钱的那主儿你给我听着!人家三婶是把你当人,你可别往鳖窝里爬!你赖了三婶的钱去,买吃的烂肠子,买穿的烂身子,放箱子柜子里变长虫,这一辈子你就别想有好日子过!今儿夜里你把钱还给三婶一了百了,今儿夜里要是不还,你家的草垛不着火、孩子不掉井里,就算是李龙爷没长眼,不信你就试试!"

妈怕惹事,生拽死拉逼王展子进了屋。未曾想到,第二天早晨妈抱草做饭时,十块钱和半袋子小米规规矩矩放在草厦子门口。妈捧着钱和小米,连声喊着王展子的名字,真不知有多少惊喜。

3

尽管这样,王展子还是免不了惹妈生气,那多半是因为我和山子,也多半是与我的辈分大有关。

村里人讲辈分不同于城里,城里人混同儿戏,今天叫"叔叔""阿姨"明天可以叫"老张""老李",爸爸妈妈叫"叔叔""阿姨"孩子们还可以叫"叔叔""阿姨",在一种场合这样称呼到另外一种场合又可换作另一种称呼;自"同志"贬值"老师"风行,无论爷爷奶奶叔叔阿姨,只要不是一家中人均可统而称之,真可谓四时皆备、八方灵通。这在村里是行不通的,尤其我们这种一姓村是决然行不通的。在这里,辈分是从降生的那一天便确定了的,无论谁、什么情况下,都不可能有哪怕稍许的变更。

时间倒回四十几年,每逢春节,村里总要举行"拜老尊主"的仪式。老尊主只有全村辈分最高、年龄最大的人才能担当。那是一间敞亮的正屋,迎面墙上挂着历代家谱和使这座村子得以诞生、后人得以繁衍的老祖爷爷老祖奶奶的画像——那是画得极其恭谨极其慈祥的。在他们面前是一张蒙了红布的八仙桌,桌上摆着香案和供品。香案是一个盛满细沙和漆成朱红的方形木盒。供品极多，有点了彩的白面馍馍，有苹果、梨、红枣，也有用白面捏好蒸熟的鸡鸭鹅之类的生灵。仪式开始，先由老尊主点香，带领众多晚辈朝着族谱和祖宗画像磕头。随后老尊主被扶到供桌旁的那个红木雕花太师椅上正襟危坐，接受后辈人或者一群一伙，或者一家一支的叩拜。只有在拜过老尊主之后，各家各支才能开始各自的拜年仪式和庆祝活动。

我刚记事时参加过一次拜老尊主的仪式，老尊主是村东一位七十五岁的老爷子，胡子稀疏花白，直垂半胸；柔弱蓬松的几缕银丝，亏了一顶青色毡帽才没有被风刮走；绑腿严严整整，青布大褂齐齐崭崭。当老尊主端端正正在那个红木雕花太师椅上坐稳，我们这伙新衣新裤、衣冠齐整的后人便依次走上前去，嘴里喊着："给老尊主磕头！"三揖九叩。四二年入党的村支部书记和绰号"彪八子"的地主分子同样毕恭毕敬，丝毫不敢有马虎的神情。老尊主微眯着眼，略略点一点头，便算是对磕头者的恩典了。当我喊过："给老尊主磕头！"老尊主的眼皮儿翘了翘，慈祥而又威严的脸上浮起一缕笑纹，我还着实得意扬扬，在小友们面前夸耀了几天呢。

倘使那风俗一直延续下去，倘使后来我不离开村子，若干年之后，我是极有资格坐上那把红木雕花的太师椅的：我的辈分很高，在同辈中年龄又最小——女孩子另当别论，因为女人无论老少是从不计算在内的——倘使一切顺照自然，没有意外发生，我应当是可以熬到做老尊主的那一天的。

村里人讲辈分绝非仅仅是个称呼。据妈说，我还青着半片屁股拱妈奶头时，那些三四十岁甚至于五六十岁的小辈们见了我总要夸：

"看俺小叔多有福相！"

"哎呀，俺这小爷会啃手指头呢！"

或者因为认生，或者因为惊吓，或者因为说不清的什么原因，我这"小叔""小爷"不作脸，哭起来，或者撒起尿来，那些小辈们也只是笑:"俺小叔(小爷)好脾性,长大了顶准有出息!"

但我并没有出息,及至长到"满山跑"的时候,皮得很也野得很,与小友们一起玩,经常都要打得鼻子泪水不停地流。倘是别的孩子欺负了我,他们的爹妈定准板着脸,朝着孩子把眼珠子鼓得溜圆,骂:"你个×养的反啦,敢欺负你小叔(小爷)!"顺便落下几巴掌,打得孩子哇哇哭再来哄我。倘是我欺负了别的小友,小友们告了状,大人们也总是训自己的孩子:"谁叫你跟你小叔(小爷)一起皮来着?你小叔(小爷)碰你一下就值得哭?"拉起孩子回家了事。

自然有时候也有例外,就是山子他妈。山子小我两岁,我常欺负他。他妈看见了总是啪啪两下,先在他屁股上或者脸上落下两道指印,随之抓起他的手向家里拖;拖着,回头凶凶地瞪我,"你这小叔当得可真是!看我不告诉你妈!"

她说得出做得到,因为这我挨了妈不少呵斥。山子却并不记仇,时常还和我一起,心甘情愿地做我的"跟腚虫"。

那个夏天我忽然病倒了。平时头痛脑热,请邻居家一个叔在手上、额上、脖子上推摩一会儿准保就好,这一次却不灵了,妈说是发疹子。小姐被派去找王瘸子,山子听见了赶紧跑来报急。王瘸子是村里药社的大夫,他打针不是轻轻扎,而是把针头对准屁股上摔;摔上了,痛得人家哭爹叫娘,他却捋捋袖子揉揉手指,然后一鼓作气把针推进去拉倒。这一手,大人小孩没有一个不怵的。

"那怎么办?"我吓出一头冷汗。

"还不快跑!"山子说。他盯住妈,趁妈进草厦子抱草的时候向我使个眼色,我当即跳下炕,跟在他后边,一溜烟儿地出了家门。

逃进南河的柳树林里,我们得意地笑成了一团。

"文子——"

"兄——"

大概是王瘸子来了,妈和小姐的喊声响成一片。我和山子从柳树林里探着脑袋听，可就是不肯应声。直到喊声消失了，我们才从柳树林里钻出来，坐到河边的大堤上，自得其乐地喊起了歌谣："大胪打二胪吹，三胪夹谷楷，青卜岭后来奔丧，江林庄里抬老扛，哈山疃儿死一炕！"

这歌谣是我们一伙小友的再创作。本来的歌谣是："大胪打二胪抬，三胪出个穷秀才！"那说的是三个相邻的村子各自的特点。大胪靠山，打石头打铁的多；二胪穷，外出帮工抬大扛的多；三胪也靠山也穷，却不知哪儿来的灵气，识字教书的不少。那歌谣，是方圆十几里没人不知道的。我们偏偏变了模样。当然也不固定，喊时常有变动；变动是看什么时候、朝什么人喊。在靠近青卜岭后村的地方，碰上青卜岭后村的人就喊："江林庄上来奔丧，青卜岭后死一炕！"在靠近江林庄的地方，碰上江林庄的人则喊："青卜岭后来奔丧，江林庄上死一炕！"或者："哈山疃儿来奔丧，青卜岭后死一炕！"总之朝着哪个村喊，必定是咒着哪村遭殃的。但不管怎么喊，前三句是不变的，尤其"三胪夹谷楷"一句绝对不变——村里死了人，夹着谷楷随在人群后边的总是长辈呢！

就这歌谣，我们一伙小友一时兴起，坐在山坡上，爬在河滩里，站在谷堆旁，拦在道路中，拖腔拉调就喊起来——那喊有时比唱歌还要悠扬。碰上有人过往，就会喊得更响。女人和孩子听了，只有低着头加快脚步；倘使大人听了喊一声："这些小兔崽子！"我们就会大笑着跑到另一边，或者跟在人家身后，喊得更上劲儿。

因为人少，又没有过往的外村人，我和山子的歌谣显得有些空荡，却也还是让我忘记了病痛，忘记了时间。

天傍黑，妈、小姐和王展子显然都急了，村里村外地喊着我和山子的名字。山子有些怕，怯怯地望着我说："文子叔，你说回不回？"

我心里想回，又怕打针太痛，说："要不，你掐我一下试试？"

"掐？"山子显然没有明白我的意思。我把一只胳膊伸到他面前说:"掐呀!"他才用两个手指,在我胳膊上拧了一下。

"使劲!"我咬着牙,把头扭到一边。

山子还是有些犹豫,说:"那么痛,你受得了哇?"

我不吱声,只把胳膊向前凑了凑。

山子咬着牙,一下,两下,总狠不下劲来。我从一根槐枝上掰下一个棘子,把刺尖打掉,送到他手里,又憋住气,撅起半边屁股说:"你扎!"

山子果真用棘子在我屁股上扎了一下。

"哎呀!"我一声惊叫,跳了起来。

"文子叔……你……你扎我吧。"山子瞅着我的脸,像是闯了一个天大的祸。

针是不能打了,妈和王展子的呼喊自然不能应。直到天彻底黑下,估计王瘸子早回药社了,我们才悄不声儿地溜回家。

王瘸子那一针终究没能逃脱,更倒霉的是还惹得王展子闯了堂。她是第二天大清早就来的,进门朝着我就瞪起眼珠子,"你这个小叔可真有本事,整天拖着俺山子满山跑,是想跟拍花的去是怎么着!"

"跟拍花的去?这可是真的?"妈的脸上罩起一重惊慌。妈不知多少次地给我讲过"拍花的":那都是些从老远地方来的人,满口听不懂的西北话,看中谁家的孩子就送糖给孩子吃,趁孩子不防备时把手在头上一拍,孩子就觉得前后左右都是水和火,只得老老实实跟着他们走,一走便没了影儿。妈是最怕我被"拍花的"给拍了走的,听王展子一说,抓起一把笤帚就扬到我头顶上。

"没有的事儿!"我赖,"山子整天黏着我,该我么事!"

"好你个文子兄!"王展子汹汹的,"小小的就不干好事,长大了不成牵柱子才是怪啦!"

牵柱子是村里出了名的坏种,蹲过大牢的。妈见王展子把我和他扯到一起，朝着王展子不依了，"他嫂，你这是说的么话来？俺文子再有不是，你也不能……"

"哦，这是不让我说话呀！"王展子拿起妈扯下的准备用来补衣服的半截衣袖，风风火火朝门外去；去到院里，又故意回过头来嚷道："不让说不说！有大牢等着哪！看俺文子兄长大了跟牵柱子能差到哪儿去！"

妈气得脸上灰白发青，一手扶住门框才没有摔倒。我慌忙上前要扶，妈却把我推开去，手指剜着我的脑门骂道："你个不听话的小东西！往后再跟山子一起站，就砸断你的腿！"

站，就是玩的意思。

4

尽管妈骂，我还是和山子一起站。春天挖菜打弹弓，秋天搂草放老鹰，冬天赶陀螺打雪仗……然而，最让我无法忘怀的还是夏天，那不是下河沟摸鱼捉虾，而是照马拉猴和听京唱。

马拉猴是蝉中个头最大、叫声最响的一种，满山的马拉猴叫起来，呜啦哇啦，聒得人耳朵也要聋了。沙帽顶那棵老椿树上的马拉猴最多，黑压压的，套不完粘不尽，我们就等天黑后在树下点几堆火，然后用脚踢、用手摇、用棍子敲；马拉猴被惊动后迷迷瞪瞪，一齐向火里飞，等到它们意识到不妙，那薄薄的、轻纱似的翅膀已经成了灰烬。马拉猴说不上多么好吃，却挺香、挺乐，照马拉猴也就成了年年夏天必有的"课程"。那"课程"顺利的时候，一晚上照一小篓子也是稀松平常。

夏夜最有乐趣的还是听京唱。村里的房子大多没有后窗，通风差、热、闷，一到天黑，家家户户老老少少，卷着草帘子、拿着蒲扇就向街上去。睡觉的、扯闲篇子的多在村中村东，听唱的则在村西。那里有一口井,井边有一条水流,水流上有一道石板桥,石板桥边有一棵说不清经历了多少风雨雷电的老白果树,村西两个会拉京胡的每晚就在那儿吱扭。而只要京胡一吱扭,有人嗓子就痒,就唱起来。而只要一唱起来,不少人就向这边拢;或者坐在草帘子上、蒲团上,或者坐在石阶上、泥地上,一边赶着蚊子一边听唱、起哄或者挑毛病。那京胡拉得自然不能跟城里的剧团比,那唱的自然也不能跟梅兰芳、马连良同日而语;有时像铜大缸,有时像嗓子眼里堵了半截砖头,有时又像是舌头根子底下被人捅了一个窟窿,有时还忘词,成句成段地忘,东扯葫芦西扯瓢地忘。然而拉得不躁,唱得不急,错了漏了也能补上接上。观众喝彩也罢起哄也罢,全是一片乐事、热闹事,绝无"炸场"一类的危险存在。

我和山子经常也挤在人堆里。对于唱的什么起先我是一点不懂,听得多了才好些了,"借东风""空城记""捉放曹"里的词儿也能学上几句。特别遇到月朗天清的时候,那黝黝的远山、闪闪的星群、飒飒的爽风,那树叶簌簌的低吟、流水哗哗的低唱,那吱吱的京胡、呀呀的唱腔和噢噢的唱段、哈哈的哄笑,汇成的热流便蜜水般地在我心头流淌,我的灵魂便好像脱开躯壳,悠悠地飘向空中,飘向不知多高多远的美妙无比的境地。多少次,我都是在那样一种境地里,被爹或妈背回家里去的。

山子却很少有这样的机会。王展子不喜欢京唱,每次不等唱完就要把山子喊回去。山子变着法儿躲避王展子的眼睛,也还是时常被拧着耳朵,生生地拉出人群。

山子人小劲猛,"骑老马"的时候尤其见得出来。那是小友们聚在一起的时候,是在山里或者村外的野地里、沙滩上。小友们抓着土块扔着石子互相嬉闹,有谁忽然喊一声:"骑老马!"立刻所有的土块石子一齐飞向天空,野地或者沙滩上顿时响起一片喊声:"骑老马咯!骑老马咯——"骑老马又叫打马仗,分为对立两方。每方有一个马桩,一般由高一点壮一点的小友担当;左右两人胳膊套在马桩肩上,算作马腿。老将骑在马桩和马腿的脖子和肩上,背后还要有一个撮马腚的。双方准备好,摆好阵势,俨然古代长矛大刀、金盔铁甲的两军交战,一阵呐喊便冲到一起。马桩顶,马腿抗,老将在上面厮杀,撮马腚的在下边推住老将的屁股和腰;自然,旁边还有助威呐喊的。直到一方马架坍塌,老将落地,一场马仗才算结束。一场结束,败军退出,另一场接着再来。我当老将的时候多,山子当马腿的时候多。他个子小,能钻能拱,还会不露痕迹地下绊子,对方的马腿常常被他拱倒或绊倒。马腿一倒,马架歪倾,老将失去依托,我便不战而胜。骑老马地场一定要好,伤不了人。每战结束,十几个人压在一起、滚在一起,笑个不停,嚷个不停,把天和地都能闹翻了。那乐趣,并不比奥运会足球赛踢进一个球差到哪儿去。

我乐意跟山子一起站,还有一个原因,就是他心眼好、仗义。

灾荒年一个雪后的下午,我和山子拐着篓子提着小镢到山上揽地瓜。揽地瓜也叫"复收",从刨过地瓜,地里就不知被复收了多少遍,我们也还是要去。那时灾荒如狼似虎,家家吃的都是花生壳、苞米塞、地瓜蔓,粮食已经很少见到了。那带来的第一个问题是水肿病,爹的脸上身上腿上肿得水桶似的,手指一按一个窝,不带起来的。因为这,也因为我们家的三间正屋被喂了猪,一家人被挤到村东一个厢屋里,爹的水肿又变成了冻疮,一冬天几次差点昏过去。彪贵子也病了,脑袋肿得跟个圆球似的,成天躺在炕上,眼睛也难得睁一睁。治疗水肿最有效的是粮食。可粮食,开始每人每天八两,后来又降到五两、四两;两是旧两,十六两一斤的两。即使如此也还是时断时续,说不定什么时候就供不上了。

那次是因为雪大,一连几天大车出不了村。等到出了村把救济粮拉回来时,村里人跟迎新媳妇似的等了一街。眼看要到仓库了,大车上的一个麻包不知怎么破了,撒下了一地金黄的苞米。那让孩子们红了眼睛，趴到地上就没命似的把苞米向嘴里填、向衣袋里装起来。那让几个大人也红了眼，也参与了进去。这一来，地上的苞米没有了，就盯到车上，哄抢就开始了。村支部书记和民兵连长扯着嗓子要拦；眼见拦不住只得敲起大锣，召唤起没来的人家——平白无故没了救济粮，人家是要跟他们拼命的。

人越聚越多，抢到的不肯罢手，后赶来的更红了眼，街上出现了一场从未有过的大混乱。

"老尊主来啦！老尊主来啦！"

恰在这时有人喊。乱纷纷的街面上滚过一重嗡嗡声，竟然静下来了。

老尊主深居简出，除了春秋天晒晒太阳，极少露面。方才他是忽然兴起，要家里人推着出来看雪，被几个没有抢到粮食的小辈大着胆子请来的。他耳不聪眼不明，被人搀扶着，颤巍巍地望着纷乱的人群和空空的大车，眼睛里不觉射出两道冷峻的光亮。

"这是做的么事？没有规矩了不成？"他并不注视哪个人，只是用极其苍老威严的语调说。

声音不大，还有些飘，在人们心里还是引起了一阵震动。这几年春节虽然不再举行拜老尊主的仪式，老尊主在村里人心目中的地位仍然是极高、极为尊崇的。

"祖宗的人都叫你们丢尽啦……"老尊主喉咙里跳出一串颤抖。

人们垂下脑壳，没有谁说一句话，沉静中传出几声压低了的啜泣。

支部书记走上前，恭恭敬敬地把老尊主扶到小座车上，对众人说："老尊主说得对，咱们不能给老祖宗丢脸哪！走哇，把粮食送到库去重分哪！"

他扛起半个麻包向前走，众人不约而同地随后而行。那一刻，我的心灵里溢满了对老尊主的崇拜。

救济粮分下了，灾情却只缓解了几天，饥饿仍然像毒蛇一样缠绕在家家户户的门槛上。为了肚子为了生存，我和山子不得不一次次地拐着篓子提着小镢，向复收了不知多少次的地瓜地里进攻。

忙活了好半天，除了瓜蔓，瓜孙子也没有见到一个，我说不出的绝望，一屁股坐到田边的一道土堰上。就在这时，我的手无意中拨开的一丛枯草里，出现了一个老鼠洞的洞口。老鼠洞圆圆的，垂直上下，显然没有被人动过——那时老鼠洞也被人挖得濒临绝迹了。

"山子，快过来！"我喊，一股突如其来的兴奋，使得我嗓子眼里打起了飘颤。

山子跑过来，两眼惊瞪，抡起镢头就刨。

"慢点，"我连忙抓住他，"堵死可就完啦！"

老鼠洞露在外面的是天井，向里是弯弯曲曲的洞道，洞道一旦堵死，要找鼠仓就难乎其难了。

山子清除了一下周围，顺着天井找到洞道，然后双膝跪地，边刨着土边用手向前探摸着。我不时叮咛着，同时向两边扩着土：场地扩得越大、越干净，洞道堵死的可能性就越小。

"哎呀！"山子忽然一声惊叫。他摸到了老鼠。老鼠惊惶地蹿出，在面前转了一个圈儿，又惊惶地钻进洞里去了。

"是个大个儿的，快挖！"我夺过山子的镢头，没命地向前掏去。山子飞快地把两只篓子提过来：老鼠越大鼠仓越大，里面储藏的粮食越多，那是比天还要大的希望和宝藏啊！

老鼠洞很长，越掏越细、越窄，直向田边的水沟那边伸去。等到我们膀酸手软挖到沟边时，老鼠不见了，洞道只剩下一个空空的出口。

"完啦！空窝！"我和山子一屁股坐到地上，喘起了粗气。老鼠洞有实有空，空的多半是废弃了的，只做通道用，当然挖不到粮仓。

我像扎了洞的皮球，只剩下发狠的份儿，"这个×养的老鼠没砸死，真让它占了便宜！"

"这个×养的好肥！"山子也骂。骂着忽然跳起，伸着两个指头，顺着方才挖过的洞道摸索起来。他在寻找可能漏掉的洞道，老鼠洞有时候也分岔。

"别费那个熊劲啦！有仓还不早叫人家掏去了！"我不抱一点幻想。

"知道。"山子应着，却不停止，沿着长长的洞道一直摸到方才碰到老鼠的那一边。

"这儿！这儿！"山子突然喊起来。

我跑过去。果然，在刚才挖过的洞道的另一侧，露出一个隐蔽的洞口。

"好它个老鼠孙子的！迷魂计！"

我们的劲儿猛刺刺喷出来。山子用镢头刨，我用手向前探。洞道先是向下，接着斜向一个坡地；在坡地的高深处，我们终于找到了鼠仓。鼠仓大且干燥，里面满满的全是粮食。

"花生！"我先掏出一把。

"豆子！"山子也掏出一把。

喜悦顺着血管和毛细孔，猛刺刺地向心里涌向身外沔。我和山子搂在一起，笑着、叫着、跳着，眼泪也出来了。我们飞快地扩着仓门，各自用双手把花生和豆角向怀里和面前掏着。不到半刻工夫鼠仓空了，我们面前堆满了饱满的、让人想都不敢想的花生果和豆角。

掏出的花生果、豆角装进篓里，山子忽然哇地哭起来。"都叫你抢去了！都叫你抢去了！"他指着我的篓子嚷着。

我篓子里的花生果和豆角，确是比他篓子里的多出不少。

"我找的洞！"我黑着脸。

"才不，是我找的！"山子脸上青青的，鼻涕一抽一抽。

"屁！你不愿意要拉倒！"我伸手夺他的篓子。

"你才屁！你才屁！"山子哭着，也夺我的篓子。

花生果和豆角撒了一地。我恼了，抓住山子的衣领使劲揪他。

山子不服气，揪住我的袖口狠力扯。对峙了好一阵子，我才恨恨地甩开他，把我篓子里的花生豆角向他篓里一倒，然后踢过一脚，骂道："你个不要脸的！全给你！滚！滚！"

山子反倒愣住了，低着头，掰着手指头，把目光偷偷地向我脸上瞟。我不理睬他。半晌他才姗姗地提起篓子，走了。

我把撒在地上的花生果和豆角捡回家，妈见了像见了救星，连忙煮了半瓢端到爹和我面前。那时爹让水肿和冻疮折腾得已经没个人样儿了，看到花生果和豆角脸上立时泛起一道光来，拉着我的手说："孩子，好，好啊……"

正吃着，王展子来了，我认定她是为我和山子打架的事来的，连忙躲进屋里。

"三婶，俺文子兄哪？"王展子问。

妈不知出了什么事儿，只当是没有听见。

"三婶啊，俺文子兄可真是！"王展子说，"怎么把花生和豆子都给了俺山子？山子说，是他小叔找的洞，他小叔掏的仓！喏，这半篓是山子让我送给他小叔的。"

"这可是真的？"妈且疑且惑。

"三婶啊，我可不是夸俺文子兄。他的心可真是善，长大了保准是个了不得的角儿！"王展子嘴上抹了一层蜜。

啊！山子，山子！

我跑出屋。天上两只云狗追逐嬉戏，冬日里的风比起春天也还要暖上几分。

5

转过春，年景好起来，爹却死了，死时七十三岁。老人们说是喜丧：七十三八十四，孔老夫子孟老夫子也不过如此。爹死后妈得了一场病，小姐也上了中学，家里的大活重活都归了我，种园、种自留地、挖猪圈、搬粮食、运柴草……但那并没有影响我上学。山子不然，没等灾荒过去王展子就逼他退了学。他小小年纪，白天要干很多活儿，晚上还常常跟我泡到很晚。那时我迷上小说，全是大本的。山子看不了就看画书，《三国演义》《说岳全传》《西游记》还有《水浒》，哪一套都是十几本二十几本，不明白的地方就让我讲给他听。他迷得厉害却从不敢拿回家，他妈看见了会撕了烧火。

山子说，他最盼的是天黑和学校放假；因为只有天黑和学校放假，能够跟我在一起。

农村学校放假和城里不同，除了寒假赶的是春节，暑假、秋假赶的全是地里的庄稼。暑假短，从开镰到麦子上场；秋假长，从割豆子、刨花生一直到种完麦子、打完青草。

打青草是一年里最后一件大活。青草又叫"茅草"，长在大北山里。草很高很壮，是冬天牲口的上好饲料，还可用来缮房子盖草厦子。收完秋打完场，村里的壮劳力便向大北山进军了。"大北山"只是泛称，并不单指哪一座山哪一道岭，总之挺远挺大，早晨披星起，晚上戴月归。

我和山子的任务是赶驮子，每人赶一头或两头毛驴，顶多三头，把青草向村里运。赶驮子是一件乐事，牲口上路很少用人管，我和山子或一前一后，或一起，走在牲口末尾或中间，尽情地乐。晚秋的山把世间最美好的色彩都集中到一起。柿树、爬山虎在坡间、峰顶和一方方奇伟耸然的石砌上点起一团团火。檞椤叶、松树毛又把林间、野地、沟壑，涂抹得一片金黄。在这耀目得使人痴迷的红黄两色之间，苍松古木投下斜荫乱影。山泉幽幽碧碧。石砌花蓝中藏绿。万年青绿中溅墨。数不清的叫不出名字来的野花野草，千态百姿竞奇斗艳。崎岖山路上铺满落叶，踏在上面如同踏着北京饭店大厅里的地毯，只是松软中又多出了沙沙的声韵和头顶上几声洪亮的雁叫。阳光拂面,爽风牵衣,翠鸟嘤鸣,绿溪叮咚。山间极静极美,让人如同堕入魔鬼的宫殿,整个儿地就要窒息了。

我们却不甘心窒息,时不时发几声呐喊:"啊——""噢——""山子——""哎——""文子叔——""哎——"然后侧耳倾听山崖、沟谷、林地发出的或强或弱,或清晰或模糊的回音。时不时折下一根树枝,敲打着路边的岩石古木,唱起一阵山歌雅调。时不时朝着山壑沟底推下几块大石头——那叫"滚地雷"——眼看着大石头轰然而下。时不时站在岩石和山坡高处滋尿,比赛谁滋得远。偶尔被石牙子或树根绊倒,叫一声:"我的妈呀!"爬起来,朝向石牙子或者树根踢个不休、砸个不休……山子像野驴撒欢,时不时还发着联想:

"你说这儿像不像花果山水帘洞?"

"你说诸葛亮是不是卧在咱这山里成龙的?"

"你说这条河里的水算不算波涛汹涌?"

"你说……"

乐尽管乐,赶了两天驮子我却不肯再赶了。赶驮子是小孩子的活儿,我已经是中学生了。山子见我要去打草也嚷着要去。我们找到绑子哥。绑子哥是婶的儿子,是队长,见我和山子非去不可只好应下了。

大北山里的打草跟电影上大草原上的打草并不相同。草是长在山坡上的,山坡漫漫,难得有几分平坦的地方;割时从下坡向上,弯着腰,一手抓草一手挥镰。镰长不过两尺,柄有胳膊粗细,溜直;割下的草一小堆一小堆扔到地上,后边有专人负责收拢和捆成草个子。一坡草打完转到另外有草的山坡叫作"转坡",有时一天要转几次坡。

那活儿很不轻松,初干,一天下来身架也要散了。在山里,休息时人们一律放躺,两眼一闭,仰面朝天,倒在草地或草堆上养精蓄锐。午饭时间长,人们或者躺着嚼草根晒太阳,或者周吴郑王扯胡、说脏话讲下流事儿。山上没有妇女,脏话下流事尽可放开了讲;有时讲得没了边儿,让人脸红腮热,躺也躺不安稳。每到这时我就爬山。哪山高爬哪山,而且必定爬到山顶。绑子哥说我"心高",山子也宁愿随着我"心高"。的确,站在山顶,极目四野八荒,人心也会随着翱翔到极辽阔极高远的天宇里去:远方是什么样儿?泰山高吗?长江长吗?黄河黄吗?城里人多吗?那里的高楼、汽车、电话、飞机、火船真像书上说的那样神奇吗……我把这些讲给山子听,山子痴痴的,时不时咂着嘴,流着口水。

置身山顶,我还常常咏起"白日依山尽,黄河入海流"之类的诗句。山子对这一手尤其佩服。"文子叔,你怎么知道得那么多呀?"他问。问时仰着脸,一副童心流溢、仰慕渴盼的神情。

"书上印的呗!你还是上学念书吧!"

山子眼皮耷下了,两手使劲地搓揉着。"我这么老大,人家准不要。"半晌他才说。

"那才不一定,让你妈找,准保行。"

山子不言语了,郁郁的面孔上像是要下雨,整整一上午都没有露晴的模样。我知道那是由于王展子不可能同意他上学,心里也像堵上了半截砖头。

收山回村的路上,山子忽然红着脸,结结巴巴地提出要跟着我念书,要我当他的老师。我很惊讶也很高兴,想了想却说:"你要是真想念书,我跟俺英姐说说准保就行。"那时英姐初中毕业,已经在村里当了老师。

"真的?哦文子叔,上学咯!上学咯!上学咯——"

山子一个高儿蹦起,搂住我,在路边的草地上打起了扑腾。

收山回村时照例每人都得担草。我们力气小,加之说说闹闹,绑子哥他们回家吃饭时我们还在路上。天黑了,妈和英姐急了,王展子也急了,远远地等在村边路口。

"这个小东西,我非打断他的腿不可!"远远地妈在骂。"妈!"我冲着喊过一嗓子,骂声旋即停止,英姐跑过接过担子,妈也扭着小脚迎上,心痛地问这问那。王展子见了山子先是照准屁股"啪啪"两下,"个小鳖羔子!怎么不死山里!死了有人给你收尸才是怪啦!"骂完猛一推,"滚一边子去!"这才接过担子。接过担子还是骂,一直骂到场院,骂到家。

青草打完,傍近开学时,我真的把山子想上学的事儿跟英姐说了。英姐好不为难,山子十三了,上学却只能从二年级开始,哪有二年级收这么大学生的道理!英姐经不住我央求,答应到完小替他争取一下,前提是要我把山子找来,她亲自考察一番。

山子来了,低着头,手脚不停地挪挪放放,放放挪挪。

"山子,"小姐问,"听说你文子叔鼓动着让你上学,是真的吗?"

山子脸红红的,点点头说:"嗯。"

"那是说,是你文子叔要你上的,不是你自己要上的是吗?"

山子不知该怎么回答,望望英姐又望望我。我用眼色告诉他,不用紧张,大胆说。

"不,是我自己要上的,不该文子叔的事儿!"

"上学能好好学吗?"

"嗯!"

"还退学吗?"

"嗯……不不,不退学,这次俺妈打死我,我也不退学了!"

英姐笑了,山子和我也笑了。

开学后,英姐到完小跑了几趟,果然争得同意。王展子那儿可是一道难关。我帮山子出主意:回家先找他爹,让彪贵子找王展子,而且要说是完小校长和教导主任看上他,点名要他上的。

下一个礼拜天我从中学回家时,王展子和妈正在说话。见我进门,王展子故意提高了嗓门说:"山子着了魔,非要跟他文子叔学不可。就他那石灰脑子倒真是个成器的材料?"

我装作没听见。妈说:"他嫂,你可不能这么说。咱俩倒好,斗大的字不认一升,你就不觉得闷?孩子长大了可不能也当睁眼瞎。"

妈原本连大名也没有,后来虽然起了一个,写到纸上有时还认不出来。她最不甘心孩子跟她一样。为了能让我们上学念书,她吃了多少苦只有天才知道。

王展子听妈说完,忽然问:"那我给英妹说的那件事,你是应不应声?"

妈说:"照你说的,人好,又是你本家兄弟,还会错了?不过这事儿得听英子的话儿。"

"哦,人家是吃国库粮的,你还觉着配不上英妹啊?"

"配是配,也总得跟英子说。"

"那好,三婶,你可是应了声的。"王展子起身要走。

"那山子上学的事儿呢?"妈叮咛。妈竟然也管起这件事来了。

王展子叹口气,说:"谁叫人家大校长大主任都看上他了的!他要真能像文子兄那样,我还能不高兴?"

"这么说,你也是应了声的?"

"应不应那个声儿的哩!他今黑夜去死,我也不留他!"王展子出院去了。

我乐得不行,搂着妈的脖子打了一个提溜,随即跑去找山子。我完全想象得出山子听到消息的模样:傻笑;然后抹起泪水;然后抱着我躺在地上打滚儿……实在说,山子脑瓜灵,念起书来保准不比我差。

天空瓦蓝,太阳瓦亮。任谁也没料到,山子一腔夙愿以及我、英姐和妈的一片苦心,会被一场天晴雨毁于一旦。

6

天晴雨也许要算是家乡那片土地上的一种"特产",在后来的岁月里我到过许多地方,从没见过那种奇异的情形:天空瓦蓝瓦蓝,太阳火红火红，没有一丝风一片云，骤然间，半天空里就会落下一场雨来；雨点很大，看得非常分明，有时疏有时密，行人根本来不及躲避，只有乖乖地做"落汤鸡"。更让人惊奇的是，雨下得再大再猛，天空依旧瓦蓝，太阳依旧火红，依旧没有一丝风一片云。天晴雨来得快去得也快，说声停，雨就悄没声儿地找不见踪影了。

　　天晴雨多发生在夏季。公元一九六六年夏季的那场天晴雨，却来得快去得迟，最终酿成了雷雨风暴、山呼海啸。

　　起先，村里人只是从喇叭和外出归来的人嘴里，听几句城里的新鲜事儿。第一场小雪下过之后，村里冒出两位呼风唤雨的"先行者"。一位是退休干部，当过一个海滨乡镇的镇长。"四清"运动时他家由"下中农"改定为"中农"。贫下中农是党在农村的依靠力量，中农只是团结对象，这使他愤愤不平，在外边一片雷鸣电闪中，便率先发动了一场"成分革命"。这惹起了另一位退职还乡的供销社经理的反感。经理对于镇长在村里指手画脚原本不满，更加他家是"四清"中由"中农"改定为"贫农"的，自然也就成了"成分革命"的对头，带头打起了"捍卫"的旗子。两位先行者在村里人眼里原本是望而敬畏的，两场"革命"一起，事情变得复杂起来。而村里的事情一旦复杂，就会牵扯起宗族、亲朋、世代恩怨等等由利害织起的牢固坚韧而又十分敏感的网，任凭谁也休想说得清楚、排解得干净；这一点绝不是一般局外人和涉世不深的人能够明了的，尤其难以为英姐那种书生气十足的姑娘所理解。英姐是"四清"积极分子，对"成分革命"一开始就心存疑虑，当上边一纸"保卫四清成果"的告示发下，她便情不自禁地参加到"捍卫"革命中去了。由于大姐是县里的干部，我们家在村里本来就是有头有脸的人家，英姐又是有知识的人，这使她几乎立刻就成了"捍卫"派的头面人物。等到她觉察出这场"革命"和"革命"发起人并非如她想的那样简单，匆忙借着"归口闹革命"的指示与"捍卫"派脱钩后，她全然不知道自己已经闯下了弥天大祸。

王展子还是经常到我们家来找妈，但已不是拉呱或给英姐牵线做媒，已经没有了那种蕴于辛辣中的亲切温融的气息："捍卫"派的那位经理是彪贵子的一奶兄弟，她便理所当然地成了那位经理的打手和火焰喷射器。

妈是她"打"和"喷射"的第一个目标。

城里一个单位的人家多不住一起，有了矛盾结了冤仇多是一对一，很少牵连到家庭其他成员。村里不同，村里一切个人的行为，无不与家庭尤其是父母绑在一起。孩子小时闹出事情要找父母，孩子大了结了冤仇也要找父母：要父母管教或者要父母偿还。

"你那英子可真了不得，屁股一拍，就把俺们十好几口子给卖啦！"

王展子两手比画着，嘴里喷着白沫，在我家正屋里转着圈儿。她的悍泼本性得到了极大升华，原本有些眍䁖的眼珠子，额外套上了一道青蓝的眼圈儿。

"人家说，你那英子马屁拍得可得门了，咣当咣！咣当咣！那老鳖东西连裤衩都不用穿啦！"

妈一辈子头一次经这种事儿，手脚只有哆嗦的份儿。她朝英姐骂道："你个闺女子净出去给我惹祸！你惹谁不好，偏去惹王展子那个脏东西！看你的脸朝哪儿搁！"

英姐气得嘴唇发乌，却强自笑着说："妈，你理她做么！我又没惹她，还不是有人要把别人打下去自己上台，怕我说出去。"

"你可别！千万么也别说！听见了没？那些脏东西可是么事也干得出来！"妈急急的，眼泪也要流出来。

"我才不管他们那些闲事呢。"英姐安慰妈说，"你别担心，我从村里退出，公社宋书记还表扬我几回呢。"

英姐去学校，妈犹自不能释怀，说："只怕是那些脏东西饶不了你姐，饶不了你姐呀……"

我不以为然，说："妈，你可真是！连宋书记都表扬了，他们还敢把小姐怎么样啊！"

妈无话，躺在炕上，手垫着头，时不时叹一口气，翻一个身。

家里出现了这种情形，山子的上学梦自然告吹——王展子毫不犹豫地改变了主意。山子很悲伤，为了排释他的悲伤，我把从学校带回的几本书送给他看。那果然使山子眸子里放出了光彩。他把几本看得懂的包上皮儿，偷偷地拿回家，藏进炕洞：夏天不烧炕，放在那里面绝对安全。

那时王展子已经无暇顾及山子了。她成了大忙人，走东家串西家，时而攀亲拉旧吹捧许愿，时而咒人喷粪信口雌黄，时而还会摆出当时最为时髦的架势——宣讲："大北京的主儿说了，咱们三胪瞳儿的事儿，就得俺家他叔那样的人管才行！……"

她还踏我们家的门槛，总趁英姐和我不在的时候来。每次来过，妈都增受一次刺激。渐渐地，妈成宿睡不着觉，经常起来长叹短吁；白天话也少了，怕见人，十分敏感多疑。医生说这是因为惊吓引起的神经官能症。大姐要接她去城里住，她不放心英姐，怎么说总是不应。

那年暑假，一次英姐去县里参加教师大会，妈从晌午起便坐立不安，说英姐被抓走了，回不来了。

"你这是听谁说的，妈？"我问。

"谁说的也错不了，人家说你英姐四处跳，县里的会就是专为她开的！"

"人家"是谁我自然清楚，但我觉得这种胡言乱语没有一点意思，妈的担心是毫无来由的，骂一声："她放屁！"扛着镢头上山了。

那天英姐真的没有回来，我猜是被留在大姐那儿了。妈不信，认定被人抓走了，"你说这可怎么办？你说这可怎么办……"

天黢黑，妈扭着小脚一趟一趟向村外路上奔，不是我拦，她是爬也要爬到二十里外的县城去的。那一夜妈没闭一眼，直到第二天英姐回来，她才倒在枕上躺了一会儿。

从那天起妈的老病又犯了：咳嗽，手肿，失眠，肩膀痛，脚后跟痛……吃药打针全不管用，白天黑夜呻吟不止。

王展子还是不肯放过妈。暑假即将结束时英姐接到通知，第二天要去公社开会，因为要带一份材料，英姐吃完饭到学校准备去了。我和山子疯玩一阵回到家里时，王展子正坐在炕沿上跟妈说着什么。她见我进门起身走了，我朝那背影吐了一口，忽然发现妈脸色灰灰地喘着粗气，忙问发生了什么事儿。

"文子，"妈抓住我的手，脸上滚下两颗干涩的泪珠，"你说这可怎么好！你说这可怎么好哇……"

"妈，你这又是怎么了？"我问。

"你英姐不行了！人家说了，明天公安局就来铐她了！"

"妈，你怎么又听她胡说！英姐那天不是好好地回来了嘛！"我几分恼几分烦，实在想不出妈怎么会被那样几句胡话吓成这个样子。

"文子，你也跟着哄我……王展子都告诉我了，那天是人家宽大，明儿个公安局可是带着手铐子来，还要妈和你也陪着去的……"

妈哭着，把浑黄的泪珠洒落下来。她颤颤地、死死地抓着我，仿佛稍一放松，我也会被人铐走似的。

"这是不让我活啦！这是不让我活啦……"

妈的心碎的哭声激起了我一腔血气：我是一个十六岁的男子汉了，不能眼看王展子这样对待妈、折磨妈！我要找她，质问她、责骂她，让她明白，她再敢对妈胡言乱语一句，我便要让她知道知道我的厉害！

费尽口舌哄妈躺下已是夜阑更深，我是盘算着明天怎么去找王展子、找到王展子说什么骂什么进入梦乡的；英姐是什么时候回来的，妈是什么时候起身的，一点都不知道。这个夏夜对于我，对于我们家，以及山子和山子家意味着什么，我想也没有想到过。

7

第二天上午,猝然离去的妈,安息在桃帽岭那个长满青草的山坡上。山坡上有两棵并排的松树,透过松树梢顶,阳光洒满山坡的每一个角落。

是我穿着敞边的白布孝袍,拉着白纸糊起的孝棍,把妈领到山坡上来的。妈的葬礼实在简单得不行:除了一口薄薄的木板棺材,只有几刀黄纸;没有吹吹打打,没有香火缭绕,没有火红的罩冠金黄的垂穗,甚至于也没有长长的送葬队列和摔瓦盆、抢抓饭。当妈被抬上那座向阳的山坡,头朝里面朝外与爹合到一处,我捧起三捧山土撒到灵柩上,山坡上随之隆起一座坟茔,妈便永远地离开我们,与青山苍松归于一处。

桃帽岭上的一丘坟茔,从此与我的爱与恨、乐与悲、回忆与思念、奋发与沉沦……联到了一起。

告别妈回来,我没有去照应前来奔丧和帮助料理丧事的亲友,而是攥着两块拳头大的山石,直向王展子家里奔去。

正是吃饭时候,王展子和一家人围在里屋炕上,见我怒气冲冲闯门而入,彪贵子和山子不知发生了什么事儿,王展子也翻着眼皮怔了神儿。

我在正屋门框前站定,两道凶凶的目光盯到王展子身上,满腹的仇恨冰雹似的投掷过去,"你倒吃得安稳!我妈是怎么死的你知道吗?"

彪贵子和山子愕然地注视着我。王展子显然也没有料到会出现这种情形,脸上青一片白一片,一张朝天椒的利嘴也因惊悚而大张着,眼珠灰白,一副畏缩慌乱的神情。

"告诉你,你逼死我妈,你也别想有好日子过!"我声音不高,却有如狮吼虎啸。

王展子到底不是善茬子,惶恐的神情只逗留片刻,便显出了狰狞:嘴角上挑,上唇用力地歪曲着;鼻翼通向嘴边的竖线又陡又硬;一双黑洞洞的眼珠,变得如同一道空荡阴森的深渊。

"怎么说,你们家死了人,倒找到俺家来啦?"

"找你!就是找你!"我吼。仇恨与蛮横碰撞,火星四散迸射。

"王八羔子泼妇!我叫你凶!"

我把一块山石扔到王展子背后的里屋墙上,把另一块砸到正屋的锅台上。顿时,墙上泥尘散落,锅台噗地塌了半边。

"文子兄,你这是干吗?"彪贵子急了,上前推我。锅、炕、房是村里人最基本的生活设施,砸锅、揭炕、掀房顶,在乡亲们眼里,是除了杀人、放火、投毒之外最严重也最忌讳的事情了。两家发生纠纷,不到白炽化程度,是绝不会有这种行动的。

我只觉得没把锅底砸透,实在是便宜了王展子。我甩开彪贵子的手,吼道:"不该你事!"直向王展子扑去。王展子不曾料到我会这样凶猛,脸色煞白,畏畏缩缩直向彪贵子身边的墙角躲。我还要向前扑,绑子哥和大姐他们闻讯赶来,死死把我抱住了。

"你个×养的王展子你等着!"我被拉出门,依然朝着屋里破口大骂。

"哎呀我的天啦!这是没法活啦……"王展子跑到院里,躺在地上呼天号地。在王展子背后,我看到了山子的脸;那脸青黑如铁,似乎变成了另外一色人种。

8

爹死,我记得最深的是砸纸钱。在一条长长的板凳上,放一沓方形粗粉纸,我坐在木凳一端,一手握一把木柄铁头的钱戳,一手举一柄斧头,在粗粉纸上砸下一重重钱印。钱印要相互连接重叠,有如一串叮当作响的铜钱,而且清晰。纸不能太厚,砸完一沓再砸另一沓。最好的纸是黄表,一刀几毛钱,我们买不起,只能用粉纸代替。粉纸又称"烧纸",烧纸砸上钱印,是向阴间的死者送钱;纸烧得越多送的钱越多,儿女们的孝心越见显著。我从"头七"开始砸,一直砸到第三个周年,说不清砸了多少。那是为了尽孝,悲哀也有,却记不清楚了。那时我年龄小,更主要的是我有妈,妈守在我身边。

妈死,天整个儿地塌下了。往常回家一声喊:"妈!"妈就是病在炕上也会应一声:"哎!"有了这一声"哎"我便尽可以去玩,去疯,去干活,去读书。而如今回家门多是锁着,我再也喊不出妈来;就算失声喊出,也听不见那亲切熟悉的回答了。往常吃饭前我多是先坐到炕上看书,直到妈把饭菜端到面前,我一边吃着一边还看;饭菜吃完了不等伸手,妈会又送到面前;纵然妈骂一声:"这个小东西,净等着别人伺候着!"我也坦然。而如今,我回家时英姐多时还在学校——她对教学的热情并没有因为"天晴雨"而有稍许改变——我只能面对冰冷的锅台,或者扒几口凉饭,或者听凭肚子咕咕噜噜闹个不止。我虽已好多年没有搂过妈的脖子,偎在妈的怀里睡觉,但每次睡觉只要妈在,我便能安然入梦;即使夜里被噩梦惊醒,只要听到妈的呼吸或者拉着妈的一只手、向妈的被窝里伸过一只脚,也能再次入梦。而如今,家里只剩下我和英姐,她有时忙到深夜,有时大早就起,我只能孤零零地窝在炕头上。妈在,我觉得一切都很平常、无所谓,妈去了,我感觉那一切一切,包括那骂和呵斥(妈从来没有打过我一下)都那样的珍贵,那样的温暖,那样的让人眷恋……有妈才有家,妈就是家,就是儿女的依托啊!

中秋节到了。往年每逢中秋,妈都要在院子里摆一张小桌,桌上摆几个盘,有苹果、梨、月饼;当月亮露出丰圆的脸蛋时,妈点起一支香，擎在手里，朝向月亮作几个揖，而后让我们也照她的样子作上一番。这叫"拜月"。我们并不认真去拜，特别是我，有时装作被烧了手，捂着叫把香丢到地上。妈忙着要去挖面酱给我裹伤，我和姐姐们却大笑着，争着抢着把桌上的好东西向嘴里填。妈笑，我们也笑；水果甜月饼甜，我们心里更甜。忽然邻家响起几声鞭炮，我们立刻也会拿出妈为我们买的。"嘣——叭——啾——"妈和姐姐们捂着耳朵，只有我和两个外甥一边放一边拍着巴掌。八月十五，那是月圆家圆的日子啊！而如今妈去了，一切都去了。英姐外出学习，大姐二姐早就捎来月饼，婶和绑子哥也来喊过几次。我不吃也不去，独自倚门，望着空荡惨淡的月亮，望着空荡惨淡的月光地。邻家飘起香烟传来笑声，接下又是笑声、喊声、鞭炮声……我的心默默地蠕动着，眼圈默默地蠕动着，先是两团湿雾在眶中打旋，随之，两眶泪水汩汩泱泱……我并不去擦，只是任随它流，流……

泪水一直流到"五七"，姐姐们都回到家里的时候。

乡间规矩，家里死了老人要过"七七""百日""三周年"。"百日""三周年"不需多说，"七七"是从入葬那天算起，每隔七天上一次坟，连续上七次，每次都要烧纸、磕头、上供。在"七七"中，"头七""五七"最为重要。入葬时堆起的是秃头坟，没有坟门，土也少，上面只压几张烧纸。头七要立坟门、添土。"五七"要给死者送财物，凡住家过日子用得着的都要送、都要扎，如纸驴、纸马、纸箱、纸柜、纸碗、纸房子、纸汽车等等。扎起的东西不但要像还要与实物大小相当：只有房子等大建筑才可以缩小比例。扎得多的人家一溜排开，好不威风壮观。过"五七"时把扎好的东西搬到坟前焚烧，家中所有的人都要到场，那情景比起出殡时自有另外一番观瞻。这两"七"过好，其他"七"便可繁可简，可烧几张纸摆几样供，也可去看看就走，总之无关大要了。

妈的"五七"我们尽之所能，给她老人家送去了需要的生活用品。为了让老人家在阴间免受山水的袭扰，我还特意在她坟旁垒起了一道挡水的石堰。

从桃帽岭回来，我见到了王展子。一条蛇爬到炕上，差点缠住她的手，蛇被打死，又被她挑到街上。那是一条小青蛇，我觉得那一定是妈的冤魂派出的使者。我多么希望它成功啊，然而……

"这个死鬼，想来缠我？看它还敢不敢！看它还敢不敢！"王展子抖着威风。可见我扛着一柄锋亮的铁锨走来时脸色却突然一变，拉着山子和他小弟蛇一样溜回门洞里了。好，王展子，你到底也有害怕的时候！这就好！我心里涌起一股从未有过的快慰。那快慰同时让我找到了倾吐悲愤和思念的方式。

从那晚开始，我注意起王展子的行踪，经过四天的努力终于堵住了她。那时天刚落黑，王展子到一户邻居家去借面罗。面罗家家有，有细罗的人家却不多。那户人家住的是一座独门独院，院外临街的是两扇高槛大门。眼看王展子进院我就堵住大门，坐到门槛上，故意高声地说了几句话，用木棍和石块在墙上大门上敲打了几下。王展子借了面罗出门，几次脚步踢踏又几次悄没声儿地退了回去。我知道王展子是想要出门却又担心我会对她突然袭击——一个拼命的孩子就是一只老虎，何况我已经不是孩子了。我想象得出她的窘困：想走不敢，留下又不敢说出实情，只好磨磨蹭蹭熬时间，盼望着我赶快离开……

王展子的愿望我自然不能满足，大半晚上坐在门槛上就是不动，间或还要哼上几声小调；直到午夜将临，我被小姐拉回家，王展子到底没敢跨出一步。

自此，王展子见了我如同老鼠见了猫。即使白天，我向她家胡同门口一站，她即使到那位经理哥家里去领受钦命，也只能从又脏又窄的猪圈夹缝穿到别的胡同溜出去；出去还要半面遮身半面盖脸，匆匆惶惶，生怕被我看见。这越发激起了我报复的欲望，每每尾随堵截，使得她惶惶不可终日，以至于跨出家门也得寻思再三。

我恨王展子！我要像她折磨妈那样折磨她！绝不让她在这个世界上得到一刻安生！

对于山子我没有为难的意思。"冤有头债有主"，"一人做事一人当"，《水浒》《三国演义》中的英雄豪杰，《三侠五义》《小八义》中的侠客义士，都是在我灵魂里播下过种子的。冤和仇是王展子播下的，她理应偿还，与山子没有任何关系。但我难得见到他了。听说他藏在炕洞里的书终于被王展子发现并且烧了，他为此还挨了一顿打，可他既没有告诉我也没有一句道歉的话；而他是知道，那些书是我冒着好大风险才弄到手，抱着对他的绝对信任才借给他的。我想山子是挨了王展子的打才不敢进我家门的，心里纵然不舒坦也还是原谅了他：我们可是割了脑袋也不会变心的好朋友啊！

秋假后的第一个星期六的傍晚，我从学校回家时总算在村外的路上遇见了山子。其时夕阳刚刚落山，晚霞正伸展着彩翅，如梦如丝的暮霭和炊烟袅浮在山村上空；耕牛解去犁套，哞哞地欢叫着；马车用清脆的铃声，把一天的劳顿撒向街口田畴；放学的孩子们相互追着、笑闹着，奔回各自的家门；而在各自的家门里，母亲已经抽去锅底的柴草，把喷香的饭菜端上餐桌……我和山子仿佛经过了一个世纪的别离，在这样的时刻会面了。当我远远地见他领着小弟向我迎来时，我的心如同饱受了颠簸的渔民看到了陆地。我有多少话要对山子说呀！山子有多少话要对我说呀！我要告诉他，我是多么地想他，梦里也常常跟他一起站。他会安慰我丧母的痛苦，会向我表白对于王展子的不满和怨恨。我也会安慰他，告诉他我们的友谊绝不会因此而受到影响，我会像往常一样教他识字、读书，做他希望的称职的"老师"的……

"山子！"我喊着，迎上前去。

山子听到喊声，惊惑地望过一眼，随之向一个岔路口那边退去；

退了几步见我来到面前,这才耷拉着脸,斜仄着身子,贴着路边的水沟朝我迎来。随在身后的小弟稍一迟疑,他一把揪住喝道:"你找死啊!快走!"

山子用脊梁贴着我滑过去了,哪怕冷眼也没有向我瞟过一个。

我茫然地怔住了。

"呼——"背后一声风啸,我回头,山子用手中的一根树枝,毫无来由地把路边的一丛青蒿,扫得东倒西歪。

我的心分明地一颤。啊,山子!山子……

9

倘若有人问,世界上什么果子最甜最香也最苦最涩?我一定回答:思念。思念的总是美好和爱,美好和爱的失去却是痛苦和怨恨;思念总是甜蜜和陶醉,甜蜜陶醉留下的只有绝望和悲哀。有谁能够从思念的树上摘下蜜果,那才是难以想见的奇迹。

我对妈的思念,就使我尝尽了甜蜜陶醉和绝望悲哀的滋味,那滋味交替变换和累积,终于酿成了无可遏抑的复仇之火:我觉得王展子一天活在世上,妈的冤魂便一天不得安宁,作为妈的儿子的我,也便一天不能甩掉耻辱和灵魂的煎熬。

我做过种种设想:暗杀、放火、投毒、拼命……然而,那每一项设想的实现都需要时机。我睁圆两眼等待和寻找着,忽然一天,老尊主派人把我找到他的家里。

"天晴雨"使尊主也未能幸免,两场"革命"火热化时,一次因为贴大字报双方在街上发生了冲突。冲突不断升级,以至于发展到拳脚相加。有人像制止抢救济粮时一样,赶紧把老尊主搬到了现场。

这是打从老辈没有见过的大混乱,老尊主只瞅了一眼,脸上就罩上一层乌黑青紫的颜色。

"这是谁领的头?还有点规矩了没有?"

声腔依然苍老沉稳,只是苍老中显出几分尖厉,沉稳中带着几丝颤抖。"革命"的双方,稍许迟疑之后停止了争斗。

"你们……你们怎么对得起祖宗……祖宗哇……"老尊主眼睛里闪着泪光。

人群里有人不服,想要抗辩,但目光刚刚抬起,就被那副无可抗拒的威严和痛惜压倒了。一阵轻微的骚动,有人目光睃巡,有人开始溜号。站在不远处高台阶上的"镇长",不失时机地来到面前,说:"这是谁在这儿破坏革命?嗯!"

他把目光扫向人群,故意不向老尊主转一下眼珠。

"所子……"老尊主认出了他。

"镇长"却还是眼珠儿不转一转,只对几个搀扶的人道:"是谁把老尊主搬来的?好大的胆子,你们不知道破坏革命是多大罪吗?还不赶快搬回去!"

搀扶的人害怕了,这位大名鼎鼎的"老革命"和村里最大的"官"的威胁发生了作用,老尊主被扶着转过身去。

"所子……祖宗……祖宗啊……"老尊主抖索着枯柴似的手指,喊着。

没有回应,只有挥过的不容置疑的手势。

"真个儿的,哪儿就蹦出个老尊主来啦!俺们的老尊主可是在北京城里坐着哩!"王展子从后面又扔过一把石子。

老尊主就这样被"折"了。回到家里一头扎到炕上,再也没能起来;只有夜深人静的时候,人们才偶尔可以听到几声干涩的哭叫:"祖宗啊!祖宗啊……"

我到老尊主家中时,他正在炕上闭目打盹,听见脚步声微微睁开眼睛,示意让我坐到他的面前。他比一年前更显苍老,脸上手上不知是浮肿还是别的什么原因映着一层亮点。这使他如同罩在一个光环里。我从没这样近地站在老尊主面前,从没有这样真切地望着他的胡子、眼睛,听着他的呼吸,感受着他的存在。

"我都知道了……知道了……"老尊主嘴唇翕动着,声音里打着颤忽,"你是刘家的后人……要对得起祖宗……祖宗……"

我什么也没有听懂又似乎什么都听懂了。我反复咂摸着老尊主的话意,一连几天竟然忘记了寻找兵不血刃的时机。而几天之后,我被调到公社当起交通员,新的工作和生活,无形中把我胸中那团几近喷发的火焰冷却了……

这样,到了伏天。

冷冷的三九热热的三伏,海滨三伏的气温至多不过三十摄氏度,却已经让人受不了了,特别是中午,有时根本睡不着觉。因为几天没见英姐的面儿,那天下晌我从县里回来便直接回了家。家里门开着,我知道英姐没有出门,便一边支着自行车一边向屋里喊了一声:"姐!"

我去公社以后,英姐一人在家,不知忍受了多少孤寂。每次我回家她都视为贵宾,自行车一响立刻就会迎出门来,多少年没见似的问这问那。那天英姐没有迎出,进屋后,又见她背着身在用毛巾擦着脸,我立时觉出了异常。

"姐,出了么事儿?"

"没。"英姐回过身时脸上已经露出笑容,只是眼睛红红的,"兄,你怎么好几天都不回来,你快歇歇,我给你做饭。"

说着便洗手择菜,和面点柴。

自妈死后英姐待我一片情深。她一个人教四个年级几十名学生,忙得不可开交,平时做一顿饭要吃好几顿,但只要我回家,她绝不马虎。一次炸茄子饼,她见我吃得香,自己只吃了几口就留下了。第二顿端给我时,我没在意地推开了;她以为我不舍得吃,又把碗推到我面前,说:"兄,你吃,喷香喷香的。"我不知情,说:"昨儿剩下的,么好东西,还非得我吃!"她怔了怔,泪珠儿便扑簌簌地滚下来了。前些年有人给她提亲,她总说年龄小不肯应声,妈死后又有人提过几个,都是条件很好的,她也已是二十六七岁的大姑娘了,但她还是不肯同意,说是非要等我娶了媳妇才肯嫁人,任谁劝只是不行。她一个单身姑娘过日子,不知受了多少磨难,但她很少哭,更少有什么事情不肯告诉我知道的。

"姐,是不是有人欺负你了?又是彪贵子媳妇那个狗东西?"我本能地找到了原因和目标。

英姐不言声,掏出手绢在眼上擦了几下。

是刚才的事。英姐放学回来,见园里的菜园干了,便从路边的水沟里提水浇起来,王展子不知从哪儿冒出来,围着菜园转了几圈,骂道:"这是哪个不要脸的,偷别人的水浇自己家的园!"

水是天上下的地上流的,用来浇园的不止一家,英姐只当是没有听见。

王展子却上了劲儿,"哦,这是耳朵里长驴毛啦!听不见?好哇我还骂!自己把老不死的逼得跳了井,倒要栽到别人头上!哼,想得倒美!"

听骂到头上,英姐只得停住手,说:"你骂谁?"

"骂谁谁知道,不知道的白吃了草!"王展子像只红了眼的疯狗,"想栽到俺们头上没那门儿!到了怎么样,不是女婿吹了灯!还当别人不知道呢!谁家拉这么头叫驴回去,不咬翻了槽才是怪啦!"

英姐被骂得呆了。前不久,在大姐二姐和我的一再说服下,英姐才同一位公社干部建立了恋爱关系。两人关系一直很好,前些日子男方还催着要定下来,两天前却忽然变了卦,说是家里坚决不同意。大姐正托人查询,英姐也正纳闷着,听王展子一骂立时明白了。她恨不能撕了王展子的嘴,却只是哭,从园里一直哭到家里。

对于村里的恶人,尤其王展子这种泼妇,任何真正的道理都不过是揩腚纸一片，他们自有他们信奉的"道理"，就是哪个家族大，人多势众；谁家有几条汉子，拳头硬；哪家的老婆能撒泼，惹不起；谁家的小子多，将来比自家强；还有哪个人敢拼命，能豁上，等等等等。王展子敢于明目张胆欺负英姐，自然是英姐既不合她的"道"也不合她的"理"，而我是可以让她明白她那"道"和"理"的！

"她在哪儿，还在园里？"

我起身，操起一根镢柄便向园里去。英姐拉住我，朝向隔墙的西院那边指了指。西院正是早年赖妈十五块钱，又被王展子骂出来的那户人家。因为那家的媳妇与王展子娘家挂着一个远亲，天晴雨之后，跟王展子也搅到了一起。妈活着时，王展子经常到那院偷听妈和我们说话，有时还隔墙朝我们这边喝鸡骂狗。英姐一指我就明白了，一定是王展子听说我回来了，正在那边当爬墙狗。

"喔出！喔出！"我装作赶鸡，骂道，"狗鸡巴蛋，那只老母鸡怎么跳到墙上去啦！"骂着，把留来施肥用的一罐尿，猛地泼过了墙头。

"哎呀！"隔墙一声惊叫，接着一阵急促的脚步声消失了。王展子娘家的亲戚，也没敢放出半个屁来。

"泼驴跑啦！会爬墙的泼驴跑啦！"英姐笑起来。我在家，她的腰板要硬气得多了。

10

下弦月儿像一把用尽了的镰刀头儿，被人丢在杂草散乱的草地上。高天里行云走马，原本没精打采的星星忽而晶晶亮亮一群，忽而惨惨淡淡几颗。夜色忽明忽暗，明也不过是三五步以内，可以看清人的嘴唇和鼻子。

为了不使英姐担心，吃过晚饭我早早地睡下了。睡过一觉，见英姐也睡着了这才悄然而起,潜入夜的帷幔。傍晚的事,王展子倘若以为已经了结,那是必定错了。她骂的不只是英姐,还骂了妈,骂了我——我的罪恶的懦弱和宽容。她是在仇恨的土地上播种仇恨,在流血的伤口上开创伤口,在隐伏的火焰上点燃火焰!种瓜得瓜,种豆得豆,是收获的时候了!

星月西斜,大街上空无一人,我穿过两个胡同,蹑手蹑脚地来到村后的小街,溜着墙根,找准了王展子家的方位。这里原本空落,白天也很少有人光临,这会儿除了北山上时而强劲时而轻弱的松涛声和偶尔的几声狗狺,天地间仿佛变成了一片墓地。我选好位置,从衣袋里掏出一团棉絮和一个密封的塑料瓶。只要我把塑料瓶中的汽油倒进棉絮,再划着一根火柴,丢上屋顶,眼前的这座草屋,连同屋里正在酣睡的那个泼赖狠毒的女人,就会在一片烟火中化为灰烬。后果是无须担心的:棉絮可以烧掉,塑料瓶可以烧掉,足迹和可能成为证据的一切,都会在一片惊慌中消匿一尽。

一切准备完毕,棉絮却忽然打着旋儿,滚进旁边的一道浅沟。风!我也才发现小街上有风,而且是从西面刮来的。我连忙捉住棉絮,心也随之提紧了:王展子的房子着火,两邻的房子也必定要遭殃。如果是东风,她的那位"经理"哥的房子随着一块焚倒也罢了,而西风,累及的却是几家无辜的乡亲。况且火从外面烧起,很快就会被人发现,就算发觉得晚,等到厚达几尺的屋顶烧透,理应得到恶报的王展子也尽可以逃脱而去。

显然,这并不是设想中的那个理应采取的行动。"到前边去,让火从屋里烧起来!"我收起棉絮和塑料瓶,向前街运动。

绕过饲料场旁边的胡同,我来到村西小桥边的老白果树下。老白果树,你伤痕累累,经历了多少岁月的风刀雪剑,却依然如同一尊至高至圣的神灵,俯瞰着人世的风云变幻。你或许还记得留给我们的欢乐?或许还记得正是在你的这片地面上,我和山子——那个可亲可爱而又可恨可恼的山子,在冬日的积雪下挖出的那个老鼠洞?那个老鼠洞啊!那花生果和豆角啊!那争抢的哭闹啊!那送回的友情和暖人的冬日傍晚的风啊!如今那一切都哪儿去了?哪儿去了……我心里涌起一重灼热,一重悲哀和痛惜。那灼热、悲哀、痛惜汇成一道不可遏抑的激流。激流冲击,我的灵魂仿佛挣脱了躯壳,悠悠地飘,飘……

我飘到村口场院的路边。啊,这里不就是我和山子赶着驮子奔向大北山的起点?不就是妈、英姐和山子妈,不,王展子那个狗东西,骂着、喊着迎候我们的地方?沿着这条路口向前,不就是大北山的重峦叠嶂?不就是我和山子撒野撒欢、吟诗咏词和商量着要上学念书的地方?……那欢乐!那艰难、痛苦、粗野与亲昵中的欢乐,足以融化陈年积雪和冰凌的欢乐啊……

然而还有悲哀,悲哀……

"大胪打二胪吹,三胪夹谷楷……"哦,南河到了,南河还是那样宽,柳林还是那样茂,柳墩下的水还是那样清——不用眼睛,我也看得见水底下的沙子、石子,狡猾的梭鱼和骄横的螃蟹。

"文子叔,你说回不回?"

"要不,你掐我一下试试?"

"那么痛,你受得了哇?"

"哎呀!"

"文子叔……你……你扎我吧……"

声音仿佛来自浩渺的天宇,游丝般地轻,轰雷般地响,遥远而清晰,使人心醉也使人心碎。

我身不由己地在河边路口的大堤上坐下来,双手撑着脑壳,静静地让温情尽情地流泻、消逝。

高天里的云和风似乎消失了,弯弯的、生了锈的镰牙儿露出蒙蒙的灰黄。星星几颗又几群,夜晚变得清亮了许多。

几只夜鸟忽然惊叫着从头顶飞过,柳林那边的草地上传来了一阵"哗叭嘣咔"的声响。像是有人在打架!我跳起来,拔出腰间那柄淬过火的豆腐刀,紧握着,小心地穿过柳林向那边摸去。如此夜晚,肯定有歹徒行凶作恶!我脑子里蓦地蹦出一个念头:杀死歹徒也让歹徒杀死我;让仇恨、悲哀、思念、忧恼……一切的一切,都在"英雄"的光环下得到了结!

我摸到柳林边。柳林边的草地上晃着一大一小两个身影;大的高不过我耳,小的只能搭到半腰。他们不是在相互厮杀搏斗,而是挥拳弄脚、舞棍操棒,在向一株老柳树发动攻击。敦壮的柳树躯干,在凌厉的攻击下簌簌发抖。

"妈呀!"小的脚踢柳墩,因为踢得太狠,被弹倒在地上。

"起来!"大的喝令。

这是谁的声音?分明像是……

"哥呀,我痛,我痛!呜……"

"不行!起来!练!"

山子,没错,正是山子!只是那声音尖厉坚硬,与往时判若天壤。

"你没见人家要打死咱妈?你没听咱妈说,人家非杀了咱全家不可?你个歪种!熊包!不起来我砸死你!"

"呜……"山子的小弟爬起来,用力地踢起来,边踢还边骂道,"你这个该死的牛魔王!你这个该死的牛魔王!"

"看我的!"山子推开小弟,抡起手中的棍棒,照准柳树一阵猛打。柳树被打得皮开肉绽,对岸宿夜的野鸟一阵惊叫,飞上了天空。

那每一棍棒都是朝着我来的,都打在我的心上。一切往事带来的温馨顷刻间逃跑净尽,剩下的只有仇恨——对山子的无比仇恨!我手中的刀索索发抖,恨不能一下子掏出面前这个宿敌的心肝!

"嘎巴!"脚下一棵小树的断裂声惊动了山子。他猛地回转身,警惕地搜寻着,终于挺挺地站住了。

他看到了我，看到了我手中那柄短刀的闪亮。

我看清了他，看清了他手中那根棍棒的晃动……

"兄——"村口突然传来英姐的呼叫。呼叫带着焦急惊慌，带着嘶哑的哭声。

"走！"山子蓦然收身，拉着小弟大步跑走了；跑走的那一霎，柳树上又留下了重重的一脚。

宇宙间所有的黑暗和寒冷，顷刻间一齐灌进我的胸腔。

11

数月后，我披着一身骄傲的草绿色离开了家乡。离开的那天清晨，我特意赶到老尊主家里辞行。当我伏在老尊主耳旁，把参军的消息告诉他后，老尊主露出了难得见到的笑容。

"你是咱们刘家的后人，要长出息。"

我点着头，应承着。

"要懂规矩，对得起祖宗。"

"不要学那些坏人，坏人入不了族谱。"

"别忘了村子，别忘了我……"

老尊主缓缓叮咛着，每说一句都要停顿许久。他的眼睛微眯着，像一口深邃的古井。他的嘴唇翕动着，不知是在重复说过的话，还是在倾吐无法用言辞表达的心声。他的手在我手上抚摸着，于是，我觉出了心脏的跳动，一下，两下，三下……祖宗是老朽的，祖宗的根也是老朽的吗？在这个偏远和默默无闻的山村里，老尊主曾经把祖宗的根、生活的根，培植在我的心里。那根，比起那些时髦而又无聊的、高雅而又卑鄙的种种种种，不知要珍贵出多少！老尊主，在家乡这片古老的土地上，我愿你长生！

是上路的时候了，英姐和婆、婶、绑子哥以及乡亲们把我送到村头。在送行的人群后面,远远地我看见了山子。他靠在一堵围墙边角,目光呆滞地朝这边凝望,不知是羡慕还是妒忌。我装作没有看见他,故意高声地笑着与乡亲们言别,又故意跳上汽车做出威武得意的样子。山子低下注视的目光,手似乎在眼眶上擦了几下,随之揉起了衣角。王展子不知从哪儿冒出来,朝着山子骂过几声,山子旋即消失了。

消失的不仅仅是一个山子,那是一个年代、一个世界。

岁月悠悠。新的年代、新的世界充实了我也埋葬了我:那个遥远的山村,那个山村里遥远的人和事,被紧张的、匆忙的、意义重大或者完全没有意义的生活的波涛,冲得淡如白水,连库藏里也没有留下一点痕迹了。

上世纪八十年代的一个"五一"节,我和英姐在省城会聚了。她在我离开村子之后不久,嫁到几十里外的一座小镇,继续起她的教学生涯;如今已是颇有名声的"先进工作者"。我们谈起过去,淹没在我心灵中的那个遥远的世界,蓦然间升浮出来。于是,妈、家、山村;湖水浸漫的晨烟暮霭,金钟亮鼎的鸡鸣狗吠,悲欢文野的婚丧嫁娶;硬而香的粑粑,稀而甜的地瓜,满身长刺却让人舍不得放手的珀莓头;以及菜园里的那口井,桃帽岭上的那个向阳的山坡,南河柳林里的那个寒冷的夜晚……一切一切,无不带着猛烈的震撼人心的力量,清晰地、鲜灵活气地出现到我的面前。而且,仿佛从来都没有消失过,从来都是这样清晰地、鲜灵活气地伴随在我的身边。

原来,那消失的一切只是改换了存在的形态;原来,那埋葬了的一切不过是潜入更深的底层凝聚生发;原来,那淡如白水连库藏也没有留下痕迹的一切,早已化作神奇的物质,在我的心脏和大脑里一刻不停地跃动着、升腾着。

那一刻我明白了人,明白了千千万万的人以及他们的人生奥秘。

从英姐嘴里我知道,"镇长"和"经理"早就死了,村里这几年搞得不错，单是种花生一项，每户人家每年也能赚一两千块钱。从英姐嘴里我还知道王展子死了。她自妈死后就得了一种极其可怕的惊魇症，每每发作都要把眼珠子鼓到眶外，惊叫着向墙角、炕洞、桌椅底下钻，还要撕衣服、扯裤子、揪头发、捶胸口，像有万般利刃烈火轮番煎熬。有时还揪人，一次把本家那位经理哥当成鬼，把他的一身中山装撕成了布条条。因为这她被关了几次，出来后病越犯得频了。那天在桃帽岭那棵老椿树下割草，一条小蛇从面前滑过，她立刻又撕又咬，抢起半截镰刀朝自己身上乱砍。等到镰刀被人夺下，她也一命呜呼了。村里人说，她脑瓜子上被砍了十几个洞却没流一滴血，可见是被阴间派来的使者摄走魂魄的。我不知道这种说法是否真实，但我宁愿相信那是真实的，而且相信那使者一定是妈派出的。这于我无疑是一个绝大的好消息。那天我特意让妻做了几样好菜，邀来几位好友，喝干了一瓶珍藏多年的贵州茅台。

　　英姐难得破例地喝了一杯。妻没喝，抱着磊磊在一旁纳闷，说不清出于什么心理，我从没向她讲起那些陈年往事。

　　时光流到今年，一天我正在家里准备一份形势教育材料，门外传来咚咚的声音。我打开门不觉一声惊叫：来的竟是绑子哥！村里办起塑料制品厂，他是到城里来联系原料的。三十多年不见，这位红脸汉子似乎并没有想象的那么老。我以最大的能量和速度备齐一桌酒菜，与绑子哥一边吃着一边聊起了村里的事儿。他讲起婶，讲起小嫂和孩子们，讲起我的许多儿时的伙伴。

　　"山子也在这儿，在师大教书。"绑子哥忽然说。

　　我愕然。许多年以前似乎听说，他终于在村里小学做了一个插班生，课程是从一年级学起的。

　　"后来他跳级进了联中。那年大学开考，他和联中老师一起去考，他考上了，那些老师全落了榜。在天津那边他上了几年学，才分配到这儿来的。"绑子哥如数家珍。小嫂同山子家沾着表亲，这些情况他自然了如指掌。

我不动声色。心中的激情却难以抑制：一个辍学多年的山村孩子，能够登上师大的讲台，是件多么令人难以置信的事情啊！

"我记得小时候你们俩挺好的。"绑子哥夹着菜，沉吟着说，"往些年那些事谁说得清楚，那些人也早都死了。"

绑子哥喝口酒，小心地瞅着我的脸色，"这回，我还给山子捎了点东西，下晌打谱给他送去……"

我明白了绑子哥的意思，却故意装作没有听见。妻在一边急了，说："那好办，这儿离师大十几分钟的路，让奇文陪你去一趟。"说着，用胳膊肘轻轻地碰了我一下。

"你插什么嘴！做菜去！"我瞅她一眼，把筷子叭地搁到桌子上。

这是结婚几年里，我第一次当着外人的面儿朝她发火，而且态度出奇地蛮横。妻呆了，眼圈红红的，但也只好起身去了。绑子哥还想说什么，我装作敬酒，把话题一下子扯到耕种犁耙的农活和四时变更的情趣上去了。

绑子哥走了，独自提着一包家乡特产到师大去了。我和妻还有磊磊一直把他送上汽车。回到家里，妻"咚"地甩死门，扑到里屋床上哭起来。

妻有哭的理由，我何尝没有发火的理由？我坐到外屋的椅子上，陷入苦思。我点起一支烟狠命地吸着。绑子哥的话并没有错。的确，那些年的许多事难以说得清楚，可妈的死也说不清楚吗？的确，那些人都已经死了，可他们的死就可以将以往的种种种种，带进坟墓或者化为灰烟吗？

我想象着绑子哥到山子那儿去的情形。我知道一定有丰盛的晚餐，亲热的话语，燠人的笑语——山子的笑一向是很迷人的。我知道绑子哥也会像对我一样地谈起"小时候"和"往些年"，也会如数家珍地讲起我若干年来的变化和情形。我还知道，他还会小心委婉地提出建议，让山子主动来看望我。可山子会来吗？山子来了会说些什么呢？说"骑老马""照马拉猴"还是说我妈的死、他妈的亡？说赶驮子、挖老鼠洞还是我的短刀的闪光、他的棍棒的晃动？撇开这一切不说，只说现在和将来，或许是最明智最恰当的选择。然而，那同两个陌路人有什么不同？现在和将来又怎么谈得上呢？

"爸爸坏！爸爸欺负妈妈啦！"磊磊从里屋跑出来，胖胖的拳头擂着我的手和脑袋。里屋传出啜泣声，妻还在哭。

"磊磊，来，爸爸给你和妈妈讲一个故事。"我抱着磊磊向里屋去。

磊磊挣脱了，说："爸爸坏！磊磊不听爸爸讲故事！"

"不，磊磊乖，爸爸不是讲故事，是给磊磊和妈妈讲讲奶奶。"

"奶……奶？"磊磊瞪起晶亮的眼睛，这个称呼对于他是太过生疏了。

于是，我抱着磊磊进到里屋，坐到妻落泪的床边，讲起我和山子、妈和王展子的故事。我尽量讲得简略、平淡，比我在这里记下的还要简略、平淡。二十分钟后妻从床上爬起来，抹干了脸上和腮边的泪痕；磊磊偎在我的身边，用小手紧紧地抓住我的手，许久许久喊了一声："奶奶——"扑进妻的怀里大哭起来。

妻把他搂得紧紧，紧紧。

绑子哥回村去了。第二天、第三天，半个月、一个月……山子没有来看我，我也没有去看山子。仿佛他从来不认识我，我也从来不认识他。但半夜里，我和妻几次被磊磊闹醒，他不是哭着要"奶奶"，就是哭着骂"王八枕（展）子""王八铲（山）子"。

我不知道山子结婚了没有，有了孩子没有。但我想倘若他结了婚并且有了孩子，他一定也会像我一样，给她和他（她）讲"往些年那些事"的。他讲的同我讲的肯定有不少出入，但结果，并不会有多大不同。我没有理由因此而怨恨山子，只是不知道这播种会延续到哪个年代结束,不知道这播种最终会结出什么样的果实。广岛、长崎的蘑菇云散去五十几个年头,那里已经建成两座现代化的新兴城市,可那里的地下水的分子里,幸存下来和新近繁衍的生命的细胞核里,至今还留着有害物质。那使千百万民众永志不忘。对于"往些年那些事",磊磊他们原本也是应当永志不忘的。我和妻商定,等夏天到来,妈过第三十五个周年时,我们要带着磊磊回到那个遥远的山村,让他亲眼看一看园中的那口井,看一看桃帽岭上那个向阳的山坡。

那口井还在吗?还是那么浅那么旺吗?山坡上的松树还是那么青、那么挺,松树下的那座坟和坟旁的那道石堰,还是那么坚实、完好吗?

岳家军的第一面旗帜

1

宋军的崩溃是从午时三刻开始的。

其时大部队刚刚到达,马家渡周边的野地上挤满了匆匆赶来的各路兵马。都统制陈淬身着铜盔银甲,骑在一匹高头大马上,不停地发布着命令:

"刘经左阵!"

"刘经左阵!"

同时重复和转达命令的是一个十四五岁的英俊少年,他是陈淬的儿子、随军校尉仲敏。

"岳飞右阵!"

"岳飞右阵!"

"扈成后阵……"

刘经、岳飞、戚方、扈成、刘立、路尚、马皋等人按照主将的命令急急地收拢部队,朝向指定的位置奔去。

后续的宋军还在向这边开进,与大部队相伴而来的是飞扬的尘土。尘土腾旋着弥漫着,把渡口及其周边的原野、堤坝、河滩笼罩在一片刺鼻的气息中。

盛夏时节,骄阳把汗水和尘土混为一体,大把大把地涂抹到人们的脸上和身上。

江上风平浪静，除了几只渡船似乎并没有什么异样。

"金兵！"

有人喊了一声。众人这才发现几只刚刚靠岸的渡船上，一群全副武装的金兵正牵着战马、举着刀枪，向码头旁边的一片野地集结。而野地那边，旌旗招展，盔甲鲜亮，马队威武，大队金兵正把如狼似虎的目光瞄向宋军的方向。

"不好啦！金兵已经登岸啦——"

又有人喊，不是一声而是几声。声音中充斥着凄厉和惶恐。

宋军中出现了一阵骚动。骚动在急速扩散。

"全体注意！准备厮杀——"

陈淬厉声命令着。连年的溃败、退却、逃避，从河北到中原，从中原到江淮、江南，宋军中原本弥漫着根深蒂固的恐惧心理和悲观情绪，面对渡江而来的大队金兵，其士气和战斗力是可想而知的。陈淬知道，眼下最重要的莫过于稳住军心，用决战的勇气和斗志压倒官兵们心中的恐惧和悲观。

"全体注意！准备厮杀——"仲敏大声重复着父亲的命令。

"全体注意！准备厮杀——"岳飞、刘经等人发出呼应。

嘈杂的声浪迅速平息，宋军将士们摆出厮杀的架势。然而骚动还在泛滥。

身为御营使、淮南招抚使和六军都统的陈淬，是大宋朝力主抗战的将领之一。公元1125年（宋宣和七年）金兵入侵真定时陈淬孤军奋战，麾下三千将士殉国，他的妻子和七个儿女惨遭杀害。杜充退守长江后，他为阻止金兵渡江费了不少心思，两天前，在得知金兵夺取了对岸的马家渡正在准备渡江时，他便向杜充建议立即选派兵马，在马家渡南岸设下埋伏，随时消灭登陆的金兵。

杜充是右相兼江、淮宣抚使，是朝廷上的二号人物和长江防守的主帅，手下拥有五万多兵马，只要他能够采取断然措施，金兵要想渡江成功并不是一件容易的事儿。

没想，陈淬遭到了训斥，"埋伏？你想埋伏到哪儿？芦苇荡？小树林？庄稼地还是小水沟？那里边没有狮子老虎也没有蚊子毒虫？只怕是不等金兵登岸，你那些兵马先得叫蚊子毒虫收拾得干干净净。"

杜充晃着那颗肥而又大的脑袋，投过一串白眼。为了防止"陈桥兵变、黄袍加身"一类事件重演，宋朝从开国起实行的就是"以文制武"的制度，由此进士出身的杜充，便堂而皇之地成了大军主帅。

陈淬说："这一点大人放心，我们自有办法。"

杜充说："你那点办法我还不知道？一条破麻袋或者几个旧单子真顶得住蚊子毒虫？"

陈淬说："对岸的船都被大人下令收了、烧了，能够渡江的没有几只，金兵一次顶多渡几十个人过来，这刚好给了我们分散歼灭的机会。"

"机会？"杜充一摆手说，"你还是让我省省心吧！金兵渡江、金兵渡江，你们说了大半年了在哪儿呢？就说这一次，他要是二十天不渡江呢？他要是撤军回河北或者是老家去了呢？你也让部队一直在那儿沤着？"

陈淬只得把涌到嘴边的话咽回肚里。争辩是多余的，惹得这位杜大人不高兴是要掉脑袋的：单是这两天，为着一句话或者一件小事让他砍了脑袋的就不下五六个人。

于是只有等。直到金兵渡过长江的消息传来，杜充才在手忙脚乱中命令陈淬率领岳飞、刘经等十七名将领和三万兵马，赶赴马家渡阻击，同时命令淮南招抚使王燮率领一万三千人马前去策应。

几近两个时辰的急行军，到达马家渡时宋军已处于极度疲惫之中，而金兵则以逸待劳，早已排好了进攻的阵列。悲愤和扼腕长叹无济于事，陈淬要做的是在最短的时间内调整好部队的情绪，做好与金兵厮杀的准备。

"全体注意！准备厮杀——"

岳飞、刘经等人一边高声重复着命令，一边在野地上排开了阵列。

岳飞是右军统制，是年二十七岁，身材壮硕而又挺拔，全身透射着一股特有的英武之气。他出生于汤阴普通农家，却自小练得一身本领。二十岁时他第一次投军，没多久就因父亲去世而返乡守丧。两年后他再次投军，又因部队被金兵打垮，能够证明他的"进义副尉"身份的"告身"丢失，再次回到老家。二十四岁时岳飞第三次投军，自此出生入死身经百战，成为宋军中最为英勇、杀敌也最多的青年将领。

他的命令得到了执行。紧随其后的王贵、徐庆、姚政等人一边大口大口地喘着粗气，一边带领各自的军士站定了战位，攥紧了手中的盾牌和刀枪。三人是跟岳飞一起从汤阴老家走出来的，面对渡江而来的大队金兵，他们是不敢有丝毫懈怠的。

就在这时候，对面金兵阵地上骤然响起一通战鼓，战鼓轰鸣中几支剽悍的马队，晃着耀眼的军刀向宋军发起了进攻。

马队犹如凌空而下的闪电，在宋军中激起了一片惊呼和骚乱：

"不好啦！金兵上来啦！"

"不好啦！黄统领被砍死啦……"

"不好啦……"

"全体右军注意！举起盾牌，盯住马腿砍！"岳飞高声下达了命令。

金兵凭借的是快马长刀，居高临下，宋军的步兵根本无法抵挡。

"全体右军注意！举起盾牌，盯住马腿砍！"王贵、徐庆、姚政等人大声重复着。随着命令，一千二百多名右军将士把手中的盾牌唰地举过头顶，同时弯腰伏地，瞄准金兵的马腿一阵横挥，冲到阵前的金兵马队立时发出一阵惨叫。

进攻没有停止，金兵的马队一拨接着一拨，在宋军中左冲右突，犹如砍瓜切菜一般，宋军刚刚排起的阵列瞬间被冲得七零八落。

"全体注意！举起盾牌，盯住马腿砍！"陈淬也发出了命令。

他估计登陆的金兵不过三千人，而他和王燮的部队加到一起是四万三千人，无论金兵多么凶顽勇猛，只要打法得当，总能把他们赶下长江去。岳飞的砍马腿战术让他看到了希望。

"全体注意！举起盾牌，盯住马腿砍！"仲敏随即把父亲的命令重复了两遍。

"全体注意！举起盾牌，盯住马腿砍！"刘经、路尚等人也下达了命令。

然而就在这时候，与陈淬军隔空相对的王燮军的阵列里忽然响起一片鼓噪："快逃命啊！再不逃就没命啦——"

鼓噪声越来越大，刹那间便形成一片狂涛："快逃命啊！再不逃就没命啦——"

随着鼓噪和狂涛，方才还在飘扬的"王"字旗不见了，成群成队的宋军四散而逃。

"王燮这个王八蛋！"陈淬大骂一声。

王燮是有名的逃跑将军，杜充选派他来协助自己陈淬很不以为然。他原本没有指望王燮会杀死多少金兵，也还是没有料到双方刚一交锋，这小子就临阵放了鸭子。

王燮军的溃逃在陈淬军中激起一阵骚动，戚方、扈成、马皋和不少军士也东张西望，打起了自己的小算盘。

"稳住！准备厮杀——"陈淬放声大喊。

"稳住！准备厮杀——"岳飞放声大喊。

骚动没有停止，众多的将士却仿佛回过神来，再次把目光盯向金兵的方向。

金兵却不肯让王燮军白白逃走，几支马队追上前去就是一阵狂杀。被追堵的王燮军只得掉转方向，没命似的朝向陈淬军这边奔来。陈淬喊一声："不好！"连忙上前喝止，逃兵却如同一阵狂涛席卷而来。高头战马一声嘶鸣把陈淬甩落到地下，倒在地下的陈淬奋力跃起，可没等他站稳，又被蜂拥而来的逃兵卷到了脚下。

仲敏大叫一声："爹——"奋不顾身地冲向前来，可旋即也被淹没了。

陈淬军顿时乱成一锅粥，戚方、扈成等人掉转马头，带领所部兵马溃逃而去。路尚、刘立、马皋等人也无心应战，一边退却一边撒开丫子奔逃起来。刘经喊了几声："大家不要怕！不要怕！"见没人理睬，也只得拨马而去。

"右军听我命令！顶住——"岳飞厉声发着命令。

听到命令的右军将士，有的停下了脚步，更多的则照样跟随大队溃逃。

宋军中实行的是"兵将分离"制度，这些右军将士名义上归从岳飞指挥，实际上时常更换，且只有打仗时才听命于岳飞，平日并不受岳飞节制。这使兵将之间无法形成相互信赖、生死与共的关系，对于防止"兵变"一类的事端颇为有效，可上了战场，特别是到了眼下这种时刻，任何人都休想力挽狂澜，更不要说回天有术了。

"右军听我命令！顶住——"岳飞依旧声嘶力竭地喊着。狂涛般的逃兵把他一忽隆卷进田边的一道壕沟，他从壕沟里爬起来，跳上壕顶，依旧声嘶力竭地喊着："右军听我命令！顶住——顶住——"

王贵、徐庆、姚政等人也大声喊着："右军顶住！岳统制在这儿！右军顶住！岳统制在这儿——"

近二百名右军将士朝向壕沟这边聚拢而来。

"大家看好了，前面就是长江，绝不能让金兵站住脚跟！大家跟我杀回去呀——"

岳飞挥动一柄长刀，迎着一支金兵马队冲过去。王贵、徐庆、姚政等人也呼啸着随后冲去。

一阵盾牌抵挡、刀砍斧剁,金兵马队又一次遭到了重创。

这引起了金兵阵前一位高大威猛的将领的注意,当即命令十几支马队一齐向岳飞和他的部队包抄而去。

"不好!金兵马队包围上来啦!"王贵向岳飞喊着。

岳飞也看出不好,命令说:"撤!"带领众人朝向不远处一片芦苇荡且战且退。

"逃命啊——快逃命啊——"

"逃命啊——快逃命啊——"

马家渡周边的河滩和野地里鬼哭狼嚎,再次腾起一片弥天的黄尘。

过了不知多久,当黄尘终于沉落,鬼哭狼嚎终于消散,陈淬终于从地上站起身来时,仲敏也终于从地上站起身来了;四面环视,他们发现马家渡周边的野地和滩头上尸横遍野,看不见一个活着的宋军将士。父子俩说不出多少悲哀和凄凉。这时那个高大威猛的金兵将领来到陈淬面前,告诉说他是大金国忠孝军元帅右监军兀术麾下的都统挞不野,他有一个问题想请教面前这位大宋国的统兵主帅:"我的三千人马还有五百没上阵,你那四万多的兵马怎么就不见影儿了呢?"

陈淬仰首向天,发出一声长叹,片刻骂了一声:"我 × 你个八辈祖宗!"把一柄带血的长剑砍到一个横倒的树桩上了。

宋军崩溃、金兵从马家渡渡过长江的消息传进建康城(今江苏省南京市)时,杜充的第一个念头就是:逃,赶紧逃!

对于金兵,杜充的恐惧是深入到骨髓里面的。早在担任北京(今河北省大名县)和东京(今河南开封市)留守时他就见识过金兵的凶猛和残暴,深信大宋兵马根本就不是对手。他当然知道,金兵渡江后等待他的只能是一场没顶之灾。

"走，走！"他一个鲤鱼打挺从太师椅上跃起，命令道，"走！赶快走！"

留下副将胡景山守城，杜充带着孙师爷等少数亲信和家眷，悄然打开了通向城外的水门。可哪想刚出水门就被截住了：城外的水道里拥拥挤挤，停放着几十只民船。

"让开！让开！赶快让开！"孙师爷和几名军校嚷着。

民船上一位络腮汉子喊着："我们要见杜相爷！"

孙师爷说："相爷要出城迎击金兵，你们赶快让开！"

络腮汉子说："我们也要出城迎击金兵！请相爷带我们一起去！"

孙师爷说："你们不要胡说八道！赶快让开，否则误了大事，相爷不砍了你们的脑袋才是怪啦！"

络腮汉子越发上了劲儿，说："平时日他砍的脑袋还少吗？金兵来了，他立马要逃？那得问大伙儿答应不答应！"

随着他的声音，民船上发出了一阵怒吼：

"对，不答应！就是不答应！"

"想逃跑没门儿！想逃跑没门儿！……"

眼看水路潜逃已无可能，杜充只得命令官船退回城里。好不容易熬到掌灯，他与孙师爷、军需官等人正商量着带哪些珠宝、如何混出城门，忽然得报，右军统制岳飞不顾阻拦，硬生生地闯进内府来了。

宋军崩溃，岳飞带领近二百名将士好歹摆脱金兵回到建康，发现原先的军营已经成了一座空巢，又得知杜充要弃城逃跑，便径直找上门来了。

"岳飞是杜充的爱将，杜充是岳飞的恩公。"这在右相兼江、淮宣抚使司要算是无人不知的事了，然而只有岳飞、杜充知道，事情远非传说的那样简单。

两年前的秋后，正在河北与金兵周旋的岳飞忽然接到命令，要他立即返回东京。返回当天，杜充便在右相兼留守使司的客厅里接见了他。

"好！岳将军好！岳将军好！"一见面杜充便拉住岳飞的手，露出满满的笑脸，"都说岳飞威武勇猛，气盖全军，果然！果然！"杜充一边打量着一边把岳飞请到客厅正中的位置上。

岳飞好生意外。他是宗泽看重的将领，也是真心追随宗泽抗金的将领。杜充上任后废弃了宗泽的北伐部署，加之其人骄奢无德嗜杀无度，在将士们中间声名狼藉，岳飞对他没有一点好感，接到返回东京的命令他原本是做好遭受非难的准备的。

杜充亲手端过一杯热茶送到岳飞面前，岳飞一惊，不觉倒退了一步。

杜充笑笑说："岳将军，别忘了咱们可是同乡，天下只有一个相州的哟！"

岳飞这才知道杜充是相州人。汤阴隶属相州，说起来两人还算是同乡呢。

"亲不亲一乡人，何况这种兵荒马乱的时候，这可是比什么都要紧的哟！"杜充把岳飞按到椅子上坐下，把茶放到面前，而后在对面一把椅子上坐下了。

"不瞒岳将军说，这个东京留守原本我是想也不愿意想的。"杜充做出一副推心置腹的样子，"你知道，咱们北面，金兵虎视眈眈随时都可能再来，东京守得住守不住只有天才知道；南面呢，皇上和朝廷已经退到扬州那边去了，各路州县也大多成了摆设。我孤身一人在这儿容易吗？可这是皇上的旨意，我不干又能怎样呢？"

他说的是真心话，说完眼前仿佛涂上了一层水雾。

岳飞心中一动，外面的人只看到这位新留守的可恶，何曾想到他也有自己的难处。

"还有停止进军河北和遣散民军的事儿，我知道很多人反对，可朝廷明令在先我不做行吗？"

这次他说的也是实情，只是把自己推波助澜的作用省略了。

杜充打量着，见岳飞紧绷的神情出现了缓和，心中不觉泛起一丝得意。

"大人说的自有道理。"岳飞觉得自己应该说几句了，他要说的是：金兵南侵大宋蒙难，大人身为朝廷命官，理应担起抗金救国、收复失地的重任；只要大人如此，我岳飞一定竭尽拥戴，甘效犬马之劳。

杜充却把手一摆说："那些就不要说了，你知道我这同乡的难处就行了。"他把身子朝向岳飞这边靠了靠，摆出一副亲热无比的样子说，"你我既是同乡又是同僚，日后相互帮衬、共图大业，你看可好啊？"

"不敢！"岳飞连忙起身说，"大人是朝廷要员，岳飞不过是大人帐下的一名统制，大人有什么事只管吩咐就是了！"

杜充说："好！我就喜欢你这个小同乡！从今而后你就跟着我，我管保叫你高官得做、骏马得骑……哦不，我管保叫你报国有门、建功有时！"

尽忠报国、建功立业是岳飞自小立下的志向，也是母亲多年的教诲，杜充这几句话算是说到了岳飞心里。

"多谢大人美意！岳飞定当竭尽全力，报国立功！"岳飞郑重地说。

"好！"杜充脸上如同开了花儿，他上前拉住岳飞的手用力晃了几晃，又在岳飞胳膊上接连拍了几下。

双方再次落座，杜充谈的就是消灭和驱逐张用兵马的事了。

张用也是汤阴人，金兵南侵后他拉起一支"义军"，后来是响应宗泽号召才加入到东京留守部队的。因为兵马多又不听话，也就成了杜充的眼中钉肉中刺。

岳飞不以为然，却只得转着弯儿说："大人知道，张用与曹成、李宏、马友绍是结拜兄弟,和王善的关系也非同一般,他们合起来足有二十几万人马。"

杜充说:"这些我都知道。可这不正是你建功立业的时候吗?"

岳飞说:"不敢。我手下不过两千兵马,跟金兵的小股部队打打还行,跟张用、王善这种大部队打,那是想也不敢想的。"

杜充说:"岳将军何必谦虚呢?新乡一役,你不就是率领两千兵马,把金兵几万大军打得四散而逃吗?"

杜充说的是半年前岳飞跟随都统制王彦出兵新乡的事儿,那次面对金兵大队的进攻,岳飞在没有得到王彦同意的情况下,确是只带本部兵马斩将夺旗,打得几万金兵溃逃而去。

岳飞说:"大人这么说怕是不妥,那次打的是金兵,眼下打的却是……"

杜充说:"你是说张用比金兵还厉害,你岳将军害怕了是吗?"

岳飞明知杜充用的是激将法也还是被激起来了:他自小立下杀敌报国之志,最不愿意听的就是"害怕"两个字。

"不!不是那个意思!"

"那就好!"杜充忽地铁起脸面,厉声道,"岳飞接令:本留守令你明日出阵,将贼寇张用赶出东京地面。如有违背,定斩不赦!"

事情至此,岳飞只有从命一条路了。

与张用的交锋发生在南薰门外,当神勇百倍的岳飞一箭射落张用的军旗,带领两千勇士发起冲锋时,张用的部队便乱了阵脚;及至岳飞挥动大刀,将一名上前应战的部将从头到腰劈作两半时,惊骇万分的张用以及王善等人便溃退而去了。

一战结束,岳飞连升三官,由武功郎晋升为武经大夫,王贵、徐庆、姚政等人也得到了提升和赏赐。

由此,"爱将""恩公"的话便在东京留守使司传开了。

岳飞与杜充的第二次冲突,发生在部队大举南撤之前。岳飞和留守使司的将士们多是河北一带的乡村子弟，面对家国蒙难的惨状，他们整天想的都是如何收复失地，让自己的亲人过上安宁日子。他们想象不出自己的长官、身为相州同乡的杜充，竟然会逼迫他们舍弃家园和亲人，逃到江南去。

得到消息后岳飞立即找到杜充面前说："听说大人要带着我们逃到江南去，不知可有此事？"

杜充早就想到岳飞会有异议，却没有想到他会来得这么快、问得这么不留情面。

杜充说："怎么是逃呢？朝廷发生兵变，皇上要我速去救驾。"

朝廷发生兵变——扈从统制苗傅、武功大夫刘正彦，因不满赵构宠信宦官康履和御营都统制王渊而发动兵变，迫使赵构退位，另立三岁的皇太子赵敷做了皇上——的事儿岳飞隐约听人讲过，后来说是平息了便没有向心上去。

"不是说已经被韩世忠韩将军平息了吗？"

"真那么简单倒好了。"杜充说，"我要是不赶快南下，说不定还会闹出多大乱子来呢！"

岳飞问："那东京呢？河北呢？"

杜充说："郭仲荀代我留守东京，一应事务由他负责。"

郭仲荀是杜充的副手，是一个两兜豆腐也提不起来的主儿。

岳飞问："部队呢，一起撤？"

杜充说："那是，我是主帅，部队当然得跟我走。不过嘛，该留的也还是要留的。"

岳飞明白了杜充的真意，铁青着脸，用力抑制着内心的冲动说："大人知道，河北和东京一带是我大宋的根本，也是大人和我等大宋臣民的根本。大人在，金兵尚且想来就来，大人一旦走了，这片土地还能保存得下吗？而一旦丢了这片祖宗之地，我大宋还是大宋吗？我等大宋臣民还会有立足之地吗？"

杜充说:"这样说不妥吧?江南也是大宋的土地,再说日后还可以回来嘛。"

岳飞说:"大人今日走容易,日后再想回来,没有十万兵马怕是想也不要想了。"

杜充一阵手心痒,如果面前这个人是其他将领,他会毫不犹豫地把桌子一拍,把那颗脑袋挂到军营外的旗杆上,可这个岳飞……他一摆手道:"你说的这些我能不知道吗?赶快回去准备,明天一早上路!违令者斩,任何人都绝不例外!"

岳飞喏喏而退,回到军营后与王贵、徐庆、姚政等人抱头大哭。他们的父母和老婆孩子都在汤阴老家,汤阴被金兵占领后都在过着四处躲藏、流离失所的日子,他们最大的心愿莫过于……哪想到心愿未了,自己倒要背井离乡远走江南。四个人一边喝着酒一边发誓赌咒:老子就是不走,非要留下来跟金兵拼个你死我活不可,看你杜老儿能把老子怎么样!然而一场大醉醒来,四个人还是上了路——新乡一战,岳飞背离主将犯下杀头之罪,如果不是时任东京留守的宗泽一力保全,这会儿他都该过两周年了!岳飞是再也不敢重复那段以往了。

岳飞与杜充的第三次冲突发生在半年前。杜充当上右相兼江、淮宣抚使让岳飞惊掉了下巴。杜充却告诉说他能在东京坚守一年,又把几万大军带到江南就是给朝廷立下大功的,朝廷想不用他都难。"你们不懂这个!日后只管跟着我,当好你们的官发好你们的财就行啦!"他给手下的将官们每人晋升了一级,就算是把大家的心稳住了。但杜充身负长江防守之责,偏偏对长江防守的事儿不肯用心,有人劝他就杀人,直杀到连"长江"二字也没人敢提了。那天金兵再次南下,兀术率领的东路军已抵达淮安的消息传来,岳飞就顾不上那么多了。

其时杜充与九姨太刚进后室,听说岳飞来了很是不快,却也只得把他请进隔壁的一个小会客间。

"什么事儿？"杜充口气生硬，显然很不耐烦。

"江防！"岳飞单刀直入，"金兵离长江只有三百多里，眼下的江防根本无法抵挡，一旦长江失守朝廷问责，不知大人有什么应对之法？"

杜充一肚子的气恨不能变成一团火，把岳飞烧一个体无完肤，但他却坦然地说："知道，不就是江防吗？明日我亲自到江边巡查，你让陈淬和水军统制邵青、郭吉一早到江边等我。"

见杜充如此安排，岳飞只得止住了话头，可第二天，陈淬和两名水军统制从清晨等到正午，到底也没等到杜充的人影。

如今，面对长江失守、宋军崩溃的危局，望着怒气冲天的岳飞，杜充知道如果不给出一个令人信服的答案，是什么事情都可能发生的。

"你找我为的是与金兵决战的事吧？"杜充先自开了口，"情况我都知道了，王燮临战脱逃死有余辜，陈淬丧责失职难辞其咎！"

陈淬和他的儿子仲敏死于金兵之手，岳飞是回到建康后才知道的，他痛惜万分，连忙争辩说："王燮罪该当死，与陈都统为国捐躯不可混为一谈。"

杜充说："什么为国捐躯呀？行了，不说他啦！眼下最要紧的是把过江的金兵赶回江北去！"

岳飞道："听说大人要弃城逃跑，这不会有假吧？"

"放屁！全是放屁！"杜充忽然吼了起来，"金兵逼得老子无路可走，这个仇不共戴天！不把他们斩尽杀绝老子哪儿也不去！"

见岳飞半信半疑，又故意放低声音说："就现在这局势你说我能逃到哪儿去？回朝廷皇上能放过我吗？不回朝廷老百姓能放过我吗？你说说是不是这个理儿？"

岳飞认定他说的是实情，这也正是他要提醒杜充的。杜充不是一个合格的朝廷大员和大军主帅，但他在两年稍多的时间里给岳飞连升九官，从内心说，岳飞并不希望他走上绝路。

"你说要与金兵决战，到底怎么个决战法儿得说清楚才行！"对于杜充的奸猾和言而无信，岳飞是深有体会的。

这是公然的质疑和威逼，杜充手心又是一阵发痒，但他还是压住了。

"我已经下了命令，所有部队今晚到蒋山集合，准备明日决战。"

把部队集中到蒋山军营，为的是不让他们妨碍自己逃跑，如今倒成了决战的部署。

岳飞说："还有呢？"

杜充说："还有就是……我已经下令打开军需库……"他朝门外喊过一声："军需官！"

躲在屋外的军需官连忙跑了进来，说："下官在。"

杜充："给各部队下发的赏银准备好了没有？"

军需官一怔，随即明白了杜充的意思，说："准备好了，都准备好了。"

杜充说："好，为了鼓舞士气保证明日决战的胜利，给每个将士发放十两银子！任何人不得克扣，否则立斩不赦！右军营的让岳飞岳将军立马带回去！"

杜充一向以杀人立威，犒赏的事难得有过几次，何况这一次确是下了血本。

"岳将军请吧！"军需官打过一个手势，岳飞只得行了一个拱手礼，随后离去。

眼见两人出了大门，杜充立刻喊过孙师爷，急急地换起装来……

得知杜充带领三千人马逃出建康城的消息已经是第二天上午了，岳飞怒不可遏，带领王贵、徐庆、姚政等人一直追到江边。在江边，他们得到的消息是杜充已经逃到江北去了。

"朝廷——"岳飞悲愤莫名,长呼一声,把两行泪水洒落到江边的野地上了。

2

失去了主帅和起码的信心意志,宋朝四万大军一夜之间变成了散兵游勇。他们或者一群一伙,或者单枪匹马,在江南的原野上奔突游荡。当土匪的不在少数,投降金兵的大有人在,没当土匪没投金兵的也大多成了没头的苍蝇,在惊慌迷乱中寻觅着各自的生路。

岳飞率领近二百名右军将士,在建康城外与金兵的小股部队打过几仗后,一路向东阳镇方向退去。东阳镇丰沃富庶,岳飞原想在那儿筹集一部分军粮,没想由于散兵游勇们的反复搜刮东阳镇已经成了一副空壳,岳飞无奈之下只得向茅山退去。因为一路上不少散兵游勇前来投奔,部队到达茅山时已经达到将近四百人的规模了。

由于马家渡之战中,岳飞无法按照自己的意志指挥部队冲锋陷阵,也无法阻止部队溃逃,岳飞规定所有前来投奔的人必须签字画押,保证绝对服从指挥,绝不擅自离队或者逃逸,否则一概不收。

在茅山镇东南的大石井旁,岳飞与刘经、扈成不期而遇。

刘经是岳飞的同乡,长得眉清目秀,很有点白面书生的模样。但他自幼习武,十九岁时又投了军,是宗泽、杜充帐前的一员干将。他跟岳飞很谈得来,算得上是军中的一位好友。马家渡兵败后他一路溃退一路收编散兵,手下已经集结了将近二百人。

"哎呀岳飞!想不到在这儿还能见面!幸会幸会!"刘经带着几分兴奋。

岳飞也嚷着:"太好啦!我也没有想到!"

刘经指着扈成说:"我们俩是在前边那个村里碰上的,真是太巧了。"

岳飞与扈成一向关系冷淡，对他在马家渡带头逃跑更是耿耿于怀，但此时相见也只得抱抱拳说："扈成兄一路可好？"

扈成自知与岳飞不是一路人，平时很少交往，此时他朝岳飞身后的队伍扫过几眼说："岳飞兄可是兵强马壮啊！"

"哪有的事儿！"岳飞应着，"一路上投奔的人很多，只是马马虎虎收了几个。"他朝扈成的队伍打量了几眼说："扈成兄的兵马，比起我和刘经兄怕是要多出不少啊！"

扈成不无得意地笑了笑说："那是！乱世称雄，没有人马咱们这些人还怎么混呢！"

"还是扈成兄想得远。"岳飞不无揶揄地笑了笑，说，"部队都安顿好了？"

刘经说："我们也是刚到一会儿。"

岳飞说："那好，先安顿安顿，安顿完了咱们再一起聊聊。"

三人各自回到自己的部队，把一应事务安顿完毕后，这才又回到镇东南那座大石井旁。

王贵送来一壶老酒几盘小菜，三人围坐在井台的石阶上边喝边聊。

"下一步怎么办，你们心里有点谱没有？"刘经一杯酒下肚，抢先问出了眼下最为紧迫的问题。

扈成说："还能怎么办，走一步算一步，哪儿能活命就到哪儿混呗！"他是个好酒之人，没等礼让先自喝下了两盅。

岳飞也是好酒之人，酒量不比扈成小，但他知道王贵那儿总共只有几瓶酒，经不起喝，便只得忍住爬上喉咙的馋虫抿了一口，说："扈成兄说得有道理，眼前也只能这样了。不过长远说，还是得有个正法儿才行。"

扈成说："正法儿？走到这一步了，活命第一，保本钱第一，哪儿还来的正法儿？"

"你也别这么绝对,"刘经目视岳飞说,"你有点具体想法没有?"

岳飞皱了皱眉头说:"我寻思,咱们毕竟是大宋的军队,老是四处游荡或者单打独斗不行,得赶紧跟朝廷联系上才行。"

刘经说:"朝廷远在杭州,怎么联系?"

扈成说:"杭州?哼!听说兀术过江后带着几千人直奔杭州去了,朝廷能白白在那儿等死?"

刘经说:"我也听说了,眼下的确不是时候。"

岳飞说:"就算不是时候也得找。我就不信兀术那几千兵马就能怎么着啦!"

刘经说:"我也不信。可眼下咱们怎么办才是最要紧的事儿。"

岳飞说:"怎么还怎么办呢?赶紧收拢兵马,挺起腰杆跟金兵干哪!"

扈成说:"跟金兵干?就咱仨?就现在这个熊样儿?"

岳飞:"别光看他们骑兵厉害,江南这地方他施展得开吗?只要咱们扭成一股绳,我就不信他们能在这儿待得住!"

扈成说:"扭成一股绳?怎么扭?谁发银子?谁给粮草军饷?"

岳飞说:"没人发粮草军饷,该打金兵也还得打吧?"

扈成说:"你说的!让你三尺肠子空着两尺半打金兵去,你干吗?"

岳飞说:"哎……"

刘经赶紧转移话题说:"哎哎,你们还没说准备明天怎么走呢。"

岳飞说:"那你说怎么走好呢?"

刘经说:"我是觉得咱仨好不容易走到一起,再说人多胆壮,碰上金兵什么的也好有个照应,能一起走最好。"

岳飞目视扈成,"你呢?"

扈成:"你别光问我呀,你自己还没开口呢!"

岳飞:"我赞成刘兄的话,再怎么说咱们都是大宋的军队。"

扈成说:"大宋的军队?大宋在哪儿,我怎么看不见呢?"

岳飞说:"你连大宋都不认了?这也……"

刘经说:"得!你们就说明天准备到哪儿去行吧?"

"去广德军行吧?"岳飞说。"军"是宋代地方行政区划的名字,相当于州府或者县的建制。"那儿有军营,起码是吃住不成问题。"

扈成说:"那儿可是直通杭州的要道,要是碰上金兵麻烦就大啦!"

岳飞说:"有什么了不起!碰上就干他一家伙,还说不定谁赢谁输呢!"

刘经说:"去广德军我赞成,可眼下最好还是别跟金兵硬碰硬。"

"你这样说我同意。"岳飞目视扈成说:"你呢?"

扈成端起酒壶,把最后几滴倒进自己杯里,仰着脖子倒进肚里,又吃了几口小菜,这才不紧不慢地说:"你俩都认广德军我还有什么好说的?听……听你们的!"

事情说定,扈成敲着盘子叫来王贵说:"怎么着,就用一瓶破酒糊弄我和刘统制啊?你就不怕岳统制脸上无光?"

王贵只得又送来半壶酒、一碟小菜。

"寒碜!他娘的,这是人过的日子吗?"扈成端起酒壶,朝岳飞、刘经晃了晃,仰起脖子一阵咕噜咕噜,喝了一个底儿朝天。

一夜无话,第二天早饭时刘经忽然带着王万找到岳飞,说是扈成不见了,他的那些兵马也不见了。

岳飞眉头一皱,说:"什么时候走的知道吗?"

王万说:"说是半夜刚过就走了,生怕让刘统制和你知道。"

王万略显瘦削却十分精干利落。他是刘经的副将,两人在汤阴老家时一起习过武。

岳飞问:"去哪儿了知道吗?"

王万说:"走的是去金坛的方向。"

"这小子!"岳飞发了一声狠,"这是怕去广德碰上金兵,耽误了他的前程!"

刘经撇了撇嘴说:"哼!就让他就这么走了?干脆咱们追上去,把那小子的队伍并过来得了。"

杀掉一方主将,而后将其统领的军队归并到自己麾下,这是乱世争雄惯用的手段,刘经显然已经动了杀机。

王万说:"这样不……不好吧?"

刘经说:"什么好不好的,该下手的时候就得下手!"

王万不吱声了,只把目光投到岳飞脸上。

岳飞说:"别!眼下国破家亡,自相残杀的事无论如何不能干。扈成这个人首鼠两端,还是随他去吧!"

"真是便宜他啦!"刘经发一声狠,只得把杀机按下了:没有岳飞的协助,单凭他那点兵马是拔不下扈成一根汗毛的。

从茅山去广德的路上,前来投奔的散兵游勇越发多了。开始岳飞只收愿意签字画押的,随着愿意签字画押的人越来越多又加了一条:必须是身强力壮的能上战场杀金兵的。这样也还是不行,岳飞只好把收留兵马的事儿搁下了:多一个人头就多一张嘴,他手头只有杜充逃跑前发的那点银子,实在维持不了几天,何况前路漫漫,天知道什么时候才能够找到朝廷或者筹到粮草!刘经也想扩充兵马,但他手头更紧,与岳飞同行原本还想沾点光蹭点油,见岳飞如此自然也不敢放手。于是两人不管散兵们怎么追怎么求,只管催促快走,想等到了广德军再想办法。

出乎岳飞意料的是,在离广德军还有二十几里时队伍竟然陷进了"重围":后面几队散兵尾追而来,前面几队散兵把路也给拦了;两伙散兵合起来不下一千人,他们嚷着闹着非要见岳飞不可。

岳飞让姚政把散兵招集到路边一块空地上,而后把自己和刘经眼下的窘困和无奈给大家讲了一遍,说:"大伙看得起我和刘统制,这份情我们领了,可眼下大伙就算跟了我和刘统制,也照样吃不饱饭的!"

散兵中走出一个名叫庞荣的小伙子,他原是王燮部下的一名头领,身材高挑,看上去十分干练。他朝岳飞恭恭敬敬鞠了一躬说:"岳统制说的这些俺们都信。可俺们总不能等着饿死啊!这会儿俺们来,是想请岳统制带着俺们投金兵去的!"

岳飞、刘经大吃一惊,与庞荣同来的一伙人却七嘴八舌地嚷起来:

"对,投金兵去!投金兵去!"

"朝廷的宰相能投金兵,咱们干吗不能投啊!"

那引起了另外一伙人的呼应:"对,投金兵去!咱们也投金兵去!"

岳飞的脸色骤然变了颜色。从金兵南侵和他第三次投军开始,抗金救国就成了他不贰的信念,退到江南尤其是遭受马家渡之败后,这个信念越发地强烈了。他从没想到有人会当着他的面儿鼓动投降金兵,甚至于要他带领大家一起去投降金兵!

他伸手抓住剑柄,王贵、徐庆、姚政等人也不约而同地攥紧了手中的刀枪。

"耶!你们干什么?干什么?"庞荣和那伙散兵乱哄哄地嚷起来,"当官的不管俺们饭吃,还不准俺们自己找饭吃吗?"

岳飞抓住剑柄的手好歹松开了,他强作平静问道:"你们打定主意要投金兵,还找我干什么来呢?"

庞荣说:"金兵那边见了散兵就杀,单是俺们这伙人去非得成屈死鬼不行。岳统制武艺高强,金兵也得高看几眼,有你当头,俺们不是也好有个靠山嘛!"

散兵们又是一阵鼓噪:"对,跟着岳统制投金兵去!跟着岳统制投金兵去!"

"你们这些人可真是没脸没皮!还不赶快走人!"徐庆怒声喝道。

岳飞摆摆手,目视众人说:"这位小哥和这伙兄弟们要投金兵去,你们,你们,还有你们……也都是想让我和刘统制带你们投金兵去的吗？"

一位身高马大、胡子拉碴的小头领带着一伙散兵挤上前来说："没那事儿！俺们才不投金兵去哪！"

岳飞问："你也是王燮营里的？"

小头领说："俺是戚方那营的，我叫傅庆，原先是窑花子。"

岳飞打量了几眼说："好身膀！看样子打起仗来是把好手！"

傅庆说："那不是吹的！那次三个金兵想抓我，叫我撂倒一个踢倒一个，另一个坐屁股底下啦！"

岳飞说："那你还要投金兵？"

傅庆说："我才不投那些狗东西呢！刚才那位兄弟说要投金兵，那不是傻吗？这会儿去投，不让那些北侉子宰了也得给他们当狗使！"

岳飞说："那你们想干什么呢？"

傅庆说："俺们想自己干，打家劫舍、占山为王！"

岳飞说："这么说，你们是要拉我去当土匪王的？"

傅庆说："那是！当土匪没个好王照样吃不开。刚才听人家说，戚方那小子已经在金坛当起大王来啦！"

戚方的为人岳飞早有所闻，他当土匪王岳飞并不感到意外。

"那你们还不赶紧投他去？"岳飞问。

傅庆说："俺们跟了他两年，他是个嘛东西俺们清楚着呢！俺们佩服的是你岳统制！"他朝身后的那伙散兵说："咱们就请岳统制给咱们当大王，大伙说是愿意还是不愿意吧！"

那伙散兵立刻鼓噪起来：

"对，就请岳统制给咱们当大王！就请岳统制给咱们当大王！"

"跟着岳大王，吃喝比人强！靠着岳大王，年年抱新娘！……"

岳飞哭笑不得，思忖了思忖说："你们要投金兵也好当土匪也好，让我给你们当头领这可不是件小事，总得让我想一想吧？这样，今天赶路，明天到广德军，我再跟你们合计合计行不行？"

庞荣说:"行,俺们明天就找你去!"
傅庆说:"你岳统制说话得算话才行!"
岳飞说:"君子一言驷马难追,明天我就在广德军等你们啦!"

到广德军,岳飞才知道守臣周烈几天前被杀,军城已被金兵占领了。进城是不可能了,岳飞登高四望,把驻地选在城郊西南的钟村。钟村位于横山脚下,那里山岭起伏、岗峦叠翠,更加原先驻过军队,留下一座现成的营房。

部队入驻,未等安顿好有人就跑来报告说,广德城里驻守的三千金兵就是马家渡最先渡江的那些家伙,头领还是那位金兵都统挞不野。

岳飞说:"这才叫冤有头债有主呢,在这儿又碰上了!"

接下传来的是杜充的消息,说是他逃到江北后很快就投降了金国,现在正做着充当金国儿皇帝的美梦,他派的人已经到了常州,宣称凡是原先江、淮宣抚使司辖属的官员将士愿意跟他走的,他一律欢迎并且保证骏马有骑、高官有做、富贵有期。

杜充投降金国和要做金国的儿皇帝岳飞并不意外,意外的是这个家伙竟然胆大包天,到江南搞起了招降纳叛的勾当。

"该杀!这个家伙实在是该杀!"岳飞心中涌起一股激愤,命令说,"告诉大家,发现杜充派来的人一律先杀后报!"

再接下传来的就是朝廷的消息了,说是赵构为了躲避兀术的追杀,带着他的小朝廷从杭州逃到明州(今浙江省宁波市)、越州(今浙江省绍兴市),从越州又乘坐民船逃进东海去了,如今音讯全无。岳飞当年那位上司、御前右军都统制张俊也跟随赵构去了浙东,是死是活、还能不能回来只有天才知道。

这个消息让岳飞悲愤不已、痛惜不已。自从大军崩溃和杜充投敌,他一直都在寻找朝廷,寻找自己的老上司张俊,试图建立起新的联系。尽管他对朝廷多有不满,三年前还被逐出军营,面对时下的困境他还是急于找到朝廷,找到部队的归属和依托。得知朝廷落到如此地步,他的失落是不言而喻的。

更让岳飞不安的是,这些消息如同漫天飞舞的蝗虫,打碎了人们对于大宋朝廷的最后一点期待。当地百姓和那些散兵游勇自不必说,即使刘经、王贵、徐庆、姚政这些与自己出生入死的弟兄,也对前途和出路产生了怀疑。

"看来大宋这一次是真的玩完啦!"刘经愁容满面。

岳飞心乱如麻,却镇定着心绪说:"不至于吧?不是说朝廷下海躲避去了,金兵的骑兵总不能追到海上吧?"

刘经说:"可皇上他们早晚总得上岸吧?哪天上岸要是……"

岳飞说:"那些事以后再说,快三更天了,咱们还是睡觉要紧。"

刘经转身走了,王贵、徐庆、姚政还是站在那儿一动不动。

岳飞说:"你们还在这儿干什么?"

王贵说:"我觉得不管怎么说朝廷是指靠不上了,只能靠咱们自己了。"

岳飞说:"本来也没说不靠自己呀。"

徐庆说:"咱们现在是一没钱二没粮,再往下,怕是不想当强盗也没第二条路啦!"

岳飞一怔,打量打量王贵又打量打量徐庆说:"没钱没粮就得去当强盗?你们那脑子也叫狗吃了?"

徐庆不吱声了。王贵朝姚政使过一个眼色,姚政这才开口说:"刚才我查了,总共还有六百多斤大米,掺上野菜也只够吃两天的了。"

"行,我知道了。"岳飞叹一口气,又说:"明天散兵们要来,咱们没有精神头儿可是不行。"

王贵惊讶地说:"眼下这情况,你还想收留那些破烂玩意儿?"

徐庆说:"收个屁!来了,把他们轰走不就得啦!"

"你们哪……"岳飞摇摇头,断然道,"睡觉睡觉!我眼睛睁不开了,天大的事儿也得等天亮以后再说!"

傅庆、庞荣和那伙散兵,是辰时刚过便出现到钟村营外那个小广场上的。一夜的飞蝗横飞气急败坏,让这伙原本要去投降金兵或者当强盗的人,心中越发多出了几分急迫:只要岳飞愿意出头,投金兵也好当强盗也罢,他们才管不了那么多呢!

岳飞是与刘经、王贵、徐庆、姚政、王万等人一起出现的,他们披盔裹甲,显得十分威武严整。

傅庆、庞荣等人拥上前来,急切地询问岳飞考虑的结果,岳飞一笑说:"你们要我给你们当头,我还不认识你们呢。大家先把军籍拿出来让我看看行吧?"

军籍是宋朝军人的身份证,上面标明的是军人的籍贯及其所属的部队和职务、军阶等等。大军崩溃,这些散兵游勇们原本把军籍视为一张废纸,听岳飞要看,有的立刻便交上了,有的则大呼小叫说是不知扔到哪儿去了。岳飞吩咐交上的站到前边,交不上的站到后边。那些交不上的连忙嚷着闹着相互做起了证明。岳飞又让能够证明身份的进到前场,让不能证明身份的全部退到场外。

军籍认证完毕,岳飞命令在场子中间辟出一片空地,然后大声地说:"大家来投我岳飞,是看得起我岳飞的意思。为了表达心意,我和刘统制,还有王贵、徐庆、姚政、王万诸位将军先给大家练上几拳,你们看好不好啊?"

傅庆、庞荣和那伙散兵原本只听说岳飞如何仁义,如何本领高强,却从没亲眼见过,听岳飞这一说立刻便大呼叫好。

岳飞进到场中,朝大家行了一个拱手礼,随即打起一趟拳来。这趟拳是他小时候从汤阴一位高人那里学来的,经过多年的研习和提升已经独成一家。更妙的是,拳法注重实战,进退腾挪讲究的全是防守和进攻,没有一点花架子。傅庆、庞荣和那些散兵都是练过武的，一看便知道拳法的厉害。

一套拳打完，场上响起一阵喝彩，接下刘经、王贵、徐庆、姚政、王万等人也各自表演了一番，引得散兵们叫声连连。

岳飞对傅庆、庞荣说："大家都是习武之人，你们也来走上几趟好不好？"

庞荣连忙摆手说："不行不行，俺们那点本事哪敢在岳统制面前显摆啊！"

岳飞说："呃！当兵的哪有那么多讲究！来来，大家都来！"

傅庆说："显摆咱不会，要是比试比试嘛……"

"好啊！我还正想这事呢！傅庆你到前边来！前边来！"岳飞把傅庆请到场子中间，又对散兵们说："还有谁？想比试的还有谁？到前边来！到前边来！"

一阵起哄和喧闹，五六个剽悍健壮的小伙子与傅庆站成了一队。庞荣还想推托，被几个同伙硬硬地推到了众人面前。

岳飞打量着，露出赞赏的神情，说："行！看来兵都没白当，上阵杀敌都是好手！"他稍一思忖说："这样，你们几个拿出看家本领，我们几个也拿出看家本领。怎么比、想跟谁比、比什么随你们说行不行？"

傅庆说："还有这种好事！行！咱是窑花子，别的没有就是有力气。我就比力气！"

岳飞说："好哇！你要跟谁比呢？"

傅庆打量了打量，忽然露出一脸坏笑，说："我就跟你岳统制比。"

众人一惊，岳飞却笑了，说："好，我就跟你比一比力气。"

傅庆说："怎么比？"

岳飞说："随你，你说怎么比咱就怎么比。"

跟随傅庆一起来的散兵中有人喊："摔跤！摔跤！"

傅庆朝那边喊过一嗓子："少咋嚷啊！要是把岳统制摔坏了你们

赔呀？"

"掰手腕！"

"举石碾！"

散兵们又是一阵乱嚷。

"你们小子，就不兴来点新鲜的！"傅庆骂过一句，对岳飞说："咱得先说好，输了可不兴恼的。"

岳飞说："那是，不但不能恼还得请客才是。"

傅庆说："这才是大丈夫！戚方那小子有一次跟我比输了，罚我两顿不吃饭不说，还让人砸我的黑石头。"

岳飞说："这你放心，只要你赢了，中午这顿小酒我包啦！"

"痛快！"傅庆转向众人说，"大伙儿可都听见了，岳统制说我要是赢了，晌午他请我喝小酒！"

众人回应的是一阵喝彩：

"小酒！小酒！"

"可不兴落下俺们的啊！"

岳飞说："你就说怎么比吧！"

傅庆眼珠子打了几个旋转，说："要不就比开弓。"他朝同来的散兵们喊过一嗓子："把我的弓拿来！"

"好咪！"散兵那边有人应了一声，送上一副大弓来。

傅庆持弓在手，对岳飞说："开我这张弓少说得有二百八十石的力气，你要开得了我就算输了。"

石是计量单位，三十斤为一钧，四钧为一石，二百八十石实在是一个难以想象的数字。

岳飞笑而不语。傅庆运了运气，忽地把大弓拉成了一个"晴空满月"。场上响起一阵喝彩，傅庆一动不动，把"晴空满月"保持了好一阵子才松开了。

岳飞说："好！傅将军果然好臂力！"他接过傅庆的大弓掂了掂

又看了看,这才对徐庆等人使过一个眼色,说:"把我的弓取来,让傅将军和大伙儿也见识见识。"

两名小校送上一副大弓一个箭袋,那大弓看起来与傅庆的那一副差不出多少。

岳飞接过大弓,稍一运气,忽地也拉起了一个"晴空满月"。

傅庆说:"哎呀,岳统制好臂力!"

岳飞一笑,把大弓递到傅庆面前说:"傅将军也想试试吗?"

"好咪!"傅庆伸手接过,却忽然觉出异常,说:"好家伙,这么重啊?"

他掂了掂说:"岳统制这弓,少了二百八十石的力气也拉不开吧?"

岳飞说:"你试试就知道了。"

傅庆持弓在手,凝神定气,猛一用力,大弓只拉开了一个大半月形的模样。他且惊且疑,叫一声:"怪啦!"把弓翻来覆去看过几遍,这才重新运起力来;直到觉得全身都绷起来了,这才一声怪吼,再次拉起弓来。然而大弓拉到三分之二时就再也不肯动了;他发着蛮,挣着吼着不肯罢手,那弓猛地一弹,把他弹了一个踉跄。

傅庆这才好像明白过来,连声叫着:"这弓也太……太……老子都拉不开,谁还拉得开呀?"

岳飞接过大弓,右手挽弓左手搭箭,忽地一个"晴空满月",朝向远处一棵大树那边射去。没等众人反应过来,岳飞又换过一个身姿,左手挽弓右手搭箭,忽地又射出了一箭。

两支利箭如同两道闪电,一前一后地朝向大树那边飞去。

一阵惊呼接着一阵惊呼,远处大树上方两颗硕大的果子应声落到了地上。

"服啦!服啦!这一次我是一服到底啦!"

傅庆在一片欢腾声中把双手举过了头顶。他原本以为世界上根本没有臂力能够超过自己的人,却哪知岳飞自小习武,十九岁时又拜周同为师，学成了"左右射"和"百步穿杨"的绝技，二十岁不到就拉得开三百石的强弓了。

比武继续，庞荣和几名被推选上场的散兵，与刘经、王贵、徐庆、姚政、王万等人或者刀枪，或者棍棒，或者拳脚，逐一比试较量了一番，结果除了一个平局，全部败了下来。这让那伙散兵心服口服，连声叫着"强将手下无弱兵"，把要投到岳飞麾下，跟随岳飞去投降金兵或者去当土匪的请求喊得山摇地动。

岳飞收身敛步，露出了难得严峻的神情。他站上一个土坡，挥挥手压下众人的喧哗，说："你们要我带你们去投金兵、去当土匪，可你们想过没有，我的老母亲和老婆孩子都在老家，都在金兵的统治下受苦受难。你们谁能告诉我，如果我去投了金兵或者当了土匪王，我的老母亲和老婆孩子该怎么办吗？"

散兵们没有想到岳飞会提出这个问题，一齐愣住了。

"还有你们！你们的父母和老婆孩子都在等着你们回去解救他们。如果他们知道他们的儿子或者丈夫、父亲，在江南投降了金兵或者当了土匪，他们会怎么想呢？"

散兵们再次被问住了。

岳飞慷慨陈词："你们习武、当兵，吃了那么多苦受了那么多罪，为的不就是保家卫国和让自己的父母亲人过上好日子吗？有人说金兵来了、大宋完了，我们只能混个活命，管不了那么多了。错！金兵的确来了，可大宋没有完！大宋还有我们！只要我们挺起腰板，奋力抗争，金兵就一定能够打败，大宋河山就一定能够收复！我们的父母亲人就一定能够过上平安富庶的日子！"

岳飞见众人为之所动，越发激情澎湃地说："八年前平定城保卫战失败，我回乡住了三个月，我的老母亲生怕我丧失斗志，一再催促我重回军营，临行时还特意在我背上刺下了'尽忠报国'四个字。大家不信，现在我就可以让你们看一看！"

岳飞解开上衣,向上一撩,背上果然露出四个深入肤里的大字:尽忠报国。

众人目瞪口呆,场上出现了一阵难以想象的寂静。

岳飞把上衣穿好,又说:"金兵占领汤阴后她老人家不知受了多少苦!在东京时,我派人三次回乡寻找都没有结果。到建康后我又派人先后六次返乡,也还是没能找到。可一月前,她老人家却托人叮嘱我,要我把心思都用到抗金救国上,不要记挂于她……"

岳飞悲情上涌,声音变得哽咽起来。

这打动了傅庆、庞荣和不少散兵们——他们的父母亲人何尝不在遭受着金兵的蹂躏!他们心中何尝不是忍受着焦灼和痛苦的煎熬!泪水也在他们的眼中闪动。

岳飞大手一挥,抹掉了满脸的泪水,昂声地说:"弟兄们!如果你们还承认自己是河北和中原的儿女、大宋的军人,如果你们是真心实意要跟随我,就请你们收好自己的军籍,跟随我把抗金救国的大旗举起来,为收复大宋河山,解救我们的父母亲人拼死力战!如果你们还是要我带领你们去投降金兵或者去当土匪王,你们就杀了我,从我岳飞的尸体上踏过去!"

岳飞的话在散兵们中间引发了一阵骚动,有人叫着嚷着要跟随岳飞打回河北去,也有人嚷着叫着让岳飞拿出钱和粮食来,说拿不出钱和粮食说什么也是白搭,还有人低声议论着,一时不知怎么办才好。

恰在这时,王贵把一面用新砍的青竹挑起的军旗高高地举了起来。军旗是从马家渡带下的那一面,上面被临时添加了一个墨写的"岳"字。军旗插到山坡上,山风吹过,发出一阵呼呼啦啦的歌唱。

岳飞大声地说:"该说的我都说了,现在请大家听好了,愿意跟随我岳飞和刘统制抗金救国的,站到军旗那边去!不愿意的请自便!"

他说完，大步走到那面军旗下站好，刘经、王贵、徐庆、姚政、王万等人也随之走过，与岳飞站成了一排。

这是早晨一番争论之后大家都在等待的一个时刻。争论是在岳飞与刘经、王贵、徐庆、姚政、王万等人面前展开的，焦点是要不要收编这些散兵。岳飞认定这些散兵之所以要去投降金兵或者去当土匪完全是为生活所迫，他们的良知并没有完全丧失，只要教之得法，就一定能够重新成为抗金队伍中的一员。而且，眼下也正是重新组建部队、扩大抗金力量的好时机。至于粮食短缺、部队吃不上饭只是暂时的，只要把队伍拉起来了，就不愁找不到解决的办法。刘经、王贵、徐庆、姚政、王万等人尽管疑虑重重，最终还是同意了岳飞的意见。

广场上一阵沉寂之后，庞荣带着他的那伙散兵一声不响地站到了岳飞身后。傅庆则大声吼着："咱们都是河北人，跟着岳飞岳统制杀金兵啊！"带领他的那伙散兵，呼呼啦啦地把"岳"字旗围到了中间。

飘扬的"岳"字旗又是一阵欢唱。

3

一天之内，岳家军从四百多人扩充到一千五百多人，吃饭成了头等大事。部队整编结束后，岳飞把姚政叫到面前，把一个随身皮囊交给了他。姚政打开一看，里面全是白花花的银子，不觉大为惊讶，问："这是哪儿来的？"

岳飞说："哪儿来的你就不用问了，赶紧去买粮草和武器吧。"

粮草自不待说，武器——姚政知道，刚刚收编的队伍中不少人手里只有一根木棍。

姚政说："这哪行？不明不白的银子我可不敢花——这是你定的

规矩，我可不想掉脑袋。"

岳飞说："这是我给的，又不是抢的偷的。我保证不过问行了吧？"

姚政说："规矩就是规矩，这一次在你这儿破了，以后我还管别人吗？"

岳飞说："你这人怎么这么较真呢！还能从哪儿来？都是我的军饷和存储。"

姚政说："我就知道！这可是你三年多……婶子和嫂子他们还等着它活命呢！"

岳飞说："你说的不假，可眼下向哪儿寄？与其放着，还不如用它来救救急。"

姚政说："理是这么个理，可要是咱们这一次过不了这个坎儿，这银子可就……"

岳飞说："你都说了些什么！我岳飞是干什么的？你姚政是干什么的？要是连这个坎儿都过不了，还抗的哪门子金、救的哪门子国呢！"

姚政无言以对，只得收起银子，安排购买粮草武器的事去了。

王贵、徐庆得知后，也拿出自己的军饷和存储找到岳飞面前。岳飞恼了，说："怎么着，你们以为靠咱们几个的军饷和存储就能把部队的给养解决了？"

王贵说："那也不能只花你一个人的呀！"

"你们哪，先把银子给我收好，真到急用的时候再说也不晚。"岳飞说，"当务之急是粮食，把眼睛盯到老百姓身上肯定不行，得朝金兵那边使劲才是。"他把二人招呼到一张摊开的地图前，说："我想把目标定到溧阳城，你们看怎么样？"

溧阳城距离广德军不足二百里，溧阳知县投降金兵后，金兵只派渤海太师李撒八带了少量渤海军驻守在那儿。渤海原本是辽国的藩属地，辽国灭亡后归附金国，成了入侵大宋的帮凶。渤海军的战斗力一向不高，更重要的是，溧阳城里有一座粮仓，足以缓解部队时下的粮荒。还在收编散兵之前，岳飞就盯上这个目标了。

"好！太好啦！"王贵、徐庆举双手赞同。

王贵说："我去吧，来回五天也就差不多了。"

徐庆说："这点任务还用得着你出马？我去就行，少一粒粮食我负责。"

门外一阵脚步声由远而近，刘经、王万进到屋里。

刘经说："部队吃不饱饭，有人看见你们这边买回新粮食，硬是跟我闹，说是你岳统制不把他们当人看。"

部队收编，刘经的兵马从二百多人一下子扩充到五百多人。

王贵说："刘统制误会了，那粮食是岳统制自己……"

刘经说："说好了两家凑一家，怎么又分出自己不自己了呢？"

王贵说："我说的不是这个意思……"

刘经说："那我们的呢？分给左营的在哪儿？"

徐庆看不过眼儿，迈前一步冲着刘经道："刘统制，你这也太……太……"

"徐庆！"岳飞把徐庆向旁边一推，转身对王贵说："告诉姚政，把买的粮食分一半给刘统制！快去！"

王贵心有不甘，却也只得出门去了。

岳飞拍了拍刘经的手臂说："是我没交代清楚。你让王将军赶紧拉回去吧。"

刘经朝王万使过一个眼色，王万转身走了。

岳飞说："部队扩编，单靠一星半点解决不了问题，我正考虑从金兵口里夺粮呢。"

刘经说："这倒是个办法。关键是得找准目标，广德军里金兵太多，怕是很难下手。"

岳飞点点头，指着地图说："我想先从溧阳城下手。"

刘经看了看地图说："行。就是不知守军和粮草怎么个情况。"

岳飞把几路探马回报的情况说了一遍，刘经好不兴奋说："那就太好啦！我去跑一趟！"

岳飞说："刚才徐庆、王贵还在这儿争呢。"

刘经说："那就别争了，我去就成！"

"那不行！"徐庆急了，刘经的为人他略知一二，溧阳城要是让他打下了，只怕是右营的将士们还得饿肚子。

刘经说："这倒怪了，怎么你去行我去就不行呢？"

徐庆说："我的兵马都点好了，就等上路啦！"

刘经的目光在徐庆脸上打了一个睃巡，说："你这是要跟我耍滑头吧？"

徐庆说："耍什么滑头啊！我去就是我去！"

刘经目视岳飞说："岳统制你看这事……我兵马比你少，打仗也不如你……再说那么多嘴都在等着……"

出兵溧阳，岳飞原本没打刘经的谱，听他这样说只得变了主意，说："也好，你就去一趟。不过不能轻敌，那些渤海军也不好对付。"岳飞目视徐庆说："这样，你带三百人一起去，一切听从刘统制指挥！"

徐庆心里说不出得多少别扭，但沉了沉只得回了一声："遵命！"

溧阳之战果然不出意料，刘经、徐庆的大军一到，渤海军即告投降，知县和李撒八被痛责一番之后，两人当即押着五十几车粮草凯旋。五十几车并不是一个小数字，刘经分给徐庆十车，其余的都归了自己。

"这个小白脸子！我就知道他屙不出好屎来！"徐庆愤愤不平。岳飞问过情况，只微微一笑，就把话题转到进攻广德军的计划上了。

广德军外有高墙内有重兵，硬打不是办法，岳飞用的是诱敌出城、批次歼灭、最终夺取内城的办法。但诱了三次，诱出三股金兵打了三次胜仗之后，金兵都统挞不野来起了"闭门战"，任你怎么挑衅、引诱就是不理不睬:他的任务是确保兀术的先头部队返回时道路通达,根本没有必要跟岳飞死打乱缠。

"放心,用不着咱们出手,过不了几个月岳飞就得饿死、冻死!"这位以粗莽知名的金兵将领,其实是个精于盘算的家伙。

挞不野的预言很快就得到应验,广德连年干旱少雨,更加兵连祸结,民间早就无粮可筹、无粮可买。军营内的粮草危机日甚一日,岳飞严令部队不得扰民、不得与百姓争食,同时鼓励各部队或者上山打猎、下河摸鱼,或者四处采集野菜和树皮树叶,才勉强维持了部队的运转。

尽管如此,私自到村里和老百姓家中抢粮偷吃的事还是时有发生。

那天刚刚处理过一起违纪事件,岳飞回到营内与几个亲兵吃起饭来。饭是野菜团和稀米粥,每人一份,谁也不多谁也不少。稀米粥入肚,野菜团刚刚吃了半边,有人跑来报告说是第三部第二大队的一名旗头和一名枪手,把一家商户给抢了。岳飞一惊,把碗筷一推,朝向门外就走。

所谓商户其实是钟村一户村民,前庭后院,前庭卖的是油盐酱醋锅碗瓢盆,后院种的是青菜萝卜外加两棵果树。因为战乱,一户原本日子过得不错的人家,如今却空空荡荡,看不出一点生气。

岳飞进到院里时,一个老妇人还在呼天号地,一个中年妇女也搂着两个孩子在抹着泪水。巡逻的军校报告说,早晨那位旗头和枪手从这儿路过时,发现小园靠墙的一丛树枝下藏着几个萝卜,当即翻身入园偷了萝卜就走,户主发现后上前阻拦,被两个人推到石墙上磕破了额角。

岳飞问:"那几个萝卜呢?"

军校说一个被那两个士兵吃了,还有五个他们原先准备带回队里,被发现后已经还给了户主。

岳飞问:"那几个人呢?"

军校说正在外面候着。

岳飞说:"让他们进来!"

话音刚落,两名五花大绑的士兵被押进院里,随在后面的是第三部的部将傅庆、副部将庞荣以及第二大队的队将、副队将。两名士兵跪到地上,傅庆、庞荣和两位队将则小心翼翼地站到一边。

岳飞瞟过一眼说:"你们还有什么要说的吗?"

两名士兵没有说话,庞荣小心地说:"他们抢萝卜肯定不对……只是大伙每天吃野菜树叶屙不下屎来,这萝卜……"

岳飞说:"这么说是抢得有理了?"

庞荣说:"没……不过……只是……"

岳飞目视傅庆:"你也是这个说法?"

傅庆说:"依我说这两个小子就是欠揍,每人二十军棍,看他们往后还敢不敢啦!"

庞荣说:"对,每人二十军棍,让他们明白明白,咱岳家军跟王燮、戚方那些狗东西根本不是一路货!"

两个士兵,一个是跟随傅庆从戚方营里走出来的,一个是跟随庞荣从王燮部队走出来的,而在那儿,抢几个萝卜说不定长官还会夸奖几句呢。

岳飞说:"军纪是怎么定的?抢夺百姓财物是什么罪你们记得吗?"

傅庆怔了怔说:"记……记得。"

岳飞目视庞荣,"你呢?背给大伙听听!"

庞荣翻了一个白眼珠,只得背诵起来:"……临战退却者斩,擅自脱逃者斩,欺侮百姓者斩,掠夺财物者斩,奸淫妇女者斩……"

岳飞说:"带兵五诫呢?"

庞荣看看傅庆,见傅庆铁着脸,只得又背起来:"一诫妄法,有令不行有禁不止者军棍五十;二诫欺瞒,隐情不报欺瞒上司者军棍五十；三诫宽宥……"

岳飞指着跪在地上的两名士兵对傅庆道："你说，这两个人应当按哪一条处置吧！"

傅庆低着头不肯言语了。

岳飞厉声问："说！该按哪一条！"

傅庆："……抢夺财物者斩……"

听傅庆说出"斩"字，两个士兵慌了，抱住傅庆和庞荣的腿号哭起来，"部将救命啊！部将救命啊……"

两人被押解的军校拉到一边，犹自哭个不止号个不停。

"你们呢？"岳飞目视庞荣，"说说看，你们几个该当哪一条？"

庞荣慌了，他原本以为军纪都是用来应付上司和吓唬士兵的——王燮那儿何尝没有军纪，可真正执行的能有几条？……他望了望傅庆又望了望两名都头，嗫嚅道："这……这……"

岳飞严厉道："说！"

庞荣："有令不行……有禁不止者军……军棍……五……五十……"

"好！你们明白就好！"岳飞朝傅庆、庞荣等人望过一眼，对随行的军校命令道："按军纪执行吧！"

两名偷抢萝卜的旗头和枪手被斩首，傅庆、庞荣和两名都头各自被罚了五十军棍。这在岳家军营内引起了一次不小的"地震"，那些刚刚从散兵游勇变成岳家军将士的人，第一次把军纪与自己的性命挂上了钩儿。

冬季来了，山上的野菜树叶没了，军马和可以食用的物品也吃得差不多了，在饥饿和死亡的双重威胁面前，官兵们的不安情绪急速增长，利用夜晚逃跑或者掠夺百姓财物的事日渐增多。岳飞一边派人到邻近州县寻找摆脱困境的机会和办法，一边指令王贵加强军营内外的巡逻,特别是夜间巡逻,严禁官兵私自外出和与百姓接触。这样,事态才再次得到了遏制。

广德的冬季与北方原本不可同日而语,但一连下了几场雪,军营内外全降到冰点以下,夜间巡逻成了一件实实在在的苦差事。为了给巡逻的将士们鼓劲打气,一连几个夜晚岳飞亲自带队。那天雪停了,王贵坚决不准岳飞继续参加,岳飞才不得不罢了手。可偏巧那天就出了事儿:三个军校巡逻到凌晨时分,眼看手脚僵了,走不动路拿不住刀枪了,只得走进村边一座早已破败且无人居住的茅屋,扒出几根丢弃的檩条、木板,用火镰点着烤起火来。没想事情被随后巡逻的另一组军校报告到王贵那儿。王贵不敢隐瞒,随即报告岳飞。岳飞当即命令紧急集合,同时命令把几名烤火的军校押送到大广场等候处理。

王贵情知不好。这些夜间巡逻的军校都是马家渡兵败时,跟随岳飞一路杀敌、一路走过来的,都是岳家军的骨干,与王贵等人情同手足。就烤火本身而言,当时是在眼看就要冻死冻伤的情况下采取的紧急措施,烧的也只是几根丢弃的檩条和木板。夜间巡逻烤火有违军纪他不否认,但这与"抢夺财物"还有很大不同。他有心把自己的看法跟岳飞说明白,可嘴巴张了几张没敢说出声儿来,只得找到黄纵,请他赶紧跟岳飞解释一下。

黄纵是进士出身,曾担任过从八品的从事郎,因所著《兵论》受到岳飞的赏识,两月前路过广德时,在岳飞的再三邀请下才留下做了幕僚。在随同岳飞向广场那边去的路上,他把王贵要他转述的情况和看法说到了岳飞耳边。岳飞回了声"我知道了",便大步向正在集合的队伍那边走去。

特殊时期,为了最大限度减少将士们的体力消耗,岳家军连基本的操练都停止了,一次突如其来的紧急集合,使将士们都觉出了非同寻常。

部队集合完毕，值日官姚政跑到岳飞面前报告说："右营新军全体官兵集合完毕，请岳统制训话！"

右军是江、淮宣抚使司时的建制，如今已不存在；重新组建的部队，军旗上也新增了一个"岳"字，"岳家军"成了官兵和当地百姓通用的称号，但在正式场合，岳飞还是把部队称为"右营新军"。

"右营新军的弟兄们！"岳飞面色凝重声音高亢，"大家都知道，现在我们正处在最困难的时期，没有特殊情况是不会把大家集合到一起来的。但昨晚发生的一件事，我觉得关系到咱们右营新军的未来，必须让大家都清楚明白。现在就请王贵将军把昨晚发生的情况给大家介绍一下。"

王贵原本没有把事情闹大的意愿，让黄纵把自己的看法和意见转达给岳飞后，也没想到要对大家讲点什么。但听岳飞点了自己的名字，只得出列，把昨晚发生的事原原本本讲述了一遍。

"巡逻部队中途烤火取暖尽管有特殊原因，与抢夺百姓财物也有根本不同，但仍然是军纪所不能允许的，因此必须给予严肃处分。不但对巡逻烤火的三名军校要严肃处分，对负有管教责任的第一将和第三部、第五队的将领也要严肃处分。还有，组织夜间巡逻是岳统制交给我的任务，如今出现了这种情况，我理应承担主要责任，因此我请求给予我最为严厉的处分！"

说完最后一句话，王贵面朝全体官兵，单膝跪到了地上。

王贵是右营新军的统领，是岳飞之外的最高将领，他处事公正，待人和气，很得将士们的信任。听他介绍过情况后官兵们心里都松了一口气，见他自揽责任，当众跪倒自请处分，又不由得生出了几分敬佩和同情。

三名肇事的士兵和第一将的正将徐庆、副将吴化，以及第三部和第五队的几位部将、队将立即出列，学着王贵的样子跪成了一排。

岳飞浓浓的眉头跳了几跳，说："好！自请处分好！"

他的目光在王贵、徐庆等人身上扫过几圈,这才问道:"巡逻烤火既然没有触犯军纪,只是在不得已的情况下犯下的过失,你们要请的是什么处分呢?"

王贵欲言又止,其他人也不知该当如何回答。

岳飞转向全场官兵们说:"刚才王统领介绍的情况我没有什么补充的,巡逻的军士的确是在面临冻伤或者冻死的情况下点火烤火的,烧的那几根檩条和木板的确也不是抢来的,但这就能够认定合理或者没有违反军纪吗?我看未必。其一,那檩条和木板是谁的?你付过银子吗?其二,巡逻的军士有冻伤冻死的可能就可以占用老百姓的东西吗?果真如此,面临饿死是不是就可以抢夺老百姓的粮食?面临渴死是不是就可以抢夺老百姓的饮水?面临腿伤脚残走不了路是不是就可以夺取老百姓的骡马车辆?如果是这样,我们的军纪岂不成了一句空话?"

岳飞的话揭开了罩在王贵、徐庆和官兵们面前的一层薄纱,使他们看到了事情的严重性。

"我这样说有人会提出异议,说从古到今,军队都是靠老百姓养的,真正秋毫无犯的军队从来就没有过。这是不是事实?我看是。"岳飞忽然提高了声调,"但我要说那是过去、以前,从现在起,在我岳飞统领的右营新军里,就是要真正做到秋毫无犯!就是要'饿死不掳掠,冻死不拆屋'!大家说对不对?"

广场上一片死寂,但只过了一会儿,便爆发出一阵滚雷般的掌声。掌声停止后,姚政带头喊起了"饿死不掳掠,冻死不拆屋"的口号。口号声传向山谷,在山谷中回荡不止。

最终的处理结果是:三名巡逻烤火的士兵被斩首;王贵、徐庆和几名部将、队将分别被处以五十军棍。

事情至此本应结束,岳飞却再次站到队前大声说:"岳飞身为右军新军的主将,治军无方,导致侵害百姓的事件一再发生,其责不容推卸。为此岳飞特自请与王贵、徐庆等人同等处分：军棍五十。现在就请执法官执行！"

言毕，岳飞径直走到王贵身边，单腿跪地，做好了接受刑罚的准备。

这出乎所有人的想象，身为值日官的姚政一时不知如何是好，已经被打得皮开肉绽的王贵、徐庆等人也瞠目结舌。

倒是傅庆、庞荣等人最先反应过来，大声呼叫道："不可！岳统制不可！"

"不可！岳统制不可！"广场上立时响起一片呼应。

岳飞只当没听见，对执法官命令道："执行！"

执法官手中的军棍抖动着举到头顶，可没等向下落，他突然扑通一声跪到地上，声泪俱下地大呼一声："岳统制不可——"

随着他的呼叫，姚政、傅庆、庞荣，以及广场上一千五百多名军士一齐跪倒在地，发出同一声长呼："岳统制不可——"

岳飞无可奈何，只得站起身来朝向众人郑重地鞠了一个躬，道："岳飞多谢各位将士的关照。但刑责可免事责不可免，责令岳飞自今日酉时起连续执勤五个时辰！"

是夜大雪纷飞，一个披坚执锐、坚毅顽强的身影，从天黑一直站岗到天明。陪伴他的是军营内一双双无法闭合的眼睛。

4

事情很快有了转机。先是广德城里一位姓孙的大户派儿子悄悄找到岳飞，把藏在横山一座暗洞里的一百多担粮米全部捐献给了岳家军。

"家父说了不为别的，只为'饿死不掳掠，冻死不拆屋'这一条，就知道你岳统制是个了不起的大将军，有了你这样的大将军，大宋就有希望,驱逐金虏、收复失地就有希望,他老人家就得帮你一把,让你渡过眼下的难关。"老人的儿子言之凿凿。

岳飞感激涕零,说:"好,这份情我记下了!请告令尊大人,岳飞日后果如所言,定当不负老人家心愿,驱逐金虏,收复我大宋失去的河山!"

接下宜兴县那边传来消息,说是县令钱谌派赵九龄前来钟村军营拜访,请求岳飞移师宜兴。

宜兴位于太湖之滨,离广德不过二百里路的样子,巡逻士兵夜间烤火事件发生之后,随军效用使臣李寅建议把军队拉到宜兴去,理由是那里紧靠太湖偏僻荒凉,进出只有一条路,只要守住这条路,就是有人想违纪也跑不出去。岳飞认定自我封闭不是出路和办法,但他还是决定派李寅去宜兴做一次考察和联络,没想这一来便"联络"出天大的好消息来了。

赵九龄与岳飞是老相识,时年三十五岁,天生一副清秀儒雅的气相。那年岳飞被逐出军营,前往河北西路招抚使司投奔张所时,多亏了赵九龄的引荐,才得以与张所有过一次长谈,并由此得到了张所的信任。

赵九龄告诉岳飞说,张所被免职、河北西路招抚使司被撤销后他几经辗转,去年初在同窗好友、宜兴知县钱谌的邀请下回到宜兴老家,做了钱谌的一名帮手。

"不得了!岳将军真是不得了!"赵九龄毫不吝啬地夸赞说,"单是一个'饿死不掳掠,冻死不拆屋',就足以让天下的官员和百姓刮目相看啦!"

赵九龄告诉岳飞,钱谌正是听了这个口号和他对岳飞的介绍,才决定邀请岳飞前去宜兴的。

岳飞说:"好,好。多谢你这老朋友和钱知县看得起。"他沉吟片刻又说:"我现在有一千五百多人吃饭,不知宜兴粮草方面……"

赵九龄说:"你看看我,倒把这一条给忘了!宜兴东临太湖西有平原,古来就是鱼米之乡,不要说你一千五百人,就是一万五千人,也保你十年饿不了肚子。"

"哎呀!这可真是太好啦、太好啦!"岳飞大喜过望,一个高儿蹦起,拉着赵九龄的手一连晃了几个来回。

接下谈到宜兴的现状,赵九龄告诉岳飞说,眼下钱湛最头痛的是自从马家渡兵败,宜兴来了几股土匪,闹得老百姓难得有一日安宁。

岳飞笑笑说:"我知道了。请九龄兄告诉钱知县,就说我岳飞兵到之日就是那些土匪消踪灭迹之时。"

赵九龄说:"我就知道!你岳将军对付金兵尚且如同砍瓜切菜,哪里就会怕了那几个蟊贼!"

岳飞叫来刘经、王贵、徐庆、姚政等人,众人听赵九龄介绍了情况,乐得差点把屋顶给掀翻了。

中午的酒是无论如何少不了的,岳飞让姚政倾其所能做了一桌饭菜,又让王贵把仅存的一瓶好酒拿了出来。众人杯盏交错相互庆贺,把马家渡兵败以来所有的晦气和郁闷都丢到九霄云外去了。

席间不可避免地谈到了张所。

岳飞问:"九龄兄,你有张公近来的消息吗?"

那年岳飞投奔张所时是被除了军籍的,原本的武翼郎的军阶也丢了,张所认定他是一位难得的将才之后,先是给了他一个"准备将"的身份,让他带兵出战,而后每战胜后即行提升,不过半年时间,岳飞便成了一位可以独立统领部队排兵布阵的将军——统制。张所的知遇之恩岳飞铭记在心,可张所被免职时他正在前线与金兵苦战,张所被流放广南后更是天各一方,断了起码的音信。

赵九龄说:"岳将军不知道张公已经不在人世了吗?"

岳飞大吃一惊,"什么,张公已经不在人世了?什么时候?怎么回事?"

赵九龄说，张所被流放广南后一次因故北归，路过潭州（今湖南省长沙市）时被当地的土匪刘忠杀害了。

岳飞眼圈一下子红了，哽咽道："张公于我有再造之恩，我只想有朝一日会有报答的机会，没想……"

赵九龄见岳飞如此，也不觉潸然泪下，说："岳将军如此，张公地下有知也可欣慰了。"

岳飞目视姚政说："记着为我置办一个张公的灵位，我要为张公焚香祈祷。"

见姚政应下了，岳飞这才擦去脸上的泪水，对赵九龄说："张公身后还留下什么人吗？"

赵九龄说："听说小儿子宗本一直跟随张公，张公死后就不知了去向。"

岳飞目视王贵说："大军移住宜兴后可即派人前去潭州，无论如何也要把宗本找回来。我岳飞要像对待自己的儿子一样对待他，让他成为张公那样的人。"

"记住了。"王贵沉吟了片刻，说，"还有婶子、嫂子和岳云他们。"

岳飞说："对，多派几拨人，把你们几位的亲人和将士们的亲人都尽可能地找回来，一个也不要落下。"

按照商定的方案，岳飞率军到达宜兴那天，钱谌带领大小官员、乡绅名士二百余人，出城二十里列队相迎。其场面之大、气氛之盛，使宜兴百姓无不为之欢欣鼓舞。

岳飞把大营设在张渚镇。张渚镇是一座古镇，镇内一条偌大的溪流穿行其间，镇外则是开阔丰沃的太湖平原，是屯兵练兵的上乘之地。

一应事宜安排妥当之后，岳飞发起了荡寇剿匪的行动。

宜兴的土匪强盗共有四支，人数最多、势力最大的是盘踞在太湖岸边的郭吉。郭吉是杜充属下仅有的两名水军统制之一，金兵渡江时,水军统制邵青率领仅有的一艘战船和十八名水军前去阻拦,不幸战死,郭吉却率部潜逃,到太湖当起了土匪头子。岳飞派人给郭吉送去一封信,劝他弃恶从善,共同抗金保国。郭吉不肯听从,却也知道自己不是岳飞的对手,把抢来的财物装了将近一百条船,急急就要逃走。岳飞闻讯后,即令王贵、徐庆前去追击,结果人船俱获,只有郭吉和两名亲随侥幸逃脱。

一战大胜,马皋、林聚两支土匪不敢顽抗,乖乖地接受了岳飞的招降。另外一个土匪头子张威武却没有把岳飞看在眼里,他身高八尺,力大如牛,更加据险筑垒,认定岳飞就是有天大的本事也奈何不了他。岳飞不声不响,那天突然独身一人闯入张威武的大营。张威武大惊失色,可未等他反应过来,就被岳飞手起剑落把脑袋给砍下来了。岳飞大喝一声:"岳飞在此,坐地免死!"张威武几百人的队伍便放下了武器。

前后不过两月,为害一方的四支盗匪便荡然无存了,钱谌和宜兴百姓惊喜交并,把岳飞看成了九天降临的神仙。人们把岳飞称为"岳爷爷",先是把他的画像挂到墙上焚香祈祷,接下干脆建起一座岳飞庙,把岳飞的石像供奉起来了。钱谌为此还特意写了一篇《宜兴县生祠叙》,请人刻石立碑,以志永远。

接下出现的是一个投军潮,不仅当地的青壮年争先恐后,不少被迫加入金兵、充当金兵马前卒的汉人"签军"也成群结队闻风而至;不过两月时间,岳家军便扩招至一万二千人。岳飞对部队重新进行了编组,而后日夜操练,一心把岳家军锻造成一支无坚不摧、无往不胜的劲旅。

正在此时,前去潭州寻找张所小儿子宗本的赵九龄回到军营——因为军中没有熟悉潭州的人,加之语言上存在障碍,岳飞特请赵九龄亲自带人前去——带来了新的喜讯:张所的小儿子宗本找到了。

岳飞大喜过望说:"太好啦!人在哪儿?赶快把他叫来!"

赵九龄朝门外招招手,一个身材不高且略显瘦削的男孩出现在岳飞面前。赵九龄告诉说,"宗本"是孩子的乳名,孩子的大名叫张宪,今年九岁。

赵九龄说:"张宪,这就是岳飞,你父亲当年最为器重的将军。"

"岳叔叔!"张宪朝岳飞望过几眼,突然一声长呼,"岳叔叔——"跪倒在岳飞面前。

"好孩子!"岳飞连忙将张宪拉起,拥进自己怀里,一边为他擦着泪水,一边自己的泪水也下来了。

父亲遇害后张宪逃进当地一座山里,给一家财主当了帮工。他忙时干活,闲时教财主的儿子习武,很受财主喜欢。赵九龄找到那户人家时,人家还舍不得放人呢。

"好!到底是张公的儿子!"岳飞拉着张宪的手,一字一顿地说,"张宪你记着,从现在起这里就是你的家,我岳飞还有赵九龄叔叔就是你的亲人,不管有什么事儿、需要什么只管跟我们讲。懂了吗?"

张宪点点头,却道:"不,岳叔叔,我什么都不要,我就要跟你上战场、杀金兵!"

岳飞说:"好,有志气!不过你还小,等你长大了武艺练精了,再上战场也不晚。"

见张宪懂事地点了点头,岳飞这才对赵九龄说:"要是有个年龄差不多的跟他做伴就好了。"

赵九龄说:"岳云哪!等岳云来了,不就什么事儿都解决啦!"

岳飞没有言语,张宪插上话来问:"赵叔叔,岳云是谁呀?"

赵九龄告诉说岳云是岳飞叔叔的儿子,年龄比他要大出两岁。

张宪问:"那他在哪儿?我怎么没见着呢?"

岳飞叹了一口气,又摸了摸张宪的脑袋说:"快了,你岳云哥哥也快了。"

赵九龄掰着手指算了算说:"王贵将军走了快两月了,也该有点消息了。"

王贵是在剿匪作战结束后便起身北上的,同行的军士不下二百人。为了寻找岳母和岳云母子,同时寻找自己和徐庆、姚政等人的亲属,三年中,他往返汤阴不下十几次。这一次岳飞更是下了死命令:找不到人就不要回来了,什么时候找到什么时候再回来。

汤阴地处黄河之北,是金兵南侵后最早占领的区域,老百姓因此遭受的苦难也最多。王贵第一次返乡寻亲时,岳母就带着岳云母子流落他乡去了,他四处打听,到底也没有找到踪影。此后徐庆、姚政等人多次往返,也一直都是空手而归。这一次王贵先让人画了五百张岳母和岳夫人、岳云的画像,而后把人马撒出去,一个村子一个村子地寻访,并且悬出赏金,对提供有用线索的一律当场兑现。这一来线索纷至沓来,然而顺藤摸瓜,结果不是说这三个人原先在哪儿见过、住过的,就是说这三个人中的哪一个或哪两个,跟原先见过的什么人很像的,至于眼下这三个人到底在哪儿就没人说得清楚了。

眼看再次陷入绝境,王贵忽然想到:岳母他们为了避免被人认出或者遭到金兵追杀,一定会远离村镇和人群。于是把人马集中到西部的丘陵山区。

这一来果然有了转机,那天有人在一个山脚下发现一个正在练武的少年,那少年看上去不过十一二岁,虽然看不清面目却很像要寻找的岳云。王贵赶来注视片刻,竟然想起了当年和自己一起习武的岳飞:那身姿和架势实在是太像了!二人生怕惊了对方,躲在小松林里观察了半个时辰,才一路跟踪,在一处山崖下的一座茅草棚里,发现了岳母的身影。

"岳婶子!"王贵上前喊了一声。

岳母回过身来,冷冷地看了他一眼,说:"岳婶子?这儿哪来的岳婶子？"

几年不见岳母已是满头花白，面庞也苍老瘦削了很多，但凭直觉，王贵认定自己没有认错人。

"婶子，我是王贵！跟你家岳飞一起投军的王贵呀！"

岳母且惊且疑，还是没有回应。

王贵撸开袖子，露出胳膊上的一块疤痕说："你忘了，那年我烫伤的时候，还是你给我上的药哪！"

岳母显然想起来了，呆呆地愣了一会儿，这才发出一阵哽咽，"哎呀我的王贵！我的王贵呀……"

从岳母的叙述中王贵知道，早在三年前，岳云的母亲刘氏就因无法忍受四处逃亡的生活，跟随一位过路的军官走了，此后再也没有回来。

一直找的都是老少三口，天知道……

一边乔装打扮、隐蔽迅速地护送岳母等人南下，一边王贵就把喜讯报到了宜兴军营。

得知母亲、儿子和王贵、徐庆、姚政等不少将士的亲人找到了，正在返回江南的途中，岳飞的喜悦是无法形容的。他立即唤来姚政，令他选派一队精兵，化装成金兵的模样，过江前去迎接和保护。

母亲他们已到楚州了；

母亲他们已到泰州了；

母亲他们已经过江了；

母亲他们已到常州了；

消息两天一报，时刻牵动着岳飞和将士们的心。最初岳飞浮想联翩，夜里躺下之后，仿佛早已逝去的种种往事便一帧接着一帧地出现到眼前：母亲、妻子、儿子，哭、笑、闹、乐……让他难以成眠。几天后，随着岳母他们离宜兴越来越近，母子相会的时间越来越近，情况却发生了反转：每晚往床上一躺便会安然入睡，一觉直到天明，连梦都不带做一个的。那使岳飞高兴得不行也奇怪得不行。

岳母他们明天就要进入宜兴境内了。

消息传来，岳飞本已平静的心绪倏地又泛滥起来。说好第二天天一亮就要出发，去县界那边迎候母亲和各位将士的亲人，上床后岳飞却满脑子都是岳母和妻子、儿子的影像，一会儿老一会儿年轻，一会儿熟悉一会儿生疏，一会儿清晰一会儿模糊，一会儿笑乐一会儿哭闹……好不容易影像消失了，又为明天该穿什么衣服犯起了嘀咕：一会儿军装一会儿粗衣布褂，一会儿头戴银盔一会儿腰缠布带……直到值日的军校敲响屋门，他才条件反射似的从床上一跃而起。

站在宜兴与金坛两县的界碑前，岳飞、徐庆和一行人等了一个多时辰，岳母和王贵、姚政他们的队伍终于出现了。先是远远地，只能看个大概；随着越来越近、越来越近，岳飞看到了众人护卫的几驾马车，最前面的那驾马车中间坐的是一位白发苍苍的老夫人，旁边，依在老夫人身边的是一个半大小子。岳飞知道，那就是四年来魂牵梦绕、十八次苦苦寻找的母亲了。

岳飞快步上前，在距离马车十几步的地方，恭恭敬敬地跪到了地上。

岳母也看见了岳飞。那是一个熟悉而又陌生的面孔，一身戎装里透着少有的英俊和威武。

她小时候读过两年私塾，后来又断断续续读过一些书，因而深明家国大义和为人处世的道理。四年前，当她发现丢了"告身"回到家中的儿子，一住三个月依旧没有重回军营的打算，便好言提醒，并且在儿子重返军营的头天晚上，用一只缝衣服的针蘸着墨汁，在儿子背上一笔一画地刺下了"尽忠报国"四个字。

"你要永远记住这四个字！走到天边也要记住！要不，你就不是我的儿子！"岳母一字一顿地说。

岳飞走了，岳母的心也随之走了。四年里，天知道她多少次地梦见过儿子：粗布衣褂，棱角分明的脸上挂着几分稚气和憨厚。

梦中的那个人与面前的这个人，差别是太大了！

这真的是我的飞儿吗？

可这不是我的飞儿又能是谁呢？

马车停下了，岳母在王贵、姚政的搀扶下走下马车。跪在地上的岳飞磕过几个头后扑到岳母身边，说："娘，飞儿接你来啦！"

"飞儿！飞儿——你真个是我的飞儿？"

拉着岳飞的手，抚摸着岳飞的面颊，好一会儿岳母才明白过来：四年前，她送走的是一个还有点贪恋小家庭生活的回乡青年，如今迎接她的则是一位身经百战、威名四扬的大军主将。

一生的心愿，半世的心血，四年来数不清的思念和苦难，一切一切，都在这一刻得到了补偿和满足。

岳母哽咽着许久许久才哭出声儿来："飞儿，娘可见到你啦！娘可见到你啦……"

马车的另一侧，张宪拉着岳云的手，一口一个"岳云"地叫得正欢。

岳云好生奇怪说："你是谁？你怎么知道我是岳云呢？"

张宪说："我是张宪哪。我爹和你爹原先是一起打金兵的。"

"呀！"岳云这才想起王贵说过的那个张公的小儿子，说，"你就是张宪哪？你还得叫我'哥哥'呢！"

张宪说："不会吧？我可是比你来得早……"

岳云说："那也不行。我十一你九岁，你不叫我'哥哥'还得我叫你'哥哥'呀？……"

安抚过母亲，岳飞与王贵的父亲、徐庆的母亲、姚政的女儿以及众多将士的亲人们一一见过礼之后，才想起没见到妻子刘氏。他一阵惊疑，要向王贵或者岳母问个明白，想想却把涌到舌边的话咬住了。

回到军营,一切安顿停当,屋里只剩下母子两人时,岳飞这才提出了心中的疑惑。

"娘,你还没告诉我,岳云他娘去哪儿了呢。"

岳母叹一口气,把刘氏无法忍受逃亡之苦,跟一位过路的军官走了的情形详详细细说了一遍。

刘氏是邻村一户人家的女儿,十四岁上与岳飞成婚,小两口虽然说不上特别恩爱,却也甜甜蜜蜜喜喜乐乐。岳飞本想有她在身边,母亲和儿子能少吃不少苦,哪儿想到她会在危难时刻丢下母亲和儿子,独自走了。

"她去哪儿了知道吗?"岳飞说不出多少愤懑。

岳母说:"这我可说不清楚。"

岳飞说:"这个没脸没皮的东西!哪天落到我手里,我非得让她说出个里里外外不可!"

岳母平静地说:"飞儿,娘可不赞成你那样。说起来她一个二十来岁的女人……还有,那天那个过路的军官给了她两个菜窝窝,她吃了一个,把那一个给了我和云儿。不是那个菜窝窝,我和云儿说不定早就死在那个山沟沟里了。"

岳飞一震,拉起岳母的手说:"娘……都是孩儿不孝,让你老人家……"

岳母说:"这跟你可没有关系。那天她走的时候留下一句话,说是她知道自己对不起你和孩子,要是日后还能见到你的话,就让我告诉你,不用记挂她了,再找一个比她好的女人吧。"

听过母亲的话,岳飞久久没能说出一个字来。

帮岳飞找个新夫人的事儿,钱谌和赵九龄是在得知刘氏出走的消息后一口应下的。为了不打扰岳飞,两人特意跟岳母唠过一次,把标准定在"十八九岁、知书达理、品貌端正"三条上。这三条说起来容易，选起来比登天还难。于是便只有"海选"。"海选"的对象最初只限于县城内有头有脸人家的女儿，选了一阵儿没有选出满意的人来，这才扩大了范围；但还是有一条：家里必须是书香人家，本人必须是识文认字的。理由不言而喻，岳飞是何等人物，夫人少了这两条如何配得上？他们这两位大媒人的脸面如何长得起来？然而一个多月过去，选了几个人岳母那儿都没有点头，两人只好再次扩大范围，把"有头有脸"和"书香人家"变成了"正派人家""劳动人家"。

"这就对了。你们看飞儿，他爹和我都是种地的，他自小就没少干地里的活儿，我们不也是个劳动人家？"岳母说。

宜兴有六万多户人家二十二多万人口，种地的、打鱼的、做小生意的应有尽有，要找一个能够让岳飞满意的好姑娘如同大海捞针。"大海捞针也得捞！"赵九龄干脆换上一件布衫，带上几个人，走村串巷搞起了微服私访。

那天来到太湖边的一个渔村，听说一家渔民打了一条三十多斤的白鱼。白鱼是太湖特有的鱼类，肉质细嫩鲜美，一般三四斤一条，十斤以上就算稀有之物，三十多斤便属闻所未闻了。赵九龄赶到那户渔民家里看了一会儿感叹了一番，临走时，忽然见主人家的女儿摇着一只小船从湖上归来，一边哼着小调一边把小船系到门外的一根石桩上。赵九龄先听那小调唱得有滋有味，抬头望去，又见那姑娘神清气爽、端庄大气，一身渔民装束越发显出活力和非同寻常。赵九龄一振，连忙上前搭讪了几句，见姑娘落落大方，心中越发有了底儿。

他找到村里主事的罗乡绅，得知姑娘名叫李娃，今年刚满十八岁；李娃的父亲李太湖年轻时是当地有名的小秀才，因为父母妻子病故、家庭中落才下湖做了渔民；李娃跟着父亲学了不少字读了不少书，是周遭几个村子公认的小才女；前些年提亲求婚的人络绎不绝，李娃因为要照顾李太湖和两个弟、妹才耽搁至今。

"谁家的小子有福,能娶这么个老婆,那才叫八辈子积下的大德呢!"罗乡绅说。

"岳飞呢?你看岳飞岳将军行吗?"赵九龄单刀直入。

到姑娘家里去提亲,指望他赵九龄或者钱谌不行,能够指望的就是这位罗乡绅了。

罗乡绅愣了,"你说什么?岳飞?哪个岳飞?"

赵九龄说:"怎么还哪个岳飞呢?就是帮助咱们扫清土匪的那个岳将军呗!"

罗乡绅对岳飞敬慕有加,听过赵九龄的一番介绍和说明,当即把两手一拍说:"这个大媒我当啦!当啦!"

听说赵九龄和罗乡绅是为岳飞前来提亲的,李太湖很快便答应下来——几个月前他让土匪抢了两次,差点丢了性命,要是没有岳飞……然而谁也没有想到的是,李娃听说要嫁的是岳飞却怎么也不肯点头,理由是自己只是一个小渔村里的一片小树叶,岳飞则是上天降下的大神仙,两个人压根儿就配不到一起去。

"不对不对不对!岳飞不是大神仙,你也不是小树叶!"赵九龄把道理说了几十遍,到了李娃也没应下声儿来。赵九龄只得找来了钱谌。钱谌对李娃印象也很好,把岳飞如何孝顺母亲、如何善待手下的将士、如何爱护百姓的事儿说了不下一箩筐,李娃才好歹答应去军营跟那个"上天降下的大神仙"见上一次面儿。

进军营那天,赵九龄和罗乡绅都劝李娃换一套好看的衣服,李娃偏不,偏是要穿那套平时下湖的衣裤。李太湖进屋劝说,李娃说:"他是大将军是咱的大恩人不假,可他要是看不上俺这小老百姓,俺也不稀罕他。"

穿着一身下湖打鱼的衣服,李娃走进了张渚军营。钱谌、赵九龄和罗乡绅心里一点底儿也没有,却没承想岳母一看就喜欢上了,拉着李娃的手问长问短。岳飞见过,脸上也立时荡起了春风。

"我知道你是个好姑娘,可我有两个问题,想请你给我一个明明白白的答案行吗?"聊过一阵闲话,众人起身出屋,屋里只剩下岳飞和李娃两人时岳飞问。

李娃羞涩地笑了笑,说:"你是大将军,我又没封着你的嘴,想问就问呗。"

岳飞说:"这跟大将军没有关系。我是个带兵的人,今天在宜兴,说不定哪天就走了,走到哪儿连我自己也说不清楚。你愿意跟我一起东奔西跑、吃苦受累吗?"

李娃想了想说:"那你能先告诉我,你为什么要东奔西跑、吃苦受累吗?"

岳飞说:"当然是为了抗金除匪、尽忠报国呀。"

李娃嘴唇一抿,说:"那,我愿意。"

岳飞点点头又问道:"你还是个姑娘,嫁给我之后肯定得受委屈。你能把我的母亲当成你的母亲、把我的孩子当成你的孩子一样对待吗?"

李娃说:"那你得先回答我一个问题:你能把我父亲和弟、妹当成自己的父亲和弟、妹一样对待吗?"

岳飞想不到李娃会这样回答问题,心中禁不住生出了几分敬意。

"我保证!我保证把你的父亲和弟、妹当成我自己的父亲和弟、妹一样对待,绝不反悔!"岳飞掷地有声。

李娃笑了,她想不到岳飞会这样郑重其事地回答她的问题,心里顿时生出一股热流。

"那我也保证!保证像对待亲生母亲和儿子一样对待你的母亲和儿子,绝不反悔!"李娃有意无意地学起了岳飞的样子。

"好,有你这话我就放心啦!"岳飞动情地凝神片刻,把刚刚买来的一对玉镯送到了李娃手上。

婚礼是八天后举行的，简朴又不失热闹。岳飞、李娃给岳母和李太湖磕过头，又给王贵的父亲、徐庆的母亲以及在场的长辈们见过礼之后，与钱谌、赵九龄、罗乡绅以及刘经、王贵、徐庆、姚政等人推杯换盏，一直喝到月上中天。

5

收到岳飞的信件时，张俊正在越州军营跟一位师爷下着象棋。看过信末的署名，他眉头皱了几皱，那个名叫岳飞的部下才从记忆中蹦了出来：那是个年轻气盛，一心只想上阵打仗，为此竟然上书皇上，指责当朝宰相和大臣的家伙。可耐着性子看完来信，他却不由得兴奋起来：这个当年自己属下的队将，竟然在杜充投敌、大军崩溃之后拉起了一支一万两千人的队伍；而且眼下这支队伍已经整训完成，随时可以接受朝廷的调用！

他把来信的内容告诉了师爷，师爷说："不简单！这也正好说明张都统历来带兵有方嘛！"

张俊是甘肃天水人，时年四十四岁，长得额宽鼻隆颇有几分福相。他十六岁当乡兵弓箭手，投军后多有战功。金兵攻破东京后他积极拥立赵构，当上了御营前军统制。岳飞所在的部队就是那时并入他的麾下的。一年前因为平定苗、刘兵变有功，张俊升任节度使和御前右军都统制。五个月前又因在明州与金兵打了一仗，为赵构下海避难赢得了几天时间，越发得到赵构信任，成了时下小朝廷里唯一手握重兵的将军。

"对，应该告诉皇上！"张俊把棋盘一推，起身向赵构的行宫那边走去。

所谓行宫只是一座旧庙，外面加派了几队卫兵。旧庙分为前后两院，前院住的是宰相吕颐浩等人，后院住的就是赵构和他的吴妃

163

了。在海上漂泊了四个多月，赵构十天前才好歹把两只脚踏到地面上。这场灾难带给赵构的最直观的结果就是，这位二十二岁的皇上，头上已经生出白发，脸上也横出几道皱褶来了。

他是徽宗赵佶的第九个儿子，文能赋诗泼墨，武能力挽强弓，却因为母亲韦氏出身低微而遭到歧视，以至于金兵包围东京后，他先后两次被作为人质送往金兵大营。谁想因祸得福，他成了唯一逃脱金兵魔爪的皇子，并因此当上了河北兵马大元帅和大宋朝第十任皇帝。只是这个皇帝他当得太不容易：为了躲避金兵追捕，他从南京迁到扬州，从扬州迁到建康、杭州，又从杭州逃进了大海登船，如今也只能委屈在一座巴掌大的旧庙里。

听报张俊求见，赵构起身要坐到正中的位上去，可没等他站直，脚下便是一阵左摇右晃：几个月的船上生活使他形成了一种"摇摆症"，至今无法恢复正常状态。

张俊行过跪拜礼，起身把岳飞的来信递上说："启禀皇上，臣的老部下岳飞有信来了。"

赵构说："岳飞？岳飞是谁呀？"

张俊说："臣当年在南京应天府护卫皇上时，岳飞是臣麾下的一个武翼郎。"

武翼郎为从七品，是中级军官中最低的一档。

"唔。我见过吗？"赵构又问过一句。

张俊说："见是见过，只是皇上不会记得就是了。"

的确，作为护卫部队的一名军官，当年岳飞是为赵构站过岗的，但在赵构眼里那只是一群军校而已，姓什么叫什么与他没有什么关系。至于岳飞状告黄潜善、汪伯彦以及由此引发的后事他一无所知。因此岳飞这个名字赵构确是第一次听见。

"信上说的什么呢？"赵构问。

张俊把宋军崩溃和杜充投降后岳飞如何收拢部队，组建起一支上万人的兵马,和眼下这支军队如何可以随时听从朝廷调遣的话说了一遍,赵构果然神情为之一振。

"一万多人的兵马?好!太好啦!"

杜充属下的兵马溃散后,大宋在江南的兵马总共不过三四万,一万多人要算是很大一个数字了。

"想不到!想不到杜充这个混账东西,还给我大宋留下了岳飞这么一个人物!"赵构发着感慨。

对于杜充投敌他说不出得多少愤懑。当初他是把长江的安危、朝廷的安危都押在这个人身上的,谁承想……为此他抹了三天眼泪,并且撤换了一力保荐杜充的左相朱胜非。

张俊对杜充同样没有好感。他被划到杜充麾下时一次前去拜见,因为没等召见便进入府邸,那小子竟然当着他的面儿把他的一名随从给斩首了。

听赵构提起杜充,张俊回道:"岳飞跟杜充从来就不是一路人。当年岳飞在臣手下时,臣就经常给他讲忠君报国和临危不惧的道理,不想有了今天的结果。"

这自然是信口而言,当年岳飞在张俊部下总共待了三个多月,其时他整天周旋于赵构和黄、汪两位宰相之间,跟岳飞从未有过一句掏心剖腹的话。

赵构却当了真,说:"到底是你张爱卿有见识。大家要都像你,朕的日子就好过了。"

张俊如同吃了蜜罐,心里说不出多么舒坦。他起身说:"多谢皇上明鉴。"

赵构问:"岳飞现在是什么军阶啊?"

张俊说:"好像是武德大夫、英州刺史。"

武德大夫在宋军五十二个军阶中排在第二十八位,在中级军官中则排在第二位,以岳飞的年龄和身份要算是很高的了。

赵构说："是不是应该奖励或者提升一下啊？"此地此境，除了赏赐一两个空名空衔，他实在一无所有一无所能。

张俊眼珠打了一个旋转说："依臣看来，还是等他立了功，再加奖赏的好。"

"那就依你。"赵构沉了沉转了话题，问，"兀术那帮小子到了哪儿？"

对于兀术赵构可谓恨入髓里，这不仅因为兀术和他的大金国，掠走了他的父兄和母亲妻儿，夺走了大宋的半壁江山，更因为此战之前他几次给金国皇帝和金兵统帅粘罕写信，再三表示甘愿取消大宋的国号和自己的帝号，做金国一个藩属国的头领，兀术却非要捉住他、杀死他，灭了他和大宋国不可。

"他们抢的东西太多，加之水路慢，说是过了苏州没几天。"张俊说。

"这些狗东西可恶至极！可恶至极！"赵构恨恨不已地骂了一句，猛地站起身来对张俊道："告诉韩世忠、岳飞，不能让他们走得太轻松了。"

"遵旨。"张俊赶紧又施了一礼。

收到张俊的回信时，岳飞正与黄纵、赵九龄和几位文人学士在谈天说地、评古论今。

因为家贫，岳飞小时候没有上过学，而是一边帮着家里干活一边习武学文。习武，靠着外祖父姚大翁的支持，他拜过李广、周同两位名师，学文则主要靠的是自学。岳家祖籍山东聊城，岳飞上数十代，有两位祖爷爷当过聊城节度使，一位当过汤阴令使，家中因此传下了《左传》《史记》《三国志》等几部大书。岳飞在跟母亲学习识字的过程中，时常捧着那几部大书一字一句地啃，啃了十几年竟然就啃下了一大半。那带给他的快乐和收获是难以言尽的。为此岳飞特别羡慕读书人，把与读书人交往当成一种爱好和享受。宜兴这段相对平静的军营生活和黄纵、赵九龄这两位文人出身的朋友，刚好为他提供了机会。

今天一起议论的是《史记》中的《周亚夫军细柳》。文章岳飞读过多遍，周亚夫也一直被岳飞视为榜样。但听众人各自发表了一通见解之后，岳飞还是觉得长了不少见识。

读过张俊的信，得知朝廷对他多有嘉许，岳飞的喜悦是难以言表的。因为失去与朝廷的联系而空悬的那颗心总算落到了实处，黄纵、赵九龄等人也很是为他高兴了一阵子。

送走几位文人学士，岳飞把刘经、王贵、徐庆、姚政等人找来，商量的就是如何阻击金兵北撤的行动了。

金兵要有大行动岳飞半月前就有所觉察，原因是固守广德几近半年的金兵都统挞不野忽然不辞而别，带领金兵大队朝向常州的方向去了，而常州报回的消息是，挞不野把部队都部署在运河两岸，好像在等待着什么人的到来。

如今一切都清楚了，兀术和他的金兵大队要"满载而归"，要通过运河进入长江，而后渡江北归。

探马再次报回的消息是，满载各种金银财宝的金兵船只多达数千，在运河里绵延数百里，前边的船队已经到达常州，后面的还在继续。

"他们烧了那么多城镇，抢了那么多财物，杀了那么多人，这会儿两脚一抬就要溜？没那么便宜！"岳飞当机立断，"传令王贵、徐庆、姚政、傅庆、庞荣各领一千兵马，即刻向常州进发！"

常州对于岳飞并非完全陌生，几月前部队还在钟村时，常州知府就曾派人请他前去帮助守城，只是人马未动常州城先自丢了，事情才不了了之。岳飞却因此对常州有了一些了解。但他不敢掉以轻心，一路率领大军向常州进发，一路又找来两位熟悉常州的人做起了情况介绍；眼看情况介绍得差不多了，一个完整的作战方案也成型了。

"金兵眼下的最大目标是把抢来的金银财宝全部带走，我们要做的就是打乱他们的计划，能截下多少就截下多少。"战前会议在路边一座白墙灰瓦的小院里召开，岳飞指着一张常州地图做起了部署，"金兵分为两部分，一部分在船上，一部分在岸上。我们必须以最快速度消灭岸上的金兵，同时把河里的金兵船只控制住。做到了这两条胜利也就到手了。大家明白了没有？"

"明白了。"王贵、徐庆等人齐声回答。

"王贵、姚政、傅庆听令！"岳飞下起了命令，"你们三个负责消灭岸上的金兵，争取把挞不野的铁骑给我留下来！"

马家渡作战时挞不野和他的铁骑留给岳飞的印象是太深了，"总有一天我要消灭这支骑兵！"这是半年多来，他一直耿耿于心的。

"遵命！"王贵、姚政、傅庆同声回答。

"徐庆、庞荣听令：你们两人负责船上的金兵，要让他们乖乖地听你们指挥，明白吗？"

"遵命！"徐庆、庞荣同声接下了任务。

"行动！"岳飞把手一挥，五位将官飞奔而去。

战斗顺利得超乎想象。挞不野把他的部队部署在一百多里的运河两岸，三千兵马就跟撒芝麻盐儿似的，这儿一撮那儿一撮，面对王贵、姚政、傅庆旋风般的攻击，根本没有抵挡的能力。徐庆、庞荣采取的是上下围堵的方式，先把上游的闸门关了，接着把下游的闸门也关了，然后把强弓劲弩一齐瞄准船上的金兵；如此这般，一百六十多只满载金银财宝的船只和押送他们的金兵全成了瓮中之鳖，只能老老实实靠岸缴械了事。

一切干净利落，包括清点战俘、物资，以及与州府官员交接，整个行动只用了十天。十天之后，岳飞和他的兵马便踏上了凯旋之路。

回到宜兴，岳飞第一个进的是金沙寺：寺中长老得知岳飞大捷归来,特意在寺前恭候,并邀请岳飞进殿小憩。岳飞进殿拜过供奉的佛尊又稍事休息后,长老令人端来笔墨,请求岳飞在寺中一面白壁上题词留念。岳飞自小喜好书法,还时常把家中祖宗辈留下的几本名帖翻出来临上一通,投军以来因为戎马倥偬才放下了的。

长老有请,岳飞心中激情涌动,当即接过笔墨慨然而书道:

> 余驻大兵宜兴,沿干王事过此,陪僧僚,谒金仙,徘徊暂憩。遂拥铁骑千余,长驱而往,然俟立奇功,殄丑房,复三关,迎二圣,使宋朝再振,中国安强。他时过此,得勒金石,不胜快哉。

书如其人,书同其文,几行奔放豪爽的墨迹赫然入目,引来长老和众人的一片赞叹。

回到军营,钱谌、赵九龄等人好一通欢迎和庆贺。这边刚刚告一段落,朝廷那边又发下嘉奖,除给岳飞和参战将士记功外还按照父功子荫的惯例,给岳云授了一个承信郎的衔儿。承信郎属正九品,是军阶中最低的一个,却是岳飞获得的第一个荫子之功。在征得岳云同意后,他决定把这个衔儿授给张宪,以报答张所当年的知遇之恩。

张宪得知后径直找到岳飞面前说:"岳叔叔,那个衔儿是你给岳云哥哥挣下的,干吗要安到我头上啊?"

岳飞说:"岳云比你大,可以自己到战场上去杀敌立功啊。"

张宪说:"岳云哥哥能上战场杀敌立功,我干吗不能啊?"

岳飞说:"你当然能,可眼下太小,得过几年才行。"

张宪说:"才不呢!这次去常州我和岳云哥哥没赶上,不是岳奶奶拦着,说不定俺们也立了功呢!"

"哦,还有这个事儿?"岳飞且惊且喜。

张宪说:"不信你问岳云。下一次打仗,不叫上俺们可是不行!"

随后而来的岳云连忙接过话头说:"就是,下一次不叫俺们可是不行!"

"好,我知道了。"岳飞目视张宪说,"不过这一次的衔儿你得留下,这也是你岳云哥哥的意见。"

岳云说:"我都跟他说了五十遍了,我的功劳我自己到战场上去挣,才不稀罕你的那个什么荫呢!"

岳飞又对张宪说:"你听听,我没骗你吧?"

张宪脸上阴阴的,片刻,竟然哭出声儿来了。

岳飞和岳云吓了一跳,连忙问:"怎么着了?这是怎么着了?"

"岳叔叔和岳云哥哥欺负人!"张宪突然撒腿向一边跑去,跑出十几丈才回过头来嚷道,"我也要自己上战场去挣!我也不要你的那个什么荫!"

岳云一怔,连忙向前追去。

望着两个远去的身影,岳飞舒心地笑了。

张俊的来信和常州的胜利,让刘经心里生出了一种难以言说的辛酸。冷落?有一点。嫉妒?有一点。怨恨?也有一点。张俊是岳飞的老上司,上报皇上也好,来信夸赞一番也好,他能理解,不能理解的是信上竟然没提自己一个字。张俊不了解情况,你岳飞写信时为什么不把我刘经的功劳一起写上?出兵常州,岳飞没点他的将,他也没有请求出战,原因嘛……他的刘家军不过三千人,与金兵的铁骑干起来谁保没有损失?而仗是朝廷让岳飞打的,也是岳飞率领部队去打的,胜败与他刘经有什么关系呢?

那天宜兴几位大户做东,为的还是庆功祝贺的事儿,刘经本待不去,可开宴之前酒瘾发作,不由自主也就去了。席间看着岳飞意气风发的神情和围在岳飞身边的众多笑脸,刘经心里难免又是一阵烦闷,加之多喝了几杯,回到营帐时已经醉得东倒西歪了。

王万把他扶上床,帮他脱了衣服鞋子刚要出门,没想衣角被他拉住了。

王万说:"你醉了,赶快睡一会儿吧!"

"没……没……我没醉……你……你才醉了哪……"刘经不肯松手。

"是我醉了,我醉了。"王万应着,要推开刘经的手,刘经却把他拉到床边,说:"你小子都看……看见了……岳……岳飞这小子太……太不给我面子啦……"

王万知道这一段他心里特别郁闷,原因是驻军宜兴之后不少原本没有意识到的问题突显出来了,比如扩兵,岳家军那边一扩就是上万人,刘经也想仿效,可投军的人眼睛里只有岳飞和岳家军,对他刘经和刘家军兴趣了了。钱谌和赵九龄那边,对岳飞和岳家军有求必应,无求也要送上门儿来,对他和他的刘家军则始终保持一种不冷不热的状态。至于出头露面、增光生辉的事儿除非岳飞提起,别人谁也想不起他,就像他不存在一样。

"论年龄,我比他还大两岁;论职位,他是右军统制我是左军统制,凭什么……"几次,他把牢骚发到了王万面前。

王万理解他的心情,可想来想去实在找不出岳飞错在哪儿,只得开导宽慰一番了事。王万指望情况会慢慢变好,哪想一次常州之战越发使刘经陷入窘困之地。

"你醉了,还是赶快睡一会儿吧。"王万一边安慰着一边给刘经喂了几口水。

"窝囊……你他娘的……真是窝囊……"刘经一边嘟囔着一边打起呼噜来了。

王万这才出门,站到院外的一棵玉兰树下,长长地叹了几口气。他盼望能有一个机会,让刘经和刘家军施展一下,以便提振士气,也改变一下外人的看法和态度。

机会果真来了，那天王万得知戚方带着他的两千土匪兵占领了广德城，在城里烧杀抢掠，城里的孙大户派儿子来向岳飞报告，岳飞要商量发兵的事儿请刘经前去参加。王万认定这是一个好机会，在向刘经报告时特意加了一句话说："你不是老想为咱们争个脸面吗，这一次可别错过啦！"

刘经白了他一眼走了，王万连忙做起了出兵的准备。他认定，以刘家军现有的兵力，消灭戚方和他的那帮土匪还是绰绰有余的；而一旦胜利归来，一切都会改变，刘经和刘家军再也不会有"二等军队"的焦灼和委屈了。

让王万没有想到的是刘经回来后只管喝起大茶，没有一点要出征的意思。王万想不明白，只得借着倒茶问过一句说："去广德的事定啦？"

刘经漫不经心地回了一句："定啦。"

王万说："还是没咱的事儿？"

刘经说："他想让我去咪，我说这几天身上不舒服，怕撑不住，给辞了。"

王万大惑不解，"这是为的哪一条？不是很好的一个机会吗？"

刘经说："你是想让我永远给他岳飞当下属吧？"

王万一怔，"那……那你的意思……"

刘经说："你是我的副将，不会跟岳飞穿一条裤子吧？"

王万说："怎么可能呢？我这不也是为你和咱们刘家军好吗？"

"行，有你这句话就行。"刘经顿了顿，问，"你知道扈成是怎么死的吗？"

王万说："不是说从茅山去金坛没几天，就让戚方给吞了？"

刘经说："明白了吧？那天他走时我说过应该把他吞了吧？岳飞就是不同意，到了还不是便宜了戚方那小子！"

王万不明白刘经为什么提起那段往事，说："咳，戚方那小子天生就是个无赖！"

"无赖？"刘经一笑说，"刘邦不无赖能当皇上？杜充不无赖能当宰相？"

王万听出话中藏有机锋，还要再说什么，刘经摆摆手进到里屋去了。

一连几天，刘经和几名队将频繁开会、谈话，开的什么会、谈的什么话一概不让王万知道。王万认定刘经是想另外找个地方，把队伍单独拉出去，便懒得去问：他是刘经的副手，刘经决定的事儿他只能服从，何况这也是早一天或者晚一天的事儿。

那天晚上王万正要睡觉，他的那位在四大队二中队当队将的本家侄子王十六忽然找来，说是任务下来了，他们中队是刺杀岳飞的第一梯队，如果他们完成不了任务后边还有两个梯队接着上；他听说岳飞武艺高强，心里害怕，才来问王万怎么办好的。

听上半句时王万还以为听错了，听到后边才止住王十六说："你再说一遍，刺杀谁？"

王十六说："岳飞啊！还能有谁？"

"哪个岳飞？你说清楚！"

"怎么还哪个岳飞呢？就是……不是他，我还不当回事儿呢！"

王万猛地愣住了。他让王十六把刘经策划的刺杀岳飞的计划详细说了一遍，这才如梦方醒：原来刘经装病不肯出兵，背后里隐藏着如此巨大的阴谋！

王十六说："刘统制说了，这次任务完成得好，参加的人一律官升两级赏银一百两；如果任务完成不好或者有谁出了纰漏、坏了大事，一律处死绝不宽赦。"

王万说："那你想怎么办？"

王十六说："我这不是害怕才来问你嘛。"

王万想了想说："你赶快回去，该干什么还干什么，不要让任何人知道你来找过我明白吗?"

王十六说:"那我……"

王万说:"别的你就不要管了。快去吧!"

眼见王十六消失到门外,王万原地打了几个盘旋,立马披挂齐整,又到马房牵出自己的马,而后出营而去——他是刘家军的统领,夜间巡营是他的职责,哨兵们早就习以为常了。

狂奔两个多时辰,王万好歹在广德城外的一个镇子里找到了岳飞的营地。

其时征讨戚方的战事已经结束:听说岳飞亲率大军向广德军开来,戚方脚下一抹油便没了影儿。岳飞几天来主要做的是安抚百姓和帮助建立自卫组织的事儿。听说王万有要事报告,岳飞当即让人把他请到自己帐内。

听了王万的报告,岳飞惊出一身冷汗。对刘经他一向心怀坦荡,那不仅因为两人是同乡好友,共同度过了一段艰难岁月,更因为他从心底里认定:要实现抗金救国、收复失地的大业,同道之间任何猜疑和诋毁都是不能容忍的。天知道……

"我和刘经志趣相投患难相守,他怎么下得了这样的死手呢?"岳飞且信且疑。

王万说:"岳统制把他想得太简单了,他准备刺杀你之后,把你的老母亲和夫人、儿子一锅端,把不顺从他的人也一个不留全部杀掉!"

岳飞沉吟片刻又问:"王将军是刘经的副手,你这样做就不怕给自己惹上大祸吗?"

王万说:"天下可以没有我王万,也可以没有他刘经,唯独不可以没有你岳飞——岳将军!倘若没有了你岳将军,大宋还有希望吗?河北和中原的乡亲们还有希望吗?只要能够保全你岳将军,王万今日所为,即使万死也无憾啦!"

"好一个忠肝义胆的王将军!"岳飞紧紧地拉住王万的手说,"岳飞谢谢你啦!岳家军的弟兄们谢谢你啦!"

岳飞立刻找来王贵、徐庆、姚政等人,与王万一起盘算起来。

刘经其时已笃定胜券在握。方案是经过反复推敲的,具体实施也是经过反复演练的,岳飞返回军营后立刻就会实现。想到他刘经一跃而成为拥有将近两万兵马的大军统帅,就连朝廷也不得不对他刮目相看,他的心就狂跳不止。量小非君子,无毒不丈夫。他刘经是个干大事业的人,什么不择手段啦无所不用其极啦,全他娘的滚一边子去!至于岳飞,不过是他上升过程中的一个石阶而已,古往今来这样的人多了,认命去吧!

探马报来最新消息,说是岳飞和他的部队正在返回途中,预计后天中午可以到达张渚。刘经当即传令封营:严禁任何人走出军营一步!事关重大,最后关头出现纰漏以至于功败垂成的事是绝不允许发生的!布置完这一切之后,他让随身小校去搞几坛上好的江南米酒来,准备庆功时来上个畅怀大饮、一醉方休。

这是头晌的事儿,晌午他安安稳稳地睡了一觉,下晌起身没多一会儿岳母那边派人来找,说是老太太有点事儿想让他过去说道说道。

多年颠沛流离,岳母身体原本多病,加之不适应宜兴的气候,经常都要请医问药。岳飞只要有时间总是亲自过问,亲自煎药喂药,这早就被将士们传为佳话。往常岳飞外出时,老太太也找过留守的将领,刘经是知道的,可想到两天后将要采取的行动刘经便拿定主意不去,让人回了句"有要紧事出营去了"便放过了。让他没有料到的是,只过了多半个时辰,岳飞的夫人李娃竟然出现在他的面前。

与初嫁时相比李娃显得成熟多了,却依旧端庄大方,洋溢着青春的美丽与活力。为了最大限度地减少岳飞的牵挂,她对岳母和岳云倾注了大量心血,也因此赢得了岳家三代人的尊重。这受到将士们的赞扬,在刘经心里激起的则同样是羡慕和嫉妒:凭什么他岳飞每天守着一个如花似玉的美娇娘,自己却只能跟一个半老婆子相伴终日?

"嫂夫人……你,你怎么来了?"刘经一怔,只得笑脸相迎。

"这不是老太太急着要见你嘛。"李娃说,"刘统制这是刚回来?"

"啊,是,是。"刘经一边应着,一边不无疑惑地问道,"老太太这几天好好的,怎么忽然想起要见我来了呢?"

李娃说:"昨儿晚上做了半宿梦,今儿一起来就这儿不舒服那儿不顺眼的。"

刘经说:"那就赶紧请医生吧。"

李娃说:"她让请还好了呢!说是自己没病,只是心里堵得难受,让你去帮她解一解就行了。"

刘经瞟过一眼说:"不会吧?我又不是阴阳先生,哪儿解得了梦呢?"

"这你刘统制就不知道了,"李娃说,"她最信服的是她儿子,其次就是你们这几个跟她儿子同生共命的兄弟,你去解释几句、安慰几句,比医生可是管用多了。"

说岳母对他和几位跟岳飞一起从汤阴走出来的将领特别亲近、信任,刘经并不怀疑,可此时此刻他实在不愿意去面对岳母的目光,便推辞说:"哎呀,我还有点急事。再说有你嫂夫人在我算什么呀?还是请嫂夫人好好劝导劝导行吧?"

他把犀利的目光落到李娃脸上,李娃却没事儿似的一笑说:"也行,既然刘统制有急事儿,我跟老太太再解释解释也就是了。"她转身要走,却又回过头来丢过一句话道:"我就是担心你这一不去,老太太说不定又要胡思乱想,以为出了什么大事儿似的。"

刘经心头一惊:眼下正是特殊时期,如果因为这件事引起岳母怀疑,岂不是……他连忙叫住李娃说:"嫂夫人别急,我这就跟你去一趟总行了吧?"

李娃这才又是一笑说:"这才是呢。只要你刘统制一到,管保老太太的病全没啦!"

刘经叫过两名亲兵,吩咐了一句,随之与李娃一起朝向后营那边走去。

后营是家属居住区,岳母和众多岳家军的家属一样住在几排平房里。两人来到前排东侧那个屋门前时,李娃麻利地掀开门帘把刘经让进屋里,又伸手拦住两位随行的亲兵说:"你们就在外边等一会儿吧。"

屋门被从里面关上了,关上的同时传出一声钝响,刘经喊也没喊一声便倒在了地上。与此同时,几名军校从旁边的几个屋子里一拥而出,把刘经的两名亲兵死死地按在了地上。

这是今天清晨姚政、王万回到张渚军营后便设计好的场景。杀害岳飞、吞并岳家军的主意是刘经出的,知情和参与准备的也只有刘家军的少数官兵,如果大张旗鼓地抓捕或者讨伐,很容易引起刘家军将士们的误解和对立,最好的办法就是趁他们还没有行动之前,悄悄地将刘经"解决"了。二人想来想去想到了岳母身上。但借助于岳母的名义却绝对不能惊动岳母,为此他们找到李娃请求帮忙。李娃得知刘经要对岳飞和岳家一门老小下手,气得差一点就要晕过去,但冷静下来,明白了姚政、王万的意图,她当即决定以看望刚刚出生的孩子为由,把岳母请到后排的徐庆家。然而一切布置完毕后刘经却不肯上钩,这一来把姚政、王万急得直跺双脚。李娃得知后立刻自告奋勇,要亲自到刘经营中去走上一趟。

"不行不行,这可无论如何不行!"姚政、王万连忙摇头。李娃在岳飞和岳家军将士们心中的地位两人是再清楚不过的,让她去冒这种险是不可想象的。

李娃却淡淡一笑说:"怎么不行呢?他刘经现在还得叫我'嫂子'吧?还不敢把我怎么样吧?"

姚政、王万觉得她说的在理,却依旧不肯答应她的要求。

"你们两个只管把心放到肚里好啦!我出不了事!就算日后岳飞问起来,那也是我自己的主意,跟你们没有半点关系!"

姚政、王万见阻止无效,只得赶紧部署,做好了一旦出现意外情况的准备……

大功告成,一阵军号响过,刘家军的官兵们集合到大饭厅里,听姚政、王万宣布刘经因为谋杀岳飞、破坏抗金大业已被斩首,原先的刘家军合并到岳家军,愿意留下的日后享受岳家军的一切待遇和荣耀,不愿意留下的每人发三天的粮米后,场上发出了一片欢呼。

6

常州截击战的胜利,特别是随后发生的黄天荡大战的胜利,让赵构和吕颐浩、张俊等人长长地舒了一口气。

黄天荡是长江上一个废弃多年的死港,兀术和他的船队由运河进入长江后,浙西制置使韩世忠率领八千水军,拦住了金兵的去路。因为金兵多为小船且不熟地形、不习水战,几次交锋失败后,兀术和他的船队误入黄天荡,遭到韩世忠长达四十八天的围困。虽然后来在两名当地人的指点下,兀术得以逃出,又以火攻造成了韩世忠船队的重大损失,黄天荡一战还是振奋了宋朝军民的士气,让赵构看到了实现梦想——偏安江南一隅的可能和希望。

"金兵在建康城新建了两座大寨,新凿了两条护城河,还在山上挖了几个大洞准备用来避暑,这明显是想长期赖下去的。"那天在赵构的行宫,吕颐浩对赵构和几位大臣说。吕颐浩是赵构登位三年后的第六位宰相,也是唯一跟随赵构在海上漂泊几近半年的宰相,赵构的心思他是再清楚不过的。

"你看看你看看!我就知道兀术不会罢休!这可怎么办?这可怎

么办呢？"赵构露出惊慌的神色，"只要建康城在金兵手里，说不定哪天，那小子顺风顺水又回来啦！"

"皇上说得是，建康城无论如何得收回来，否则江南无有宁日，朝廷无有宁日。"吕颐浩说，"现在的问题是，谁能担得起这副重任？"

赵构说："韩世忠忠勇过人，不行吗？"

吕颐浩说："韩军先胜后败，损失惨重，眼下肯定不行。"

赵构说："刘光世呢？"

吕颐浩说："刘光世人称'逃跑将军'，此等重任万万不可托付于他。"

赵构挠了几下头皮，目光在张俊脸上打了一个来回，说："张爱卿，你的意见呢？"

听吕颐浩和赵构提起收复建康的事张俊心里就打起小鼓，生怕任务落到自己身上，听赵构点到自己，只得硬着头皮说："臣在。"

赵构说："眼下只能劳动你去走一趟了。建康一日不得恢复，朕一日不得心安，你们也难得有好日子过。是不是呢？"

张俊说："为皇上分忧，臣肝脑涂地在所不辞。只是兀术虽退，越、明两州的安全问题依旧严峻，有臣在，皇上和各位大臣的安全无须忧虑，臣若离去……"

吕颐浩说："这一条张将军只管放心，皇上和越、明两州的安全老夫自会另行安排。"

张俊思忖了思忖又道："兀术拥兵十万，虽说大部已撤至江北，建康仍然是固守的要点，单凭臣一支孤旅无论如何也是……"

赵构说："这个好说，朕任命你为浙西、江东制置使，除刘光世、韩世忠之外的各路兵马，包括你那位老部下岳飞统一归你节制。你看如何呢？"

眼看木已成舟，张俊只得趋前一步道："臣领旨。"

领旨归领旨，张俊心中实在是忐忑得不行。好不容易逃过一场劫难，他本想可以安宁几天，哪想……建康地处长江要冲，历来是兵家必争之地，兀术既然去了建康，又做好了长期坚守的准备，哪是派一两支兵马就收复得了的？好在赵构并没有限定时间，自己完全可以稳扎稳打，伺机而动。

打定主意，张俊当即给岳飞去信，把皇上要收复建康和把岳家军划归他来节制的意思说了，约定半月后他履职西巡，在常州跟岳飞见一次面，详细讨论收复建康的有关事宜。

收到张俊的信岳飞很是高兴。建康失守已近一年，作为一名当年驻守建康的将军，收复建康始终是他的一大心愿。至于任命他为御营司统制，归由张俊节制更是顺理成章的事儿：杜充的江、淮宣抚使司早就不存在了。

岳飞与张俊会面后，最先说起的还是当年南京应天府时的往事。

张俊说："你被军籍除名的事，完全是黄潜善、汪伯彦二人所为，事先我一无所知，否则我肯定是要跟他们争回这个理儿的。"

岳飞说："有老长官这句话岳飞就感恩不尽了。其实当时我也是年轻气盛，把事情想得太简单了。"

张俊说："年轻人嘛可以理解。我二十几岁时也干过不少荒唐事。"他神情一转，又道："不过你在大军溃败之后，能够独自拉起几千兵马，着实让我高兴。"

岳飞说："老长官记错了，不是几千兵马，是一万两千官兵，另外还有一千二百匹战马。"

张俊从岳飞的第一封书信中就得知他拉起的是一万两千人马，但他认定其中必有夸大成分，因此故意这样说，只要岳飞不否认也就坐实了。听岳飞提出纠正，只得笑笑说："看看我这脑子！这一万两千人马，每天的开销可不是一个小数字啊！"

岳飞知他心中存疑，便把钱谌、赵九龄当时如何请他去宜兴，以及驻军宜兴后钱谌、赵九龄和当地百姓如何拥戴和支持岳家军的情形介绍了一番。

"老长官这次来,将士们听说了都很高兴。我临来时,大家都托言让我向老长官致敬,请求老长官无论如何也要到宜兴去视察一番才是!"岳飞发出邀请。张俊的为人他早有所闻,为使日后的行动能够得到他的支持,最好的办法是让他对岳家军有一个直观的了解。

张俊原本没有去宜兴的计划,听岳飞这样一说心中不觉一动,说:"好!既然将士们都盼着我去,我就去一趟!去一趟!"

事情说定,岳飞一边派人通知王贵一边就陪着张俊上了路。常州到宜兴百十里路,两人骑在马上,一边看着风景一边聊着天儿,第二天巳时二刻,张渚军营便出现到眼前了。

二人来到军营大门时,军营大门忽然洞开,王贵带着几十名将官列成两队,迎候在道路两旁。王贵跑上前来行过一个军礼,报告说:"御营司统制岳飞所部全体将官,欢迎张制置使光临视察!"

张俊是军旅出身,见此情形立时神情一振,收腹挺胸抬头敛目,露出一副难得的气势和威严。"好!好!"他向将官们挥了挥手,送过几个笑脸。

王贵前导,张俊在岳飞陪同下朝向一座建筑物那边走去。练兵场、营房、餐厅、甬路,甬路两旁竞相争艳的绿树花草……映进张俊眼帘的一切都是那么整齐划一、错落有致、纤尘不染。而这单靠一天或者几天的打扫装扮是不可能做到的。

在候客厅稍事休息之后,岳飞陪同张俊登上了练兵场中间的检阅台。

此时,练兵场上军旗猎猎,战马萧萧,上万名岳家军将士整齐列队,把目光一齐投射到张俊和岳飞身上。随着一声"演练开始"的号令,先是一阵战鼓澎湃、军旗辉耀,接着呐喊声四起,几千名训练有素的将士冲到练兵场中间,时而格杀搏击,时而相互掩护梯次进攻或后撤。几千人才去几千人又来。这一次出现的是骑兵的进攻和防守，以及步战交锋的场景，场上喊杀声、马嘶声、刀枪与盾牌的撞击声此起彼伏、震耳欲聋。

这是张俊行伍以来看到的最为壮观的操演之一，印象中只有十三年前朝廷举行的一次大型操演可以与之相比。惊讶、喜悦、振奋……及至一声"收操"令下，场上龙腾虎跃的场景刹那间消失了，面前再次恢复了开场前的严整和肃穆。

"好好好！想不到！真是想不到！"张俊毫不掩饰心中的喜悦和振奋，拉着岳飞的手连声地夸赞着。

有关收复建康的话题被放到了最后。

张俊说："有你这样一支兵马我胆气壮多了，不过老话我还是得说：兀术拥兵十万，建康城墙高山险，绝不是我们想收复就收复得了的；我们只能稳扎稳打、伺机而动。"

岳飞思忖片刻说："老长官的意思我明白，但我觉得兀术把抢来的东西都送到江北去了，把大部分兵马也撤到江北去了，不像是要死守建康的样子。"

张俊说："哦，你这样说？"

岳飞说："老长官仔细想想就知道了，金兵渡江南下，原本是要灭亡咱们大宋国的，如今大宋国没灭他自己先撤了，这说明什么呢？再者兀术如果真要坚守建康，应该把精兵强将留在建康才对，为什么要撤到江北去呢？"

张俊说："那按你的判断……"

岳飞说："判断眼下还不敢说，起码能够看出兀术并不像想象中的那样，说不定咱们加把劲儿，真能把建康城给收回来！"

张俊起身踱了几步，说："你说的也不是一点道理没有，可轻敌是万万不行的。这样吧，你按照计划该出兵出兵，但到了建康城外千万不要莽撞，没有我的命令不得贸然攻城，否则军法从事！"

岳飞说："下官遵命！"

岳飞没有说错，其时兀术正陷入一种十分沮丧、矛盾的境地。

兀术本名完颜宗弼，是金太祖完颜阿骨打的第四个儿子。他自小跟随父兄冲锋陷阵，立下了赫赫战功。在灭辽战争中，当辽军溃败、天祚帝逃进蒙古大草原，兀术跟随二哥完颜宗望穷追不舍，终于将天祚帝连同他的大辽国彻底消灭了。这次率军南下，兀术最大的目标就是抓住赵构，让赵构和他的大宋国彻底消失。

消灭天祚帝和大辽国时兀术只是宗望手下的一名少年将军，尽管在箭矢用尽的危急时刻他扔掉头盔，冒着矢石，徒手夺下一柄长枪，一口气杀死八名辽兵、活捉五名辽将，为最后胜利打开了通道，灭辽的功劳还是记到了宗望头上；而这一次，消灭赵构和大宋国的功劳，绝对是非他兀术莫属的！

正是为着这个目标，大军渡江后兀术亲率四千铁骑，以迅雷般的速度和气势直扑杭州。得知赵构逃跑后又急起直追，从明州追到越州，又从越州追到海上。然而海天茫茫，三百里海路追下来，赵构和他的小朝廷杳无踪迹，却把他和他的金兵将士搞得天昏地暗、生不如死。只是到了这时候，兀术才意识到消灭赵构和大宋国是一个不可能完成的任务。也只是到这时候他才发现自己孤军深入，后方的宋军和反抗势力正虎视眈眈，随时都可能把他和他的铁骑陷入危险境地，而江南的酷暑正在来临，中暑和病倒的将士与日俱增。

兀术就是在这种情况下决定撤军的。撤军不叫撤军，叫"搜山检海"已毕。"搜山检海"自然不是一句空话，越州、明州、杭州被洗劫一空，而后一把大火连烧几天几夜，直到把这三个城市变成一片焦土，他心中的郁闷之气才算是缓解了几分。眼见一千多只满载"战利品"的民船沿着运河向北开进，兀术心中的得意是不言而喻的：他虽然没能实现消灭赵构和大宋国的目标，却实实在在把大宋国踩在了脚下。然而常州一次"断尾"，他白白丢了一百多船金银财宝、两千多名将士,除了记下一个"岳飞"的名字,他连对方的影子也没有见到一个。进入长江之后,他本想北渡扬州,又被韩世忠拦住了去路。交战前,为观察地形他登上银山龙王庙,没想遭到埋伏,差一点成了俘虏。交战中,他的小船民船被韩世忠的大船战船打得屁滚尿流,及至进入黄天荡,他呼天不应喊地不灵只有等死的份儿。为了请求韩世忠放他一条生路,他发誓赌咒:"交还全部财物,送上北国名马,日后永不再犯!"韩世忠还回的却只是一声冷笑,"还我两宫,复我疆土,否则休想!"

多年征战,兀术经历的险难是太多了,有几次还差点丢了性命。但那都是作战过程中发生的,事先事中并不知晓,只是事后想起来才觉出后怕。这一次则截然不同,整整四十八天死亡就悬在他的头顶,绝望就充斥在他的心间,那个滋味刻骨铭心,让他一辈子都无法忘记。虽然后来侥幸逃脱并且烧毁了韩世忠的大部分战船,时至今日,兀术晚上醒来,每每都会惊恐万状、泪流满面。

这就是二十三岁的大金国忠孝军元帅右监军兀术时下的真实境况和心态。他把一千多船金银财宝送到江北,把大部分金兵也撤回江北,自己却蹲守建康城,时刻观察着宋军的变化和动向。

消息很快传来了:驻守城南三十里清水亭的守军,遭到岳飞率领的一支宋军的突然进攻,一千多人的队伍只逃出两名外出办事的火头。

"岳飞!岳飞追到建康城来啦?"一股冷气直贯而下,兀术禁不住打了一个寒噤。

的确,岳飞和他的岳家军已经到达建康城外。

建康不比常州,收复建康注定是一场硬仗,出征前岳飞是经过好一番筹划的。庞荣奉命留守宜兴,岳云、张宪原本也在其列,但二人死打烂缠非要随军出征不可,岳飞想想让他们经历经历也是好事，也就同意了。

清水亭一战完全是临时起意。探马报告说发现一个名叫"清水亭"的小镇子里住着不少金兵，岳飞驱马向前观察了一番，认定收复建康必须从清扫外围开始，当即命令傅庆、王万各带一千人马发起攻击。金兵头领没有准备，眼见宋军冲来，赶紧命令关闭大门。大门是生铁做的，又厚又重，军士们几次撞击都没能撞开，傅庆大喝一声："都给我让开！"抓起门外一尊石狮砸过去，生生把大门砸出了一个大窟窿。王万一马当先，从大窟窿里冲进金兵大营，金兵头领只得落荒而逃。傅庆、王万一路追出十五六里，直把金兵杀得走投无路血流成河。

"好！你傅庆今天立了第一功！"战事结束，岳飞在傅庆肩膀上重重地拍了一下。

傅庆好不得意，回手也在岳飞肩膀上拍了一下，说："岳丈，这回知道咱窑黑子不是逗出来的了吧？"

他用的是当年窑工们相互打趣的粗话，岳飞一怔未及回应，王贵一步上前呵斥道："傅庆！你胡说什么！"

军队将士之间特别是上了战场，是容不得胡言乱语的。岳飞为了不破坏初战获胜的气氛，朝王贵使过一个眼色。王贵不吱声了，傅庆倒跟受了多大委屈似的，嘴里嘟嘟囔囔发着不平："干吗这么凶啊！功劳就是我立的嘛，你们谁有本事……"

清水亭初战大胜的消息传到张俊耳朵中时，张俊和他的部队刚刚抵达镇江府。

"这么快就跟金兵干上了？"张俊有点疑惑，可想想宜兴检阅时听到和见到的情形，知道岳飞是不会谎报的，便回复说，"告诉岳飞，这一功我给他记下了。眼下当务之急是摸清敌情，把脚跟站稳，等我和大军到达后再考虑下一步的行动。"

他想起半年前在明州跟金兵打的那一仗，当时如果不是仗着人多，撤退时又拆了城外那座桥梁，断了金兵的追路，胜利者是不是他张俊还难说着呢。他最怕的是岳飞轻敌冒进，跟韩世忠一样落下个先胜后败的结局——收复建康城的成败，与他张俊张大制置使的名声是密不可分的呢。

接到张俊的指令时，岳飞已经在牛头山上安下了营寨。从俘虏和当地百姓口中，岳飞知道金兵主力驻扎在蒋山和雨花台一带。牛头山与蒋山、雨花台遥遥相对，林树葱郁泉石相映，既有利于岳家军的掩蔽，也有利于观察金兵的动向。

对于张俊的指令岳飞不以为然却也不便违抗，他一边等候张俊到来，一边就开始了"驱赶金兵"的行动——金兵据山守险、据城守险，单靠强攻硬打显然是行不通的。

岳飞命令王贵、徐庆、姚政各自挑选三百勇士，穿上金兵的黑衣黑裤，分别混入金兵大营，待到夜深人静时一边放火呐喊一边狂砍滥杀。那引起了金兵内部的三场大混战。战至天明，金兵明白了事情的原委，派出兵马下山追击时，又被早已等候的岳家军打了三个干净利落的伏击战。

第一夜如此这般，没人敢出声也没人敢上报。第二夜，另外三个大营又如此这般地重演了一遍。

兀术这才得到了消息。他把几位金兵将领找来，每人赏了三个耳光、一顿臭骂，而后命令各营立即成立巡察大队，封锁路口、盘查行人，严防岳家军再次混入军营。

一连两天，岳家军的行动受到了挫折，派出的人非但没能混进金营还被金兵杀死和抓走了一百多人。徐庆情急之下，带着两个人悄悄抓回一名金兵巡察队员，搞清了金兵巡察大队的暗记——每人手腕上系着一个不起眼的白布条，第二天一个假冒的金兵巡察大队就出动了，一晚上烧掉了金兵的三个营点，杀死了三百多名金兵，另外还捎带上三名千夫长和五名谋克。

"行啊徐庆，学会动脑子啦！"岳飞得知后一边夸奖，一边对王贵、姚政、傅庆、王万几个人说，"你们就照着徐庆的样子来吧！"

这一来不得了，金兵的巡察大队一下子多出五六倍，他们神出鬼没，在金兵大营内外纵横捭阖，一直把兀术搞得焦头烂额、心惊肉跳。

更让兀术焦头烂额、心惊肉跳的是，一支金兵巡察大队两次逼近他的住所，其中两个不过十几岁的小孩子，竟然从密不透风的篱笆墙中钻进他住的院里，杀死了专门负责他的护卫的一名都统、两名万夫长。

"不好！"兀术明白这是直接冲着他来的。他预感不妙，生怕再次陷入黄天荡那种令人绝望的境地，当即决定将城里的部队撤至城西四十里外的靖安镇，同时命令放火烧城，把建康城变成一座人间地狱。

得知金兵放火烧城，岳飞立刻明白了兀术的意图。

"金兵要跑！"岳飞当机立断，对王贵说，"命令各部队立即下山，坚决咬住金兵，不让他们再停下来！"

王贵提醒说："张制置使明令要等他来了再说攻城的事儿，你这样……"

"时不我待！再说他说的是攻城，我们现在是追击。"岳飞断然地说，"他要是怪罪下来由我承担，马上行动吧！"

大火烧了三天，金兵退了三天，岳家军追杀了三天。到第四天时，眼看金兵在靖安镇停住不动了，岳飞又命令徐庆、王万各带两千人马，向位于靖安镇与江边码头之间的螺丝沟一带发起进攻。兀术看出这是要断他后路的意思，当即带领亲随部队向码头开拔，到达码头后立即登船，朝向江北飞驰而去。

船到江中，兀术落下了几串泪水。他手拍船舷，对身边的将校们说："今生我若再过此江，你们就先把我的脑袋砍下来挂到桅杆上！"

眼看兀术和他的亲随部将去了江北，金兵各部争先恐后也要向江北去，可码头就那么大，渡船就那么几只，谈何容易！码头上由此展开了一场生死大战，登船的、抢船的、杀人的、拼命的、放火的、呼天号地的……几万金兵乱成了一锅粥。这倒便宜了岳飞和他的将士们，一连几天，手中的刀砍卷了刃、枪刺弯了锋的数也数不清。就是两位小将——岳云和张宪也只差没把两只胳膊给累折了。

战事结束那天，岳飞在江边见到了建康通判钱需。钱需在金兵占领建康城时，没有跟着知府陈邦光前去送交投降书，而是拉起一支义军与金兵展开了斗争。三天前，在得知岳家军正在追杀金兵时，立刻便带着他的队伍赶来助战了。

岳飞对钱需敬佩有加，当即邀请他一起进城，去安抚那些大难不死的百姓。

"好好好。"钱需一边答应着，一边指着遍地的金兵尸体和散落的铠甲、兵器、辎重，以及几面飘扬的"岳"字旗和正在打扫战场的岳家军士兵，对岳飞说，"将军还记得马家渡之战吗？半年不到这就算是轮回啦！有你岳飞和岳家军在，何愁强敌不灭、家国不兴啊！"

"承奖！承奖！"岳飞向天而笑，随之打马扬鞭，朝城里的方向奔驰而去。

散文卷

泉涌如诗
——写在泉水复涌六周年

黄山看云,华山看险,济南看泉。

大凡世间景物,一经众口相传,其知名度和认同度便无可置疑了。泉,泉水,泉城!的确,自从济南的先人们傍泉而居、缘泉而兴,把济南变成一座融汇古今、勾连中原与海洋的都市,济南的泉和泉水,便成为足以与黄山的云、华山的险相媲美的一大奇观了。

黄山的云中有梦,华山的险中有情,济南的泉中有诗。

时光退回三十几年,当我还是一位身着戎装的热血青年,济南就是以那如诗喷涌的泉水打动我、征服我的。你看,趵突腾空,平地卷出三尺雪;黑虎震吼,一河清涛一河银;珍珠袅袅,串串层层万朵云;更有五龙潭里、剪子巷边,那石板上汩汩涌流,浸湿了孩子们红嫩的小脚丫的泉水,护城河里只有上帝心中才有的绿色——水藻,大明湖上绿叶田田、香风四溢的荷花:济南实在是诗中之城,诗中也难得寻觅的仙境啊!泉水呢?泉水是那样晶莹、清澈,那样甘洌、甜美,那样冬暖夏凉、四时如饴……古来都说诗如泉涌,济南实在是泉涌如诗,一泉一诗,遍地是诗啊!

有人告诉我,世界上的泉水无可计数,但像济南这种身居闹市、百泉喷涌、经世不衰的景象非但中国绝无仅有,找遍世界也找不出第二个来的。

身处这样的济南，面对这样的泉和泉水，让人不欣欣然飘飘然是不可能的。在随后的日子里，每逢家人、友人、客人来济，我总是义不容辞，一遍一遍地陪着去看，去介绍，去夸耀，不把家人、友人、客人灌得满眼清碧、满心甜香就不肯罢休。那如诗喷涌的泉水，那把济南变成江南和仙境的泉水，那"岁旱不愁东海枯"的泉水，在我和众多济南人的心目里，是如同威尼斯的水城和格陵兰岛的冰雪一样，足以让整个世界都为之倾倒的。

欣欣然飘飘然带来的是昏昏然莽莽然。这在我和一般百姓说来，顶多也就是用起水来大手大脚、随心所欲，而在某些大权在握的人那儿，就要豪气得多气魄得多了。济南是个盆地，海拔低水位高，特别老城区，泉眼星罗水脉纵横，可防空洞照挖，遇到泉眼就堵，碰上水脉就截。城市建设，楼房越盖越高地基越挖越深，珍珠泉旁一个工地，四台水泵日夜不停地抽了两月，最后还是把两吨水泥一咕咚投进去，才把水眼压住了的；而一经压住，喷涌了几千年的鸭子池便成了滴水不沾的鸭子窝。城市无限制膨胀，工厂无限制兴建，地下水的开采量成十几倍几十倍地增加……但这些，在我和众多济南人耳朵里不过是逸闻趣谈，顶多印证的是一个平常得不能够再平常的理念：济南的地下水确乎是取之不尽用之不竭的呢！

这样过了几年，当1972年春天到来的时候，半天空里忽然传来了泉水停喷的消息：不仅趵突泉停止了喷涌，黑虎泉、珍珠泉、五龙潭和遍布老城区的数不清多少名泉、无名泉一齐停止了喷涌。消息是那样惊人，以至于一刹那间，我和众多济南人满脑满肚子里的欣欣然飘飘然，全变成了愕愕然和茫茫然：怎么可能呢？济南的泉水是远古就有的，有文字记载的历史也不下几千年，怎么可能、怎么可能呢……然而愕愕然茫茫然还是变成了愤愤然凄凄然：站在干涸的趵突泉边，站在无语的护城河畔，我欲哭无泪，众多济南人欲哭无泪。

好在那情景没有持续多久，当盛夏到来，一连几场大雨到来，济南的泉和泉水便如同迷路的孩子,回到我和众多泉城人面前了。

天旱!是老天爷故意找济南的麻烦!尽管报上出现了几篇指证地下水开采过量的文章,我和众多济南人,还是毫不犹豫地把泉水停喷的原因归结到老天爷身上,认定那不过是特殊年景里的特殊现象,只要那个"特殊"消失,济南的泉水,那诗一般动人也诗一般激越的泉水,便会一如既往和永不疲倦地"动人"和"激越"下去的。

然而进入1978年之后,泉水停喷就成了家常便饭。不仅天旱、老天爷为难时停喷,老天爷不为难,降雨量超过正常年景时照样停喷;停喷的间隔从八个月降到七个月、五个月、三个月,停喷的时间则由一百多天、三百多天延续到五百多天、七百多天、九百多天……

失去了泉水的泉城,失去了泉水的济南人,面临的是怎样一种尴尬和悲怆啊!

泉水喷涌时,趵突泉里游人如织、笑脸如花,大明湖上水碧莲白、画舫如梭;泉水停喷后,泉池裸了底儿,湖水绿了、臭了,不仅国内游人一步三摇头,许多看过《老残游记》的中国台湾游客、东南亚游客也大呼上当,说让老残给骗了。

泉水喷涌时,老济南们或者提壶担桶,把接水的队伍排出老长,或者一壶泉水二两茶,坐在欢声四溢的泉池旁,置身于五龙潭畔、护城河岸,听泉水呢喃看柳丝缠绵,完全是一种神仙般的境界;泉水停喷后,泉池失去了本来面目,五龙潭、护城河成了死水坑、臭水沟,水无可接队无可排,茶没了味儿人也没了神儿,老济南们的笑脸被锁住,心灵被掏空了。

泉水喷涌时,千佛山倒映如画,鹊山、华山、英雄山、燕翅山等葱茏无限,绿色满城花香满城;泉水停喷后千佛山没了影儿,鹊山、华山、英雄山、燕翅山等萧瑟凋萎,树不绿花不香,空气里飘动的都是苦涩和沮丧。

泉水喷涌时，说起济南，我和众多济南人满心都是惬意；泉水停喷后，逢有家人、友人、客人来济，陪同成了最窘迫最无奈的苦差，介绍和夸耀——对往昔盛况的介绍和夸耀，每每就变成了伤感和悲叹……

原先说泉水是济南的魂儿，我和众多济南人总觉得有点夸张，失去了泉水的泉城和济南人，却实在跟魂儿被人偷走了没有什么两样：花容失尽，灵性无存，心苗枯萎，满眼晦暝……

泉，泉水，泉城，泉城人，那实在是一个血脉相连、命运攸关、息息相通的生命本体啊！

"还我泉水！还我泉城！"成了我和众多济南人心灵的呼喊。"还我泉水！还我泉城！"成了上到中央领导，下到城市管理者和普通百姓夙夜为谋、矢志不贰的目标和行动。

大环境绿化，方圆数百平方公里的南部山区，十几万人一干就是十几年；引黄入济，几个大型水库水厂相继建成，城市生活用水和工业用水得到了替补；封井保泉，市区内三百多眼大型水井、一千五百多眼小型水井相继关闭；城建执法，任何截断地下水脉堵塞地下泉眼的行为都要受到严惩；开发替补水源，西郊地下水勘测成功，确保泉水先观赏后利用的设想破茧而出；回灌补源，几千万立方的地表水被注入地下；爱泉护泉，从不满三岁的牙牙童子到九十几岁的耄耋老人，闻风而动、细致入微……

济南人的真诚、执着、顽强打动了天公地母，2003年9月6日凌晨，泉水终于又一次喷涌了，济南的魂、济南的诗，终于又一次回来了！

趵突泉水欢鱼跃笑脸如云。大明湖画舫如梭藕白花红。五龙潭的"清泉石上流"又一次浸湿了孩子们红嫩的小脚丫。护城河里又漂荡起只有上帝心中才有的绿色。千佛山、鹊山、华山、英雄山、燕翅山等风尘洗尽神采飞扬。老济南们提壶担桶，又一次把接水的队伍排出老长,"一壶泉水二两茶",也再次成为人们陶然于其中的神仙般的境地。成千上万的海外华人和蓝眼睛、棕眼睛的游客,摩肩接踵纷至沓来……

欣欣然飘飘然是无可避免的,昏昏然莽莽然则绝尘而去。岁月淘尽了浮躁、无知、狂妄、浅薄,沉淀的是清醒、真诚、成熟、坦荡、科学。经历了干渴、困厄、无望和艰辛的济南人,已经读懂了人世间最深奥也最通俗的一部大书。那部大书说不出多长多厚,上面却清清楚楚,写满了"泉、泉水、泉城、泉城人"几个如斗的大字。

黄山看云,华山看险,济南看泉。济南的泉喷涌如诗,诗意无限。爱泉又爱诗的济南人,离诗境和人间仙境是越来越近了。

泉城柳

泉水是济南最亮的名片。与泉水相辉映的是柳。泉城柳是济南人心目中的骄傲。

有人会说，济南是泉城，成百上千个泉眼在市区内竞相喷涌，其景其情确乎独秀天下，柳树却非济南所独有，何以便在济南人心目中占有如此地位呢？

这就要说到那年我的两次考察了。所谓考察，自然另有旨趣，但柳树的观赏和比对确是意中之事。第一次去的是泸州、重庆、武汉。那里紧傍长江，雨水丰沛，气候温暖，是得天独厚的葱茏之乡。但泸州的荔枝闻名八方，柳树却少且无精打采。重庆则满眼都是黄葛树，柳树同样难得一见。武汉东湖边的柳树倒是不少，但走过一圈下来，依然让人抖不起精神——那柳与大明湖畔、护城河边、黄河长堤上的金丝柳、黄金柳相比，不知怎么就少了一股勾人魂魄、撼人心旌的仙气和灵气。我有些失落，随同的女儿也不甘心，说："这算什么呀？济南的柳树跟童话中的长发妖女似的，那才叫神气儿呢！"

第二次去的是内蒙古和黑龙江。内蒙古去的是呼伦贝尔大草原，那里多的是草和草场，柳树只在呼伦贝尔湖边见过几棵，自然没什么好说。黑龙江去的则是哈尔滨和五大连池。哈尔滨的柳几乎是清一色的旱柳或大旱柳，高高的，上身蓬松浑圆，跟女人刚刚烫的发型似的。五大连池倒是见过几行垂柳，长得也算茂盛，只是品种老，离水面远，缺少葱郁灵秀的气息。

两次考察，让我惊喜不已，却也多出了几分惶惑。回到济南后我特意查了杭州、扬州的资料：那里的柳是曾经给我留下美好印记的。然而几经比较得出的结论却是：杭州、扬州的柳比起考察时见到的确乎要灵秀得多葱郁得多，可由于品种、规模等方面的因素，与形似涌泉，一树一泉群、一枝一泉眼的泉城柳相比，与铺金叠翠、水润生香的泉城柳相比，与环水绕城、数十里贯通一气的泉城柳相比，无论风采、神韵还是气势，都不在同一个水平线上。

泉城柳，那实在要算是上天钟情于济南的又一证明呢。

女儿说得对，泉城柳确乎有如童话中的长发妖女。那是风起之时，当风在泉池和湖面掀起层层细浪，原本静如处子的泉城柳，便会舒展长发和衣裙随风起舞。初时，如清流激湍，升云腾雾；继而则有如洪涛排空、龙蛇竞逐。风越大，舞越狂；舞越狂，形越彰；以至于如醉似痴，如飞似倾，如仙似魔……让观赏者也禁不住心热血沸，云蒸霞蔚。

风终于停了，阳光明媚，天蓝水清，泉城柳立时就会变成一群群温婉聪慧的淑女。她们或者临水抚波，低吟浅唱，诉说着岁月的悠然；或者梳风戏雨，点红描金，把满腹的锦绣化作清词丽句。泉城柳不像樱花玉兰，以娇艳示人；不像丁香玫瑰，以芳香争宠；不像云杉槟榔，以身材惹火；不像石榴菠萝，以果实献媚。她天性高洁，风流倜傥，却率真旷达，妖而不媚，娇而不俗，清而不凡，把百般婀娜、万种风情都化作质朴、飘逸、明丽，化作如水的柔情。如果你遭遇失败或者受到伤害，那么请你到她面前来吧，她会像老祖母似的抚摸你的面庞，亲吻你的肌肤，把你满心的沮丧和忧伤化作清风。如果你萎靡沉沦或者心生妄念，那么请你到她身边来吧，她会像顽皮的孩子似的撕扯着你的长襟短袖，用一副副天真无邪的笑脸，把你满心的虚妄和狂躁化为云烟。如果你想寻找生活的激情或者艺术的灵感，那么请你到她的绿荫下来吧，她会用如帘的图画和如诗的歌唱，把你心灵的火焰点燃，风帆鼓动。

柔软、柔情是泉城柳的本性。可那实在是一大美德。因为柔软、柔情不仅可以化解天下诸多暴虐和罪恶，还可以带来温暖和温情；而正是温暖和温情孕育了生命，造就了万物，成就了世间多少和谐与美好。

但柔软、柔情并不等同于柔弱、软弱，泉城柳的柔中更多的是柔韧、柔中有刚：妖女和淑女之外，泉城柳其实是称得上烈女——刚烈之女的。你看，二九过半，地冻天寒，满街的五角枫、悬铃木、国槐、洋槐、银杏树的枝头早已满目萧瑟，连枯叶也找不见一朵，泉城柳的叶子却依然没有黄尽，依然成片成串地在灰冷的天空下招摇。而五九刚过六九才来，那些沉睡的五角枫、悬铃木、国槐、洋槐、银杏树还在萧瑟中忍受煎熬，泉城柳的枝条上却已喷黄吐翠，娇艳如花，弹奏起新生命的乐章。尤为可贵的是，即使在大雪漫天、滴水成冰的日子里，泉城柳也头颅昂昂，长发飘飘，一无所惧地展示着自己的从容和优雅。

这就是泉城柳，可钦可赞的泉城柳。然则这还不是全部，泉城柳更让人叹服的还是她的忠贞——贞女般的忠贞。在济南，有泉水喷涌的地方必有柳，有泉水汇聚的地方必有柳。你看趵突泉里，五龙潭中，珍珠泉内，黑虎泉旁，百脉泉边，洪范池外，大明湖畔，护城河、小清河两岸……哪儿不是柳荫重重、满目青葱？千百年来，她们一往情深，世代相袭，为泉水守护，与泉水相伴，哪怕是在泉水停喷、湖河干竭的岁月里，也不离不弃，忠贞不贰。她们为泉水也为泉城，增添了无尽的旖旎和情趣。如果没有泉城柳，天知道济南的泉水会减色多少，济南这座历史文化名城的魅力会减少多少！

泉城柳，愿你成为亿万人心目中最美的诗行！

第三名成员

有朋自远方来，时常要问起家中人丁方面的情况，我每每总是回答：两口半，一个老婆一个咪咪。朋友或有所悟或生稀奇，我却不肯再多一言，直到延客入门时再介绍一句，朋友们才会不约而同地哑然失笑：原来是这么个两口半哪！

怕是不须细说了——那"半"，那咪咪，竟是一只小猫。

咪咪之进入家庭成员序列，绝不是我的异想天开，也绝不是某种"新潮流"流行的结果。咪咪，那个乖巧漂亮的小家伙，完全是靠着自己的灵性和魅力走上那个名位的；"半"，对于她实在要算是很不公平的呢。

大约是1989年春的事儿。葡萄柔韧的藤蔓刚刚爬上屋檐，石榴如火的花儿刚刚展露华姿，我们也刚刚从如笼的旧居迁进算不上宽绰却还说得过去的新所。那次送岳母去香港探亲，得知还有一只新入籍的小猫无人照管时，我随口说了一句"先交给我们吧"，咪咪就进了家门。我与猫氏家族向无纠葛，说不上厌恶但也绝无喜欢可言，完全是替人解难、临时应付应付的意思。

那时咪咪不足四个月，乖巧倒也乖巧，只是顽皮淘气得让人难以忍受。进门第一天，屋里屋外就让她巡视了个够，床角和沙发角就被她抓了个不亦乐乎。为了制止这种破坏性行为，我不得不放下书和笔，或追逐呵斥或大打出手。但咪咪并不在意，你越是严厉她越是上劲儿地翻滚腾跃,把床单、沙发全当了玩具。你被逼得急了、凶了,她却一个劲跳紧接着一个缩身,钻到沙发后面去了;当你稍稍平静,刚刚拿起书或笔,她那里又开始了新一轮的动作。开始只是生气,斗过几个回合,不知不觉倒被她逗乐了:那家伙机灵敏捷得惊人,动作优美矫健得惊人,或如燕之翔翔,或如豹之跃跃,或如虎之瞵瞵,把个原本平静如水的家搅得波飞浪卷。一天下来,气尽管气,一种无形的愉悦之情却打动了我的心。我和妻子都是几近不惑之年的人,生活原本乏味,我又是一个长年伏案码字的倒霉蛋,家中生灵火爆的时候实在太少;而那个"生灵火爆",才是生活中最具魅力因而也最诱人的部分呢。我得承认,咪咪带来了混乱也带来了激情,这种生活的激情正是我神往已久的。

半月后,岳母从香港回来时被告知:咪咪已经在我们家落户了。

从血统上说,咪咪属于西班牙一族,比起当下走红的波斯猫显得不够名贵,但无论外貌、气质都不在波斯一族之下。就主调而言咪咪属于白色,白之如雪,一尘不染;只嘴巴为棕色,如雪中一鸥;眼睛向上,一片泼墨似的黑色直达耳尖,在门楣处汇成一个"川"字;被"川"字挤到边角的一缕棕色,只得迂回到脑后爬上脑顶;白、黑、棕,白、黑、棕……组成极有规则,却又随形就势变化多端;直到尾部才如江水汇流,倏尔混作一色;那变化甚至于在腿上、脚底也可以看到,使人很容易联想起时装模特儿们展示的多彩和流动。

但与漂亮的外表相比还有更动人心弦的,那就是她的温顺和柔情。每当单独给她进食时,咪咪就会拿出全副本领,把脑袋和脖子在你腿上、脚上蹭个不止,嘴里还要唱着,调门悠长而又曲婉。吃过饭,饥荒解除,咪咪则或坐于人前眯着眼让你给她理胡子,或爬到你腿上、肚子上伏卧小憩。这时你用手轻轻一抚,她立刻就会咕咕噜噜地念起"经"来,直念到你不忍有分毫惊扰的举动。及至我们开饭时又是另一番情景。因为家中只有两个大人,也因为房子不理想没有置办家具,我们的饭多半是在一个沙发和一张木凳上吃的。每次只要木凳向那儿一摆,咪咪就会跳到我和妻子中间的沙发上一动不动地等——那里后来竟然成了她的专席。我们不入席她难得擅动,我们一入席她就会喵喵个不停,把好东西不停地向自己嘴里要。我们也娇嗔她,把好东西争着向她面前送。这养成了一个习惯,有时不满足她的要求,她竟然伸着小爪向你手中去抢,而十有八九胜利总是在她一方。咪咪给寂寞的家庭带来了说不尽的话题:咪咪今天跑到楼下去了,差一点被人家抱走;咪咪今天犯错误了,偷吃了一块鱼;咪咪今天晒了一上午太阳,饭都不肯吃;咪咪今天啃青苞米比吃鱼片还欢心;咪咪……咪咪简直成了家庭的中心,成了欢乐与苦恼的源头。有时我和妻子吵嘴或分室而居,妻子抢咪咪我也抢咪咪,多数时候总是妻子抢了去;咪咪却总能"一碗水端平",这边叫几声那边叫几声,而这往往会成为我和妻子和解的缘由。

咪咪之于我印象最深的还是一次出差归来。那次我一走半月,回来刚走上二楼,她就从四层的楼梯口伸长着脖子,喵喵地叫起来,声腔里带着说不尽的激动和欢悦。我满心惊喜地上楼把她抱进怀中时,她竟探着脖子用胡子和鼻子在我脸上做起了亲吻状。而据妻子说,我刚走那几天,每逢吃饭睡觉她总要到门口去等,一定要劝导安慰上一番才能消解;而这几天她仿佛有了某种预感,即使睡觉中也时刻听着门外的脚步声;我的脚步声隐隐约约从楼下传来时,她就一跃而起冲到门外。

我感叹这真是一个奇迹。人生天地,熙熙攘攘,至贵者一个"情"字而已;有情则千里一脉、物我一体,无情则咫尺天涯、至亲疏离。咪咪于我非同类也,但情之所系,非我家庭成员者也谁?

大约是转过夏天,咪咪忽然得了一场病,拉肚子,不吃不喝,鱼片、海米送到嘴边也懒得闻一闻。妻子很是紧张了几天,我冒着三十七八度的高温四处求医,把一件衬衫湿了几个精透。这引起了不少善意的讥嘲。岳母说："狗是忠臣，猫是奸臣，说走就走了，你们倒是花的哪份心思！"我不以为然，回说："我怎么觉着咪咪不是奸臣？我们又不指望她养老嘛。"岳母见话不投机便懒得再说。其实忠臣奸臣只是老话，狗未必就是忠臣，猫未必就是奸臣，尤其后一句我是有足够根据的。那是入户不久，一次咪咪在楼道玩耍时被一位邻居抱回家。那位邻居有意把咪咪据为己有，我几次登门都不肯认账。谁知当邻居家的女主人试图与咪咪亲热时，却遭到猛烈攻击，手上胳膊上血迹斑斑，不得已只好把咪咪驱逐出境；为这，那个女邻居每次见了咪咪都唯恐躲避不及。这样过硬的"现实表现"不信，倒让我去相信那个老掉了牙的古话不成？

与咪咪相处更是一种体验，一种有着悠长意味的、特有的生活和生命的体验。过去说歌谣是劳动人民生活中真情实感的自然流露，理论上没有异议，感性上缺少体会。自从有了咪咪，自从第一次把咪咪抱在怀里柔柔地抚摸，并且不由自主地念出"小咪咪咪咪小，咪咪是个小宝宝"，这句朴素得不能再朴素、简单得不能再简单的歌谣——能不能算是歌谣恐怕还成问题——就一直没有中断过。我几次有意识地要把歌谣换上一支新的、色彩丰富一些的，却怎么也达不到目的。由此我明白了中国（或许还包括外国）民歌之产生，以及之所以往往十分简单却又千古不废的真谛。

过去我们总把西方的"宠物热"视为嘲笑对象，把那说成是资本主义腐朽没落的象征。从咪咪身上我知道，那实在是社会生活发展到一定阶段的结果，是人性的一种延伸，也是人类返璞归真、寻找自我的一种极其合理自然的欲望和表现。

过去读屠格涅夫的名著《木木》，不明白那样一个并不深奥的故事，何以被视为反对奴隶制的宣言。从咪咪身上我知道了那只名叫"木木"的狗，对于它的主人——又聋又哑的奴隶盖拉新——的真正意义，明白了女主人迫使盖拉新溺死木木是何等的残忍和强暴，以及盖拉新的命运悲剧的巨大的典型意义和力量所在。

过去……

这真是一段奇妙的经历,一只猫,一个咪咪,竟然教会了我阅读历史,阅读人生,阅读文学名著。还有谁能够说,把咪咪视为家庭成员不妥当吗?

咪咪也有缺点,那就是胆小。突出表现在求偶的态度上。男大当婚女大当嫁,食色,性也,咪咪也不例外。第一次叫春后,我从部队干休所"请"来一位波斯猫给她做男朋友。但她不停地只是呜呜地发威、发怒,人家稍一靠近,她掉头就蹿。后来又找了两只也没成功。听人说要一起长大的才行,便又要了一只出生不久的小狸猫一起喂养。哪想这次更惨,那小狸猫玩儿似的动辄扑上就咬,一咬就是一口毛,把个咪咪咬得惶惶不可终日,又只好把小狸猫也打发了事。这样,咪咪的"婚姻大事"一直被拖下来,并且成了我和妻子的一块心病。

这期间家中发生了重大变故,先是妻子有了身孕,随之我们的小女儿呱呱诞世。这件事对于我们非比寻常,但咪咪却无形中处于一种尴尬地位。怀孕时为了避免可能对胎儿造成不良影响,我们一度把咪咪送到内弟家中代养。内弟一家也算尽心,但每次我去咪咪总有诉不完的冤屈和依恋。那次我说起咪咪有时在煤箱里过夜,身上染得一片片黑,妻子好不伤心,于是也顾不上"影响"不"影响"了,把咪咪又接回家中。有人看不下去,说:干脆把咪咪卖了吧,就凭你们这么个宠爱法儿,保险能卖个好价钱。妻子很当真,说:甭想,一百块钱也甭想。对方开玩笑:那好办,再加一百不就得了。妻子说:二百也还是那句话。而二百块钱,那时是买得下一只母牛的呀。也有人建议把咪咪找个好人家送出去,我说这办法可以,只是有一条,那家待咪咪只能比我们好不能比我们差,我们还要能经常去探望探望才行。这自然是谁也保证不了的,只能磨磨嘴皮子了事。

大约是天性使然,我们的小女儿对咪咪同样表现出难得的热情:每每哭着,一看到咪咪就露出笑脸;稍微大一点,便试着伸出小手与咪咪亲热,我和妻子试图阻拦,总要引起一阵"抗议"。如果不是后来咪咪猝然离去——我想,她是注定要同我们以及我们的小女儿相伴一起,走向生命的未来的。

几度葡萄爬屋、榴花如火之后,1992年初夏降临。其时我正住在一家宾馆赶写一部报告文学,因为作品较长,不是一蹴而就,中间我时常要回家去逗逗牙牙学语的小女儿和咪咪。那次正赶上妻子带着小女儿回姥姥家去了,我和咪咪便好一阵亲热。坦白地说,自从小女儿诞世,咪咪虽然不能说受到多大冷落,但在家中的地位与往昔确乎不能相比,无论我和妻子都难能像过去那样与她厮磨耳热了。咪咪似乎也早已明白和接受了这种变化,与我们始终保持着一种既相对亲密又相对独立的关系。那天因为只有我们俩,因为阵雨方晴、太阳方煦,因为……我和咪咪仿佛都感到了机会难得,一个床上一个床前拉起呱来。我念一声"小咪咪",咪咪回一声"喵";我再念一声"咪咪小",咪咪再回一声"喵";我念一声"咪咪是个小宝宝",咪咪又回一声"喵"。我的音腔语句或长或短或高或低,咪咪的那个"喵"也或长或短或高或低;"喵"着,眼睛还不时开张闭合,显示着不同的心绪情态。拉呱持续了不下半小时,我边拉边抚摸着。咪咪如水似绸柔软无比,把我的心也化了,化成了水,化成了绸。这种感觉超凡脱俗,使我仿佛进入一种天人合一、物我互化的境地。

我完全想象不出的是,从家中回到宾馆的第二天,妻子便打来电话说是咪咪病了,要我回去想想办法。我并没有在意,自从那年病过,咪咪的身体一直很健康,间或有点小毛病也从没闹出什么来。但我还是回家给她喂了药,同时灌了盐糖水和奶。指望她第二天病情好转,结果并不如意,只好请教大夫又增加了新药和药量。这样一直熬到第三天中午，发现咪咪口吐白沫、站也站不住时，我才恍然觉出不妙，连忙带了咪咪去找韩老师。韩老师是气功传人，治疗疑难病症和诊断病情很有一些绝招。我指望他能起死回生，但他看过却摇着脑袋说是没救了。我不信，问是什么病，他说是吃了死老鼠。我更不信：咪咪温顺柔弱得什么似的，哪儿吃得下死老鼠？就算是吃得下，她家门不出又哪儿来的死老鼠呢？可韩老师不屑争辩，我尽管心有不甘却知道坏了——对于韩老师的诊断能力我心中有数。果然没过多一会儿，咪咪便咽下了最后一口气。

这怎么可能呢？倘若早知道咪咪病得这样重，早知道咪咪有生命之虞，即使花几十几百块钱，即使住院做手术，我们也是不会含糊的；倘若咪咪再活二十年，只要她愿意继续与我们相伴，我们也是不会嫌弃她的；倘若……但我必须面对现实。我把咪咪装进一个纸箱，像出门时一样，带着她穿过漫长的市区回到家中。咪咪是属于我、妻子和我们的小女儿的，属于这个家的；我们和这个家也是属于咪咪的，我没有权利把她随便地或者潦草地埋葬掉。我找出她的小被小毛巾，找出她吃饭的碗和喝水的碟子，洗刷得干干净净，又从锅炉房里找来一把铁锹，便静静地等着妻子下班回来。

妻子也记挂着咪咪，但她显然没有料到事情的严重性，一听咪咪死了，泪水立时便淹没了眼眶。我并不阻止，直到她哭得差不多了才说："行了，我们还是趁天没黑给咪咪送葬吧。"我和妻子抬着纸箱，保姆抱着小女儿，全体一起向山上去。作为家庭成员，作为三年中朝夕相伴不知给了我们多少温情和欢乐的小精灵，咪咪是理应受到这种礼遇的。

夏日傍晚的山笼着一层淡淡的阴凉，满坡浓云似的柏树默默而立；天上是扯不尽的云絮，树上是赶不走的蝉鸣。沿着山路山坡，来到翠柏环绕的一块平地——这里便是咪咪的安息之地了。挖坑，铺小被，安放遗体，盖毛巾，填土……我挥汗如雨时妻子一直在哭，从悄悄落泪进而抽抽搭搭。我开始一直忍着,咪咪入土时终于忍不住了,于是泪水也不由自主地挂了满腮满脸。三年的时光不可谓长,但那正是我为事业奋斗得最苦,生活上也最感孤寂落寞的时期,咪咪给予我的,是任何其他东西、其他时期所无法比拟的。

山地被重新填平时,我和妻子移来了几丛野草山荆。我们和我们的小女儿,都记下了那块绿荫环绕的山地。我们唯愿翠柏常绿,野草山荆常茂。一个滋润了人生的灵物,也必定给青山带去滋润。那被滋润着的青山,无疑是我灵魂栖寄的又一片锚地。

从山上回来,我摊开一张白纸,写下了五个如飞的字:第三名成员。

星条旗为谁而降

从洛杉矶到纽约，空中飞行用去了三个多小时，加上两地还有三个小时的时差，因此，上飞机时艳阳高照赤日朗朗，下飞机时已是华灯四放，一片夜的辉煌了。这倒使我们有幸饱览了这个当今世界第一大都会的夜景。那夜景是如此恢宏壮丽，使我们——中国作家访问团的朋友们，很是惊诧赞叹了一番。

到纽约，自由岛是一定要去的。按照美国朋友的说法，哪怕你在纽约待的时间再长、挣的钱再多，只要不去自由岛也只能算是虚于此行。那意思大约跟到了埃及不去金字塔、到了北京不去长城差不了多少。关山阻隔大海汪洋，纽约并不是可以朝思夕至的地方，我们自然不愿白跑一趟；于是，第二天一早便来到移民门外，登上了开往自由岛的游船。

自由岛是赫德森河入海口的一片绿洲，四面碧水滔滔，中间不过两个足球场大的地面。举世闻名的自由女神，就高举火炬，屹立在岛的一边。

从码头上来，迤逦前行，彝族诗人吉狄马加忽然发现岛上那面飘扬着的星条旗，正处在下半旗的位置上。下半旗，那可不是一件寻常小事，在我们的经验和知识中，那是只有国家元首、政府首脑，或者举足轻重的政界领袖逝世才可以出现的。可我们来到美国半月有余，似乎并没有听说发生了这样的事件。

会不会是金日成？那时，报纸电视上刚刚报道过金日成逝世的消息。

这怎么可能呢？一个朝鲜领袖逝世美国哪就会下半旗？何况双方是人所皆知的对头。

那么会是为的谁呢？

好在我们都是"洋人"，对于人家国内的事知之不多也不想知之太多，议论猜测过一阵也就丢开了。没想第二天来到华盛顿，站在华盛顿火车站前的广场上时，面对的是又一面降了半杆的星条旗。疑问被又一次提起来了，中国作协外联部的钮先生，当即拦住几位美国朋友请教起来；被告知的结果是：美国西部刚刚发生了一场森林大火，有十四个人在火灾中牺牲了，星条旗是特意为他们下降的。

答案出乎料想。国旗，那是一个国家和民族的象征，降半旗所表达的无疑就是国家和民族的哀悼了，那为的竟然是十四个在火灾中牺牲的普通百姓！而在中国，哪怕你贡献再大、死得再壮烈，只要你够不上那个特定的规格，也是休想"享受"那个降半旗的"待遇"的呢。

厉害！

不得了！

这才真是……

激情无形中在我们心中涌动。巴士前行，及至来到华盛顿纪念碑，眼看着代表全美五十个州的五十面星条旗一齐在半杆上招展，连一向难得流露内心情感的老作家浩然，眼睛里也燃起了一团火花。

美国建国迄今不过二百一十几年，比起我们的一个满清王朝也还要短出不少，然而从我们踏上美国土地的那一刻起，耳边就不时回响着一曲曲昂扬的乐章：从早期的印第安人到哥伦布的圣玛丽亚号帆船，从单枪匹马出没于山野的牛仔到震惊世界的独立战争、海湾战争，从大名鼎鼎的战时总统到名噪一时的拳王、超级球星，无不留下了闪光的足迹。首都华盛顿正是源自于国父乔治·华盛顿的名字，早已是人所皆知的事了。作为"战争中第一人，和平中第一人，国人心中第一人"，华盛顿早已融进了美利坚的每一寸土地。幼年时的华盛顿，用父亲送给的生日礼物———一柄小斧头，砍死了父亲珍爱的樱桃树，并且坦诚相告和受到父亲拥抱的故事，也早已家喻户晓，成为"美国神话"的一部分。杰斐逊纪念堂、林肯纪念堂，每天领受着数不清的怀念和敬仰。越战纪念碑和正义之剑前人来熙往四时不绝。因为水门丑闻被迫下野的前总统尼克松逝世时，也被冠以"和平总统"，仅洛杉矶一地前往送葬的群众就有五十多万，纪念和宣扬尼克松业绩的尼克松图书馆前，国旗高扬、游人如织……

美国是一个高度发达的福利社会，享乐主义可谓甚嚣尘上。洋房汽车、夜总会摇滚乐、赌场红灯区比比皆是，嬉皮士、同性恋者、流浪汉、艾滋病患者时常可见。然而崇尚英雄的风气并没有因此泯灭，为着十四名森林大火的牺牲者而在全国下半旗致哀，实在是一件再有力不过的证明。

我们不总是说我们是人民的国家，人民在我们国家中的地位是至高无上的？我们不总是说要建设精神文明，进行广泛深入的爱国主义、英雄主义教育？什么时候，我们的五星红旗也能够为我们的殉难者和救火英雄、抗灾英雄降下半杆来呢？

> 附记：此文发表十三年后汶川大地震发生，按照国务院的决定，2008年5月19日全国举行了哀悼日。其时为着地震中牺牲的数万百姓和英烈，千万面五星红旗一齐降下半旗，数不尽的汽车、火车、舰船的笛号和防空警报声响彻广袤的城市和乡村。其情其景令人唏嘘感奋，几欲不胜。

穿越生死线

纽约与新泽西州一河相隔。河是赫德森河，水深流宽，足有上千米的样子。河下有一条公路隧道，两岸来往十分方便。因此，我们的目的地是纽约，落脚的希尔顿饭店却在新泽西州。

巴士第一次进入河底隧道时，导游小姐提醒说："大家注意，前面就是生死线了。"那名字立时引起了注意。纽约的治安状况我们已先有耳闻，前面想必就是一个危险地段了。一种紧张感不由得弥漫开来。及至得知那"生死线"不过是隧道中两州分界的一个标志，名字的得来仅仅是由于纽约州早已废除了死刑而新泽西州则与之相反，一个在新泽西州要被送上断头台的罪犯，在纽约州则可保性命无虞时，又不觉哄起了一片笑声。

同一片国土上的两个毗邻而居的城市出现这种情形，这在中国乃至于世界上绝大多数国家是不可想象的，但美国是联邦制国家，各州都有立法权，纽约和新泽西各有自己的一套也就另当别论了。问题的关键倒是在于，杀人偿命、不赦之罪理应有不赦之法，闻名遐迩的纽约州怎么会出现这样一部法律呢？

我向导游小姐请教，导游小姐莞尔一笑说："这就是美国了。"

美国？美国为什么……

导游小姐说："这样做也是很有理由的呢：罪犯不讲人权、人道，你不能也不讲啊！有人犯罪，关起来不就得了？"

这算是什么理由？人权、人道单单就扯到罪犯身上了？蹲监狱就真的代替得了死刑？

这一次导游小姐没有回答，直到巴士驶过一段漫长的高速公路，从一座大型立交桥下穿过时，才把手一指说："你们知道美国的监狱是什么样子吗？喏！"

前方出现的是一座不下十几层的大厦，除了窗户小了点儿，与别的大厦并没有什么不同。导游小姐告诉说，那就是纽约的监狱，监狱里设施齐全，条件相当不错，犯人除了没有随便外出的自由，一切都跟在自己家里差不去多少；许多血债累累、罪大恶极的家伙被捕之后，照样在里面过着衣食饱暖、优哉游哉的生活。

有一个废除死刑的法律在那儿垫着底儿，再有这样一个舒舒服服的监狱等在前边，也就难怪纽约的犯罪分子有恃无恐，新泽西州和许多地方的罪犯都要把目光转到纽约来了。

然而还有枪支。"个人拥有武器和追求幸福的自由权利的神圣不可侵犯"，是早在二百多年前就写入《人权法案》中的。《人权法案》与《独立宣言》《宪法》并称为美国的根本大法，《人权法案》中规定了的事自然不是随便可以改动的，个人拥有枪支由此也就成了美国社会的普遍现象。据统计，美国个人拥有的枪支为两亿两千万支左右，几乎达到了人均一支的水平。

枪支、监狱、废除死刑，三者合而为一，纽约的犯罪率高居全国前列，被国际旅游组织列为十大危险旅游区，也就是再自然不过的事了。

在唐人街，意外地，我们得到了一次领略的机会。

为了让我们吃上合口的早餐，到达纽约的第二天清晨，导游小姐把我们送到了唐人街。远离祖国，大家对唐人街原本有着说不尽的亲情，纽约的唐人街又闻名遐迩，一路上大家全是兴高采烈的样子。可等目的地到达，巴士向那儿一停，一个个全愣了神儿：街道破旧，地上垃圾堆积、污秽不堪不说，沿街的墙壁上一律被人用墨汁、油漆涂抹得乌七八糟、惨不忍睹，那情景比起二十几年前中国的"文革"来有过之而无不及。导游小姐告诉说，那是一伙墨西哥小流氓的杰作，尽管警察和市政当局明令禁止并且采取过许多严厉措施，也还是丝毫不起作用。

"这一带的罪犯厉害得很！杀了人，经常是一哄而散就拉倒了，警察一点办法都没有。"

身临其境，又经导游小姐这样一介绍，大家满肚子的热气一下子全凉了。下车后，只好互相照应着，集体进到一家餐馆吃了饭，又集体回到巴士上。中午，据说是为了方便大家买东西，巴士再次开进唐人街。这时唐人街比起早晨来热闹多了，街道两边几十上百家店铺一齐招徕着顾客，街上人来熙往跟个大集市差不去多少。这一次因为有的要去买东西有的要去吃饭，大家自发地分成了几个小组。我与两位女士——著名报告文学作家李令修、翻译汪小姐约好要去吃饭。可穿过人群，走出不过三五十米的样子两位女士便停下了，说是宁可饿着肚子不吃那个饭，也要回到巴士上去：街道两旁站着不少游手好闲的黑人，两人衣着鲜艳，又把仅有的一点外汇带在身上，担心会遭到抢劫或者袭击。

光天化日、众目睽睽之下，纽约的唐人街，竟然到了让游人连顿饭也不敢去吃的地步，真是要多荒唐有多荒唐！然而身为男子汉的我，也只好眼睁睁地看着两位女士受委屈去了。

抢劫和袭击总算没有发生，可两个小时过去，大家重新回到巴士上时，著名作家从维熙、赵大年的二百多美元已经落进了几位黑人青年的腰包，一向大大咧咧的我，也花二百美元，买下了一部连影儿也留不下一张的"高级照相机"。

这也太不像话啦！简直是！简直是……

导游小姐却若无其事地说，在纽约，唐人街并不是最糟的，类似的地方还多的是。

一次亲身经历,使大家对纽约的混乱、纽约的犯罪有了深切体会,再次途经生死线时,已经没有谁笑得起来了。大家不约而同地想起的倒是那句引起了不少争议的名言:"纽约是天堂,纽约是地狱。"人权、人道的确是应当维护和倡导的,但又怎么可以滥用和失去限制呢?滥用和失去了限制的人权、人道,带给人们的会是什么样的结果呢?

所幸的是在我写这篇文章时,大洋彼岸终于传来了纽约州议会决定恢复死刑的消息。但愿有一天,我们能够看到一个更加美好的纽约。

沙漠里的欲望城

就知名度而言，拉斯维加斯并不一定在纽约、华盛顿之下。当今世界，不知道纽约、华盛顿的人不多，不知道拉斯维加斯或曰赌城、大赌城的人也不多。可知道拉斯维加斯地处沙漠深处，是一座地地道道的沙漠之城的人，恐怕也不多。

从洛杉矶上车一路东行，要不了多长时间你就会发现进入一片灰苍苍的旷野，那便是沙漠地带了。说是沙漠，与电影电视上见过的全然不同。这里的沙漠是死沙漠，表皮上罩着一层硬壳，间或生长着一团一簇的矮棵植物；生人至此如果没人介绍，你压根儿与"沙漠"两个字联系不到一块儿。但苍茫无际、天地一色的情形依旧存在，高温反射、灼人肌肤的状况一点不减。时值六月下旬，在洛杉矶还穿得住长袖单衣，这里已经烤得不行了；离开拉斯维加斯还有半天路程时气温已高达华氏一百多度（相当于摄氏四十多度）。因为巴士里开着空调，开始大家没有注意，要吃午饭时一出车门，便不约而同地发出一阵惊叫：热风扑面，如同千百支钢针一齐扎来，那滋味竟与置身于熊熊燃烧的炼钢炉前没有丝毫不同！

到达赌城时天已黑尽，气温已下降，高耸的显示牌上报出的数字依旧高达华氏一百一十一度——相当于摄氏四十四度。

这里的宾馆千篇一律地安装着一流的空调设施，要不，真不知道怎么才能度过这漫漫的夏天。

一个热得要死的大沙漠里，竟然会出现一个声名四扬的城市，并且招来成千上万的宾客，这真是一个让人费尽猜思的谜团。

从远处看，拉斯维加斯的灯火比起洛杉矶差得远了，亚洲旅游公司的吉米先生却发誓说，拉斯维加斯的夜晚是全世界独一无二的，不看就要遗憾一辈子。于是大家放好行装，擦一把脸，便又回到巴士上。第一站看的是"意大利天空"：在一条不下百米的街道上擎着一个蓝色苍穹，苍穹上闪烁着数不尽的星辰，与美好真实的夜晚竟然看不出一点不同。接下看的就是表演了。因为事先被告知，拉斯维加斯是一个"色情之都"，色情表演比比皆是，大家抱的都是一种猎奇心理，但一直看到末尾也只是出现了一两个并无太多刺激的场景。但表演结束，在回饭店的大街上，不知从哪儿涌出那么多色情广告，有单页的小报也有成本的专刊，上面全是赤裸、半赤裸的女人照片；那照片有黑白的，也有色彩光鲜、让人一眼看去就拔不出来的；照片下方无一例外地标着地址和电话，有的还标着价钱。我们一路向前走有人就一路向我们手里、怀里塞，不收都不行。走出不远，翻译眼看拿不下了，只得向垃圾桶里扔起来。吉米问我们要不要去看看脱衣舞什么的，我们说累了一天，还是回饭店吧，这样便招来两辆的士。哪知的士车顶的灯标上印的也是一个裸体女郎。有人告诉说，内华达州的法律是保护妓女和性交易的，拉斯维加斯所在的县的法律则是不保护妓女、不允许性交易的。那说得我们一阵哈哈大笑：一个世界有名的"色情之都"，背后竟然还会有那样一个所谓的"法律"！

千里迢迢来到赌城，自然不能不看一看赌场。拉斯维加斯的赌场无一例外，全都设在饭店一层；进出饭店，第一个看到和经过的就是赌场，也就是说，只要你踏上拉斯维加斯的地面，想要躲避赌博和赌场是不可能的，除非你长着两只翅膀。

我们饭店下面的赌场，在拉斯维加斯只能算是一个小萝卜头，但也少不下几千平方米的样子；里面人影幢幢、熙熙攘攘。因为提前得到忠告且囊中羞涩——口袋里只有一二百美元，根本没有赌的资格，我时而在老虎机前丢几个硬币，听一听铜币滚动的声音，时而便这边看看那边瞅瞅。同来的从维熙、赵大年看过一通瞅过一通，见没有什么了不得的，便坐到桌前玩儿起真的来了。那让我和同来的几位好不忧心，两人却玩儿似的，没一会儿便连赢几盘，把场上负责发骰子的工作人员惊得手忙脚乱。

当晚玩儿到什么时候记不清楚了，只记得一觉醒来，拉斯维加斯已是阳光明媚天高气清。白天的拉斯维加斯少了几分喧闹却多出几分繁华，那繁华集中在一座座造型奇特、令人瞠目结舌的饭店上。有人介绍说世界上十家最大的度假饭店有九家在拉斯维加斯，其中最大的米高梅大酒店更是壮丽无比、奢华无比，让人如同面对一座巨大的艺术殿堂。也因此，除了"世界赌城""色情天堂"的雅称之外，拉斯维加斯还有"旅游之都""结婚之都"的美称。旅游不需说，拉斯维加斯每年接待的游客高达三千八百万，比纽约、华盛顿还要高出不少。"结婚之都"说的则是到这儿来结婚、度蜜月的人特别多，上至王子侯爵高官大员，下至明星大亨才子佳人，无不趋之若鹜，把在拉斯维加斯结婚和度蜜月当作一生的荣耀。据说台湾影星林青霞，就是在这儿度过新婚蜜月的。拉斯维加斯之称为"结婚之都"，还有一个原因就是在这里结婚特别简单，只要交上五十美元便一切OK。这浪漫倒是够浪漫的，只是带来的离婚率也就可想而知了。

拉斯维加斯还有一个"自杀之都"的雅称，那自然是不少赌徒的归宿了。对于这样的归宿没有多少人关心，更没有多少人同情或者惋惜——这里崇尚的是自由，只要是自由而来、自由而赌，后果自然也只能是"自由"的了。

从拉斯维加斯出来，我遥望着沙漠中渐渐远去的那座赌城，眼前忽然闪过"迷途的羔羊"几个字。那是基督教中对芸芸众生的一种称谓，我不知怎么就与拉斯维加斯扯到了一起。但仔细想想，"欲望之城"才是拉斯维加斯最为恰当的称谓，因为它不仅是扎根和浇灌着人的欲望成长起来的，也每时每刻都在消费和膨胀着人的欲望：尽管是一些并不值得称道的欲望。

然而，一座繁华无比、兴隆无比的城市摆在那儿，说三道四又有多少意义呢？

爱你生命的每一天
——女儿成长日记选录

1

"哇——"的一声啼号,女儿来到人间。

女儿之来到人间,正可谓应了两句话,一句是"千呼万唤、姗姗来迟",一句是"晕天幻地、突如其来"。

所谓"千呼万唤、姗姗来迟",说的是爸爸妈妈本来结婚就晚,婚后又流了两次产,妈妈因此落下病来;为了治病跑了不少医院,妈妈甚至于昏厥过两次,可总不见好转,两人急着要小宝宝的心愿也就一直没能实现;直到爸爸三十九岁上结识了气功师韩文水,妈妈的病才好了,也才怀上了小宝宝。初时,有人认定妈妈怀的是龙凤胎,那让爸爸高兴得神魂颠倒、四处张扬。由于身体方面的原因,离预产期还有一个月时妈妈便住进妇幼保健院,爸爸和姥姥、大姨等人便轮流担起了送饭的重任。那是七月,遍地流火,每天往返于家和医院之间,自然有说不出的辛苦,可因为心里有了盼头,爸爸和姥姥、大姨等人谁也没有一句怨言。特别是爸爸,每天沉浸在一龙一凤的喜悦之中,经常都是哼着小曲去唱着歌谣回的。

所谓"晕天幻地、突如其来",说的是早晨起来,不知是由于晚上睡得不好还是天气特别溽热——那天是二十四节气中的大暑呢,爸爸自觉眼前晕晕乎乎，跟进了幻觉世界似的。上午去市场买菜，竟然把准备向外邮寄的几本书给扔到菜摊上。因为当天是韩老师的五十大寿，爸爸和一位战友去给韩老师送礼物时，还特地让他发了一阵子功，在脑袋上、身上拍打了好一会儿。然而奇怪的是晕晕乎乎总也不见好转，看什么东西做什么事都跟做梦和过电影似的。下午六点左右，爸爸晕晕乎乎中把晚饭送到病房时，忽然发现妈妈的床上空了；一问才知道，妈妈早晨就生了，生的是一个女儿。爸爸一下子给愣了：离预产期还有二十天不说，好好的一龙一凤怎么就变成了一个女儿？可当爸爸找到妈妈面前，听妈妈说了情况，又透过门上的玻璃朝隔离箱里的女儿看过几眼，只得接受了眼前的事实。也就在此时，闹腾了爸爸将近一天的晕晕乎乎竟然消失了。晚上爸爸与韩老师通电话时说起这个情景，韩老师哈哈大笑说："看来这个小崽子不简单，以后得仔细了。"

这是女儿来到人世的情形，没有一点夸张和渲染的成分。据韩老师说，大暑是天地四时中一个十分重要的日子，女儿选择这个时刻来到人间，并且闹得爸爸一天不得安宁，但愿那预示的会是一个美好的未来。

医院的《宝宝出生记录》中记载的女儿的出生时间是七时二十五分（夏时），体重是二点九公斤，身长是五十一厘米，生肖是羊。出生记录上还有一句话是"新生儿生后哭声好"。出生记录的下面印着一个鲜红的小脚印，同时附着一袋胎毛。

带着这些最为原始的记录，女儿唱响了生命的第一支歌。

2

今天是女儿满月的日子。

女儿出生的前十天是在医院的无菌箱中度过的。由于妈妈身体不好，女儿出生时得了母腹中毒症和黄疸硬肿症。那十天，爸爸妈妈只能隔着玻璃门远远地看上几眼，连孩子的模样也别想看清楚。开始一两天爸爸还没觉出什么，到第三四天时听说情况不妙甚至于能不能保住也很难说便急了，花四千多块钱买了一辆木兰轻骑，几次冒着大雨，跑到医生家里和办公室里求告求助。好在经过医生们的努力，十天后，女儿竟然从无菌箱中出来，跟着爸爸妈妈回到了姥姥家。爸爸妈妈很是庆幸了一番。然而在姥姥家只住了两天，女儿又因感染肺炎再次住进医院，并且一住就是十二天。十二天后出院回到七里山的家里，又打了三天先锋霉素，身体才恢复了正常。如此整整一月过去，女儿的体重仅有三公斤，穿着衣服比出生时多出了零点一公斤。这期间孩子遭了多少罪只有天知道。比方打吊针，因为孩子比较胖，血管比较难找，有时一次要扎好几针，手上胳膊上不行了就向额头和头皮上转移；这样二十几天下来，孩子手上、胳膊上、额头上都扎满了针眼，让爸爸妈妈心痛得不行。

产前听不少人说，坐月子是女人一生中最为重要的时间，月子坐好了，以前的好多病都会不治而愈，月子上如果落下病来，也会一辈子纠缠不清。为了把月子坐好、把病甩掉，妈妈爸爸费了不少心思，然而事与愿违，妈妈在医院陪了女儿一个月，身体非但没有好转，反而更差了。唯一值得庆幸的是女儿经过一个月的折腾，总算恢复了正常。望着女儿胖胖的小脸蛋和甜甜的笑容，爸爸妈妈每每便笑出了声儿。

有人说人生的苦都是相等的，早吃了晚不吃。女儿初生第一月可以说是多事之秋，但愿一月过后，女儿的生命之树能够蓬勃兴旺、挺拔苗壮。此诚爸爸妈妈之愿，全家人之愿也。

3

女儿生下两个多月一直没有名字，原因一是起名难，重名的、类同的、缺少特色的太多太滥,总想突破总也找不到突破的方向和成果;二是按规矩,家里有老人的,名字应该由老人来起,女儿没有爷爷奶奶,只能听姥姥姥爷的意见,而姥姥姥爷一直不肯开口。可老拖下去总不是办法,那天爸爸特意找到姥姥家里,与姥姥姥爷反复推揣琢磨,好歹定下了"泓泓"两字。理由是韩老师说女儿命中缺水,"泓"字是带着三点水的,而且有水深流广的意思,期望能够有所补益;另外从重名的概率上说,与那些比较热门和流行的名字相比,也可能会少一些。

"行,就叫泓泓。我看挺好。"姥姥一锤定音。

小名有了,还得有个大名或者学名才行。这一次爸爸当仁不让,"泓东"二字应运而生。

泓东——让东方之水浩荡壮阔,其意可谓高且远矣,只是似乎少了点女孩子的阴柔和温润。然而有什么办法呢?谁叫爸爸只有这么一点点学问呢?

4

今天是泓泓出生两月又二十天的日子。

泓泓每次睡觉前,爸爸妈妈或者小梅姐姐总要抱着她摇一阵儿拍一阵儿;抱过几次拍过几次,爸爸便哼出了几句歌谣:

> 小泓泓好机灵
> 高鼻梁大眼睛
> 小腿小胳膊乱扑腾
> 上打天下打地
> 打了兔子打老鹰
> 嗵嗵嗵嗵嗵嗵

打得老天不下雨
打得东海出蛟龙
都夸咱泓泓是小英雄

这是爸爸为泓泓创作的第一首歌谣,爸爸妈妈每每抱着泓泓都要念念有词;泓泓听着,尤其是听到"嗵嗵嗵嗵嗵嗵"时,脸上每每就会露出笑容。但这首歌谣太大、太硬,掺进的大人的东西太多,爸爸自己也不满意,于是又编出了第二首:

小脚丫小脚丫
两只小脚叭叭叭
叭叭叭叭叭叭

这一首因为简单、节奏感强,而且咏唱时多是抓住泓泓的两只小脚丫,轻轻地拍着。这一咏一拍中,泓泓的小嘴便咧开了,咯咯地笑起来了;笑得有如春花烂烂、秋水潋潋。有时爸爸妈妈或者小梅姐姐唱完了、拍完了,她还要把两个小脚丫蹬来蹬去,很是有点不过瘾的意思。

爸爸由此知道,歌谣尤其是儿歌,越简单越好,节奏感越强越好,与动作的配合越紧密越好。

5

今天是泓泓的"百岁"。

早晨去医院检测的结果是体重五点二公斤,身长五十九厘米。虽然比起正常值还略有差距,但毕竟是长了不少。

孩子过"百岁",按规矩应该庆祝一下,中午把韩老师请了来。

韩老师围着泓泓看了一通,又抱着泓泓转了几圈,抬起右手刚要发功,没想先自发出一声:"哎哟!"

爸爸问:"怎么了?"

韩老师说胳膊被震了一下,差一点就要麻了。

"是吗?"爸爸不敢相信。

"这还能假吗?一个小崽子生命信息这么强,我还真是第一次见到!"韩老师说不出的惊喜交并。

生命信息强预示着什么,韩老师没说爸爸也没问。但"强"总比"弱"好。但愿泓泓从"百岁"起跑,健健康康、顺顺利利,一直奔向生命的辉煌和成功。

"百岁"最后一个节目,是爸爸以"生命的旗帜"为名,把泓泓高高举过头顶,并且照了一张相。由于泓泓太小,脖子和身子挺不起来,那相照得并不理想。然而却一点没有影响爸爸妈妈的情绪,因为在爸爸妈妈心目中,女儿的确要算是生命的旗帜啊!

6

"达——达!"

"母——母……"

每次听到泓泓稚嫩童真的叫声,爸爸妈妈便笑逐颜开,把女儿抱在怀里打起旋转或者举过头顶。

泓泓自小开化晚,同时出生的孩子,别人把"爸爸""妈妈"叫得朗朗上口、甘甜似蜜时,她才刚刚张得开口;别人满床乱爬、需要仔细看护时,她的两条小腿还光是朝向半天空里乱蹬,趴到床上挪不动窝儿;别人硬挺挺地站稳,并且能够走出十几步、二十几步时,她让人领着才刚刚挪得开步;别人从一数到十甚至于二十时,她还分不清一和二的区别……开始爸爸妈妈以为孩子智力开发上存在障碍,想方设法要帮孩子打开障碍,结果却一无所获;爸爸妈妈由此认定孩子天生"愚笨",把积攒了一肚子的热望和期待都化作了冰水。好在没过多久,爸爸就从老人们嘴里和古书上得知,孩子聪明不聪明、智力上强还是弱,与开化的早晚并不成正比,而且一般说来,越是有大聪明、大智慧的孩子越是开化得晚。历史上许多有作为的政治家、科学家、文学家,自小都与"神童"无缘。姜太公直到十岁才会说话。"二战"时的英国首相丘吉尔,直到中学时代还是相当差劲的学生。明白了这些,爸爸妈妈心里才得到了平衡。听着泓泓稚嫩天真的笑声、叫声,看着泓泓笨拙歪扭的身影、脚步,不时地便陶醉其中,忘掉了天地间一切的烦恼和忧伤。

孩子无邪的天真和稚拙,实在要胜过世间最甜最醇的佳酿啊!

7

今天是泓泓的一岁生日,早晨起来,爸爸便带着泓泓上了宿舍外的六里山,在树丛里玩了一会儿,并且照了几张相。

周岁生日是一件大事,提前几天,爸爸妈妈就给泓泓买了一套蓝白相间的小衣服。半中午时,姥姥姥爷和大姨等人也送来了礼物。家中只有这么一个小宝贝,大家格外关心就是再自然不过的事情了。

过周岁很重要的一项内容是"抓周"。早晨起来,里屋的大床上铺起一个大凉席,凉席上摆了一圈东西,有吃的,如水果、蛋糕、牛奶,有穿的,如小衣服、小袜子、小鞋子,有玩具,如小铃铛、小兔子、小积木,有文具,如彩笔、珠算、图书等等。大家到齐之后,爸爸把泓泓抱到凉席上。泓泓先是坐着东张西望,不一会儿便爬着要去抓。因为按老辈的说法,"抓周"时孩子先抓什么,就能够证明她喜欢什么,甚至于能够成为孩子一辈子向哪儿发展和有没有出息的一种佐证。大人们期盼的当然是能够喜爱学习,将来有出息,妈妈、姥姥等人都想着法儿要把泓泓的注意力向文具那边引。但泓泓好像对大人们的指引没有兴趣,爬了一会儿,抓起的竟然是一个小绒猴。妈妈和姥姥等人心有不甘,还是引导着,泓泓却还是不理不睬,抓起的竟然是一块小饼干。

按规矩,"抓周"只能抓两次,再抓就不作数了。妈妈和姥姥颇觉失望,说:"看来长大了也就是个玩家和吃才呀。"爸爸却心中坦然:孩子这么小,一切出自天性才是最好,有谁真想通过"抓周"去证明孩子一生的方向或者有没有出息,就难免成为笑谈了。

8

泓泓今天一岁八个月了。

泓泓最大的优点是性情豁达,吃饭从不挑食,给什么吃什么,吃什么都说好吃,那天爸爸给她一块辣椒她也照吃不误。睡觉醒了,两眼一睁就说就笑,从不哭闹。当然也有闹的时候,那多是睡觉前,非要嚷着找妈妈,非让妈妈搂着睡不可。妈妈原本身体不好,每天还要上班,于是每逢这种时候,爸爸宁可让她哭一阵子,甚至于揍她几下屁股也不答应——当然,更多时候,更好的办法还是转移她的注意力,比如讲故事、说笑话等等。而多数时候,只要故事一讲、笑话一说,泓泓的那些要求呀、哭闹呀也就烟消雾散了。

平时做事也总要讲清道理,合理的就支持、鼓励,不合理的就批评、制止。这样一段时间过后,泓泓不仅改掉了不少坏毛病,还经常回过头来教育起爸爸妈妈和小清姐姐。如看到花草就会说:"花是给大家看的,不能摘。"看到爸爸读书眼睛靠得太近,就会纠正说:"离远点,近了要生病的。"再比如摔倒了自己爬起来,还要说:"我勇敢,我不哭。"如此等等。

9

泓泓在爸爸眼睛里，壮壮的、胖胖的，跟个小大人似的。那无形中便使爸爸形成了一种概念，觉得泓泓跟别的孩子不一样，什么都不在话下。

那天天下着雨，爸爸有点事儿出门，非要领着泓泓一起去不可。小清姐姐说："你没看天下雨呀？"

爸爸说："就是下雨，才让她出去淋一淋呢。"

下楼后，因为打着伞也没觉出什么来，路过一幢房头过道时一阵大风扑来，爸爸才觉出不好，赶紧把泓泓抱进怀里。可即使这样爸爸也还是坚持让泓泓跟自己把事办完才回到家里。哪知回家不一会儿泓泓便打起喷嚏，妈妈和小清姐姐埋怨爸爸不知轻重，大雨天里把孩子往外领，爸爸先是不服，直到泓泓发起烧来才恍然明白过来：原来泓泓只是个不足两岁的小娃娃，与别的孩子并没有什么两样啊！

唉，亲情亲情！放大了的亲情也会蒙骗人呢！

10

今天是泓泓两岁生日。

因为家住区委宿舍，半边山和一座小亭子也被圈进宿舍院里来了，晚饭后，爸爸妈妈领着泓泓上了院中的那座小山。

天上黑乎乎的没有一丝光亮。

妈妈问泓泓："月亮怎么不见了呢？"

泓泓说："月亮回家找妈妈啦。"

玩着，又说："我要月亮。"

妈妈问："你要月亮干什么呢？"

泓泓说:"我要和月亮玩儿。"

小清姐姐教她说:"我和月亮是好朋友。"

泓泓说:"我和月亮是好朋友。"

小清姐姐说:"我要把月亮当镜子,照照我俊不俊。"

泓泓说:"我要把月亮当镜子,照照我俊不俊。"

小清姐姐又说:"月亮是个大烧饼,我要尝一口甜不甜。"

泓泓说:"月亮是个大烧饼,我要尝一口甜不甜。"

11

今天是泓泓两岁两个月零九天。

晚饭后,爸爸妈妈和小清姐姐带着泓泓到山上玩起来,泓泓与小清姐姐跳着、叫着,够月亮。

泓泓跳几下、够几下,就把小手放进爸爸口袋里说:"爸爸爸爸,给你一个月亮。"

爸爸说:"太好啦,谢谢你!"

泓泓跳几下、够几下,又把小手放进妈妈口袋里说:"妈妈妈妈,给你一个月亮。"

一会儿,月亮躲到云彩里了。

妈妈问:"月亮怎么不见了呢?"

泓泓说:"回家找她妈妈去了呗。"

一会儿云彩退去,月亮又露出光光的脸蛋。

妈妈问:"月亮怎么又出来了呢?"

泓泓说:"吃饱了出来玩了呗。"

妈妈问:"那星星怎么不出来玩呢?"

泓泓说:"星星让我给装口袋里啦。"

妈妈问:"你把星星装口袋里干什么呢?"

泓泓想了想，忽然大声道："炒炒吃！"

爸爸妈妈和小清姐姐，差一点笑岔了气。

12

爸爸参加省党代会去了，电视台的《新闻联播》中出现了爸爸接受采访的镜头。

泓泓问："爸爸干什么去啦？"

妈妈说："爸爸开会去了。"

电视里雪花飞舞，爸爸光着脑袋，鼻子冻得红红的。

泓泓说："爸爸怎么没戴帽子呀？"

妈妈问："那怎么办呀？"

泓泓说："我给他送帽子去吧！"

一会儿，电视里的爸爸消失了。

泓泓问："爸爸怎么没有了呢？"

妈妈说："你还没给爸爸送帽子，爸爸不能总冻着呀。"

泓泓"哦"一声说："那咱还是赶快去给爸爸送去吧。"

一会儿爸爸来电话了，泓泓叫着："爸爸，你别走，我和妈妈给你送帽子！"

爸爸很高兴，在电话上夸奖了泓泓几句。

爸爸一连几天没回家，那天中午泓泓对妈妈说："我好寂寞呀。"

妈妈问："为什么呢？"

泓泓说："因为我没有朋友了。"

妈妈问："你的朋友到哪儿去了呢？"

泓泓说："开会去了呀。"

妈妈问："那是谁呀？"

泓泓说："刘玉民爸爸呀。"

13

泓泓每次哭时,眼泪总是成串地、噼里啪啦地往下掉,小清姐姐每每就伸出手去,在她面前一边抓着一边嚷:"吃瓜子咯!吃瓜子咯!"

每逢这时,泓泓总把小脸向一边躲,一边躲还一边道:"吃不着!吃不着!"

这样说大家都笑了,泓泓每每也乐了,不哭了。

也有时,爸爸惹哭了她,爸爸说:"吃瓜子咯!吃瓜子咯!"泓泓就跑到妈妈身边躲起来,说:"不让爸爸吃!让妈妈吃!让妈妈吃!"

妈妈伸出手在她面前抓几下,然后做出送进嘴里咯嘣咯嘣咬的样子,泓泓也就露出笑脸来了,冲爸爸说:"吃不着!吃不着!"

由此,"吃瓜子"也就成了家中特有的语言和经常性的节目。

14

泓泓从生下起就喜欢音乐,两年半来,光是她听过的歌曲和配乐儿歌不下一百首。

那天,爸爸边给她洗着小脚丫边问道:"人为什么要长嘴巴呀?"

泓泓说:"吃饭呗。"

爸爸问:"那为什么长眼睛呢?"

泓泓说:"不长眼睛怎么看路啊?"

爸爸问:"为什么长鼻子呢?"

泓泓说:"不长鼻子怎么知道什么花是香的呀?"

爸爸又问:"那为什么长耳朵呢?"

泓泓说:"不长耳朵怎么听音乐呀?"

爸爸说:"不听音乐不照样吃饭睡觉吗?"

泓泓想了想说："要是不听音乐，我怎么长到两岁半哪？"
爸爸说："好，咱们泓泓原来是吃着音乐长大的。"

15

晚上，泓泓脱衣服睡觉时，爸爸妈妈经常一边帮她脱一边逗她："光溜溜！光溜溜！"她也经常喊着："光溜溜！光溜溜！"钻进被子里。

那天妈妈洗了一个苹果，正准备削皮，泓泓忽然说："妈妈，我不让你削。"

妈妈说："怎么了呢？"

泓泓说："你给它脱得光溜溜的，还不得钻到被子里去呀。"

16

一次吃饭，爸爸端上一盘豆腐，泓泓说："它洗澡啦。"

爸爸想了想才明白，因为泓泓每次洗过澡大家都要说："好白呀好白呀。"没想她就联系到豆腐上了。

一次泓泓见了豆腐又说："它洗脸啦。"

又一次去商场，爸爸问："你想要什么玩具呀？"

泓泓说："我要那个白的（狗熊）。"

爸爸问："为什么呢？"

泓泓说："它洗澡啦。"

17

泓泓扁桃体经常发炎，每次发炎总要发烧，也总要去医院打吊针。开始几次她表现得很勇敢,听着爸爸的鼓励和安慰,即使有点害怕也从没哭过。后来却不行了,再鼓励安慰,针向身上打时总要哭几声;哭着,嘴里总要嚷着:"我不打针,我要回家!我不打针,我要回家!"

这样,有时泓泓不好好穿衣服或者不好好吃饭,爸爸总要问:"那次打针你说什么来着?"

泓泓总是学着哭嚷时的腔调说:"我不打针,我要回家!"学着每每就把衣服穿好了,把饭吃下去了。

由此,"我不打针,我要回家!"便成了泓泓与爸爸交流的一个经常性的话题。

18

中午窗外下着小雨,泓泓吃着饭忽然指着窗外嚷道:"头发!头发!"

妈妈不明白什么意思,但她还是嚷着:"头发!头发!"

妈妈想了想,问:"你是说外面的小雨,像头发吧?"

泓泓高兴地点着头,嚷着:"头发!头发!"

下午,爸爸打着伞,带泓泓上街去。雨打到伞上,噼里啪啦响个不停。

泓泓说:"它唱歌啦!"

爸爸说:"它唱的什么歌呀?"

泓泓唱起来:"青青河边草,悠悠天不老……"

爸爸说:"它就唱的是这支歌呀?"

泓泓说:"对呀,你听……"又唱起来:"野火烧不尽,风雨吹不倒……"

19

省妇联举办"齐鲁新苗"评选,规定的最低年龄是三岁;泓泓两岁十个月,是参赛选手中年龄最小的一个,也是唯一没有进过托幼班的小朋友。但在区、市两级评选中,泓泓以大方、勇敢、回答问题干脆等连过两关,取得了令爸爸妈妈也惊奇不已的好成绩。

在争夺省"十佳"的考试中,老师提问说:"小朋友摔倒了你怎么办呀?"

泓泓回答说:"我把它扶起来。"

老师又问:"小兔子摔倒了你怎么办呀?"

泓泓说:"我把它扶起来。"

老师又问:"大老虎摔倒了你怎么办呀?"

泓泓说:"我把它扶起来。"

老师说:"大老虎摔倒了你也扶起来呀?"

泓泓说:"啊,大老虎是我的好朋友哇!"

比赛结束后,老师说这孩子太小了,妈妈和小清姐姐都说泓泓回答错了,爸爸却坚持说泓泓回答得对,很对!因为在她的心目中动物都是人的好朋友,把摔倒的好朋友扶起来怎么能说不对呢?

20

经过将近一月的多次考评,泓泓正式入选"齐鲁新苗"。"齐鲁新苗"在全省只评了一百名,应该说是很高的荣誉,来之不易的。

发奖那天爸爸出差在外,是妈妈和小清姐姐陪泓泓去的。发奖时多亏工作人员帮忙,泓泓才好歹接下了奖状和奖品——那是一个说不上太大但也不小的收音机。

收音机被摆到里屋的台子上,此后开收音机时,爸爸妈妈几次问泓泓说:"这是发给谁的呀?"

泓泓说:"发给我的。"

问:"为什么发给你呀?"

答:"我是新苗啊。"

问:"你怎么当上的新苗呀?"

答:"因为我是好孩子,我听话。"

同一个问题,不同的时候得出的回答也各不一样。

比如:"因为我好好吃饭。"

或者:"因为我乖。"

或者:"因为我是小乖乖呀……"

这样,"齐鲁新苗"无形中成了爸爸妈妈鼓励泓泓和泓泓自我鼓励的一个动力。

"齐鲁新苗"颁奖时电视直播中出现过泓泓一个镜头,姥姥、姥爷和大姨、三姨等人都看到了,多次夸奖过她。这样事过多日,一次看电视时泓泓还一本正经地问妈妈说:"妈妈,你看电视里有你的小宝宝吗?"

"齐鲁新苗"是泓泓获得的第一个奖,但愿这只是开始。

21

评完"齐鲁新苗",一次妈妈逗泓泓说:"你要是再不听话,我就把你给扔到大海里去。"

泓泓说:"好啊!我正好到大海里去游泳,我要和小企鹅玩。"

妈妈又说:"那我把你给扔到高山上去。"

泓泓说:"好哇,我要爬到树上去,摘小猴猴的桃子吃。"

妈妈说:"那我把你给扔到天上去。"

泓泓说:"我就和小鸟一起飞,飞到好高好高的云彩上面去。"
妈妈说:"我要把你扔到晾台上去。"
泓泓说:"晾台上有小竹竹,我要摘小竹竹的叶子去喂小乌龟。"
妈妈说:"那……那我把你给扔到电视机里去。"
泓泓说:"我正好到电视机里去演节目。"
妈妈说:"演什么节目呢?"
泓泓说:"演你小宝宝的'齐鲁新苗'呗。"

22

那天,电视新闻中播报了爸爸参加一个活动的镜头。泓泓说:"怎么家里有一个爸爸,那里面也有一个爸爸呢?"爸爸说:"那怎么家里有一个泓泓,前几天电视里也有一个泓泓呢?"泓泓"哦"了一声说:"原来是这么一回事儿啊。"

那天,泓泓看到一张她四个月的照片,妈妈问:"这是谁呀?"泓泓说:"泓泓呗。像个小肥猪一样。"

那天,爸爸一时兴起,大声地唱了一句:"……吼一声——"泓泓跑过来说:"不对吧?应该是兔医生,猴怎么能当医生呢?"说着,还晃了晃手里的一本卡通书。

那天,早晨起来小清姐姐给泓泓讲了嫦娥奔月和吴刚、嫦娥在月宫里种桂花树的故事,傍晚爸爸妈妈无意中讲起美国的自由女神,泓泓立刻跑过来说:"自由女神在广寒宫里。"

23

那天泓泓一个人在玩动物世界积木,边玩边嘟囔着说:"你们这些,你爱我我爱你的,可真好笑。"

爸爸说:"啊？这是谁教你的？"

泓泓如同没有听见,照样嘟囔着:"小马爱小驴,骆驼爱大象,狗熊爱老虎……"

爸爸说:"这么个爱法呀？"

泓泓说:"啊。要是让老虎去爱小羊,那不得给吃了吗？"

爸爸说:"你不是说大老虎是你的好朋友吗？"

泓泓说:"大老虎偷吃小羊,我才不跟它玩呢！"

泓泓三岁两个月了,已经分得出朋友和敌人来了。

24

爸爸应一家民营企业的邀请到海南岛采访去了,走后当晚,洗刷完准备上床时,泓泓忽然对妈妈说:"你让姐姐回家吧。"

妈妈问:"怎么了呢？"

泓泓想了想说:"我也不知道。"

但过了一会儿她又找到妈妈面前说:"妈妈,晚上你搂我睡。"

妈妈这才明白了她的心思:小清姐姐是从郊区农村来的,平时泓泓总跟姐姐一起睡,只有姐姐回家时才能跟妈妈一起睡。泓泓这是要妈妈搂她睡。

妈妈说:"今天妈妈累了,明天妈妈搂你睡好吗？"

泓泓立刻高兴地跳起来,说:"哦,明天妈妈搂我睡咯——"

上床后,泓泓又下了床,跑到妈妈面前说:"妈妈,你自己睡孤独不孤独呀？"

妈妈说:"孤独,可怎么办呢？"

泓泓说:"我给你找个小狗狗做伴吧。"于是把自己的小狗狗、小白兔、长颈鹿等等,一股脑儿地搬到了妈妈床上。

妈妈很感动,说:"泓泓可真乖,知道心疼妈妈了。"

25

爸爸去海南后,每隔几天总要跟家中通一次电话,每次通话时泓泓总是主角。其时正值十一月中旬,是海南的黄金季节,一次爸爸告诉说他到亚龙湾游泳去了,那儿的水可清可暖了。

泓泓说:"爸爸,你那儿可真奇怪,我都穿两件毛衣了。"

总也不见爸爸回家,那天泓泓对妈妈说:"爸爸的车怎么跑得这么慢哪,怎么还不回来呀?"

爸爸平时在家,外出时经常骑一辆小木兰,泓泓以为爸爸是骑着小木兰去海南岛的。

其间,一次电视上播出江泽民出访东南亚的新闻,泓泓边看边问妈妈说:"爸爸呢?爸爸怎么还没出来呀?"

妈妈逗她说:"你爸爸在门后边哪。"

泓泓信以为真,但直到最后也没见爸爸露面儿,又问:"爸爸老是躲在门后边做什么呢?"

26

电视上播放电视连续剧《三国演义》,因为打仗的场景多,泓泓说害怕,不敢看,也不让妈妈和姐姐看。爸爸回来后坚持要看,她只好躲到别的屋子里去玩,可没几天就被爸爸有意无意中讲的三国中的故事吸引住了,也跟着看起来;看着还不时问着曹操、刘备、关羽、张飞、赵云等人的一些故事和情节。

一天泓泓对爸爸说:"我是个小三国迷,你是个大三国迷。"

爸爸说:"姐姐呢?"

泓泓说:"姐姐是个中三国迷。"

爸爸问:"妈妈呢?"

泓泓说:"妈妈也是个大三国迷。"

爸爸说:"干脆,爸爸当个老三国迷,让你妈妈当个大三国迷吧。"

第二天泓泓要听《三国演义》插曲时,爸爸说:"行,咱们两个,一个大三国迷,一个小三国迷,一起听。"

泓泓不肯了,说:"爸,大三国迷是妈妈,你是个老三国迷。"

《三国演义》播映过程中停播了一段时间,爸爸很遗憾,泓泓也很遗憾。那天电视里预告说要恢复播映,泓泓连忙告诉爸爸说:"爸爸爸爸,今天演三国!今天演三国!"

泓泓真的成了一个"小三国迷"了。

27

泓泓喜欢听《三国演义》里的插曲,爸爸也很喜欢听,每逢电视剧开播或者结束,爷儿俩便一边听一边跟着唱起来:"滚滚长江东逝水,浪花淘尽英雄。是非成败转头空,青山依旧在,几度夕阳红……"

妈妈和小清姐姐也喜欢,有时也加入一起唱。这样,每次《三国演义》开播或者结束,家里便开起小型音乐会,热闹得一塌糊涂。

为了便于学,爸爸还特意把插曲录下,每每高兴,父女俩便对着录音机学唱起来。

那天睡觉前,爸爸一边洗着脸一边哼着:"……古今多少事,都付笑谈中……"

泓泓忽然拖着腔儿说:"哎呀,这是谁唱的?怎么这么难听啊!"

爸爸说:"难听?怎么我觉得好听着呢。"

泓泓跑到妈妈面前说:"妈妈妈妈,你听见了没有,爸爸唱得可好听了,比电视里唱得好听多啦!"

妈妈说:"好,泓泓学会讽刺人了。"

28

那天《三国演义》电视剧播完，接下是山东台的《今日报道》，妈妈想看，爸爸说没意思，随手把电视机给关了。

泓泓不高兴。其时爸爸刚好削完一个苹果，问她说："你吃吗？"

泓泓把头一歪，说："不吃！你不帮人家开电视，人家也不帮你吃苹果！"

爸爸妈妈都被惹笑了。

29

泓泓三岁五个月了。三岁前她经常闹病，多是扁桃体发炎，引起发烧、嗓子肿痛等等；很少有哪一个月不往医院跑或者吃药打针的，经常都是半夜三更一看烧起来了，抱起来就向门外跑。有一次妈妈害怕影响检查结果，离家前没给泓泓吃退烧药，到医院后泓泓烧到四十度，并且出现两腿抽筋，把爸爸妈妈吓得不轻。但三岁一过，病就明显少了。医生说，孩子三岁以前缺少抵抗力，三岁以后该有的抵抗力都有了。果真如此，泓泓有幸，爸爸妈妈也有幸了。

30

晚饭后，泓泓跟爸爸上到山上的亭子里时，天上正挂着一轮不盈不亏的月亮。

爸爸问："月亮怎么出来得这么早啊？"

泓泓说："她吃饱了就出来了呗。"

爸爸说："你见她吃的什么呢？"

泓泓说:"你没见云彩少了一块啊?"

爸爸说:"好,云彩原来是月亮的晚餐哪。"

泓泓不接茬,却只管又问道:"她出来玩,怎么不带星星弟弟呢?"

爸爸说:"星星是月亮的弟弟,那谁是月亮的妹妹呢?"

泓泓说:"第一个出来的是弟弟,第二个出来的是妹妹呗。"

31

星期天,泓泓跟妈妈、大姨和晶晶姐姐、硕硕姐姐去动物园玩。泓泓一路看动物一路发着议论,如这个最小那个最大等等。

走过一圈,临到出来时妈妈一总结,竟然就总结出不少个"最"来:大象最大,骆驼最高,狮子最凶,天鹅最白,秃鹫最丑,小猴最乖,棕熊最笨……

妈妈问:"那什么最黑呢?"

泓泓想了想说:"黑瞎子最黑呀。"

大家都夸她答得对,她却忽然指着大姨说:"我可不是说的你!"

大家一愣,这才发现大姨身上穿的是一件黑皮翻毛短大衣,便哄的一声笑翻了。

32

泓泓跟小清姐姐出去玩回来,爸爸拿出山楂条给她吃,她吃完后,爸爸见桌子上还剩下一根,便又拿给她。

泓泓说:"那是留给妈妈的。"

爸爸问:"为什么只留给妈妈不留给爸爸呢?"

泓泓说:"妈妈累。"

爸爸问:"爸爸不累吗?"

泓泓不答，又说："姐姐也累。"

爸爸说："山楂条是爸爸买的，不说爸爸累，以后再也不给你买了。"

泓泓说："不给买就拉倒呗。"

中午，妈妈问泓泓："你怎么知道妈妈累呢？"

泓泓说："妈妈上班。"

问："那姐姐呢？"

答："姐姐做饭。"

又问："那爸爸呢？"

又答："爸爸不做饭。"

原来泓泓脑子里的该不该留山楂条是以累不累、上班不上班、做饭不做饭为标准的。

33

新年前后，电视里经常出现各地发生火灾水灾的镜头。

一次正播着，泓泓忽然问："那人灾是什么呢？"

因为那一阵子爸爸一心要纠正泓泓用左手画画的毛病，问话时她也正用左手在画着画儿。爸爸就说："人灾就是用左手拿笔画画。"

泓泓说："不对，这是笔灾。"

爸爸笑了，说："好，咱们泓泓创了一个新词。"

泓泓却自言自语地说："怎么到处都有人哪，街上有人，山里有人，家里也有人。"说完又问："那人灾是什么呢？"

34

早晨，泓泓屙完屎爸爸要给她擦屁股，她不让，非找小清姐姐不可。

傍中午,泓泓让爸爸拿山楂片给她吃,爸爸拿到面前,她小嘴甜甜地说:"爸爸好。"

爸爸说:"这会儿说爸爸好了,连擦屁股都不用你爸爸。"

泓泓说:"我拉的屎臭,不让爸爸擦。"

这一下把小清姐姐给逗乐了,说:"好你个泓泓,原来你是专门要臭姐姐的呀!"

泓泓赶紧抢过山楂片溜走了。

35

晚上,一家人正看着电视,泓泓忽然下床踏起电视机套。爸爸喝责说:"你这孩子!"

泓泓回嘴说:"你才是孩子哪!"

爸爸说:"啊?我是谁的孩子?"

泓泓说:"你是奶奶的孩子呗。"

爸爸一怔,笑了。

36

吃午饭时,泓泓边吃边玩,说:"谁犯错误了,黑猫警长就打谁。"

爸爸问:"泓泓犯错误了吗?"

泓泓说:"没有。"

爸爸问:"妈妈犯错误了吗?"

泓泓说:"没有。"

爸爸问:"姐姐犯错误了吗?"

泓泓说:"没有。"

爸爸又问："那爸爸犯错误了吗？"

泓泓说："犯啦！"

大家都笑起来，泓泓竟然拍起手来，说："鼓掌！"

妈妈和小清姐姐跟着鼓起掌来。泓泓好不得意，只是把爸爸的鼻子差一点给气歪了。

37

泓泓喜欢画画，但不知为什么一直用左手画。爸爸妈妈告诉她应该改过来，用右手画，开始还听，后来说用右手画得不好看就不听了；逼得急了干脆把彩笔一收，来起了"罢工"。爸爸看看不行，只得改变办法，提议说要给泓泓举办画展，把她画的画儿统统挂到墙上，让外人一进门就能看到。泓泓很高兴，但听爸爸说"所有的画都必须是用右手画的"，却不肯接受了。这样，办画展也就成了一句空话。

爸爸担心继续下去，以后要改也难了，那天把泓泓用右手画的几幅画儿用胶带粘到墙上，一边欣赏一边大加赞赏。这一来激发了泓泓的自尊心和荣誉感，一连几天用右手画了五六张，而且每画一张都要对爸爸说："爸爸爸爸，这是我用右手画的。"

爸爸立刻便一边向墙上挂一边夸奖说："我说泓泓这几天画得这么好呢，到底还是用右手画的好吧！"

这样没几天，泓泓用左手画画的毛病就被改过来了。

事先提出条件不如在行动中加以引导，鼓励和赞扬才是孩子成长的真正动力啊。

38

中午，泓泓对妈妈说："等有空了，你给我生个小妹妹。"

妈妈问:"生个小妹妹干什么呢?"

泓泓说:"让姐姐一个手领着我,一个手领着妹妹。"

姐姐说:"你叫刘泓泓,妹妹叫什么呢?"

泓泓说:"叫'刘泓泓的妹妹'呀。"

晚上妈妈给爸爸学时,泓泓依然一本正经地对妈妈说:"等有空了,啊!"

39

早晨起来,泓泓叹了一口气,小清姐姐问:"你愁什么呢?愁找不着女婿呀?"

泓泓没吱声,一会儿又叹了一口气。姐姐问:"你又叹的什么气呢?"

泓泓说:"愁找不着女婿呀!"

一会儿姐姐跟爸爸学了一遍,泓泓说:"爸爸,你给我找个女婿吧。"

爸爸说:"你找女婿做什么呢?"

泓泓说:"栽花啦,浇水啦,玩小兔兔啦……"

乐得爸爸和小清姐姐一阵大笑。

40

四岁生日那天,泓泓把一张写着五百万字样的纸条贴到墙上,对爸爸说:"爸爸爸爸,我挣了五百万,送给你!"

下午爸爸带她出去玩时问她说:"你挣那五百万能买什么呀?"

泓泓说:"能买杏子。"

爸爸问:"能买多少杏子呀?"

泓泓说:"能买五个。"

爸爸问:"还能买什么呀?"

泓泓说:"还能买柿子。"

爸爸问:"能买几个柿子呀?"

泓泓知道第一次说少了,鼓鼓劲儿说:"能买八个。"

爸爸又问:"你那五百万买五个杏子给谁吃呀?"

泓泓说:"给爸爸吃,妈妈吃,姐姐吃,泓泓吃。"

爸爸说:"还剩一个给谁吃呀?"

泓泓说:"给姥姥吃,姥爷吃,硕姐吃,晶姐吃……"

爸爸说:"你这五个杏子给这么多人怎么吃呀?"

泓泓不理,又说:"给大姨吃,三姨吃,老舅吃……"

41

8月7日是妈妈的生日,早晨起来泓泓对妈妈说:"妈妈,我要给你过生日。"

妈妈说:"你怎么给我过生日呀?"

泓泓说:"我给你买一个大蛋糕。"

妈妈说:"好。宝宝知道给妈妈过生日啦。"

妈妈上班要走,泓泓又叮嘱说:"妈妈,今天早回来,宝宝要给你过生日。"

妈妈捧起泓泓的小脸,一连亲出了几个响声。

42

小清姐姐回老家去了,泓泓被送到姥姥家。因为姥姥家有小狗卡尔,有硕硕姐姐,泓泓乐得不行,只住了几天就不想回自己家了。

一连几个星期六爸爸接她回来时,她都要哭上一通。一次妈妈接她回家,来到楼下她犹自不肯上楼。爸爸下楼去接,她竟然掉头就跑,好不容易才追了回来。

爸爸每次打电话给她,她高兴了接,不高兴了竟然说:"你告诉他我不在家就是了呗。"

一次爸爸在电话上问她想不想爸爸,她说想。又问爸爸想你了怎么办呀,她说:"你想我了,就来看看我呗。"

眼看不像话,一次妈妈问泓泓不愿意回来怎么办,爸爸说:"哪有这回事!让她回来就得回来。"礼拜六爸爸去接时,先以买奶的名义把她骗出门,一路向回走时泓泓先是有说有笑,后来看出是要回家就又叫又嚷,回到家里还大哭了一场。

爸爸只当没听见,妈妈问泓泓为什么哭,泓泓说:"以后你们不要接我了,要不又得哭。"

但一连几个礼拜过后泓泓便习惯了,一次因为情况有变,礼拜六没去接,爸爸打电话问她说:"晚上自己睡觉行不行?"

泓泓说:"不行,你来接我。"

爸爸说:"你不是说姥姥家里什么都有,不愿意回来吗?"

泓泓说:"姥姥说了,礼拜天得回家。"

爸爸去接时,一上楼梯就听泓泓对姥姥说:"我爸爸怎么这么慢,还没有来呀?"

爸爸一身大汗上了楼,泓泓叫一声:"爸爸抱抱我。"就扑到爸爸怀里了。

又一个礼拜天下着大雨,爸爸不想接泓泓回来,晚上泓泓却打来电话说:"你来接我,礼拜天我回家,住两天再回来。"

爸爸无奈,只好又去接她了。

43

礼拜一上午爸爸准备送泓泓回姥姥家，可天上还是下着雨。

爸爸说："怎么办呢，要是咱们走，保险得淋个落汤鸡。"说过又发挥起来："一个大落汤鸡一个小落汤鸡，一个男落汤鸡一个女落汤鸡，一个高落汤鸡一个矮落汤鸡，一个爸爸落汤鸡一个姑娘落汤鸡。"

说完问泓泓："还有吗？"

泓泓当即接道："一个穿裙子的落汤鸡一个穿背心的落汤鸡。"

爸爸说："想想看，还有没有？"

泓泓说："一个白头发的落汤鸡一个黑头发的落汤鸡。"

爸爸说："好，再想想。"

泓泓又说："一个穿凉鞋的落汤鸡一个穿拖鞋的落汤鸡。"

爸爸问："还有吗？"

泓泓说："一个粗嗓门的落汤鸡一个细嗓门的落汤鸡。"

爸爸说："再想想。"

泓泓说："没有啦。"

爸爸仔细想一想，也确乎难能再列出别的来了。

44

泓泓要上幼儿园了。为着上哪个幼儿园，爸爸、妈妈没少操心。先是看了济空幼儿园，说是全市条件最好的。但人多、收费高不说，去的路上要过两个大十字路口，而且全是人车混行，连个红绿灯也没有；每天接送，安全隐患实在太大。接着又看了铁路幼儿园，条件也可以，但人太多，且也要过大马路。几经比较，爸爸选中了军区后勤幼儿园，那儿条件不错，离家近，也不用过大马路，但人家不接收外面的孩子,爸爸托了军区一名战友帮忙,才总算如愿以偿。

尽管事先爸爸妈妈带着泓泓到后勤幼儿园看过,报到的那天,爸爸妈妈还是冒着大雨,把泓泓送到老师面前。幼儿园的两位老师都很喜欢泓泓,但愿泓泓在人生的第一个集体里,能够收获快乐。

45

自从进了幼儿园,老师如何如何小朋友们如何,昨天吃了什么今天吃了什么(泓泓午饭在幼儿园吃),就成了泓泓与爸爸妈妈经常性的话题。老师和小朋友们的故事泓泓说得清清楚楚,但一说到吃的什么总是稀里糊涂,回答只有两个字:"菜菜。"

一次爸爸批评说:"菜菜多了,问你吃的什么得说出名字来才行,比如萝卜、白菜、西红柿、苹果、西瓜什么的。"

泓泓立刻纠正说:"苹果、西瓜不是菜菜。"

爸爸说:"那是什么呢?"

泓泓说:"水果。"

爸爸问:"西红柿呢?"

泓泓说:"西红柿是菜菜也是水果。"

爸爸说:"好,不简单,泓泓知道西红柿又是蔬菜又是水果了。"

46

那天晚上泓泓忽然唱起国歌,自己唱着还逼爸爸唱。爸爸唱了两次都与国际歌混了,泓泓说:"就这水平呀?"

爸爸又唱了一遍,总算唱对了,泓泓又说:"升国旗、唱国歌还得跳国舞哪。"

妈妈说："还得跳国舞？你跳跳我看看。"

泓泓真的跳起来，跳着还不时做着小造型，有模有样的。爸爸说到底是上了幼儿园，跟原先不一样了。

没几天幼儿园里搞庆祝活动，泓泓作为小演员第一次出现到舞台上。爸爸花七千多块钱，特地买回一台上海产的索尼摄像机，想把泓泓在舞台上的表演录下来。谁知礼堂太大，离得又远，加之泓泓他们的节目太短和摄像机功能有限，只远远地录了几个镜头作罢。下了舞台之后，爸爸妈妈本想与没有卸装的泓泓多拍几张照片，却因为人多事乱没能如愿。

尽管如此，泓泓第一次登上舞台总是一件值得高兴的事儿。

47

一连几天晚上，爸爸带着泓泓到山上去跑步，但到山上后总得找了题目她才肯跑。于是爸爸便把她看过的故事书中的人物、情节串起来给她出题目。比如先问："哪吒脚下踏的是什么东西呀？"

答："风火轮。"

再问："风火轮快不快呀？"

答："快。"

爸爸接下说："那天哪吒跟老妖怪在天上比本事，他跑得好快好快，呜——呜——忽然哪，他一不小心，把风火轮给丢到你爷爷（山上看门的师傅）门口了，你快去把风火轮给我捡回来！"

于是泓泓直奔二十米以外的门口那边，又一溜烟儿跑回来，说是捡回来了。但这只能跑一趟，接下还要再讲新故事、再出新题目才行。

有时一个故事讲完一个题目出完，泓泓跑回后就要问一句："那捡回来干什么呢？"每逢这时，爸爸只得接着前边的向下讲，然后再出一个新题目来。

那天泓泓看了卡通片《地球超人》,她先是问:"爸爸,盖亚是谁呀?"

爸爸告诉她,盖亚是希腊神话中的地母,接下便出题目说:"那天地母盖亚派地球超人去杀坏蛋,杀呀杀呀,一直杀了两天两夜,忽然把手里的一件宝贝杀丢了,地球超人没了办法,抓起满天的星星就像沙子一样撒起来。这一来呀就把好多星星撒到你爷爷的花盆里了,你赶快去捡回来吧。"

泓泓问:"捡回来干什么呢?"

爸爸说:"捡回来送给地母盖亚好杀坏人哪!"

于是,泓泓"哦"一声,便向二十米外的花盆那边跑去。这样每天一次,每次反复多遍,没多久,爸爸口袋里那点故事就差不多掏光了,好在泓泓锻炼身体的同时,也得到了新的滋养。

48

泓泓喜欢看着电视发表"政论"。一次电视里播着"二战"时的片子,泓泓忽然说:"妈妈,希特勒是个伟大的德国人是吧?"

妈妈说:"错啦,希特勒是个最可恨最可恨的大坏蛋,专杀好人。"

泓泓"哦"一声走了,几天后,一次电视里播《正大综艺》,说"二战"时期几位挪威科学家冒着生命危险,炸毁了一座重水厂,使原子弹免于落到希特勒手里。

泓泓说:"要是落到希特勒头上就好啦。"

妈妈说:"怎么了呢?"

泓泓说:"希特勒专杀好人,是个大坏蛋!"

原来,泓泓的意思是让原子弹落到希特勒头上,把他炸死。

49

妈妈身上不舒服,量表后说是发烧了,泓泓忽然大哭起来。

爸爸说:"好好的哭什么呢?"

泓泓先是只管哭,哭过一会儿才哽咽着说:"我不让妈妈发烧。"

爸爸说:"你不让妈妈发烧妈妈就不烧了?"

泓泓却赶紧搬过自己的小被子,盖到妈妈身上说:"妈妈,我不让你发烧。"

妈妈摸着泓泓的小脸,差一点落下泪水来。

50

晚上泓泓外出学画,放学时已经快八点了,爸爸用自行车带着她一路向家里走一路说着话儿,来到一处拐弯路口时,无意中与一位同样只顾说话的老太太碰到一起。老太太摔倒了,虽然没伤着,老太太的女儿却不肯了,拦住爸爸坚决不让走。爸爸好说歹说,才得允把车子押在那儿,把泓泓先送回家。在送泓泓回家时,爸爸表扬她不哭也不闹,是个好孩子。事情后来得到圆满解决,可第二天妈妈接泓泓路过那个路口时,泓泓却告诉妈妈说,昨天就在那儿爸爸撞倒了一个坏人。

妈妈说:"不能说是坏人吧?"

泓泓说:"就是。"

妈妈说:"怎么了呢?"

泓泓说:"小时候有一次我跟爸爸去买酱油,那个坏人把爸爸的孩子给撞倒了。后来坏人长大了,昨天爸爸是给孩子报仇的。他撞了爸爸的孩子还不是坏人吗?"

回家后妈妈给爸爸学,惹得爸爸好一阵笑,说:"这个小崽子都这么能编了,长大了说不定真能当个小作家!"

51

星期天妈妈病了,泓泓跟爸爸玩,爸爸给她讲了一个《宝宝改掉坏习惯》中"超超玩火"的故事。因为泓泓有过一次从蜡烛上点火的事,讲到这儿爸爸说:"你看,玩火多危险哪,把沙发都给烧了。"

泓泓说:"拿一盆水倒在沙发上火不就灭了吗?"

爸爸说:"你能拿水吗?"

泓泓说:"不能。爸爸妈妈能。"

爸爸说:"要是爸爸妈妈都不在家怎么办?"

泓泓说:"跳到地上就烧不着了。"

爸爸说:"要是地上也烧着了呢?"

泓泓说:"那就跳到窗户外边去。"

爸爸说:"窗户外边那么高不得摔死吗?"

泓泓说:"要是能飞到天上就好啦!"

爸爸说:"你长翅膀了吗?"

泓泓说:"长翅膀了也不一定能飞呀。小鸡长了翅膀不也不能飞吗。"

爸爸说:"对呀,小鸡长翅膀了还飞不了,你怎么能飞到天上去呢?"

泓泓说:"知道啦,以后我不玩火。"

爸爸说:"这就对了,咱们泓泓可不能犯超超那样的错误。"

52

泓泓四岁半了，经常可以跟爸爸妈妈讨论问题了。

那天早晨起来，泓泓说："我做了一个梦，老师是世界上最好最好的老师。"

妈妈说："妈妈哪？"

泓泓不回答。

在去幼儿园的路上，爸爸说："你总说老师是最好最好的，那爸爸妈妈管你吃管你穿，每天还得给你洗脚丫丫、盖小被被，就不好吗？那以后让老师来给你做好吗？"

泓泓脖子一拧，说："嗯！"

爸爸说："那你想想怎么说才对呢？"

泓泓想了想，说："老师好，爸爸妈妈也好。"

爸爸说："这还差不多。"

又一天，从幼儿园回家的路上泓泓要买好吃的，爸爸说没钱了，她只好作罢。

爸爸说："看到了吧，没有钱什么也买不着。"

泓泓说："有钱也有买不到的东西，感情、友谊、真诚什么的。"

爸爸笑了，问："这是谁教你的？"

泓泓说："电视上说的。"

爸爸问："那你知道感情是什么吗？"

泓泓说："就是真心什么的呗。"

爸爸又问："那友谊、真诚呢？"

泓泓说："不知道。"可随即又说："反正是金钱买不到的。"

再一天早晨起来，爸爸对泓泓说："你真是个臭臭臭的好孩子。"

泓泓说："不对，臭就是不好，好就是不臭。"

爸爸问:"那应该怎么说呀?"
泓泓说:"臭坏坏的小孩子,香好好的小孩子。"
爸爸说:"好,知道话该怎么说了。"

53

一段时间里,宿舍经常停电,一次泓泓正看着电视又停电了,泓泓"哇"的一声哭起来。
妈妈说:"哭有什么用,爸爸妈妈也没办法呀。"
泓泓问:"那谁有办法呀?"
妈妈说:"得大官官才行。大官官要是住这儿就停不了啦。"
泓泓说:"爸爸不就是大官官吗?"
妈妈说:"你爸爸是个小官官。"
泓泓立刻跑到伙房,对正在做饭的爸爸嚷道:"爸爸,你为什么不当个大官官啊?"
爸爸说:"哎,这是怎么了呢?"
泓泓道:"你当了大官官,咱们这儿就不用停电啦!"

54

一天爸爸接泓泓回家时,泓泓告状说:"严微微揪我头发了。"
爸爸问:"她为什么揪你头发呀?"
泓泓说:"她找事。"
爸爸问:"那你揪她了吗?"
泓泓说:"没有。"
爸爸说:"你告诉老师了吗?"
泓泓说:"我告诉妈妈。"

253

爸爸说:"你告诉妈妈有什么用。在幼儿园得听老师的话,爸爸妈妈又不能去打人家,得告诉老师才行。"

回到家,妈妈下班一进门泓泓便迎上去告状说:"妈妈妈妈,严微微揪我头发了。"

妈妈问:"你揪她了吗?"

泓泓说:"没有。"

妈妈说:"她揪你你就应该踢她一脚,踢完了再告诉老师说,严微微揪我头发啦。以后她就不敢了。"接着妈妈讲起自己小时候在幼儿园里不肯受人欺侮的事儿,并且给泓泓讲了一番受人欺侮一定不能让对方占了便宜、一定要告诉老师的道理。

第二天去幼儿园的路上,爸爸问:"要是今天严微微还揪你头发怎么办呢?"

泓泓说:"我就往后退,让她揪不着。"

爸爸哭笑不得,说:"教了半天还是一个受气包。"

下午再去幼儿园接人时,爸爸故意问了哪一个孩子是严微微,一看竟然是一个比泓泓还要小的小家伙。

晚上爸爸说给妈妈听,妈妈责备泓泓,并且再次告诉她"如果有人打你你就打他,打完了要告诉老师"的道理。

泓泓不高兴了,说:"妈妈是个坏妈妈。"

妈妈问:"怎么了呢?"

泓泓说:"老师说了,打架不是好孩子。"

妈妈哭笑不得,对爸爸说:"看到了吧,你闺女长大了定准是个受气包。"

爸爸说:"那也不一定,孩子心眼好,说不定还更有福呢。"

55

妈妈又病了,泓泓一连几个月晚上跟爸爸睡。一天晚上放被子时,泓泓说:"爸爸,今天我洗了三遍手。"

爸爸说:"洗那么多遍手干什么?"

泓泓说:"现在细菌活动,都钻到指甲里了,小孩一吃饭细菌就好高兴,一溜烟地嘟——就钻到肚子里,说现在可以吃一顿美餐啦!小孩就得病啦。"

爸爸说:"得病就得病吧。"

泓泓说:"那不行,所以我洗三遍手。"

爸爸说:"也太麻烦了吧?"

泓泓说:"董浩叔叔(中央电视台《大风车》栏目主持人)说了,不能怕麻烦。"

56

泓泓四岁八个月了,经常可以跟爸爸妈妈"叫阵"了。

一次爸爸骑小木兰带泓泓出去玩,路上泓泓告诉爸爸:"马静艳说,反正我爸是当兵的。"

爸爸问:"那你爸呢?"

泓泓说:"不是在文联吗?"

爸爸问:"在文联干什么呢?"

泓泓说:"就是写字、编故事,《八仙过海》什么的。"

《八仙过海》是根据爸爸的一部长篇小说改编的电视连续剧,很多人都看过,泓泓还看过根据小说改编的六集连环画。

爸爸说:"爸爸是作家。"

泓泓说:"知道,就是坐在家里玩的呗。"

爸爸说:"玩啊?这是谁告诉你的?"

泓泓说:"我呗。我告诉马静艳,我爸爸是个作家,专门坐在家里玩的。"

又一次,妈妈下班时给泓泓带了几串香蕉,一进门就对泓泓说:"看看我给你买什么了?"

泓泓拍着小手说:"太好咯太好咯!原先我以为妈妈是个臭妈妈,原来妈妈是个香妈妈呀!"

妈妈说:"好你个小东西,有香蕉就是香妈妈,没香蕉就是臭妈妈呀。"

泓泓却只管叫着:"妈妈是个香妈妈,给我买香蕉咯!"跑开了。

57

爸爸在北京出差,妈妈和大姨、大姨夫带着泓泓随后也来到北京。这是泓泓第一次到北京,妈妈和大姨拿定主意要带她好好玩玩。第一站去的是世界公园。世界公园很大,里面荟萃了金字塔、埃菲尔铁塔、巴黎圣母院、美国白宫、林肯纪念堂、悉尼歌剧院等一百多处微缩景观,还有自由女神、尿童、美人鱼、大卫、维纳斯、肖邦、莫扎特等人物雕塑,以及激光喷泉、植物迷宫、童话世界等娱乐场所。泓泓和爸爸妈妈走了一处又走一处,玩得很开心。直到下午三点实在走不动了,才算罢了。接下去的是北京动物园,泓泓在这里看到了不少济南看不到的动物。再接下来登上天安门城楼。在城楼上泓泓抱着大柱子,拍下几张十分神气的照片。最后去的是首都游乐场,一路玩得笑声不断,但在坐波浪车时,因为过于惊险,把泓泓给吓哭了,也把爸爸给吓得不轻。北京之行不过四天,却让泓泓第一次见识了首都和大半个世界。

58

清明节快到了,泓泓跟着爸爸妈妈回荣成老家,准备给爷爷奶奶扫墓立碑。因为爸爸在家里是最小的一个，因此下一辈两辈的孩子很多。回家前爸爸告诉泓泓，回去以后不能看见比自己大的孩子就叫"哥哥""姐姐"，有的得叫你"小姨""小姑"才行。泓泓先是不应，听爸爸解释了好一会儿才答应了，一路上还不时问妈妈："为什么那些比我大的人，也得叫我'小姨''小姑'啊？"

妈妈说："你爸辈分大，你也跟着大呗。"

回家后，家里那些小辈的孩子大的都是十三四岁或十六七岁了，小的也比泓泓大出不少，也早就听说回来的是一个比自己小好多的小姨或小姑，纷纷表示不平。因此见面后泓泓没有叫，人家也没有叫，显得十分生疏和冷淡。但泓泓是个性格开朗的孩子，过了一天就跟人家熟了，就一起玩起来；玩着，就把爸爸妈妈交代的事丢到脑后，一口一个"哥哥""姐姐"地叫起来。

爸爸和姑姑告诉泓泓这样叫不对，得叫他（她）"小侄女"或者"小侄子"才行，泓泓却睬也不睬，一会儿，"哥哥哥哥，咱们一起捉迷藏吧！"一会儿，"姐姐姐姐，我可抓到你们啦！"惹得一家人笑个不停、乐个不休。

59

听说要回荣成老家，泓泓问的第一句话是："姑姑家有电视吗？"

其时电视上正播着一个卡通片，讲的是机器人保护地球的故事，泓泓每天都要看，而且看得相当入迷，如果姑姑家里没有电视，她是不会答应回去的。

泓泓问的另一句话是："姑姑家有表（石英钟）吗？"

这是因为家里有一个石英钟，泓泓每天都要看着时间收看儿童节目。爸爸告诉她姑姑家里什么都有，她才放心下来。但回到荣成之后，几乎每晚都有宴请，一连几天都没能看上电视节目；偶尔哪天没有宴请,也因为当地没安有线电路,看不到那部机器人保护地球的卡通片。

泓泓好不恼火,几次嚷着要回济南。爸爸紧赶慢赶把事情办完,临走前一天晚上,二姑家的洪君姐姐带着孩子回来了。那孩子九岁,刚刚上学,泓泓跟他玩了一会儿就把什么都忘了。晚上九点,爸爸喊她回大姑家睡觉时,她竟然嚷着说:"爸爸,我不走啦!不回济南啦!"

60

清明节那天,泓泓跟随爸爸妈妈和三个姑姑回到老家的那个小村子里。在爸爸小时候住的那座又矮又旧的老屋子前合影时,泓泓问爸爸说:"这就是你的屋子啊?"

爸爸说:"对,爸爸小时候就是在这个屋子里长大的。"

出村、过河,泓泓跟随爸爸登上桃帽岭半山腰的那片向阳的山地,在爷爷奶奶坟前瞻仰过一番之后,爸爸带着泓泓登上了山顶。山顶不高,但举目四望,群山环绕、重峦叠嶂,村庄错落、炊烟袅袅。爸爸感慨系之地对泓泓说:"就差这么几十年,你和爷爷奶奶的命运就一个天上一个地下。"

泓泓问:"怎么了呢?"

爸爸说:"你看,你爷爷奶奶就在这儿待了一辈子、苦了一辈子,连城市是个什么模样儿也没见过,你可一生下来就是大城市里的小宝贝。"

泓泓说:"那爷爷奶奶为什么不去城里呀?"

爸爸知道说多了泓泓也未必听得懂,就说:"不但你爷爷奶奶,爸爸如果不是当兵,也只能在这山村里待一辈子,懂吗?"

泓泓说:"你要是待一辈子,那我呢?"

爸爸说:"你就是一个农村小姑娘呗。"

泓泓立刻嚷着说:"我不要!"

为爷爷奶奶立的碑上署的是:"男玉民孙女泓泓立。"爸爸特意让泓泓念了两遍,并且告诉她,因为爸爸和她是刘家的直系后人,碑上才刻下名字来的,妈妈和姑姑、姐姐她们是不能上碑的。泓泓似懂非懂地点了点头。

碑立好后,众人依次跪到坟前磕起头,爸爸把泓泓叫到面前说:"来,咱俩给你爷爷奶奶磕几个头。"泓泓很听话,与爸爸并排跪到地上,郑重其事地磕了三个头。

从上山到立碑泓泓一直很乖,后来是因为花圈着火,她才哭起来的。那天从山上下来,爸爸很是表扬了泓泓一番。

61

一天晚上,泓泓手里老是玩着一个红色的小塑料球,爸爸说过几次就是听不进耳朵里去。可玩了一会儿,不知怎么就把小红塑料球给吞进肚里去了。这一下泓泓吓坏了,哇的一声大哭起来,哭声如撕似裂,把爸爸给吓了一大跳。

"怎么回事儿?"爸爸问明情况,告诉说那个塑料球很小,吞进肚里也没关系。泓泓却还是哭着,跑到妈妈面前说:"妈妈,我会不会死啊?"

妈妈说:"好孩子,不会的。这一下知道不能玩那些小东西了吧?"

泓泓说:"知道了,以后我再也不玩那些乱七八糟的东西啦!"

泓泓却还是放不下心去,问妈妈说:"你小时候是不是也吞过东西呀?"

妈妈说:"是啊,妈妈小时候也吞过。"

泓泓又问:"那真的没有事啊?"

妈妈说:"对呀,你看妈妈不是挺好吗?"

爸爸告诉泓泓，屙屎时小球球就会被屙出来的，泓泓立刻便要去厕所。爸爸说要到明天才行，她才罢了。

晚上睡觉时见泓泓还是忧心忡忡，爸爸便摸着她的小肚肚，念念有词地说："化了，化了，化了……"一连多次，她才睡着了。

第二天早晨起来，泓泓屙屎后非让妈妈用小棍棍一点一点地拨，非要找到那个小球球不行。却终究也没有找到。

事情过去好长时间，每次泓泓玩小扣子一类东西时，爸爸一说："你忘了那次玩塑料球的事了？"泓泓立刻就会丢开了去。

生命是至高无上的，珍惜生命、爱护生命是人的一种本能，对于孩子也是如此。一次小小的"危机"，使爸爸有了更深体会。

62

晚上，泓泓与妈妈一起编儿歌，泓泓编的一首名叫《夏天在哪里》。其词如下：

夏天在哪里？
夏天在树上，
树上知了吱吱叫。
夏天在哪里？
夏天在池塘里，
荷花香味飘。
夏天在哪里？
夏天在头顶上，
赶紧戴顶小凉帽。

爸爸边听边乐，说："行，还挺押韵呢。"

此后一连几天，在去幼儿园或者回家的路上，泓泓和爸爸都要重复地唱上几遍。

63

爸爸出发去胶东农村深入生活，开始两天泓泓没觉出什么来，爸爸打电话回来让她接，她高兴了接，不高兴了不接，说："告诉他，我正忙着玩哪。"

但半月后情况就不一样了，一次接电话，泓泓说："爸爸，我真想你！大尾巴（大姨夫）说我是假想，其实我是真想！"

那话语和音调，使爸爸很是感动了一番。

爸爸回济南后，一次问她："爸爸出发多长时间你才想啊？"

泓泓说："一会会。"

爸爸说："爸爸在家里要批评你，有时还要揍你屁股，你怎么还想啊？"

泓泓说："爸爸那是为了我好。"

爸爸好高兴，又问："这是谁告诉你的？"

泓泓说："妈妈呗。"

64

泓泓满五岁了，越来越懂事了。

一次从幼儿园回来，泓泓只顾玩，忘了学习和画画，结果第二天挨了批评。她哭过一场之后扑到妈妈怀里说："妈妈，以后我再也不看少儿节目了。"

妈妈说："那怎么行呢？"

泓泓说："反正我再也不看少儿节目了。"

爸爸问:"为什么呢?"

泓泓答:"少儿节目没文化。"

爸爸没想到她会说出这种话,问:"少儿节目怎么个没文化呢?"

泓泓说:"耽误我学习和画画。"

65

为创作一部反映海上生活的作品,爸爸去长岛深入生活。那天从电话上得知妈妈难得有了几天假期,泓泓在幼儿园里也放了假,便让两人到长岛去,体验体验海岛生活和风情。这是泓泓第二次见到大海,两年前她随妈妈和大姨到青岛那边的田横岛去过,留下了几张海上戏水和乘坐火车时的照片。

长岛是山东最大的海岛,地处渤海与黄海的交界线中央,上面生活着上万名当地群众和解放军官兵。岛上天清海蓝,吃的是鱼虾蟹鳖,洗的是海澡天风,是难得的避暑胜地。泓泓和妈妈上岛后,爸爸带着娘儿俩看了月牙湾、九丈崖等不少名胜,使二人很高兴。

那天爸爸要去海里的几个小岛采访,妈妈问:"我和泓泓呢?"

爸爸说:"难得来一次,一起去吧。"

妈妈担心海上不安全,爸爸说:"没事儿,有事儿死在一起不也挺好吗?"

妈妈先是一怔,随即却爽快地应道:"行!"

八月的长岛其实是一年中风浪最少、最小,也最为安全的季节。但妈妈的回应还是让爸爸心中为之一动。

第一站去的是南城隍岛。岛上盛产海参,是一个相当富裕的村子。一家人在一间简易的房子里住下后,第一夜喝的用的都是从陆地拉来的甜水,第二天早晨的稀饭就变成咸中带苦的海水的味道了。那使泓泓和妈妈知道,岛上景色美丽、小楼连幢,生活其实还是蛮艰苦的。

从长岛去南城隍岛坐的是渡轮，从南城隍岛去另外两个小岛时坐的就只有渔民的小艇子了。这些小艇子只能坐三四个人，速度很快，且没有一点遮风挡浪的东西。第一次因为距离近，从这个岛就能看见那个岛，并没有觉出太大问题。第二次就不同了，小艇在茫茫大海中行驶，前不见边后不见岸，泓泓和爸爸妈妈披着一块胶质雨布，并排坐在小艇中间的横梁上，完全是一种生死由天的感觉——其时如果出现意外，那是如同一块石头落水，连一点痕迹也休想留下来的。那一刻，爸爸真切地感受到一家人生死与共的含义。

有感于此，回到济南后爸爸特意写了一首"长岛行"的诗：

八面波涛一线云，
一艘渔艇载三人。
娇女咿呀方识字，
爱妻铿锵始吐金。
胶衣披戴遮水雾，
鸥鸟起舞奏海琴。
登岛始觉泥土暖，
生死与共亲更亲。

66

也许是受爸爸妈妈影响，泓泓很关心政治，没有少儿节目时政治方面的电视片、电视剧照样看得津津有味。妈妈时常说，泓泓长大了是个搞政治的，有人也预测说，泓泓长大了要比爸爸妈妈强得多。

最近一段，电视连续剧《远东阴谋》正在热播，爸爸妈妈每晚都要看,泓泓也看得入迷。因为剧中讲了不少日本人侵略东北的故事,一到晚上八点十分泓泓就喊:"爸爸,日本鬼子又要来啦!"

那晚,电视剧播过,上床后已经十点多了。灯熄过好一会儿,爸爸以为她已经睡着了,她却忽然翻身坐起来问:"爸爸,要是日本鬼子再来侵略,咱们怎么办哪?"

爸爸眼看要睡着了,先是没回声,见泓泓不肯罢休,才不得不回了一句说:"那就把他们消灭掉哇!"

"哦。"泓泓这才如释重负地翻了一个身,进入梦乡去了。

67

星期天下午,爸爸妈妈领泓泓上山摘酸枣儿。因为时间有点晚了,树上的酸枣很少,有的也多是又青又生。摘了一会儿,泓泓便随口编起歌谣:"果子果子快成熟,让我妈妈吃个够。"

之前,泓泓与爸爸对词,往往是爸爸对的押韵泓泓对的不押韵,这一次爸爸一听"熟""够"正合音韵,立刻表扬说:"好。不但词好,韵也押得好!"

这一下泓泓上了情绪,不停地唱起来:

"果子果子快成熟,让我爸爸吃个够!"

"果子果子快成熟,让我老师吃个够!"

"果子果子快成熟,让我小朋友们吃个够……"

爸爸说:"光是'熟'和'够'吗?想想看,还能不能变个词儿?"

泓泓小嘴巴一抿,小眼睛一眨巴,说:"果子果子快熟透,让我爸爸别犯愁!"

爸爸一下子乐了,说:"好小子,行,有两把刷子!"

妈妈也拍着手说:"太好啦!比你爸爸强多啦!"

泓泓乐坏了,立刻唱起来:

"果子果子快熟透,让我妈妈别犯愁!"

"果子果子快熟透,让我老师别犯愁!"

"果子果子快熟透,让我小朋友们别犯愁⋯⋯"

68

爸爸早晨起来经常都要上山锻炼。那天锻炼回来,走到走廊上就听到泓泓的笑声,便随口道:"这个泓泓!"

泓泓在屋里听到了,当即回道:"这个爸爸!"

爸爸进屋,又说:"这个孩子!"

泓泓又答:"这个爸爸!"

爸爸说:"这个臭孩子!"

泓泓又答:"这个臭爸爸!"

爸爸说:"说爸爸是臭爸爸这可不大好啊。"

泓泓说:"说孩子是臭孩子这可不大好啊。"说完又道:"好玩吧?"

爸爸说:"行,跟爸爸打嘴仗的本事越来越大了。"

69

早晨起来,爸爸在泓泓的小脸上亲了一口。泓泓立刻嚷道:"不对,不对!亲那一个!"

爸爸一怔,还没明白过来,泓泓又指着妈妈住的里屋嚷道:"那一个!那一个!"

爸爸说:"一个小臭孩,没有你不懂的事儿!"

晚上,电视出现夫妻拥抱吻别的戏,泓泓对妈妈说:"你和爸爸也应该亲热才对。"

妈妈说:"我和你爸爸本来就亲热呀。"

泓泓说:"那你们怎么还吵架呀?"

70

泓泓每每听人讲一件事或者看电视上演一个场景,便会一本正经地编起故事,如:"我小的时候看到一只大狮子,好凶好凶的,它有一个小宝宝,长得跟小狐狸似的。两个人可好了,就是大狮子总不让小宝宝到林子里去玩……"

或者:"今天在幼儿园,老师让我们捉迷藏,崔小小钻到桌子底下去了。桌子底下藏着两只小乌龟,一张嘴,吧嗒一下,就把崔小小的小脚丫丫给吞到肚子里了……"

泓泓有时还会"转词",如妈妈说一句"鹅毛大雪",她就会接一句"牛毛细雨"。爸爸想一想这"牛毛细雨"确有独到之处,而且确乎属于泓泓的发明和创造。

妈妈说:"看来将来是非当作家不可了。"

爸爸心里得意,嘴上却说:"还是别了。作家是人当的吗?你没见我吃了多少苦遭了多少罪吗?"

71

泓泓在后勤幼儿园待了一年,妈妈就要给她另换地方。原因是幼儿园一次搞活动,后勤首长和家长们都到场,回答问题时尽管泓泓举了几次手,老师总不点她的名,总把机会让给后勤机关的孩子。这本属正常情况,机关幼儿园向领导汇报,当然首先得点机关自身的孩子。爸爸觉得没什么,妈妈却认定这是歧视,对孩子成长不利。其时正赶上市妇联的妇女儿童活动中心幼儿园开班,妈妈便咬定非转不可。开始爸爸不同意,没几天泓泓也搅了进来,与妈妈唱起一个调子,硬说后勤幼儿园如何如何,非要去妇儿中心不行。

爸爸认定后勤幼儿园最适合,说:"要转也行,转了再想回来,后悔药可是没地方吃去。"

妈妈说:"转了就没想再回来。"

爸爸又说:"这可是你非转不可的,以后接送的事儿我可是一概不管了。"

妈妈说:"行,以后接送的事儿就不劳你的大驾了。"说过又发狠似的说:"我就不信,我不能把我闺女培养成个人才!"

泓泓先是在一旁听,这时也插进话来说:"爸爸不接我也能回。"

爸爸说:"能得你!"

泓泓说:"就是,老师说了,万水千山都不怕,有事赶紧找警察。"

爸爸哭笑不得,只好听由母女俩转到妇儿中心去了。

从路程上说,妇儿中心比后勤远了一倍;去时一路下坡,回来时步步爬高。开始一个礼拜,爸爸咬定就是不接不送,让她们娘儿俩折腾去;但过了一个礼拜便只好自食其言了——妈妈工作忙,身体又不好,更重要的是泓泓放学的时间比妈妈下班要早一个小时,加上妈妈时常不按时下班,有两次妈妈去接时,妇儿中心里只剩下泓泓一个人。那让爸爸很不放心。

但愿妇儿中心幼儿园,能为泓泓提供一个更好的成长环境。

72

泓泓是从五岁半学起弹钢琴来的,老师是爸爸当年的战友、前卫文工团的作曲家林老师。

第一次登门,是爸爸用小木兰带着泓泓和妈妈一起去的。林老师很热情也很严肃,告诉说要学就得好好学,不好好学就走人。还告诉说,学钢琴不能娇滴滴的,他儿子就是自小给打出来的,这会儿已经考上上海音乐学院指挥系了。

林老师问泓泓怕不怕，泓泓说："不怕。"

泓泓手指修长，跨度大，手指落到琴键上也有劲儿，属于比较适合弹钢琴的那一种。但学弹钢琴是一件十分枯燥的事儿，上课必须认真听讲不说，下课还要留下不少作业，回来必须弹熟，否则下一节课就接不上了。开始几节课泓泓表现不错，受到林老师的表扬，但时间一长，泓泓怕苦怕累和耍小聪明的毛病就出来了，特别是作业看起来都完成了，实际上虚于应付，离老师的要求相差甚远。由此，几次受到林老师的批评。

为了帮助和监督泓泓完成好作业，每晚练习弹琴时妈妈都要陪在一边。即使这样，泓泓也还是每每分心和偷懒。孩子贪玩，这本是天性，妈妈急了受不了就得训她一通或者揍她几下。妈妈身体多病，每天上班也很劳累，加上泓泓不懂事，经常便气得抹起眼泪。妈妈眼泪一抹泓泓也跟着抹，于是，好几次两个人的泪水就抹到了一块儿。

林老师批评起来很严厉，有几次泓泓对爸爸说："爸爸，我不想学钢琴了。"

爸爸说："那不行。你没听林老师说弹钢琴对孩子一辈子都有好处吗？再说老师批评是为了你好，想打退堂鼓可是不行。"

这样泓泓总算坚持下来了。过了一段琴弹得有了进步，受到林老师几次表扬，她的情绪也稳定下来了。

钢琴是一门高雅艺术，像所有高雅艺术都要经过痛苦而又持久的努力一样，学弹钢琴也是一件十分磨人的事儿，但愿泓泓能够坚持下来。

73

爸爸去北京参加中国作家协会第五次全国代表大会回来，要与泓泓合一个影儿。

泓泓说:"把我的奖状也拿来。"

她说的奖状就是那个"齐鲁新苗"证书。证书拿来后,父女俩一个戴着出席证,一个捧着奖状,这才让妈妈按下了快门。

那天晚上爸爸要看《新闻联播》,泓泓非要看少儿节目不可。爸爸说:"爸爸是个作家,得知道国家大事懂吗?"

泓泓说:"你又不是江泽民、李鹏!"

江泽民是中共中央总书记、国家主席,李鹏是国务院总理,因为电视上经常出现他们的名字,泓泓也给记住了,但用他们的名字说事儿这还是第一次。

爸爸说:"哦,只有江泽民、李鹏才能关心国家大事啊?"

泓泓这才不吱声了,乖乖地跟着爸爸看起《新闻联播》来。

74

幼儿园放学之后,泓泓经常还要再玩一会儿,这样回家往往也就晚了。

那天回家又晚了,爸爸批评了几句,泓泓不服说:"你就别管啦!"

爸爸说:"没那事儿,爸爸不管谁管哪?"

吃饭时爸爸把泓泓的话学给妈妈听,泓泓不高兴了,对妈妈说:"把爸爸卖了吧!"

妈妈说:"把爸爸卖了谁挣钱呢?"

泓泓说:"妈妈。"

妈妈说:"你妈妈挣不了多少钱。"

泓泓说:"那我挣。"

爸爸说:"你能挣多少钱哪?"

泓泓说:"十千八百!"

爸爸说:"就那么一点点啊?"

泓泓说:"一万!"

妈妈问:"那你爸爸能卖多少钱呢?"

泓泓说:"八百。"

妈妈说:"那还不够买一件衣服的。"

泓泓又说:"九百八!"

显然,在泓泓的脑子里九百八就是最多的了。

妈妈又问:"那你什么时候能挣钱呢?"

泓泓说:"把爸爸卖了泓泓才挣,不把爸爸卖了泓泓就不挣啦!"

爸爸笑了,说:"你这个小东西,敢卖爸爸!"

泓泓说:"卖着玩儿呗!"

爸爸说:"卖你爸爸玩儿?那我卖你玩儿行吗?"

泓泓嚷一声:"不行!"跑掉了。

75

春节刚过,那天晚上睡觉前泓泓只顾玩儿,让她洗手洗脸总是不听,后来爸爸动员着、推着把她送到水池边,她手里却还是玩儿着一个红豆豆。

爸爸说:"给我吧,我给你拿着。"

泓泓不肯,说:"我得送给我的孩子。"

爸爸吃了一惊,说:"啊,你的孩子?"

泓泓说:"将来,将来我也得有孩子呀。"

爸爸问:"你要孩子干什么呢?"

泓泓说:"要不多寂寞呀!"

爸爸说:"好,原来是怕寂寞才要孩子的。"

76

泓泓学弹钢琴的时间定在每礼拜天下午五点,但有时也有变化。那个礼拜六早晨起来,林老师打来电话让泓泓上午十一点去,爸爸叫泓泓起床时说:"那天林老师说了,泓泓的小歌唱得不错。"泓泓很高兴,一骨碌翻身爬了起来。

爸爸说:"可不知道孩子的钢琴弹得好不好啊?"

妈妈走过来对泓泓说:"咱们今天去一弹,老师肯定得夸,说这孩子的钢琴弹得这么好哇。"

夸着,泓泓就穿起衣服来。但穿着,还要耍赖。

爸爸说:"孩子如果不好好的,老师肯定不高兴,说这个孩子连个钢琴都不会弹。"

这一说泓泓忽然哭了。原来这一段她的钢琴有了不小进步,爸爸这样说她觉得伤了自尊心了。

爸爸赶紧改口说:"爸爸说的是孩子四岁的时候不会弹。"

泓泓还是哭,因为四岁时她已经会弹一点电子琴了。

爸爸又说:"三岁,孩子三岁的时候不会弹。"

泓泓还是哭。爸爸又说:"是一岁。"并且问她说:"你一岁的时候会弹琴啊?"

泓泓这才好些了,但直到妈妈拉着她的小手,在爸爸屁股上打了一下,才算是不哭了。

爸爸说:"这是光能听好话,一句不好的也不能听啊!"

77

早晨起来,爸爸让泓泓去漱口,说:"不漱口嘴那么臭,谁敢亲你呀？"

泓泓说："要是漱了呢？"

爸爸说："那就好香好香的呗。"

泓泓接下说："好甜好甜。"

爸爸说："像个香水味儿。"

泓泓说："像个苹果味儿。"

爸爸说："像个石榴味儿。"

泓泓说："石榴好酸好酸！还不如像个杏子、桃子味儿哪！"

爸爸说："像个茉莉花味儿。"

泓泓说："好臭好臭。"

爸爸说："像个玫瑰花味儿。"

泓泓又说："好臭好臭。"

爸爸说："像个月季花味儿。"

泓泓还说："好臭好臭。"

爸爸说："不对吧？你忘了爸爸养的月季花好香好香的吗？"

泓泓说："好臭好臭就是好香好香的意思呀。"

爸爸说："啊，还有这一说呀？"

为了一句话或者一件事、一个小问题，泓泓经常都要与爸爸对上一阵词儿的。

78

泓泓的钢琴学了两个多月，会弹几首练习曲便骄傲起来，有时爸爸督促她练琴她就说："你会弹吗？"

爸爸说："我不会弹就不能管你啊？"

有几次爸爸用单手弹《东方红》和《白毛女》插曲，被泓泓听到了。那次她弹琴时没精打采，爸爸告诉她弹琴必须打起精神，打不起精神就不可能弹好，她不服气说："你会弹吗？"

没等爸爸反驳，泓泓又说："哦对了，爸爸会，爸爸会弹《东方红》。"完全是一副嘲笑和不屑一顾的神气。

有一次在林老师家，林老师家的刘阿姨夸泓泓聪明，爸爸说："这个小东西可骄傲啦。"

刘阿姨说："这还不到时候呢，等自己会弹个小曲子了你就看吧。"

路上，爸爸告诫泓泓不要骄傲。泓泓说："还是你不会弹呀！"

爸爸说："爸爸不会弹琴可会写文章，你会吗？"

泓泓这才不吱声了。

有了一点小进步就骄傲，一骄傲就把尾巴翘到天上去了，连爸爸都不瞧在眼里，泓泓这个毛病很值得警惕呢。

79

爸爸去宾馆参加新任领导干部学习班，两个晚上没回家。那天晚上通电话时，得知泓泓的一幅叫作《赶鸭》的画被选中参加省里举办的庆祝六一儿童节画展。那幅画是爸爸在家时看着泓泓画的，构图、上色都是泓泓自己搞的；画的是一个扎着辫子的小姑娘，手里拿着一根柳枝，背对观众、面向池塘，正在牧鸭的情形；她的面前和脚下也有不少小鸭在浮游，而水塘的对面则是几座山和房子。爸爸只是提议，池塘边应该加一条表示堤岸的棕色线条。画中的色彩与生活和自然中的完全不同，连水都画成了红色。开始爸爸不理解，但泓泓说是老师让这样画的，老师说孩子的画就应该充满幻想，怎么漂亮怎么画。爸爸这才知道，如今孩子们的画，与自己记忆和想象中的已经大不相同了。

画是幼儿园老师要的，没想被选到省里参展，而且是妇儿中心幼儿园中唯一一幅入选作品,这让爸爸很是高兴。

泓泓在电话上说:"星期五到星期天展览,妈妈要你领我去。"

爸爸正好星期五结业,便爽快地答应了,星期六上午果然打了一辆车,与泓泓一起去了省美术馆。因为去得有点晚,开幕式已经过去了。但人还是很多,不少小朋友都是从外地专程赶来的。参展的作品色彩绚丽,极富变化性、装饰性,有的确乎相当出色。但泓泓没有心思看别人的作品,一门心思要找的是自己的那幅《赶鸭》。

《赶鸭》被挂在妇儿中心专版(除了《赶鸭》,专版中的作品都是美术班学员们画的)显眼的位置上,爸爸和泓泓在画作前照了好几张相,出来后又专门在展厅和美术馆大门前留了影。每次照第一张时泓泓都很听话,但第一张过后,便要做出种种不雅或者捣乱的姿势来了。

看画展时爸爸几次提醒泓泓,入选是好事,但比起人家那些好作品还有不小差距,得继续努力才行。泓泓却一点都不谦虚地说:"以后我也能画好!"

的确,画展入选的小作者大多七八岁、十一二岁,大的还有十五六岁的,不足六岁的泓泓要算是最小的了。自年初爸爸送泓泓跟刘老师学画画,她的进步应该说是很大的,爸爸从内心里感到高兴和自豪。但愿泓泓能够不断进步,长大了真正成为一个有用的人才。

80

晚上泓泓吃西瓜,每一块都要先把种子剥掉再吃。爸爸批评说:"你还活得挺仔细的呢!"

泓泓说:"我和刘玉婷都活得挺仔细。"

刘玉婷是泓泓同班的小朋友,两人算得上是小闺密。

爸爸说："那有什么用？"

泓泓说："能多活好多年哪！"

爸爸说："多活好多年有什么用？"

泓泓说："能保卫国家，把国家保卫得棒棒的，谁也不敢来侵略呀。"

爸爸说："说大话呀？又没什么本事，怎么保卫？"

泓泓说："将来我发明一个好大好大的、谁也不知道的东西，谁要是来侵略，就用它打他！"

爸爸说："你现在不好好学习，将来能发明啊？"

泓泓说："不能。"

爸爸说："那还是得好好学习吧？"

泓泓说："嗯！"

81

晚上泓泓边看电视边跟妈妈拉呱说："妈妈，在幼儿园里大家都爱！"

妈妈说："啊？"

泓泓说："就是。我爱×××，刘玉婷爱×××，宝宝爱×××，大家都爱。"

妈妈说："你爱人家什么呢？"

泓泓说："就是喜欢呗！你没看电视上啊？"

妈妈说："以后小孩不能说这种话，知道吧？"

泓泓说："宝宝说，爱×××不会幸福的！"

妈妈说："你看，这些五六岁的孩子都说了些什么！"

泓泓却说："真的，大家都是这么说的！"

82

香港回归在即,电视上每晚都是这类节目。

那天,泓泓忽然喊道:"再过二十天香港就要回归了,我好高兴哦!好高兴哦!"喊完继续画起画来。画完拿给爸爸一看,竟然是庆祝香港回归的。画面上是两只鸽子,一只蓝身黑尾,一只黄身绿尾,各自叼着一根绿枝合到一起,下面和旁边还有不少小鸟和彩带等等。

爸爸问为什么这样画,泓泓说:"两只和平鸽飞到一起不就是香港回归了吗?"

爸爸说:"香港回归,你干吗还要画画啊?"

泓泓说:"我要是不画一张画,香港就是回归了还有什么意思呀?"

爸爸说:"好,你这张画太重要了!"

于是让泓泓写上名字、日期,郑重其事地挂到墙上搞起了展览。

83

泓泓六岁了,站起来能到爸爸半腰高了。

那次爸爸出差去胶东渔村回来,泓泓忽然大谈起《红楼梦》来。先是说:"宝玉一个爷们儿,老是哭算怎么一回事啊?"

又说:"林黛玉怎么老是哭哇?"

还问:"老太太怎么也喜欢宝玉啊?"

又问:"宝玉那次为什么挨打呀?"

还问:"贾环怎么老说人家的坏话呀?"

爸爸觉得很奇怪,便问:"你怎么知道宝玉、黛玉的?"

泓泓说:"我看啦。"

爸爸问:"你什么时候看的?"

泓泓说："你出差的时候，姥姥来，我们一起看的。你回来的时候刚演完。"

爸爸这才知道，泓泓是看了《红楼梦》电视剧，才生出那么多疑问和感慨来的。

泓泓还就《红楼梦》中的人物发起议论，说："你看人家宝钗多好哇！又漂亮，又听话，又学习。"

爸爸说："这么说你也喜欢宝钗了？"

泓泓说："我就是喜欢宝钗嘛，人家多好！"

爸爸说："好，评论家们总说黛玉是封建主义的叛逆者，宝钗是封建家庭的小宠儿，这下可怎么说？连孩子都喜欢封建主义吗？"

看来文艺评论与现实生活之间确是存在不小的距离，中国文化的许多东西是扎了根、入了人心的，不是用一个封建主义或者封建家庭就概括得了、说明得了的。

84

打从过了六岁生日，泓泓变得懂事多了，妈妈高兴地说女儿长大了。那晚不知怎么说起出国的事儿，泓泓说："我不出国！"

爸爸问："怎么了呢？"

泓泓说："我不找洋丈夫！"

爸爸逗她说："不害羞，泓泓不害羞咯！"

泓泓却理直气壮地说："就是，我找好丈夫！"

爸爸说："这都是谁给你说的？你知道什么是好丈夫呀？"

泓泓说："知道。就是听话什么的。"又把眼睛盯着妈妈问："爸爸是个好丈夫吧？"

妈妈笑了，爸爸却恨恨地说："这个孩子，真是胡扯八道！"

85

泓泓发烧了几天,那天忽然又发起水痘。水痘特别多特别猛,把身上差不多全给占领了。那天晚上眼看痒得受不了,爸爸让她吃一片安定早点睡觉,但妈妈不同意她也不肯,没想过了一会儿她居然就睡着了。

第二天病情稍好,中午却仍然不肯吃饭。为了转移她的情绪和减轻痛苦,爸爸讲起自己小时候的故事。如那一次因为跟大孩子们上山玩,没跟家里说,爷爷奶奶疯了似的找了一天,傍晚回到家中时,爷爷上去一棍子就把爸爸给撂倒了。再如一次发疹子,奶奶姑姑去村里药社找王瘸子打针,爸爸怕痛,逃到南河沿的小树林里;奶奶姑姑四处喊让爸爸回去,爸爸从树上掰一个荆刺向腿上扎,一看痛得受不了还是不敢回去;直到估计王瘸子走了,才悄悄溜回家钻进被窝,可半夜王瘸子来了,一下子就把针"甩"进屁股里了。再如,一伙小朋友们在一起发坏,那一次竟然把人家的鸡、鸭翅膀别上,扔进井里,惹得人家四处寻找和骂声连天……

爸爸讲一个泓泓笑一阵、比画一阵,尤其听到扔人家的鸡和鸭子的情节时,笑得可开心了,说:"爸爸,你小时候怎么这么坏呀!"

一中午又说又乐,泓泓精神为之一振,不仅吃了饭,水痘也在不知不觉中消了好多。

那天下午爸爸练书法,泓泓抖着小精神站在旁边看。听妈妈说爸爸写的是一个"龙"字,便说:"给我也写一个。"

爸爸当即给泓泓写了一个"龙"字,并且题了一行字说:"小女泓泓忽出水痘,痛苦之状令人心焦。今日好转,令父写龙字以示之,父欣然矣。但愿小女如龙之飞腾也。丁丑年冬月。"

晚上爸爸将字贴到泓泓屋里的墙上,泓泓病好后几次告诉来玩的小朋友说:"这是我爸给我写的龙。我爸小时候可调皮啦!"

86

爸爸的长篇小说《骚动之秋》获得第四届茅盾文学奖后,报纸电视上经常出现爸爸的名字。原先泓泓就认识"刘玉民"三个字,也知道《羊角号》,这一次又知道了《骚动之秋》,于是经常指着报纸上的标题说:"《骚动之秋》,《骚动之秋》!"

妈妈问泓泓:"爸爸得了大奖,成了大作家,你将来能不能也成大作家呀?"

泓泓说:"不,我要当钢琴家!"

妈妈问:"能得大奖吗?"

泓泓说:"能!比爸爸的还要大!"

妈妈说:"听见了吗?你闺女说比你还要大呢。"

爸爸说:"好啊,那就等着瞧吧!"

87

1998年元旦到来。早晨,爸爸特意去买回元宵、年糕。年糕是年年高的意思,元宵就要解释一番了。爸爸先是告诉泓泓元旦就是每年的1月1号,1月1号就是元旦。

泓泓听后说:"元旦元旦,圆圆的鸭蛋。"接着又说起顺口溜来:"圆圆的鸭蛋不好看,一口吃了二斤半。"

爸爸说:"你的嘴那么大呀?"

泓泓又说:"圆圆的鸭蛋真好看,一口吃了四斤半。"

爸爸说:"那不更多了吗?"

泓泓又说:"圆圆的鸭蛋不好看,一口吃了八斤三。"

爸爸说:"这是大象吧?"

于是,父女两人笑成了一团。

88

春节前五六天妈妈又病了,那天爸爸领泓泓去买过节的衣服,回来的路上,见一个清扫工的十多岁的小女儿正在帮着她妈妈扫院子。

爸爸说:"那天看见一个卖东西的小女孩帮着妈妈卖东西,有板有眼的。那个孩子跟她妈学卖东西,这个孩子跟她妈学扫院子,你跟你妈学什么呢?"

泓泓略略想了想,大声道:"我跟我妈学长病!"

逗得爸爸一阵大笑,回家后妈妈却恨恨地说:"好你个小闺女子,看我不揍你的屁股!"

泓泓却只管笑着跑开了。

89

春节期间,中央电视台每晚播放电视连续剧《水浒传》,为了让泓泓也能看一看这部古典文学名著改编的作品,爸爸特意为她调整了学钢琴的时间。开始并没有什么,看到晁盖死后,宋江一心求朝廷招安,尤其是捉到高俅后竟然以礼相待,不许林冲报仇的情节时,泓泓十分气愤。

那天出去的路上爸爸问:"宋江这个人好不好啊?"

泓泓说:"好恶心!"

爸爸问:"怎么个恶心呢?"

泓泓说:"他对坏人还那么礼貌。也太礼貌了吧!"

爸爸说："好，还是孩子说得对，恶心！"

正月十三，《水浒传》播完后大家都感到很悲切，第二天上幼儿园回来，爸爸问泓泓："你们小朋友都看《水浒传》了吗？"

泓泓说："看啦。"

爸爸问："他们喜欢谁呀？"

泓泓说："喜欢林冲。"

爸爸问："为什么呢？"

泓泓说："因为林冲英雄，有本事。"

爸爸又问："那小朋友们最恨的是谁呀？"

泓泓说："最恨宋江。"

爸爸问："为什么呢？"

泓泓答："他不让林冲杀高俅。"

爸爸问："这是谁说的？"

泓泓说："刘玉婷说的。刘玉婷说，讨厌的宋江，有病的宋江，神经的宋江，恶心的宋江。"

爸爸说："好，写了半天演了半天，宋江成了最让人恨的了。"

第二天泓泓又说："高俅这个名字我都不愿听，他太坏了。我要是有这么个爸爸，非把他剁成肉酱不可。"

爸爸说："他要真是你爸爸你就不说他坏了。"

泓泓问："为什么呀？"

爸爸说："向着你爸爸呀。"

泓泓不语，片刻却又自言自语道："他要是我爸爸，我就把他撕成肉浆，包起来吃！"

一部电视剧给予孩子们的影响竟是如此强烈，实在令人叹为观止。文艺作品的作用实在是太大了，教会人们的东西实在是太多了。

90

电视里连日播出违法分子以制造销售假酒危害群众的节目,那引起了泓泓和爸爸妈妈的一致谴责。

那天泓泓边看电视边问爸爸:"对这些造假酒的什么办法处理最好呀?"

爸爸说:"你说呢?"

泓泓说:"把他们关到牢房里,什么也不给他们吃,只放几瓶假酒让他们喝,还省了几颗枪子儿呢!"

爸爸说:"哎,你这个办法好!"

泓泓说:"那电视里的叔叔怎么没想到啊?"

爸爸说:"你比电视里的叔叔聪明呗。"

泓泓很高兴说:"要是我,就让他们自己喝自己造的假酒,看他们还造不造啦!"

91

晚上,泓泓边看电视边给爸爸讲幼儿园的故事,说:"××家里生了一个龙凤胎。"

爸爸说:"你还知道龙凤胎?龙凤胎是什么意思?"

泓泓说:"龙凤胎就是一个男孩一个女孩的意思呗。"又说:"可是生下来营养不良,缺点微量元素。"

爸爸说:"啊,缺点什么微量元素啊?"

泓泓说:"还缺点细胞。"

爸爸说:"你这都是哪儿来的理论?"

泓泓说:"是《科技博览》上说的。"

《科技博览》是中央电视台的一个栏目,很受泓泓欢迎,几乎每天看过《焦点访谈》之后,她都要坚持看完这个节目。

92

宝宝、贝贝是一对同胞姐妹,在幼儿园里与泓泓是好朋友。那天泓泓说,宝宝、贝贝要跟她们爸爸妈妈去美国,幼儿园里的老师同学都给两人送礼物。

爸爸问:"你送了吗?"

泓泓说:"没。"

爸爸说:"准备送吗?"

泓泓说:"嗯。"

爸爸说:"送什么呢?"

泓泓找出一张贺卡,说:"我送这。"

爸爸说:"上面得写几个字吧?"

泓泓说:"写'送给宝宝、贝贝'。"

爸爸说:"那有什么意思呀,得写点有意思的才行。"

泓泓说:"我以后到美国找她们玩儿呗。"

爸爸说:"光是玩啊?长大了,说不定你还到美国当大学者呢。"

泓泓说:"大学者是什么呀?"

爸爸说:"大学者就是……你就这样写,等你长大了到美国当大学者时再去找她们玩儿。"

泓泓说:"嗯!我不当大学者。"

爸爸说:"那你当什么呢?"

泓泓说:"我当和平大使——电视上都是这么说的。"

爸爸说:"当和平大使更好。你就写,'等我长大了到美国当和平大使时再去找你们玩儿'。"

泓泓果真一笔一画地把那话写到贺卡上，并且送给了宝宝、贝贝。

这是一种憧憬还是一种预言？但愿真的会有那么一天。

93

泓泓的钢琴弹得越来越好，尤其妈妈患病住院那段时间里，她完全是自己认谱、自己练琴，受到了林老师的多次表扬。那次林老师又布置作业后，她回家摸了几遍，第二天就能够自己弹出来，到礼拜四时那个长曲子就能背下，并且弹得有滋有味了。爸爸看着好不高兴，哪想到老师面前一弹，出现了几处明显的错误。

这一来林老师不肯了，把泓泓好批一通，说："表扬了你几次就不知道怎么好了！谁让你弹这么快的？都给我弹错了有什么用？以后要慢慢练，没让快的时候不准快！"

爸爸担心泓泓受不了，说："老师批评得对，不能浮躁，要慢慢练才能真正学会。"

泓泓不言语，但看得出来还是接受了批评的，以后练琴时就再也不那么贪多求快了。

94

妈妈从腊月一直病到四月中旬，先是在省立医院，后来转到千佛山医院，什么都检查了，结果仍然是一个炎症消不下去。爸爸在省里开政协会议期间，泓泓每天下午和姥姥一起到千佛山医院给妈妈送中药。

政协会议结束后，爸爸要去北京参加茅盾文学奖颁奖大会，临行前一天到医院看望时，爸爸告诉姥姥和妈妈说，会上还有一个发言要准备一下。

晚上泓泓忽然打来电话说:"爸爸,我给你打电话就是告诉你,你到北京去的发言不用准备了,就把妈妈的那个炎给发了吧!"

爸爸先是没听明白,听明白后哈哈大笑说:"这是谁告诉你的?"

泓泓说:"是妈妈说的。"

爸爸说:"不对,是你自己想出来的吧?"

泓泓说:"不对,是妈妈说的。"

后来爸爸问清楚,那话确是出自妈妈之口;尽管这样爸爸还是很高兴,因为孩子绝不冒功自好。

95

妈妈的病越来越重,从千佛山医院转到省立二院又转到省胸科医院、省中医医院,进行了多种治疗仍然不见效果。爸爸几乎每天都在医院里照护,多亏家里来了一个小静姐姐,泓泓才算是有了一点依托。妈妈每天高烧不退,那天医生实在没有办法,只得用了一种"栓"剂,结果烧倒是退了,人却眼看要不行了。妈妈开始向爸爸交代后事:一是要带好泓泓,二是不要断了与娘家的联系,三是家里橱子里还有一笔存款。前面爸爸应了,说泓泓也是我的孩子,我当然要照看好;后边的就不让妈妈说了。

经过三个多小时的抢救,妈妈终于转危为安。但不久妈妈的病又加重了,只好再次转到省立医院进行抢救。那些日子,爸爸经常是早晨八九点钟走,夜里三四点钟回。但每个星期天总要让泓泓去医院看望妈妈一次。那天泓泓去舅舅家,晚上睡觉中忽然哭了起来。舅妈问怎么回事,她说做了一个梦,妈妈被毒蛇给咬死了。舅妈好一阵宽慰泓泓才又睡着了。

这是妈妈病危后,泓泓也是全家人的第一个不祥的预感(另一个预感是一群乌鸦,在妈妈去世前几天,每晚都要到泓泓舅舅窗外的一棵树上乱叫),但愿那不会变成现实。

96

泓泓最后见到妈妈是 7 月 18 号下午。那时妈妈每日高烧不退,医院里每天注射的全是国外进口的升白剂和抗生素,但炎症没能消下去不说,白血球也越杀越低,以至于几乎检测不出来了。

前一天晚上,妈妈已自觉不久于人世,说是想见一见女儿,爸爸赶紧把泓泓领到病床前。但泓泓并不知情,与妈妈说过几句话后,就只顾玩起来,直到临走时才让妈妈摸了摸小脸蛋。妈妈一直说的只有一句话:"你可一定要好好学习呀!你可一定要好好学习呀!"

谁也没有想到,这就是泓泓与妈妈最后的诀别。

晚上,妈妈对爸爸说:"我枕头底下是不是有三百块钱?"

爸爸说:"有。"

那是区里领导看望妈妈时留下的。

妈妈说:"这三百块钱就给泓泓过生日吧。"

泓泓的生日眼看就要到了,爸爸本来打算让她到病房与妈妈一起过的。但 20 号上午,妈妈的脑血管突然出现破裂,造成左手五指失控,随之眼底出血、胃出血,到夜里十一点时,病情已经到了危急时刻。

爸爸安慰妈妈说:"明天让泓泓给你弹琴。"

妈妈不解,说:"怎么……"

爸爸说:"家里不是有个小录音机吗,让她录下来,拿来放给你听不就是了。"

妈妈高兴地点了点头,可当晚爸爸回去得太晚,加之录音机没有电池,只好等第二天再录。可第二天早晨六点大姨便打来电话,说是妈妈不行了，让爸爸赶紧去。爸爸为了满足妈妈最后的愿望，赶紧去买来电池，告诉小静姐姐，泓泓起来让她赶紧弹琴和录音，然后送到医院去。然而万万没有料到的是，爸爸赶到医院时妈妈已处于昏迷状态，过了不到一个小时就离开了人世。其时离妈妈的四十四岁生日不过十几天，离泓泓的七岁生日不足两天。而那天早晨起来，不知是因为已经有了某种预感还是什么原因，不管小静姐姐怎么说，原本挺听话的泓泓就是不肯弹琴和录音。妈妈由此永远也没能再听到女儿的琴声。但在为妈妈换衣服和合上眼睑时——妈妈平时睡觉也总是半睁着眼睛——爸爸反复说的一句话是："你女儿正在为你弹琴哪！你女儿正在为你弹琴哪……"

的确，妈妈是带着对泓泓琴声的记忆，驾鹤西去的。

97

妈妈死了，按济南的规矩应该第三天火化，但第三天恰巧是泓泓的生日，爸爸便力主延后一天。这期间，因为不想让泓泓知道事情的真相，爸爸明确提出不希望有人到家里来吊唁和送花圈，但前来吊唁和送花圈的人还是络绎不绝。

第一天晚上泓泓就觉出不妙来了，问爸爸："他们这是干什么呀？我妈又没死！"

为了不惊扰泓泓，第二天一早，爸爸就让姥姥把泓泓接走了。第三天晚上，为了给泓泓过生日，全家人聚集在泓泓老舅家。傍晚，为了给泓泓打点预防针，爸爸领她去齐鲁宾馆买东西时，告诉她妈妈太累了，已经睡着了；睡在鲜花和绿地中间，很美很美的一副模样儿。

泓泓似乎意识到什么，却什么也没说。

爸爸说："妈妈虽然睡了、不回来了，爸爸却永远是你的爸爸和好朋友,姥姥姥爷也永远是你的姥姥姥爷,大姨三姨老舅也永远是你的亲人,大家都会永远地关心你、爱护你的。"

在进宾馆大门时,泓泓忽然说:"爸爸,我就是不要你给我找那个。"说着,用手指在空中比画了一下。

因为妈妈去世前,幼儿园里有的小朋友就给泓泓说过如果妈妈死了,爸爸要给她找后妈的事儿,爸爸看她这个样子立刻就明白了,却故意装作不懂的样子问:"什么呀?你说的什么呀?"

但泓泓只是用手在空中比画着,说:"就是那个,那个!"

爸爸无言以对,只好反复告诉泓泓说:"孩子你要相信,爸爸永远是你最好的朋友,不管到什么时候都是你最好的朋友!"

晚上的生日宴席,姥姥姥爷也来了,本来气氛凝重,泓泓意外地兴奋——到底是孩子,到底她也没有真正明白妈妈到哪儿去了——这一来把整个晚上的气氛都改变了。

这倒让姥姥姥爷暂时忘记了悲痛,说:"只要孩子高兴就什么都好。"

妈妈单位——市中区妇联的八个阿姨,每人送来一百块钱,说是泓泓的妈妈没有了,她们都是泓泓的妈妈。那让爸爸很受感动。

泓泓就这样度过了第一个没有妈妈的生日。

98

为了给妈妈选一张告别仪式上的照片,爸爸翻遍了所有相册,最终选中的是五年前的一张。照片上的妈妈又漂亮,又有神韵。

照片放大后泓泓看到了,说:"我妈可真漂亮!"

的确,妈妈年轻时是相当出色的,即使进入中年,也还是风韵犹存;与之相比,爸爸则要逊色得多。为此,泓泓曾几次朝爸爸嚷:"我妈妈都是怎么看上你的!"

爸爸问："跟你妈比，是你漂亮还是你妈更漂亮啊？"

泓泓说："我妈漂亮！"说过又补充道："我妈说我比她漂亮。不过还是我妈更漂亮！"

对于妈妈的死，泓泓时而明白时而糊涂。妈妈火化的前一天晚上，爸爸拉着她在妈妈的遗像前合影，她不高兴说："我妈又没死，这是干什么呀！"

火化时，爸爸原本不准备让泓泓去，但不少阿姨和奶奶都说应该让孩子去，否则会落下埋怨，爸爸也就同意了。到火化场后，泓泓表面上蹦蹦跳跳，什么事儿也没有，实际上心里紧张得很，不敢与妈妈单位的阿姨靠近，生怕别人提起妈妈来。

临进灵堂时，泓泓伏到爸爸耳边说："爸爸，我害怕。"

爸爸说："不是告诉你了吗，妈妈睡着了，咱们看一眼就走。"

即使这样，爸爸领着泓泓进到灵堂后泓泓还是捂着眼睛，不敢睁开。爸爸反复劝说，她才勉强看了几眼。

爸爸问："你看那是不是妈妈呀？"

泓泓点点头。

爸爸又问："妈妈是不是睡在鲜花和绿草丛中呀？"

泓泓又点了点头。

绕着灵堂走过一圈，出门时泓泓的脸却变了颜色，爸爸立刻把泓泓送上汽车，送回老舅家里去了。

告别仪式结束，爸爸担心泓泓出什么事儿，赶紧打电话询问，得到的回答是泓泓一直没有哭。

爸爸说："要是哭了倒好了，得想办法转移转移她的情绪才行。"

过了半个小时，爸爸又打回电话，得到的回答是泓泓正在院子里骑小自行车。爸爸的一颗心这才放下了。

泓泓到底还是太小，舅妈告诉说妈妈到北京治病去了，要好长时间才能回来，她竟然就相信了。

泓泓，我天真而又苦命的孩子！但愿希望的火光在你心中永远闪耀，永远都不要熄灭！

99

泓泓对妈妈的死，一直处于一种似信非信、时而清醒时而糊涂的状态。那天小静姐姐领她在院子里玩，医务室一位大夫问她知不知道妈妈到哪儿去了，泓泓回答说："回归大自然啦。"

在姥姥家，舅妈领泓泓出去玩时，她忽然说："我长大了以后，要把世界上最好最好的东西都制成药片。"

舅妈问："干什么呢？"

泓泓说："死了的人吃了，就能活过来啦！"

爸爸听说后很难过，眼泪都差一点掉下来。孩子心灵中的创痛天知道有多深哪！

那次爸爸去青岛开会，顺便带泓泓去玩了两天。那天晚上泓泓忽然问："爸爸，我是不是以后就跟你过呀？"

爸爸说："那当然啦，女儿是爸爸的小宝贝呀！"

泓泓放心地点点头，又问："那是不是永远都跟你过呀？"

爸爸说："等你有了自己的家就行了呗。"

泓泓嚷道："我不要自己的家！"

爸爸说："你总得长大呀，长大了总得……"

泓泓又嚷说："我不要长大！"

爸爸十六岁丧母，深知孩子失去母亲的创痛。泓泓却比自己还小，还要不幸。因此爸爸多次告诫自己：一定要对得起"爸爸"这两个字，一定要让女儿有一个幸福快乐的童年，一定要让女儿健健康康地长大成人，一定要把女儿培养成一个有用的人、大写的人！

100

星期天泓泓去姥姥家，姥姥问她说："怎么这么长时间不去看妈妈了？"

泓泓说："妈妈在北京治病，不让人看，只有爸爸一个人能够去看。我都快想疯啦！"

姥姥说："你妈妈永远都不会回来了，你也不用想她了。"

泓泓伤心地哭了。晚上回家一见爸爸就说："妈妈永远都不回来了，是姥姥说的。"

爸爸说："不对，等你长大了，有出息了，妈妈就会回来看你的。"

泓泓这才安静下来。爸爸的意思是泓泓还小，没有必要扑灭她心中的幻想和希望。但平时，泓泓很少在爸爸面前提起妈妈，爸爸也很少在泓泓面前提起妈妈，这似乎已经成了一种约定。相信随着年龄的增长，泓泓什么都会明白的。

101

泓泓自1997年2月开始学弹钢琴，一年半来花了不少气力，爸爸妈妈也费了不少心血。开始林老师很满意，多次表扬，并表示要重点加以培养。妈妈病重住院后，没人陪练和督促，泓泓每次都是自己识谱自己练，使林老师很是惊讶。但随着课程深入、难度加大，泓泓心浮气躁的毛病时常出现，一连几次上课林老师都不满意，再加上前卫文工团整编，林老师没有办法再带那么多学生，那天便建议让泓泓先休学一段，待长大一些再说。

这个念头爸爸其实早就动过，妈妈住院时就提议说："把泓泓的钢琴停下来吧？"但因为妈妈反对只好作罢。妈妈去世后，爸爸无论从时间上还是精力上都难以支撑，停下来按说是顺理成章的事儿。但真正事到临头，尤其是由林老师提出来，爸爸还是难以接受。因为在爸爸心目中泓泓始终是最棒的，起码也应该是最棒的，因此希望能够放慢进度，让她继续学下去。但林老师坚持说不行，爸爸就如同受了一次沉重打击，心里十分沉重，身体也明显觉出不适来了。

爸爸一心要为泓泓再找一个钢琴老师，让她继续向下学，泓泓却再也不肯练琴了。那个星期天，爸爸吼着、踢着、逼着，泓泓就是不练，还哭着说："我不好音乐！""我永远都不学音乐啦！"

冷静下来爸爸意识到，什么事勉强总是不行的，孩子的发展归根结底要靠自己，做父母的千万不要强加过高的期望，千万不要把自己的某些心愿强加到孩子身上，更不要因为期望一时无法实现、心愿一时无法了结而伤感、气愤，以至于伤了自己，连累了孩子。

至于钢琴，爸爸相信经过这么长时间的学习，是已经在泓泓心里扎下根儿来的，即便眼下放一放，日后也一定会拾起来，并且成为泓泓人生的一个爱好和特长的。如此也就足够了。

附记：在钢琴停学一年多之后，泓泓在爸爸的支持下，重新开始了学习钢琴的经历，并且顺利考取了钢琴八级证书。

102

泓泓要上学了。这是泓泓人生的一个重要开始，早在两月前，爸爸就为她看好了学校，找好了老师。

8月29日是新生报到的日子，早晨起来，爸爸特意换上新衣服、带上照相机，要给泓泓留几张纪念照。但从起床泓泓就闹别扭，临到上学时又因为一点小事噘嘴鼓腮，特别是走到学校门口时她竟然坚决不准爸爸给她照相，说要不就不上学了。那使爸爸憋了一肚子气，当即吼着逼着让她回家。爸爸本想回家后狠狠地揍她一顿，但因为她与小静姐姐在院子里玩，才免了一场灾祸。当天的报到却因此晚了，泓泓到校后就到散学的时候了。

第二天学校规定，不准家长送学生到校门，爸爸为了给泓泓留下一张照片，装作上山锻炼身体，跟随她到了学校门口。哪想她更恼了，你越是把照相机对准她，她越是把后脑勺和屁股亮给你，让你一点办法都没有。直到9月2号，学校正式开学和开学后的第一个礼拜天，爸爸好一番说服动员，泓泓才同意补照了几张。

从这些经历中爸爸再次领悟到，对孩子一定要顺其自然，千万不要过多掺入大人的期望和感情，否则目的难以达到不说，还会引起孩子的反感，甚至于影响与孩子的关系，影响大人的身心健康，实在是太不划算的一件事儿。

泓泓已经踏上属于自己的人生之路，且看她如何走下去吧。

103

开学的第二天，小静姐姐告诉爸爸说："泓泓可高兴了。"

爸爸问："怎么了呢？"

姐姐说："当了一个小官官。"

爸爸一问才知道，老师给泓泓安了一个班委，负责上课前后喊"起立""坐下"，泓泓由此便觉出神气来了。

但没过几天，泓泓便时常发脾气，有时回家作业也不做。爸爸觉得很奇怪，小静姐姐又告诉说，那天泓泓舅妈来电话，让她过去玩，泓泓说爸爸不同意，以后不让她再去姥姥家和老舅家玩了。爸爸大吃一惊。本来妈妈死后，爸爸就担心姥姥和老舅家有想法，一再说，姥姥姥爷永远是姥姥姥爷、大姨三姨永远是大姨三姨、老舅舅妈也永远是老舅舅妈，没想泓泓竟会说出这种话来。而童言无忌、童言无欺，她的话是最容易被信以为真的。

爸爸问泓泓："爸爸什么时候说过，以后不让你到姥姥和老舅家里去玩的？"

泓泓说："对，你就是说过。"

爸爸又急又气，把手扬了几扬，差点没落下去。于是，只得赶紧给姥姥打电话，说根本没有的事儿，这孩子不知是哪根神经出了问题。打过电话，爸爸心里还是不舒坦，告诫泓泓以后千万不能乱说；乱说，姥姥和老舅都会怪罪爸爸的。

泓泓却说："就是要怪罪你！姥姥和老舅都怪罪你我才高兴！"

爸爸哭笑不得，想了好一会儿才依稀记起，大概是泓泓上学那天，姥姥来电话要她和硕硕姐一起去大明湖、趵突泉玩，因为与上学冲突爸爸没有同意，并且说了以后不可能还像过去那样，想到哪儿就到哪儿、想什么时候就什么时候去玩的话；可能通电话时让泓泓听到了几句，便在心里产生了误解和抵触。

泓泓年龄太小，及时交流和沟通显得尤为重要，否则，日后还不知会惹出什么麻烦来呢。

104

泓泓照片很多，但真正好的并不多，特别是从照相馆里出来的、艺术性强的那种一张也没有。孩子过了七岁，童年眼看就要过去了，爸爸拿定主意要为她留下几张作为纪念。为了说服她，一连两个礼拜，爸爸不时地向她耳朵里灌，到第三个礼拜天时，泓泓这才乖乖地跟爸爸去了"金色童年"。

"金色童年"是省青少年活动中心主办的、专为儿童拍照的摄影社,在济南要算是有点名声的。

化妆、更衣、拍摄、再化妆、再更衣、再拍摄,一连换了八次妆更了八次衣,好歹才拍完了八张不同色彩、不同场景,神态和姿势也各不相同的照片;与平时自己家里拍的那一些,确是有了质量和档次上的不同。

看着女儿优美的身姿和动人的笑脸,爸爸心花怒放。人们总把少女比作鲜花,泓泓实在比鲜花还要美丽和可爱呢。

105

小静姐姐是妈妈病重时来到家里的,与泓泓很合得来。妈妈去世后爸爸多次告诉小静姐姐:"别的孩子受了委屈能找妈妈,泓泓没有妈妈,无论如何不能让她委屈。"由此,小静姐姐对泓泓一直不错,两人也挺有感情的。

那天,泓泓忽然说:"姐姐,你不要走。"

因为妈妈病重期间小静姐姐曾经提出要回济阳老家去,被爸爸好歹劝下了。小静姐姐以为泓泓旧事重提,说:"我没说要走哇。"

泓泓说:"我是说,你不要走,等我长你这么大的时候再走。"

小静姐姐说:"好哇。"

小静姐姐告诉爸爸时,爸爸觉得心里很酸。八月十五小静姐姐回老家去了,爸爸为了不让泓泓感觉孤单,晚上特意到花嫂子饺子店去买了一斤海鲜饺子,又给她买了两瓶饮料。哪知吃饺子时泓泓却哭着,非要找小静姐姐不可。爸爸告诉说小静姐姐第二天就回来,泓泓好歹才平静下来。

小静姐姐第二天回来时,泓泓又高兴得像只鸟儿一样了。小静姐姐得知情况后,对泓泓也更多了一分感情。

106

　　泓泓连续几次感冒，每次都要出现流鼻涕或痰多的情形，这样反复几次，便越来越重了。因为爸爸患有鼻炎咽炎，深知其病虽小治起来却不容易，而且一旦成疾，往往就要折磨人一辈子。爸爸叮嘱泓泓一定不能感冒，尤其不能重感，要把鼻炎咽炎消灭在萌芽之中，泓泓却一直不肯配合。那次爸爸花了一百六十多块钱，找空军医院一位老大夫治了一个礼拜，好歹算是把泓泓的鼻炎给治下去了。谁知几天后下起大雪，爸爸担心泓泓受凉，引起鼻炎咽炎复发，那天早晨上学时特意给她戴了一个口罩，嘱咐说路上一定要戴好，无论如何不能摘。谁知中午回来时口罩非但没戴，还说是被同桌给拿走了。爸爸很不高兴，下午又给她戴了一个，哪想晚上回来时还是没戴。而由于凉气侵袭，泓泓的鼻炎咽炎果然又犯了。

　　这一来爸爸火冒三丈。为了给泓泓治好鼻炎咽炎，爸爸花了六七百块钱，而爸爸每月的工资不过一千一百多块钱；更重要的是鼻炎咽炎反复几次，即使想治也难了。爸爸吼，姥姥批，小静姐姐劝，这才引起泓泓重视，认真地戴起口罩来了。但这次反复又花了一百多块钱，而且从效果上看远不如以前。

　　爸爸只希望泓泓不要落下病根来，对待不懂事的孩子，真不知要操多少心呢！

107

　　为了彻底治好泓泓的鼻炎，爸爸花二百多块钱，从市老龄委门诊部买回四贴"三阴三阳"膏药。这种膏药是安丘一位老大夫的祖传秘方，据说治疗鼻炎咽炎特别有效。膏药贴的是颈椎，每贴四天，四贴要连着贴下来,也就是说要连贴十六天才行。这对于大人也不是一件容易的事儿,更不要说孩子了。

因为泓泓已经感觉出鼻炎的危害,贴时没费太多口舌。但第一贴贴到第三天时泓泓就受不了了,说是痒得不行,又抓又拍。第一贴贴完,要贴第二贴时,泓泓尽管不情愿,爸爸一阵说服动员还是同意了。但贴第三贴时,管你爸爸磨破了嘴皮,泓泓就是一个不行。爸爸心想这一下钱白花、功夫也白费了,但用汽油给她揩净残存的膏药,两个小时后再动员时,说你已经遭了八天罪,如果中断,前八天的罪就算白遭了,而你如果能够坚持下去,鼻炎就会永远被消灭掉,泓泓竟然同意了。到第四贴时,泓泓脖子上的皮一擦就掉,但由于药效已相当明显,加之爸爸一番表扬夸奖,泓泓又同意了。

这样一连十六天下来,泓泓的鼻炎咽炎果真好了。

那使爸爸好不高兴,也使泓泓放下心来了。

从那以后,每次天冷或气候异常,只要爸爸告诫她如果不听话、不小心,让鼻炎咽炎犯了还得贴膏药,而且不是贴四贴和十六天,而是要五贴六贴和二十几天时,泓泓就知道不是闹着玩儿的了。而由于引起了重视和采取了预防措施,泓泓再也没有感冒过,鼻炎咽炎也没有得到复发的机会。

能够忍受十六天的痛苦,硬硬地治好鼻炎咽炎,使爸爸看到泓泓还是能够吃苦的,能干成一点事情来的;只是需要真正认识到利害,并且得到足够的夸奖鼓励才行。

108

泓泓上学后,与同院同班的刘芃交上了朋友。刘芃喜欢玩滑梯,泓泓也跟着喜欢,两人经常把着上山的栏杆向下滑。刘芃喜欢爬墙,泓泓也跟着喜欢，经常爬到山上亭子两边的石墙上。一次两人爬墙被陈老师看见了，挨了批评，可好了没几天，又没事儿似的爬起来。陈老师告诉了爸爸，爸爸很严厉地批评泓泓说："老师说了你都敢不听，想干什么？"

泓泓这才不再爬了。

泓泓粗心，几次考试成绩都不好，数学题有时竟然"＋""－"号不分，甚至于忘了答题就交卷子。语文也总没有考好的时候，不是这儿少一撇就是那儿多一捺。

那天爸爸在街上见到陈老师，陈老师说泓泓很聪明，就是精力不集中，上课时手里总是玩个铅笔呀橡皮呀，有时连老师讲的什么也不知道。爸爸先跟小静姐姐说了，吃饭时要批评她，小静姐姐说泓泓已经认错了，保证以后改。爸爸说不批评也行，真改假改爸爸还得问老师，如果老师说没改，那可是不行。

从这两件事情中，爸爸知道了经常与老师沟通的重要性。孩子有了毛病，一个人说往往起不了太大作用，只有大家一起说才会引起重视，收到应有的效果。这也算是一条经验吧。

109

泓泓想妈妈却很少说，因为爸爸和家里人有个默契，就是尽量不在泓泓面前提起妈妈两个字，以免引起她的情绪波动。那天晚上爸爸正在整理东西，泓泓跑来说："爸爸，我从电视上看到妈妈啦。"

爸爸立时明白了，说："你想妈妈了对吧？"

泓泓说："嗯。"

爸爸心里很不好受，只好搂住泓泓说："爸爸也想妈妈。你跟爸爸在一起什么也不用怕，爸爸会把你养大，把你培养成有本事的人知道吗？"

泓泓宽慰地点了点头说:"好。"

睡觉时爸爸一直忘不了这件事,搂着泓泓心里还隐隐发痛。第二天中午放学时间到了还没见泓泓回来,爸爸便赶紧下楼去接。可因为泓泓换了一件外套,直到走到面前叫了一声"爸爸",爸爸才认出女儿,拉着她的小手把她领回家。

现在,爸爸心里分量最重的就是泓泓了。

110

泓泓粗心的毛病一直没有改掉,几次考试成绩都不理想,因此,每次让爸爸看卷子,爸爸批的都有"克服粗心"这一条。

那天中午放学回来,泓泓跑进伙房说:"爸爸你看!你看!"

爸爸一看,竟然是一张考试卷子上得了三个"优"。泓泓的考试卷子一般总是三组题,往常她最多得两个"优",另外一个不是"良"就是"及格",有一次还得了一个"不及格"。

爸爸很高兴,当即亲了亲她的小脸,同时表扬了她几句。

泓泓问:"爸爸,怎么奖励我呀?"

爸爸说:"你想怎么奖励吧?"

泓泓说:"我想吃早晨那样的蛋糕。"

早晨爸爸买的是两块五毛钱一块的好蛋糕,泓泓吃得很欢。

爸爸说:"好,只要我的小女儿学习好,要什么爸爸都给买。"

下午爸爸有事没顾上去商店,晚上吃饭时泓泓的脸就耷下了,对爸爸说:"你说话不算话,要的东西不给买。"

爸爸一时没想起,问:"要的什么东西没给买呀?"

泓泓说:"反正我都说了,我再也不说了。"

这一来倒让爸爸为难了,好在一会儿爸爸还是想起来了,说:"你说的是蛋糕吧?"

泓泓说："就是。"

爸爸说："蛋糕要早上买，下午哪儿有啊？"

泓泓这才不吱声了。

第二天早晨爸爸去买蛋糕时，那种两块五一块的偏偏没有，只得买了另外一种两块钱一块的。中午泓泓回来，嘴上说好吃，却只吃了一小块就放下了。尽管如此，自那以后泓泓又接连拿回几张三个"优"的考试卷子。爸爸说不出的高兴，心里说：或许泓泓真的上路了，粗心的毛病真的可以改掉了？

111

小静姐姐回老家去了，家里只剩下泓泓和爸爸，一连两个礼拜把爸爸忙得团团直转。

那天晚上泓泓的舅妈来电话，说是让泓泓第二天去姥姥家。自妈妈去世后，泓泓每隔一个礼拜总要去姥姥家或老舅家一次。

舅妈在电话上问泓泓："姐姐走了，谁陪着你玩呀？"

泓泓说："爸爸陪着我，我陪着爸爸。"

爸爸听了好不感动，小女儿与爸爸如今真正是相依为命了。

112

春节前后，出版社的吴阿姨到家里来过几次，与泓泓玩得很开心。两人各自给自己起了一个外号，一个叫"大海"，一个叫"小羊羊"。两人还给爸爸起了一个外号，叫作"丑兔子"（爸爸属兔，今年又是本命年）。后来两个人又分别给大家起了"爱称"：吴阿姨叫"大羊羔"，泓泓叫"小羊羔"，爸爸叫"兔子"。

那天爸爸问泓泓："如果哪天爸爸要找一个人来帮忙，是让吴阿姨来呢还是再找一个别的阿姨来呢？"

泓泓说："吴阿姨！吴阿姨！"

爸爸问："为什么呢？"

泓泓嚷着："我们两个能够说你的坏话！"

113

初十早晨起来，爸爸从窗户上看到那个跟着妈妈从农村来的女孩子正在扫院子，出于教育泓泓的意思便说："你看扫地的那个小姐姐，已经扫过两个院子了。她比你大不了几岁，妈妈没工作，爸爸又下岗，她和姐姐只好自己出来干活。可扫一个月的院子只能挣一百块钱，而你出去买点东西有时就不止花一百块钱。"

泓泓说："那她为什么不多挣点钱，挣好几百块钱哪？"

爸爸说："你以为挣钱容易啊？干什么活儿挣多少钱是有规定的。你以为你爸就容易？你爸熬心费力挣的钱也可怜得很。"

爸爸又说："我的意思是你得知道珍惜才行。爸爸挣的钱足够咱们花的，用不着你出去给人家扫院子，可你得好好学习，将来有出息才行。"

爸爸说到这儿，泓泓忽然放下饭碗便穿起鞋，要下楼去。

爸爸问："你干什么去？"

泓泓不言声。爸爸再问也还是不言声。

爸爸说："你不说就不能下去。"

泓泓说："我下去清凉清凉。"

爸爸说："清凉也得吃完饭吧？"

泓泓说："我这不是吃完了吗？"

爸爸说："多长时间？时间长了可不行。"

"一分钟。"泓泓说着进到爸爸写作的屋里，并且把门关上了，说,"爸爸不准进来!"

泓泓在屋里翻腾了一阵,忽然问:"爸,我的压岁钱哪?"

过春节时,姥爷、老舅、大姨夫每人给了泓泓一百块钱,原先她放了一百块在抽屉里,但被爸爸收起来了。

爸爸这才明白了,说:"你是不是要给那个扫地的姐姐送钱去?"

泓泓说:"你别管了。"

爸爸说:"爸爸告诉你是让你珍惜生活,好好学习,没有让你去送钱哪。要送也得爸爸送,孩子哪儿来的钱呢?"

泓泓还是不肯,爸爸说:"扫地的小姐姐早就走了,不信你看看。"

泓泓跑上晾台,看了几遍也没见到那个扫地的小姐姐,这才只得罢了。

爸爸说:"这孩子,跟爸爸小时候一个样儿。"

爸爸小时候当过学雷锋标兵,把自己的东西不知送给别人多少呢。这才叫有其父必有其子呢!

114

泓泓想妈妈总是一阵一阵,爸爸为了避免引起她的情绪波动,很少在她面前说起妈妈,甚至于也不让姐姐提起或收录诸如"我的妈妈"一类的文章或歌曲。但她对妈妈的思念还是不时流露出来。

那天晚上天气挺好,爸爸拉着泓泓到晾台上看星星。

泓泓指着一颗最亮的星星说:"那是妈妈星。"

爸爸不敢接茬,只说:"是吗?"

泓泓说:"妈妈星最亮啦!"又指着另外一颗星星说:"那是孩子星。"又指着另外一颗星星说:"那是爸爸星。"

爸爸只管应着。

泓泓又说:"妈妈星最亮,孩子星也亮,爸爸星第三亮。"

爸爸听了,既高兴又心酸。

过了一会儿,泓泓又指着另外几颗星星说:"那是姥姥星,那是姥爷星,那是姐姐星,那是老舅星……"如此等等,把家里的人罗列了一遍。

过了半月,那天晚上爸爸正忙着,泓泓忽然拉着爸爸的手向晾台上去,并且说:"爸爸,你快去看妈妈星!"

爸爸跟泓泓上了晾台,泓泓又指着天上最亮的那颗星星说:"爸爸,你看到了吗,那颗最亮的是妈妈星!"

爸爸一阵激动,把女儿紧紧地搂进怀里。由此爸爸知道,泓泓心目中的妈妈,已经变成天上最亮最亮的星星了。

115

自妈妈死时,泓泓说过不让爸爸找后妈的话之后,爸爸和她一直都没再谈这件事儿。

春节过后,一次吴阿姨领泓泓出去玩,路上问她:"如果爸爸找个女朋友你欢迎不欢迎啊?"

泓泓很不以为然地说:"他那么大年纪还找女朋友啊?谁跟他好啊?"

吴阿姨说:"如果有人愿意跟他好呢?"

泓泓说:"他那么大年纪,还长得那么丑,不是耽误人家的青春吗?"

吴阿姨被说得哭笑不得。吴阿姨走后,爸爸借乱丢东西批评泓泓说:"你这么大了,还这么不听话,还不让爸爸找女朋友,想把爸爸给累死呀?"

泓泓再也不吱声了。

116

泓泓跟其他孩子一样迷电视,每天除了看卡通就是武打片、言情片,而且看着看着就入迷。那次她画了一张画,正前站着一位漂亮公主,旁边跪着一个又小又丑的男人;画的两边写着两行字,一行是:"美丽公主王子的美人呀!"另一行是:"王子呀王子,您可真有福呀!"

爸爸看后哭笑不得,一个不到八岁的孩子画出、写出这样的东西,实在不是好事。晚上爸爸问她为什么,她把脑袋一歪说:"不好玩吗?"

由此爸爸想限制泓泓,不准她再看那种片子。泓泓不听,并且发怒地朝爸爸扔发卡,差一点打到爸爸眼睛上。这一来爸爸火了,上前狠狠地揍了她一巴掌。这一巴掌确是打得重了,爸爸的手也痛了好一会儿。泓泓放声大哭。爸爸没了办法,只得又是解释又是道歉。因为爸爸与泓泓有过约定:谁也不准记恨谁。家中只有父女两人,如果记恨,那日子还怎么过呢?

但限定什么电视可以看什么电视不可以看,实在是太难了,爸爸生过一阵气之后,也只得作罢。

117

为了让泓泓得到多方面的培养和锻炼,钢琴停学后不久,爸爸就给她报了妇儿宫的舞蹈班。妈妈小时候就爱好跳舞,并且考过文工团的舞蹈队。泓泓对学跳舞也蛮有兴趣,第一次穿上舞蹈服、舞蹈鞋,爸爸和刚从荣成老家来的秀丽姐姐一夸,把她的情绪一下子就提起来了。的确,论身材论气质,泓泓虽然说不上是天生跳舞的材料，但也确是很像那么一回事儿的样子。

舞蹈班的老师是省歌舞剧团的专业演员，因为孩子们都是初学，一切都是从头开始，从基础开始。时间安排在礼拜六上午，每次两个小时。经过一段时间的学习，泓泓就可以做劈叉和不少舞蹈动作了。为了留下资料，爸爸两次带着摄像机到班里去给泓泓录像。摄像机属于高档产品，一般家庭很少见到，爸爸录像时老师和小朋友们都很稀罕。老师问明爸爸是泓泓的家长，随即说："谁是泓泓？请举一下手。"泓泓把手举起后，惹来一片羡慕的目光。老师说："好，大家都看到了，家长对你们学舞蹈非常关心，你们一定得学好才行。"

舞蹈学过一段，泓泓无形中有了不少变化，连走路也变得越发轻盈和精神了。爸爸并不指望泓泓在舞蹈上会有多大造就，但从提高孩子的素质、充实孩子的生活上说，学习舞蹈肯定会大有裨益。相信爸爸的心愿不会落空。

118

礼拜六上午学习舞蹈回来，下午没事泓泓就只管玩起来。好像为着什么事爸爸说了她几句，她不高兴，就进到里屋，冲着爸爸嚷起来："兔子不好，兔子光是吃青草！"

爸爸是属兔的，当然知道她是借题发挥。便说："小羊好吗？小羊不是也吃青草吗？"

泓泓说："兔子坏，兔子光是啃石头。"

爸爸说："小羊坏，小羊光是啃铁蛋。"

泓泓说："啃铁蛋也比啃石头好啊！石头又臭又硬！"

爸爸说："啃石头也比啃铁蛋好啊！铁蛋又酸又苦！"

泓泓说："又酸又苦也比又臭又硬强吧？"

爸爸说:"那臭,风一吹就没了;那酸和苦,风吹得走吗?"

泓泓说:"风吹走也是臭,臭一千零二百里。"

爸爸说:"臭三千里也臭不着自己,那酸和苦可非得你自己吃才行吧!"

泓泓和爸爸就这样你一句我一句地打着嘴仗,直打得秀丽姐姐在旁边笑成一团。

119

泓泓想妈妈很少表露,更从来都没哭闹过一次。爸爸多次暗自庆幸:如果女儿像别的孩子那样,整天哭着闹着要妈妈,家里的日子就难过了。

但泓泓绝不是不想妈妈,那次礼拜天大姨来,爸爸把用录像翻成的 VCD 放给大姨看,爸爸与大姨边看边发着议论,没想被在隔屋玩的泓泓听见了,对秀丽姐姐说:"现在我才知道我妈妈死了。"

晚上泓泓对爸爸说:"爸爸,我妈妈是不是死了?"

爸爸说:"这是谁说的?"

泓泓说:"今天大姨说的。"

爸爸说:"不是告诉过你妈妈睡觉了,等你长大了就醒过来了吗?"

过了两天,一次泓泓从姥姥家回来,爸爸发现她的童话书里夹着两张纸片,每张上面写的都是"妈妈"两个字。那使爸爸受到了震撼,知道女儿心里是多么地想妈妈了。那晚爸爸躺在床上怎么也睡不着,半夜起来给姥姥打了一通电话,又办了点别的事情,才好歹平静下来。从那,爸爸更知道了女儿心里的痛苦。原本爸爸抱定的一个信念是,如果因为找女朋友委屈了孩子,宁可一辈子不找。这一来更坚定了这个信念:孩子太可怜了,无论如何不能委屈了孩子。

7月1号晚上,爸爸看《新闻联播》时泓泓不让爸爸看。爸爸说今天有重要新闻,便只管看起来。没想泓泓坐到地上大哭起来,哭过一会儿又跑到隔壁屋里写起了什么。爸爸看了一会儿有点担心,也到隔壁屋里,泓泓立刻把写好的东西撕掉了。

爸爸知道这是不让看的意思,便说:"你写,爸爸不看行吧?"

泓泓关上门又写起来,好一会儿写完了,并且用一个大信封封起来送到了爸爸面前。爸爸见信封上有"明天看"三个字,说:"好,我今晚上不看。"

吃饭时泓泓让爸爸给她念起一本笑话书,不一会儿情绪好多了。泓泓就对爸爸说:"那封信就算了吧,不要看了。"

爸爸说:"好,我不看。"

泓泓睡觉后爸爸打开信,只见上面写着:"爸爸您的是(事)我都知道了,您不要不说。妈妈是不是已去了天室(堂)您说吧。这是大怡(姨)在 tan(谈)说的时候,无 yi(意)说的。我知道你是不会说的,可我还是会想她的。(泓泓 1999 年 7 月 2 日)"

这是泓泓第一次给爸爸写信,爸爸看后认识到泓泓已经大了,关于妈妈的事儿的确不能再隐瞒下去了。第二天中午睡觉起来,爸爸便主动问泓泓说:"写信的事儿还要不要爸爸给你说了?"

泓泓说:"反正大姨已经说漏了。"

爸爸还要说,泓泓赶紧拦住说:"不要了,不要了。"

爸爸说:"大人不是故意瞒你,是因为你太小。你只要记住有爸爸在,一定会把你培养成一个有出息的人就行了,懂吗?"

泓泓听话地点了点头。

爸爸说:"你想妈妈,爸爸也想妈妈懂吗?"

泓泓又点了点头。

爸爸说:"等过一段时间,爸爸找一位阿姨来跟咱们一起生活好吗?"

泓泓说:"不。"

爸爸说:"那爸爸要把你养大和培养成人,总得有个人帮忙啊。你妈妈又帮不上。"

泓泓这才不吭声了。妈妈的事泓泓心里其实是明白的,只是还抱有幻想和不愿意点破罢了。

120

爸爸要找女朋友,泓泓最初是反对的,经过几次说服和交流算是不反对了。经人介绍爸爸见过两个人,第一个没有给泓泓留下印象,第二个给泓泓留下的印象是"不漂亮"。

爸爸问:"怎么了呢?"

泓泓说:"脸上有青春痘。还有就是脸太长了,要是短一点就好了。"

爸爸哭笑不得,只得罢了。一次两人无意中谈起这件事,泓泓说:"爸爸,你得给我找一个漂亮的。不漂亮的我可不要!"

不久,外地一位阿姨寄来照片,爸爸拿给泓泓看,说:"这个阿姨比上次那个阿姨漂亮不漂亮?"

泓泓说:"漂亮。比上次那个阿姨漂亮三十倍!"

由此,泓泓成了爸爸找女朋友的顾问,每次有人介绍,爸爸总得让她先看看照片才行。

121

泓泓八岁了,一天放学回来告诉爸爸说,放学路上,她和几个女生与一伙男生吵架了。

爸爸问:"吵的什么呢?"

泓泓说:"他们骂我们是母猪我们骂他们是公猪,他们骂我们是母象我们骂他们是公象,他们说男尊女卑我们说女尊男卑。他们问我们为什么,我们说哪个男的回家都得叫一声'娘'吧。"

爸爸听了大笑,问泓泓说:"哪个女的回家不是也得叫一声'爸'吗?"

泓泓说:"现在是二十一世纪。二十一世纪女的越来越少,男的好多都找不到对象啦!"

爸爸问:"你是怎么知道的?"

泓泓说:"原先我妈给我一份报纸,我从那上面看见的。"

爸爸说:"那也不能成女尊男卑吧?"

泓泓说:"是他们先说的,他们先说男尊女卑的。"

爸爸说:"好,回答得好!不管什么时候,歧视女生都是不对的!"

泓泓说:"我就知道爸爸支持我!"

122

自上学开始,一连两个学期泓泓都是"三好学生",但"三好学生标兵"却一个也没有拿回。一是评得少,全班不过四五个名额,二是泓泓有许多小毛病,特别是学习成绩一直不理想。第二个学年开始后,爸爸要求泓泓改掉坏毛病,争取把"三好学生标兵"拿回来。但开学不久,一次爸爸偶尔发现泓泓的作业本上老师连批了两个"作业不认真"和"不及格",一问才知道是她和海云姐姐合着伙儿地不让爸爸知道。爸爸很严肃地告诉泓泓说:以后作业爸爸每天都要看,好了爸爸可以不看,不好的特别是得了不及格的,爸爸非看不可。从那以后,爸爸开始每天检查她的作业,但她粗心的毛病总也改不了,不少非常容易的题都要搞错。一次爸爸忍无可忍,狠狠地打了她几巴掌;她好了几天,可几天后又不行了,又被爸爸打了一次。

泓泓并不记仇,打过也就过去了,爸爸却看出单靠打不行,关键是怎样才能调动起她的学习自觉性。一次家长会上,老师表扬泓泓作业有进步,一连得了几个"作业认真"和"优秀"的批语,回家后爸爸对泓泓说:"如果你能连得十个'作业认真'和'优秀'的批语,爸爸就奖励你十块钱。"

十块钱并不是一个小数,可以买不少好吃好玩的东西。

泓泓说:"真的呀?"

爸爸说:"那当然了,爸爸说话算数。"

泓泓立刻答应下来,并且一连几天拿回的都是"作业认真"和"优秀"的批语。但到第八天时她忽然紧张起来,对爸爸说:"我好害怕耶。"

爸爸说:"怕什么呢?怕十块钱得不到是吧?"

泓泓说:"好不容易得了八个优秀,要是……你就不给钱了吧?"

爸爸说:"那当然了。不过你能连续八天做好,就一定能够连续十天做好;只要沉下心,肯定没问题。"

到第十天时,泓泓果然又拿回了一个"作业认真"和"优秀"的评语。

泓泓说:"爸爸,你得发奖了吧?"

爸爸说:"行,发。"

爸爸拿出十块钱,举到半天空里让泓泓够,泓泓够了几次没够到,便趁爸爸不注意时一把夺了过去,说:"你拿来吧!该你什么事儿啊!"

爸爸说:"好你个小东西!"追着打了泓泓一个屁股才算罢了。

泓泓七岁时还不知道要钱,有时给她一块钱还要赶快还给爸爸说:"爸爸,我不要钱。"可到了今年尤其过了八岁生日之后,就懂得要钱了。那天爸爸从办公室拿回一张新版百元大票,她说我要了,就藏进小包包里了。爸爸为了不让她养成坏习惯，追着、逼着硬是要了回来。

孩子不懂事，大人总说孩子太小，盼着快点长大；可孩子一长大一懂事，就难免心生私念，要钱要东西了；真不知道这是一个应该高兴还是一个不应该高兴的变化呢。

123

泓泓自二年级学了反义词，回家后便经常以反义词作为说话的本钱。如那次中午，爸爸从外边买了一条煎好的咸刀鱼和几个烙好的小玉米饼子，泓泓一看，立刻没命地吃起来；吃着嘴里还嘟囔着："太不好吃啦的反义词！"

有时说起话来也故意先说反话，然后再加上一个"反义词"。如把"同意"说成"不同意的反义词"，把"快点走"说成是"慢点走的反义词"，把"我今天去大明湖玩"说成是"我今天不去大明湖玩的反义词"，等等等等。有时与爸爸或者海云姐姐、刘芃辩起理来，泓泓可以同时使用好几个"反义词"或"反义词的反义词"之类的话。但说过，仔细想一想，意思基本上都是对了的。

这样，"反义词"便成了泓泓与爸爸、海云姐姐对话的常用语，一段时间之后，爸爸和海云姐姐也经常把"反义词"三个字挂到嘴边上。

124

泓泓八岁又八个月，算是大孩子了。

泓泓在学校报了业余美术班，一次美术课上，老师把泓泓的画在全班同学面前做了展示，这一来泓泓对美术课的信心和积极性有如潮涌。

那次放学回家，泓泓对爸爸说："爸爸，我们要在全国出大名啦！"

爸爸听了一乐，问："怎么个出大名啊？"

泓泓说："老师今天让我们参加全国儿童美术比赛。"

爸爸说："好啊。不过全国比赛可不是闹着玩儿的，画不好那可是不行。"

泓泓拿出一幅据说是受到老师肯定的草图，草图上标着"科学树"三个字，画的是一棵高高的、大大的、枝繁叶茂的老树，老树上结的不是桃子、杏子、李子，而是衣服、玩具、钢琴、电话、蝴蝶等等。

"嗯，不错，有点科学幻想的味道。"爸爸说，"不过，既然是科学幻想就不能只结衣服、玩具这些东西，最好把火箭、飞船、电脑、导弹也结上才对。"

第二天，泓泓把爸爸的建议告诉了老师，得到老师认可后对草图进行了修改，把不少高科技的东西都"结"到了树上。

爸爸说："行，有咱们泓泓这棵树，现代化就不用愁了。"

草图改完不一会儿刘芃打来电话，两人聊起参加全国少儿美术比赛的事儿。

泓泓说："你要是也想在全国出大名就画一幅呗。不过在全国出大名也没什么意思，不就是做做报告和上上报纸电视什么的吗？"

爸爸在一旁听着，禁不住一阵哈哈大笑。爸爸得了茅盾文学奖之后，报上电视上时常发一些文章或专访，爸爸为了激励她经常让她看，没想她却说出这样的话。

爸爸说："就你现在这水平还想在全国出大名？还在全国出大名没有多大意思？"

泓泓说："刘芃说她在报上看见你的照片了。我跟她说，谁想在全国出大名就尽管出呗！"

爸爸一阵哑然，随之告诉泓泓说想出名或者成功是好的，但必须经过艰辛的努力，付出比常人多得多的汗水才行。泓泓却并不认真听，只管给"科学树"上起颜色来了。

晚上，爸爸想起泓泓的话禁不住又笑出了声儿：泓泓把什么都看得那样简单，而这正是需要大人提醒和引导的地方啊！

女儿的第十八本相册

七月最热的那一天是女儿的十八岁生日。生日庆过，照例，她的第十八本相册也完成了。这已经成了"规矩"，每年、每次，作为最后一项庆祝和最早一项祝福的总是相册。那妙处是不言而喻的，相册一翻，说不尽的天真、欣悦、美好、成长，便会奔撞跌扑蜂拥而来。那是女儿的一部小小的历史，也是我的一笔小小的财富。

每年一本确是我的发明。与当今幸福得流了油儿的孩子们一样，女儿从诞生的那天起，便与相片结下了不解之缘。今天一张明天一卷，这儿一堆那儿一册。第一年不过二三百张的样子，还觉不出什么来；第二年加了倍，找时便有些麻烦杂乱了；及至第三年、第四年简直就多得不得了，每每找起来要费不少工夫了。于是，五本一册的相盒我一次买回几个，按照每年一本的原则，进行了好一番选精拔萃、淘多汰劣的工作。那工作远没有想象的那样容易，好照片、难以割舍的照片太多，最后只好在每张正式入选的照片背面，额外地再储存上几张。这样一来，原本轻轻薄薄的一本相册，便显出沉甸甸的分量来了。这说的是八岁以前。八岁以后，因为女儿与同龄的孩子们一样，对照相产生了抵触和逃避，照片也就越来越少，更重要的是随着数码相机和电脑的结合，照片大多并不需要洗出来和放进相册。可即使这样，每年一本的规矩也还是被保留下来——自然，那已经是在电脑的相册中了。

相册带给女儿的欢乐是难以言尽的。八岁以前，每过一段时间女儿总要翻出相册,或者津津有味或者胡乱八糟地品上一通、翻上一通。那一品、一翻,好多已经模糊甚至于压根儿没有记忆的情景便在脑子里找到了位置;好多已经荒疏或者忘却、消解了的情景便得到了复原和深化。看,这一幅!这个光着大屁股、只顾啃西瓜的小臭孩是谁呀?呀,这一张!海滩上打滚的这是谁呀,怎么成个小沙孩啦?哎,这是哪儿,怎么跟大海狮亲起嘴儿来啦?怪了,这个小小的孩儿怎么抱了这么大的一个奖品哪?哟,这幅画是爸爸画的吧,怎么挂到人家展览馆的墙上去了?哦,这个弹钢琴的不是咱们孩子,是大风车上的龙龙吧?……问、答、笑、嚷、吵、闹、哭、唱,搂脖子、跳高儿、打滚儿、翻跟斗……一个下午、一个晚上、一个礼拜天,经常便不知不觉溜走了,就连吃饭,每每也得动员上一通、强制上一番的。八岁以后,女儿这方面的兴趣逐渐减少,但每当打开相册,也还是会兴奋上一阵子、议论上一阵子的。

那天,大概是七岁生日过后的第一个双休日,女儿翻过自己的相册之后,忽然搬过小凳,踏着,从橱子里搬出我的相册。我的相册与女儿的大同小异,只是封面不是两个玩耍的孩子,里边也不是严格按照每年一本的"规矩"编排的。

"爸爸,你小时候的照片呢,怎么找不着呀?"翻着找着,女儿奇怪地扬起了眼角。

相册中我的第一张照片是中学时代留下的,几个土里土气的中学生,端端正正地捧着"红宝书",站在一幅巨大的宣传画前;那时的我,已经是十七岁的大小伙子了。

"我?小时候的照片?……"

不知哪儿来了气,我把话问得又重又艮。作为五十年代初期出生的农村孩子,我的童年是吃着掺了糠菜的饭,穿着加了补丁的衣服度过的。即使到了六十年代中期,电影也至多每年看上三四场。照相机、照相馆则是上了中学、进了县城以后才且惊且奇地见识了的。中学时每人每天的伙食费是三毛钱,这张十七岁时的、最早的照片,如果不是毕业前夕,大家豁出去要留个纪念,也是没人照得起的。

我告诉女儿,女儿似懂非懂地抛过几个白眼,又问:"那我爷爷奶奶呢?怎么也没有照片啊?我还不知道他们什么样儿呢!"

孩子,真是个孩子!爸爸尚且如此,爷爷奶奶……

的确,女儿的爷爷奶奶也就是我的父亲母亲,是一辈子都没有留下一张照片来的。父亲是没有,绝对的、从小到老一张照片也没有照过——更谈不上留下了。母亲是照过一张的。那是上世纪六十年代初期,村里一位老先生病重,他的一位在北京一家报社工作的儿子回村看望时留下的。老先生早年教书,因为蒋家王朝败逃时莫名其妙地"赏"了他一个国民党员的"衔儿",使他和他的儿女们遭受了不少苦难。儿子还村,出于给乡亲们做点好事、留个好印象,也给父亲留下一个好环境的意思,用随身携带的相机,给村里几乎每一位成年人都拍了一张,回去后,还果真把相片寄到了乡亲们手里。

母亲就是那次照了一张相片,有生最早也是最后的一张相片:二寸,黑白,身后是一堵猪圈的矮墙,脸上带着几分因惊诧和意外而流露的窘怯。

母亲的那张照片被插进家庭相框(那是已经成了国家干部的姐姐们留下的)的一角,好多年一直都插在那儿。然而母亲去世之后,在我当兵即将离开家乡的时候,那张相片却怎么也找不到了。母亲一生唯一的一张相片,因此也没有能够保留下来。

我告诉女儿,女儿似懂非懂地瞪着眼睛,像是问我又像是自言自语地说:"就一张啊?也太少了点儿吧?"

的确,一年一本和一生一张、一生没有一张是无法相比的,一岁二三百张和十七岁第一张也是没法相比的。可那就是事实,就是历史——谁也否认不了、改变不了的历史。

我说：那全是因为穷。如果是今天，即使农村的老人和孩子，也可以照好多相片的。

女儿胖胖的脸上漾起了一重惋惜和无奈。她似乎什么都明白了，一转身却又半是疑惑半是不满地问道："那，你们那时候为什么那么穷啊？"

问得好！问得好！一个七岁的孩子竟然问出这样大的问题！可面对一个七岁的孩子，我该怎样回答呢？

我笑了，说："这是一个非常非常有趣的秘密，爸爸现在不说，等你长大了，有了第十八本或者第十九本相册时你就明白了，那时候再由你来告诉爸爸好不好？"

女儿并不满意，可听说"有趣"而且"秘密"，不觉又露出了笑脸，说："那，好吧。"

如今女儿的第十八本相册已经摆到面前了，她会做出怎样的回答来呢？

春风秀

早就该给春风"秀"上一把了。置身于这样一个缤纷斑斓的年代,"秀"已成了一种时尚,"秀一把"也早已成了不少人,尤其是有头有脸的人们的一种本能。春风为什么不可以也"秀"上一把呢?

这自然是我的自言自语,与春风无关。春风依旧默默地、一如既往地、一刻不停地吹拂着,从过去吹到现在,从天空吹到地上,从江河吹到原野,从荆棘丛中、芦苇梢头吹到芸芸众生、佛祖神灵。

最初的念头起自于三年前。那是冬天最冷的时节。济南冬天的冷原本摆不上台面,但因为那几天下了一场雪,北风特别硬,裹着棉衣穿着棉鞋,也还是觉出了肃杀和战栗。从算不上高的山顶下来,走过一片草地时我无意中蹭了几脚,竟然发现枯干的草根下正在透出几缕新绿;那柔弱如丝,不仔细压根儿看不出来,头顶上还顶着一层浮土和枯叶,却分明在暗暗地积聚力量。我一怔,这才意识到春风已经来了,渗进泥土和生命之中去了。接下每次从山上下来,我总要到草地看上几眼。如此不过二十几天,便眼见着那新绿冒出地面,渐而伸张扩展,以至于染绿了整个草地和山坡、树林、天空。

有感于自然界的巨变,有感于生命的化育和勃发,有感于春风的温暖、温柔和难以觉察的持续、坚韧,一股敬仰之情油然而生。几天后,一首标之以《春风》的诗便出现了:

雪压冰封破隙来，
如丝若缕潜入怀。
落木无声生新绿，
寒山有意萌青苔。
日出日归柔情现，
月盈月亏山河改。
世间若论巨无霸，
浪漫春风不需猜。

诗说不上好，但意思是再明白不过的。我拿给女儿看，女儿指着最后两句说："你要告诉别人的不就是这吗？"

的确，的确！古往今来，赞颂春风的诗天知道多少，而感动于我和为我所特别看重的，却是春风化育生命、改造世界的力量和方式：没有狂躁，没有暴虐，没有欺骗，没有惊心动魄，有的只是温暖、温柔——一点声息没有的、轻云淡水般的温暖和温柔；与之相比，那些冰雪、雷电、山崩、海啸……都实在不值一提。

第二年的春天也即2006年的春天开始不久，我便来到远隔千山万水的匈牙利。因为与俄罗斯同处高纬度地区，途经俄罗斯时从飞机上又亲眼看到了西伯利亚冰原的荒凉与恐怖，我对匈牙利的春天原本不抱什么幻想。然而，当汽车拉着我们——中国作家访问团的几位同事——在布达佩斯街头兜过几圈，沿着蓝色的多瑙河一路前行时，我看到了一树树如花似染的新绿，一丛丛盛开的三角梅，和一眼望不到边际的金黄如染的菜花。那一刻，我说不尽的感叹，感叹春风是如此的宽厚博大、无私慷慨：她没有遗忘这片土地，正像没有遗忘任何一片孕育着生命和希望的土地一样。

在度过布达佩斯的第一个夜晚之后，一首《新绿》诞生了：

> 轻烟四月上树梢,
> 新绿更比桃花妖。
> 才道神州人心暖,
> 更叹东欧春风巧。

那诗,尤其"春风巧"三字,受到同行的诗人李琦、小说家陈世旭以及陪同的华人作家张执任等人的赞赏。但我自觉意犹未尽,几天后从旅游胜地巴拉顿湖返回布达佩斯时,又写下了一首《蒂赫尼岛》:

> 北风遁,南风闹,
> 一日改尽蒂赫尼岛。
> 红波涌,绿波潮,
> 白帆灰楼染碧涛。
> 只道仙境人间无,
> 哪知春风信手描。

一句"只道仙境人间无,哪知春风信手描",道出了我对春风和生命的敬仰。那使我怡然自得,几次挥毫着墨,写成书法条幅馈赠于朋友和同事。

时间走到今年,当又一个妙曼动人的季节到来时,我却遭遇了一场人生劫难。那劫难说不上痛彻入骨却也让人心寒如冰。在饱受了自私、冷漠、暴虐、威胁带来的苦痛之后,我越发感受到了春风的珍贵:谁说只有自然界需要春风的化育和滋润啊,人类社会和千千万万个家庭、千千万万个人心,不是同样需要春风的化育和滋润吗!一切冷酷和恶行,都终将走向反面,只有春风般的温暖、温柔和持续、耐心、坚韧,才是催生善良、哺育幸福的沃土甘露,才是维系社会和谐、家庭美满、人生幸福的金丝带啊!

也就在这时,传来了一所以诗歌教育为特色的学校要我为之题写几句诗的消息,一首《莫道》,便跳着、歌着出现到我的笔下:

莫道春风不值钱,
卖与桃花火满天。
莫道桃花不入流,
一日香满冰雪洲。

我把诗送到女儿面前,女儿粲然一笑说:"嗯,这一首嘛,有点意思。"于是几天后,一张四尺诗幅赫然地出现在几千名中小学生面前,并且赢得了雷鸣般的掌声。

为人作秀、逢场作秀,从来都不是一件值得赞赏的事儿。然而春风的"秀"却源自于天地人心,造化于生命万物,我唯愿她永远地"秀"下去,一直"秀"到永远。

文学是一只长翅膀的鸟儿

的确,文学是一只长翅膀的鸟儿,要能够飞进人的心灵里去!

第一次说这个话是什么时间记不真切了,反正是在为一家报纸写的文章里。其间还引用了《逍遥游》里的一段名句:"北冥有鱼……化而为鸟,其名为鹏。鹏之背不知其几千里也,怒而飞,其翼若垂天之云。是鸟也……水击三千里,抟扶摇而上者九万里……"文章发表,编辑打来电话说:"写得真好!"

第二次是在接受一位记者采访时。记者也是诗人。诗人听了说了一句颇具专业性的语言:太富有诗意了!

接下就是台北了。那是在走过大半个台湾岛,终于在台北落下脚儿,带着一团热热暖暖的亲情,与十几位台湾知名作家会聚一堂时。那天要求每个人都说几句话。我就说了那一句。说过,台湾老作家司马中原隔着大半个会议厅,扬着手臂喊过一句说:"好!赞成!"

至此,这句话好像成了我的发明。然而仔细想想禁不住好笑起来:谁、什么时候说过文学不是一只长翅膀的鸟儿?谁、什么时候说过文学不要或不应该飞进人的心灵里去?

屈原说过吗?他的《离骚》《九歌》经天纬地、汪洋恣肆,显然没有可能。

李白说过吗?他的《庐山谣》和《将进酒》骑鲸跨海、激越澎湃,当然不会。

曹雪芹说过吗？他的《红楼梦》起自于青埂峰下的一块顽石，了却于云游八荒的一个疯和尚，没有翅膀想得出来吗？

毛泽东说过吗？他的"我失骄杨君失柳，杨柳轻飏直上重霄九"和"小小寰球，有几个苍蝇碰壁"，吞虹吐日、浪漫无边，又岂止是一只长了翅膀的鸟儿比拟得了的！

那么是谁说过？总应该有人说过才对呀！

雨果没有可能，一部《巴黎圣母院》已经飞遍世界几乎每一个角落。

莎士比亚当然不会，《奥赛罗》《李尔王》《罗密欧与朱丽叶》从十七世纪翱翔至今，天知道滋润了多少心灵！

但丁越发可笑，如果没有翅膀他的《神曲》岂不早就跌落凡尘，变成遭人唾弃的赝品。

马尔克斯同样荒唐，《百年孤独》中那些魔幻现实主义的描写，诡谲奇拔，如同天外之笔……

如此，答案只能到现实中找了。

金钱文学、马屁文学、时尚文学、垃圾文学、没有几个人看得懂的文学和根本算不上文学的文学……汗牛充栋、触目皆是；

私人写作、沙龙写作、身体写作、奶头写作、下半身写作……纷至沓来、惊世骇俗；

大史诗、大部头、大哲理、大境界、大新潮、大探索……让人一看脑袋就大，血压就要升高；

小圈子、小帮派、坐山为王、坐地分赃、党同伐异、枪打出头鸟……让人唯恐避之不及、逃之不能；

电视、网络、广告、小报……铺天盖地、如潮似涌，占据了几乎所有时间和空间，文学面对的早已不是饥不择食的人群，而是相当挑剔和不信任的目光了；

更重要的还是，翅膀呢？我们还有翅膀吗？如果还有，我们的翅膀还能够飞翔吗?还具有穿云破雾和翻越重重关隘,飞进人们心灵的力量吗?

力量!绝对重要的是力量!足以穿越尘埃和屏障的力量!足以打开人们心灵、飞进人们心灵的力量!足以在人们心灵中占据一席之地,乃至于成长、生发的力量!真正美的、纯粹和纯洁的、文学的力量,是理应无坚不摧和超越一切的啊!

一部《西游记》从人间写到天上,从海底写到阴世,从凡人写到神仙,从佛祖写到妖魔,其想象之丰富形象之生动,可谓出神入化空前绝后。这样的作品如果不能飞进人们心灵,在人们心灵中萦绕缠绵,才是怪事呢!

一部《静静的顿河》,尤其是第一部,写出了那样富有特色和魅力的生活和场景、人物和性格、爱情和搏杀,这样的作品如果不能征服读者,开创苏俄文学作品摘取诺贝尔文学奖桂冠的先河,才是难以理喻的吧!

一部《斯巴达克思》写的是奴隶英雄,表达的却是人类平等、自由的祈愿,更加那超越阶级、社会、战争又与阶级、社会、战争命运相关的爱情纠葛,有谁能够不让读者去读,才是需要花费一点心思的哩!

一部《飘》反映的是南方奴隶主阶级在南北战争中的痛苦经历,却能够让北方的人们、世界的人们爱不释手;一部《奇异的蒙古马》写的是马,读者从中感受到的则是浓烈的民族、祖国、家乡的情怀。除了艺术的亲和力、感染力,还能有更好的解释吗?

可今天我们的《西游记》在哪儿?《静静的顿河》在哪儿?《斯巴达克思》在哪儿?《飘》和《奇异的蒙古马》在哪儿?

怨谁呢?如果说三十年前我们还有许许多多禁区、雷区、陷阱、泥沼,限制了作家的脚步和想象力,则今天禁区、雷区在哪儿?陷阱、泥沼在哪儿?我们的脚步为什么还如此蹒跚?我们的想象力为什么还如此萎靡?

如果说三十年前许多观念、意识、思想、体制束缚了作家的思维和创造力,则今天那些观念、意识在哪儿?思想、体制在哪儿?我们的思维和创造力为什么依旧没有得到自由、酣畅的挥扬?

如果说三十年前生活的单调枯燥,文化交流的逼仄拘谨,影响了作家的选择和表现力,则今天有谁能够说生活不斑驳绚烂、风情万种?有谁能够说文化交流的渠道不通畅、内容不丰富?我们的选择和表现力,为什么还是没有开放出足以让世人惊撼和赞叹的花朵?

作家平庸作品怎么会不平庸呢?

作家不长出翅膀,作品怎么会长出翅膀来呢?

一部平庸和没长翅膀的作品,怎么会穿越时空、浮躁、隔膜、差异和许许多多关口隘道,飞进人们心灵中呢?

一部飞不进人们心灵的作品,怎么能奢想在读者中留下温馨和瑰丽、激越和奔腾、回味和思索、悲伤和奋勇、凄婉和豪迈!又怎么奢望作家的名字也会像雨果和曹雪芹、巴尔扎克和罗贯中、罗曼·罗兰和蒲松龄、海明威和鲁迅、卡彭铁尔和茅盾那样被人们长久地记忆和传诵!而让作品和名字长留人间,恰恰是亘古至今,作家们共同和最高的心愿与理想啊!

在经过了不算短的人生和文学思考之后,我知道那一切的答案,那最最重要和深刻的答案都在我们自己——自己!

的确,文学是长翅膀的鸟儿,是要能够飞进人的心灵里去的!

发自孔府的惊叹

　　孔府、孔庙、孔林是山东乃至于全国的一大名胜，又有国际影响，参观参拜的机会自然也就不少。算起来十多年里去过不下五六次了。印象最深的有三次。一次是七十年代中期，"三孔"还处于封闭状态，我以写与孔子有关的作品为由，经驻军领导机关介绍，特许参观了孔府内的珍宝馆和衍圣公藏书楼。另一次是陪同北京来的一位朋友，在圣迹殿看了许多石碑石刻，其中兴趣最大、感触最深的是唐代大画家吴道子的《孔子为鲁司寇像》。据导游的同志说，这幅石刻像属孔家世代珍藏之宝，千百年来，孔府中供奉的各种孔子画像、塑像的形态神貌，无不以此为本、为据。画像上的孔子身着官服，头戴旒冠，气貌轩昂，只是眼漏睛、耳漏膜、鼻漏空、嘴漏齿。这"四漏"不仅离美男子和人们司空见惯的杰出人物的形象相去甚远，即使对于平常人也是相当忌讳的。孔子是"天下文官之主，历代帝王之师"，是"大成至圣先师"和"万世师表"，可谓声名赫赫惊天动地，吴道子老先生竟然把他的某些见不大得人的缺陷画出来刻出来，而作为"天下第一家"的孔子的后裔们，竟然也把这幅石刻像奉为珍宝，塑做金身，并公开展出，任凭世人瞻仰评说，其胆其识着实令人惊叹。联系到当前文艺创作中，尤其是反映英雄人物、正面人物中许多成文不成文、人为非人为的禁忌和顾虑，我很是感慨了一番。此后在不少场合，我都把这作为例子加以发挥，力主文学创作必须勇于直面生活、直面人生，追求高尔基所说的"惊人的真实、力量和美"。应该说那次孔府之行，对于我的创作观念的更新和后来的创作实践，是起了作用的。

时光倏忽逝去几年，没想今年夏天有关方面组织专家疗养，中间又有一个游览"三孔"的内容。因为是集体活动，想逃也逃不掉的，去时我便有意要对珍宝馆、藏书楼和吴道子的石刻像来上一番仔细考察。但事情并不遂心，我把这个意思一说，导游——一位周身喷溢着青春光彩的小姐立刻告诉说，珍宝馆因为丢失了一件价值连城的文物，已经关闭多年；藏书楼由于特殊考虑，也只接待中央来的部长以上的领导人，我们这些人是只能断了想头的。那么石刻像呢？圣迹馆呢？倒是都在，并且每天在接待着川流不息的人群，可我们要游览的是"三孔"，时间总共只有几个小时，集体活动又不允许单兵作战，圣迹馆竟然稀里糊涂地给漏过去了。及至发现只剩下了纳憾的份儿。好在进入孔府后第一个去处就是孔子故宅，导游小姐介绍说这并不是孔子当年的真正住处，是经历朝历代一百多次重修重建的象征性建筑。而孔子的真正住宅只有三间茅屋，是在几十里之外的尼山。孔子出生时面如黑炭、丑陋不堪，其父视为不祥，将其弃之于山林。孔子是靠天上的老鹰喂食、地上的猛虎护卫才长大成人的。成人后尽管身高八尺作为惊人，"四漏"却是结结实实伴随了他的一生的。我问导游小姐，关于孔子的这段经历，是纯粹的民间传说呢还是有什么档案记载。导游小姐莞尔一笑，说："我可只会照本宣科，孔府档案上记载着，书上和许多材料上也都这么写着呢。"

撒开鹰喂虎卫的说法不论，孔子与生俱来的黑且丑、贫且贱，以及由此而遭受了诸多冷落苦难，是无可置疑的了。而这又恰恰来自圣人的家藏秘籍，来自供游人随意翻阅评点的正式书刊。"为尊者隐，为亲者隐""家丑不可外扬"，这可是中国的国粹，千古不变的金科玉律。唯其如此，吴道子才足以让人惊叹，孔府档案和有关书刊的编写者、宣讲者们（包括导游小姐），也才足以让人惊叹。

　　看看我们今天的某些拜倒在金钱和权力面前的作家艺术家吧，看看我们今天的某些善于文过饰非的企业家或者什么家吧。有机会的话，我真希望大家都去看一看《孔子为鲁司寇像》，都去听一听孔府导游小姐的讲解。

灵岩寺与中国的"神奇"

有些地方去过一次就再也不想去了,有些地方去过一次还想去第二次、第三次。灵岩寺属于前者还是后者实在说不清楚,因为算起来我已经去过三次了,但都是陪同外地来客,并非出于自发,也因为这次最初听说要去灵岩寺疗养我态度淡漠,而去后住了几天竟然便兴趣大增,收获颇丰。那除去学跳交谊舞之外,更多地来自对于灵岩寺这片土地的了解和认识。

近年"风水"之说日渐盛行,有人说中国的风水宝地都被佛、道两家占去了。这种说法也许并不尽然,但起码说对了一半,那就是佛、道两家的圣地都是"风水"上占了先的。灵岩寺既然号称"天下四大名山之首"——从历史记载上看,确有那么一段相当辉煌的时刻,所谓"游泰山不游灵岩则不成游"就是一种证明——"风水"自然有其独到奇特之处。这最直接直观的物象,就是周围群山多缺水少树,显得光秃、荒凉,而唯有这一脉山冲,古柏入云,草木茂盛,泉水丰沛,从谷底到峰巅好一袭郁郁葱葱、云蒸霞蔚的景象。

这还是从山下看,及至登上天门阁、一线天放眼四望,云松古刹、灰塔红楼、碧水银波,更有一条金丝线似的山路远去近来,真如仙山天国的境界。而当你漫步进入仙山天国里面,"千岁云檀""千岁龙檀""千岁鸳鸯檀"等,又会给你带来说不尽的沧桑感和对于大自然神奇造化的惊叹。带着这种沧桑感和惊叹，那天饭前，我和同去的一位漫画家漫步于檀园庭前时，热心的服务员小姐又指点方山（灵岩寺所在的山），向我们介绍起"蹲狮、卧象、站骆驼"的奇观。那奇观初看有些模糊牵强，细细端详又确有几分类似于外国现代派艺术的神妙和动人。

自然这还只能算是外观形貌，更引人入胜的还是作为"魂"的、与灵岩寺其地其寺气脉相关的故事和传说。在前殿的石碑上，你会看到法定法师当年建寺时为缺水所困，经神仙变成的樵夫指点，寻得双鹤泉的情景；在千佛殿，你会看到郎公祖师端坐讲经的身姿，而正是由于他的讲经打动得山顶岩石频频点头，这里才有了"灵岩"之称，有了山顶上那块老态龙钟、形象逼真的郎公石；在墓塔林，面对一座座或如晨钟或如暮鼓的碑石，你会听到当年渡海而来的东洋僧人击响的木鱼和引磬的余音……

有什么能够概括这看到和听到的一切？这看到和听到的一切给予我的最为深刻和强烈的感受是什么？

神奇！只有神奇——神奇的历史！神奇的人物！神奇的故事！神奇的土地！这神奇是灵岩寺所独有的，又不是灵岩寺所独有的：在中国广袤辽阔的土地上，有多少这样的神奇的历史、神奇的人物、神奇的故事、神奇的土地啊！神奇，这应当是我们的国粹、国宝，这应当成为我们的财富和资源。

——无疑，我又要说到文学上了。

拉美的魔幻现实主义曾经和至今仍然风靡世界。"魔幻"是中国的翻译语言，据说拉美作家们最早提出和倡导的是叫"神奇现实"。所谓"神奇现实"正是卡彭铁尔、阿斯图里亚斯、马尔克斯等一批不甘寂寞、不甘守旧的作家，对拉丁美洲神奇的山川原野、社会生活、心态习俗，进行实地考察和深入研究的结果。拉丁美洲是神奇的，中国不也是神奇的吗？当我们为拉美文学，为卡彭铁尔、马尔克斯惊叹不已的时候，不应当也想想我们自己和我们的文学吗？我们为中国的神奇历史、人物、故事和土地，到底做了些什么？

中国应当有自己的——绝非抄袭和模仿的——"神奇现实"主义的文学！不少优秀作品中已经露出了曙光，我们还要加紧努力才是。

清泉洗心
——我与百脉泉的三次邂逅

在济南众多的名泉中，与我结识最晚、留下印象最深的要数百脉泉了。我是1970年12月来到济南并且成为新济南人的，直到1996年5月才与百脉泉有了第一次近距离接触。这说起来有点荒诞，那原因自然可以列出不少，但缺少机缘无疑是主要一条。

的确，天地一体、物我同在，少了机缘这条金丝线，再美妙的人和事，也只能是天边的冷月飘风。

二十六年又五个月等来的那个机缘是：章丘作家生活基地揭牌，我带着几名青年作家前去采风。

采风预定三天，农村、企业走过几处，那天进了百脉泉公园。百脉泉是济南五大泉群之一，也是章丘最亮的名片，作家采风自然没有过门不入的理由。

进园，最先映入眼帘的是一片偌大的水面——东麻湾。东麻湾水平如镜，岸柳依依，西南角上还有一个奔突腾跃的龙泉。可这样的景色在济南并不鲜见，因此并没有引起大家的注意。

"大家看水里！水里！"陪同的朋友提醒说。顺着他的手指，我们这才发现东麻湾里有不少银线、银环在飘忽升腾；不消说，那每一条银线、银环对应的都是水下的一个泉眼了。咦！我心头一喜：这可是难得一见的景观呢！由此我知道，东麻湾里有数不清多少这样喷涌的泉眼，而正是这些喷涌的泉眼，使东麻湾有了非比寻常的资质和声名。

沿着东麻湾向前二十几米，一个白玉石栏围起的泉池出现了。那泉池不大，中间的泉眼却跟轱辘轮似的翻跃升腾，以势不可挡的气势，在水面上立起一座不下两尺的泉峰。泉峰呈墨绿状，透着一股来自地层深处的森森之气，可当你捧起一掬，出现在面前的却依然清澈甘冽，绝无杂质杂色混淆其中。陪同的朋友告诉说，这就是墨泉；墨泉的"墨"，是泉眼太深和出水口的大理石、青苔颜色太深而形成的错觉。墨泉四时滔滔，通往绣江河的那条小河也就四时滔滔，并由此赢得了"一泉成一河"的美誉。

离开墨泉，进入一座方方正正的庭院，百脉泉才算是露出了真容。那是一个不下几十平方米的方形池塘，周围砌着石壁围着石栏。凭栏俯瞰，只见水下依依袅袅向上冒着水珠水串。那水珠水串白晶细密，一会儿这儿几颗，一会儿那儿几嘟噜；玉珠交错，银串摇曳，构成了一幅幅灵动欢跃的画面。这让我想起了珍珠泉——除了泉池小出一号之外，百脉泉与珍珠泉是可有一比的。

从百脉泉出来就是清照园，这是专为纪念宋代女词人李清照修建的。李清照祖籍章丘，据说她的少女时代就是在家乡度过的。我心目中的李清照风姿绰约、温雅而又灵透，清照园前耸立的一尊塑像，取的却是"人比黄花瘦"的诗意，让人看后不胜唏嘘。清照园内有吟风榭、感月亭、漱玉堂、金石苑、海棠轩、燕寝凝香等诸多景观，环绕和守护这些景观的则是梅花泉及其形成的一泓湖水。梅花泉源于上世纪七十年代的五个取水口，水势强劲，相互辉映衬托，比起大名鼎鼎的趵突泉，别有了几分敞亮开阔的意趣。而连通梅花泉和绣江的河道里，水草悠悠，如梦似幻，尽情地展示着老舍先生笔下的那种"只有上帝心中才有的绿色"……

前后不过两个小时，百脉泉给我留下了十分深刻的印象，特别是东麻湾和墨泉、梅花泉，让我赞叹之余平地生出了几多遗憾：这么好的泉水，如果放在济南城里，那可真是……

其时我的一部作品正在北京参与评奖，我原本怀着不小的心事和压力，进入百脉泉后那心事和压力竟然奇迹般地消失了，而从百脉泉公园出来没几天，北京就传来了作品获奖的消息。这无形中使我对百脉泉，多出了几分亲近温馨的情愫。

时间一晃几年，那次章丘一位作家要开作品研讨会，问我具体安排时，作为会议的主持人，我提出的唯一要求是，会后要安排与会的专家学者到百脉泉去看一看。我的意思是再明白不过的：有这样的名泉胜境，不让专家学者们感受感受，就实在是可惜了！

研讨会如期召开，会后我特意陪同几位专家学者走进了百脉泉公园。然而，出现在我面前的却是一片荒芜和凄凉：东麻湾成了杂草丛生的野地，墨泉、梅花泉只落下几个怒目向天的洞穴，那些原本水草悠悠、如梦似幻的河渠水道，则堆满了垃圾和杂物。

愕然，惊疑，茫然……

自上世纪七十年代起，济南的泉水不时出现断流，百脉泉也断流过几次，我是知道的。但经过多年的治理，济南的泉水早已复涌，趵突泉、五龙潭等早已恢复了四时喷薄、游人如织的盛况，百脉泉怎么还会如此呢？陪同的同志解释说，这是因为多年凿井采矿，严重破坏了地下的水脉，当地政府正在采取一切可能的措施，确保短期内让百脉泉恢复喷涌。

我欲言无声欲哭无泪，只觉得，一刹那间心田里便长满了杂草，并且蒙上了一层厚厚的尘土。那杂草和尘土存续了几近一年，直到百脉泉复涌的消息传来，才算是散去了。

"昨日才去今日追，半世烟云已成灰。"一眨眼，我已经成了一名"专门坐在家里"（这是女儿小时候为我这个作家爸爸下的定义）的养老金领取者。那年夏天多雨，溽热难耐，我整天里晕晕沉沉，心里跟长了毛发了霉似的。那天正愁得无奈,章丘作家牛余和忽然打来电话,邀请我和少夫人到他那儿去散散心,我当即便答应下来。

老友相见,牛余和径直把我领进了百脉泉公园。

久违多年,斯人已老,百脉泉公园却明媚依旧。东麻湾银线飘逸、银环缠绵。墨泉翻跃升腾,把地层深处的森森之气不停地撒向人间。百脉泉的玉串银珠,还在弹奏着动感的乐章。梅花泉水涌若轮,依旧用一泓碧水守护着女词人的纪念园。变化当然也有:清照园外那尊让人望而生悯的女词人塑像,已经被另外一尊风姿绰约的新塑像所取代;墨泉、梅花泉通向绣江的河渠中的水草,更悠长也更绵密了,非但如梦似幻,依旧展示着"上帝心里才有的绿色",更平添了几分牵动游人心魂的魅力。

漫游于泉水和清风柳荫之间,整整一个夏天带来的潲气、燥气、霉气、郁闷之气、酸臭之气……不知不觉中消散而去,踪影也找不到一点了。

龙泉——东麻湾——墨泉——百脉泉——梅花泉——

梅花泉——百脉泉——墨泉……

站在喷珠泻玉的墨泉旁我不忍离去。我双手捧水,洗了几把脸,又美美地喝了几口,而后双目闭合,平心静气,做出了一副把身体完全放空的姿态。这样不过一两分钟的样子,便觉出一股泉水漫上心田。泉水清醇甘洌,滋润着,浸染着,灌溉着,弥漫着……不一会儿便淹没了五脏六腑,淹没了七窍四肢,淹没了皮肤毛发。时间持续,渐渐地,渐渐地……我觉得整个身心都变得晶莹剔透、清明而又澄澈起来了。

于是,大半个世纪的烟雨风尘,大半个人生岁月留下的浊气、俗气、戾气、混沌之气……都在无形中化为了乌有。

那一刻,我感受到生命的真纯与妙曼。

> 几度复来几度奇,
> 天心何偏明水西?
> 百脉金珠串今古,
> 东麻银丝结云泥。
> 梅开五柱易安所,
> 墨染十程绣江碧。
> 洗心濯面元神壮,
> 胜却灵山走千骑。

几天后,一家新媒体上发表了我的这首七言古风。诗的最后一句原本是"泥尘洗尽元神壮,天下泉城谁可匹?"但想想落套,且与真实感受隔着一堵墙,于是便有了"胜却灵山走千骑"的新句。新句注定与名句无缘,但确是新发现,读者是尽可以前去试上一试的。

梨花谷，梨花谷

春天是赏花的季节。在漫长缤纷的赏花记忆里，梨花给予我的印象最为持久和鲜活。有人会说：不就是那个普通得不能够再普通的梨花吗？怎么会呢？

这就要说到三十九年前，说到仲宫的梨花谷了。

三十九年前的那个夏末，作为大军区炮兵政治部的一名文化干事，我奉命来到仲宫的山窝窝里——那时，战备是第一要务，按照"散、山、洞"的要求，不少部队领帅机关都是把家安在深山里的。仲宫算得上算不上"深山"我说不好，但泰山余脉在这里绵延盘桓、纵横交错，确是卧虎藏龙的所在。两道东西走向的山岭，中间流淌着一条河流，河流两边还有不少农田和村庄；群山环绕，田园相伴，晨烟暮霭，军号与鸡犬之声遥相呼应，无疑，军营占据的是一片难得的风水宝地。

一个秋天和冬天过去了，忽然一天，我发现营区外的一片果园里，奇迹般地笼上了一层白色。那白色有如铺雪堆银，把几棵原本灰黑似铁的果树打扮得花枝招展。与铺雪堆银和花枝招展相对应的是扑鼻而来、透心入髓的清香。我一个激灵，这才意识到春天来了，果园里的梨花开了——盛开了。

盛开的自然不只我面前的这几棵梨树，而是整个果园，整片果园，从道路两旁一直延伸到河道两岸、山脚上下的许许多多果园；放眼四望，远近一色，俨然一片阔大的冬日的雪原。自然，那扑鼻而来、透心入髓的花香也不是丝丝缕缕、时断时续，而是弥天漫地、波涛相接，把整片山谷乃至于军营都囊裹其中了。

那一刻我觉出了震惊，一种充盈着巨大喜悦的震惊。小时候见过的梨花自然不值一提，往岁赞赏有加的有关梨花的记忆也瞬间消匿。"忽如一夜春风来，千树万树梨花开"，而我面对的何止千树万树，分明是一片梨的海洋，梨花的海洋。

回到办公室，大半个上午依然无法平静，课间休息时我便溜出营区，走进东门外的一片梨园。那里成百上千株老树撑起了一片粉白的天空，脚下花影斑驳，身边花团锦簇，头顶蜂群营营，太阳在花影和花香的缝隙里徜徉……幽静、香馥、妙曼，美不可言！美不可言……置身树下，我如同走进了一座远离尘世的天国。

我双眼微闭，双臂大张，贪婪地、忘情地、大口大口地吸吮着梨园最为美好的气息，恨不能把此刻变成永恒。

有了这样一次经历，仲宫的梨花就算是种到我心里了。

两年后我离开军营，开始了新的生活，仲宫和梨花在我面前消失了。可当那年春天，妻子提出要带女儿外出踏青时，我第一个想起的还是仲宫。

坐的是城郊公共汽车，颠颠簸簸将近一个小时到达仲宫后，我没有带她们去那座我熟悉的军营，而是越过山谷里的那条河流，爬上了公路南侧的一座小山。

小山其实是群峰中的一处高地，置身于高地之上，仲宫镇和大半个河谷尽收眼底。那其中最耀眼因而也最动人的自然还是梨花——正是梨花盛开时节，否则我是不会带着妻子和女儿专程跑到这里来的。

于是我看到了梨花，山路上的梨花，山坡、山顶上的梨花，河谷里的梨花，跟随公路一直向远方延伸而去的梨花，此起彼伏、交相辉映的梨花;那远的似云、似湖,近的似仙、似妖——在中国古代汉语里,"妖"和"妖孽""妖怪"并不是同一个含义;"妖",那要算是"妩媚"到极致的一种状态,而"妩媚"从来都不是贬义词,起码在男人们眼里不是。

"梨花谷!"我脱口而出。

"哎呀,这个名字可太好听啦!梨花谷!梨花谷!"五岁的女儿鼓起掌来了。

"梨花谷"自此进入我们的家庭,但那进入更多地使用的是"梨花节"三个字。那时提倡"文化搭台、经济唱戏",每到春天,仲宫镇都要大张旗鼓地举办梨花节。我从媒体上看过多次,可惜由于种种原因一直没得参加。后来梨花节停办了,再后来我与仲宫不期然有了一段新的缘分,于是每逢春天,寻找梨花便成了我的一件心事。

第一次去的是军营。军营还是军营,只是大门紧闭,早已失去了当年的活力,原本环绕的那一片片梨园,也被居民楼、别墅区所取代。河道两旁还有不少果园,果园里盛开着桃花。桃花娇艳热烈,留给我的却是失落和惆怅。梨花自然也有,这儿一团那儿一簇,完全没有了记忆中的繁华与鲜活。

第二次我寻找的就是原因了。有人告诉我,梨花谷的形成和衰落是一种历史现象:原先这里种植的泰山小白梨,是上世纪五六十年代兴起的,是当地农村农民的主要经济来源,但由于产量低、价格上不去,改革开放以后越来越无法满足农民发家致富的心愿,"砍梨换桃"也就成了一股风潮。这股风潮的结果,就是当年的梨花谷已经变成了一个以桃花为主的百花谷了。

我对桃花没有成见,对"百花谷"自然也乐观其盛,但我还是有点不甘心:那么大的一个梨花谷,延续了那么多年的梨花谷果真就这样消失了?商品经济固然无情,可作为一种深受大众欢迎的水果,梨,怎么可能被淘汰出局呢?这一次我找到仲宫办事处的两位同志,两人听过我的问题,说一声"咱还是到山里看看吧",便把汽车向山谷深处开去。

第一个去的是稻池大南峪。"稻池"是村名,"峪"是山谷,当地人把山谷称为"峪";大南峪里确有梨花,只是成不了气候。村干部介绍说,退回二十年大南峪是泰山小白梨的一统天下,春天一到满山皆白,现在是桃多梨少,梨的品种也换成了新疆库尔勒小香梨。

"经济效益怎么样?"我问。

"挺好。"村干部说,"产量高,价格也好。批发五块钱一斤,零售卖到七八块。"

我说:"那为什么不多栽一点呢?"

村干部说:"现在有几十亩,正在逐步扩大。"

接下去的是神仙峪。神仙峪又称"八里峪",峪内层层叠叠全是果园,也是当年梨花节的展示区域。如今峪内姹紫嫣红,唯独少了梨花。然而站在神仙峪的高处,我忽然发现山谷下方的河道那边,出现了一片笼罩着棉絮一般云朵的湖泊。我眼前一亮,问两位陪同的年轻人说:"你们看!那是哪儿?"

凭直觉,我已经闻到了梨花的芬芳。

两个年轻人打量了打量说:"西路,那是西路村的西河。"

汽车出了神仙谷,不过几分钟,那片笼罩着棉絮一般云朵的湖泊便出现到面前了。村委会主任,一个颇为精干的中年人介绍说,这里原先有一百多亩泰山小白梨,是当年泰山小白梨出口东南亚的重要基地,每年七月,外贸部门都要用竹竿、篷布在这里搭起长棚,专事收购周边几个村子的小白梨。仲宫镇举办了二十一届梨花节,西路村充当了二十一次展示区、接待区。

"小白梨现在还有吗?"我问。

"早就没有了,淘汰十几年了。"

"都是库尔勒小香梨?"

"那倒不,"村委会主任一个手指一个手指地曲着说,"红茄、一面红、三季、葫芦把、枣蜜丝、长把……我这儿好品种多啦!"

"经济效益呢?"

"那没的说,多的七八块,少的也三四块,有几家一年挣到十多万。"

"吁——"我长舒了一口气。一种广受大众欢迎的水果,在商品经济中是理应占有一席之地的。

"这一片不会少于一百亩吧?"我问。梨花从村头向田野和河道两侧蔓延,形成了偌大一片天地。

"那是,一百亩只多不少。"他笑着,"你要看梨花,到这儿就算是找对了地方!你看那边,全是老树,上百年的还有好几棵。那花开得才叫旺呢!"

"太好啦!"我赞叹着,随之顺着他手指的方向,走进了不远处的一片梨园,来到园中几棵老梨树下。老梨树蟠枝龙貌,用粗壮高挺的手臂,撑起了一方粉色的天空。

地下花影斑驳,身边花团锦簇,头顶蜂群营营,太阳在花影和花香的缝隙里徜徉……幽静、香馥、妙曼,美不可言!美不可言……我如同走进了一座远离尘世的天国……

时隔三十几年,我终于又一次感受了梨花谷的魅力。

梨花是大自然的赐予,梨花谷却是人和大自然共同的创造。只要人在,大自然在,说不定哪一天,仲宫的梨花谷还会大放异彩的。我相信,你呢?

欢乐谷

说济南有个英雄山没人会提出异议，说济南有个欢乐谷，怕是很多人就茫茫然了。其实英雄山就是欢乐谷，欢乐谷就是英雄山。

英雄山本名"四里山"，据说取的是距离老南门四华里的意思。那名字出自何年何月何人之口无从考究，但从四里山之南还有五里山、六里山、七里山、八里洼一类的名字推断，极有可能是老城区市井百姓的惯常称谓。四里山更名"英雄山"，则出自于1952年秋天的一段传奇。其时，毛泽东主席在山东军区司令员许世友陪同下，前来祭扫当年的警卫员、山东军区政治部副主任黄祖炎的墓地，在得知这里埋葬着很多济南战役牺牲的烈士之后说："真是青山处处埋忠骨，有这么多的英烈长眠这里，四里山就成英雄山了。"

英雄山确有一股非凡的豪气和庄严，除了烈士墓园和高耸于山顶之上的革命烈士纪念碑，便是浓密丰茂、四时不凋的翠柏。上世纪六七十年代，英雄山是城外山，周围全是果园。每年清明节前后，穿过果园前来祭扫的人群络绎不绝。1971年春，我来济南的第一张照片就是在英雄山拍下的：青山绿树衬映着一张青春刚毅的面庞，至今看来犹自令人叹喟不止。

英雄山变成欢乐谷始于上世纪八十年代中期。改革开放提升了人们的生活水平和精神需求，休闲娱乐成了一件大事，英雄山也就成了许多人经常光顾的场所。但由于场地和设施的限制，全部活动加到一起也不过是爬爬山、放放风筝、跳跳交谊舞。直到1998年情况才发生了改变。其时英雄山已经变成城中山，周围居住着数十万市民，急需一个开放式的休闲中心，英雄山风景区就是在这种情况下推出来的：山下的果园变成了广场，周围的马鞍山、五里山、六里山、七里山等被纳入统一规划，活动场地一下子扩展了四五倍，成了济南市人气最旺、最受百姓称道的休闲场所。2013年有关部门又投资几千万，对景区进行了全面提升改建。由此，一个高品质的、更接地气也更受欢迎的"欢乐谷"，出现在我们面前了。

君若不信，请随我来。

如果你想跳舞，利民广场有两个下沉式的圆形舞池，可以同时容纳一百多对舞伴。舞池两边的林地也可容纳一百多人，清明广场和胜利广场，还有两个可以容纳三四百人的场地，每天早晚都是舞曲悠扬，舞影婆娑。

如果你想唱歌，英雄山内单是合唱团就有五个，多的数千人，少的也有几十人。他们或早或晚活跃在各个场地，你尽可择善而从。

如果你想练习太极拳或武术，利民广场北侧的林地里，每天早晨都有不少于几百人的队列，雪松路和三棵树广场的林地里，你也可以找到同道的身影。

如果你想欣赏器乐演奏，赤霞广场和雪松路东侧的林荫下，每天都有不少练习者、演奏者。演练的曲目，从柴可夫斯基、肖邦的名曲到中国的民间小调，无所不有。

如果你想登高望远，你可以沿着英名路，经由一百九十二道台阶，登上革命烈士纪念碑耸立的山头，也可踏着林中四通八达的石板小路，爬上赤霞阁或者翠风阁、迎旭亭。就海拔而言，英雄山不高，马鞍山也不高，但置身其上，济南城日新月异、如诗似画，千佛山、郎茂山长龙奔腾、郁郁葱葱，朝云晚霞气象万千，纵使你有多少不开心的事儿也会一扫而空。

如果你想瞻仰革命烈士，你可以前往陵园区，那里有王尽美、邓恩铭、刘谦初等风云人物的墓地，也是众多无名烈士的长眠之所。墓碑座座，翠柏森森，依旧能够把你带进一种追思怀远的境地。你还可以进入济南战役纪念馆，通过全景画馆，真实地感受一番当年血战的场景。

如果你想看看花草听听鸟鸣，赤霞广场的西府海棠、利民广场的玉兰、文化休闲区的紫薇、陵园区的丁香，都可以让你眼睛为之一亮。赤霞广场、利民广场北侧的小树林里，总有几十只百灵、鹦鹉在啁啾不止。

如果你想带着孩子一起来，赤霞广场的溜冰场可以任其挥洒，山下山上几十上百处林园、展室、亭台、设施，足以让他（她）舒展筋骨、陶冶心性。

如果你想打打羽毛球、踢踢毽子……

然则这还只是平时，周六周日还有更精彩的活动在等着你。

活跃在英雄山的二十多个团队中，人数最多、声势最大的要数英雄山合唱团了。每逢周六周日，他们就从四面八方——不少人家在几十公里之外的郊区——会聚而来，在济南战役纪念馆外的长阶上下排起阵列。他们经常演唱的歌曲有二百多首，无一例外都是最能拨动中老年人心弦的红色歌曲、抒情歌曲。合唱团成员多时三四千人，少时也有上千人，其中爷爷奶奶辈占了绝大多数。与时下许多正式场合《义勇军进行曲》也唱不响亮的情形相反，这里的歌声有如江海澎湃、天雷激荡，时常让围观的听众心沸血热、泪眼迷离。在欢乐谷，最富异域风情的要数泉韵女子牛仔鼓乐团了。她们头戴西班牙牛仔帽，手敲非洲鼓，脚下跳的是新疆、西藏、内蒙古的民族舞。这听起来有点奇葩，却总能引来众多市民和粉丝的喝彩。每年"五月放歌英雄山"，赤霞广场还会迎来不少外来团体。2015 年 5 月，我看过省老干部活动中心合唱团表演的《游击队之歌》，印象是无论水平、队列，与专业文艺团体都大可一比。

在这里，组织者、参与者其乐融融。英雄山合唱团团长兼总指挥郭培镇自小喜好演唱艺术，年轻时报考前卫文工团，只因为有个"右派"的"社会关系"才没能如愿。退休前他是山东建设机械股份有限公司的员工，负责的是搅拌机的销售，整天忙忙碌碌，把大半辈子的爱好和追求全给埋没了。七年前他退休来到英雄山，结识了一伙志趣相投的朋友，便毅然买来音响，打起了合唱团的旗子。如今，六十七岁的他仿佛回到了十八九岁的时光，除了教唱、指挥，还时常带队外出慰问演出。"你看大家唱得多带劲儿！"郭培镇说，"合唱团能给大家带来这么大快乐，你说我活得还能不带劲吗？"泉韵女子牛仔鼓乐团团长王凤华经商多年，钱赚了不少，却总觉得没找到自我，心里窝憋得不行。2010年她买来牛仔鼓和服装、音响，带着一伙五十多岁的女人开始了新的追寻。而正是这新的追寻，让她生命的激情得到燃烧，也让那伙原本不是工人、职员就是家庭妇女，大半辈子营营碌碌的团员，获得了新生的体验。

在这里，观赏者、看热闹者同样其乐融融。在英雄山合唱团的演唱现场，每次总有不少围观的群众，他们或者默默地听、看，或者随着唱、舞、打拍子，或者用照相机、手机拍照一通。前场指挥左侧的位置上每次总有几只轮椅，轮椅上无一例外都是白发稀疏、已经失去正常生活能力的老人或病人。他们从不缺席，即使三九天三伏天也是如此。九十九岁的刘吉兰耳不聋眼不花，每个周末都让女儿陪着一起来。九十岁的杜老太太耳聋眼花，每个周末照样准时到场。这已经成了规矩，四个儿子为此专门排了班。八十六岁的赵阿姨瘫了七年，一次无意中听了一场便喜欢上了，于是每逢周末，只要身体允许，英雄山她是必去无疑。因为离家远，每次都要女儿打的接送。大家演唱时她面无表情，一只脚却时不时地踏着节拍。八十七岁的罗大爷……对于这些老人，英雄山早已超越了休闲和娱乐，成了一种至高的、生命的企望和享受。

英雄山是纯净的，英雄山带给人们的欢乐是纯净的。这里没有级别、职称，没有领导者与被领导者，没有老板和打工仔，有的只是人——休闲的人，有的只是组织者与参与者，有的只是对于健康和欢乐的不懈追求。

这里没有铜臭，没有血腥，没有尔虞我诈，没有欺骗和谎言，有的只是随心、惬意、舒畅和欢乐。

欢乐，这个曾经被污名化的词语，在这里被放到了至高的位置。的确，人的欢乐，千千万万老百姓的欢乐，不正是革命和改革开放的目标之一吗？一个富强、文明、民主、和谐的社会，怎么能够没有欢乐——千千万万老百姓的欢乐呢？

欢乐谷，我为你祝福！

樱花潮

如果用一个字来形容我对日本樱花的印象，我选择的是一个"潮"字。潮，江潮、海潮，钱塘潮、黄海潮，浩浩乎有如千军万马、横无际涯，雄雄乎有如排山倒海、遮天蔽日。樱花潮，那实在是一种难得一见的、令人惊诧和振奋的场景啊！

第一次走近日本的樱花是在大阪。经过将近两个小时的跋涉，从远郊的琵琶湖畔来到大阪城公园时，没等大巴停住，窗外如雪的樱花和如水的花香便扑面而来。我叫一声"好家伙！"便打开相机，扑进花的海洋中了。大阪城始建于十六世纪晚期，是日本著名的三大古城堡之一。城分两重，曲折回绕，内有高墙箭楼，外有深水大壕。在长达数公里的护城河岸边和道路两旁，密密麻麻地生长着四千多株樱花树，每到春天，便筑起一道蔚为壮观的樱花长廊。行走于长廊之中，或看樱花如盖、云霞满天，或叹古樱入水、古城映雪，或赞花香十里、荡心涤肺，或吟咏拍照，或陶醉痴迷，真可谓如入仙境，令人心醉神迷。

接下是清水寺。清水寺是京都最古老的寺院，据说为唐僧在日本的首名弟子慈恩大师所建。寺内的主殿"清水舞台"平阔庄严，一色古香古色的木质结构。同日本所有寺院一样，寺内香火不断人流不断，却看不到一尊塑像一个僧人。因为清水寺依山而建，寺内的樱花大多散布在周围的山谷和道路、水塘两旁。由此从高处看，盛开的樱花或白或红或粉,恰似一片片彩色的浮云。透过浮云,山间道路上的人群则如同流动的河水,与古寺、山林相映成趣,构成一幅幅奇妙生动的画卷。间或,有几名身着和服的少女经过,把娇艳与妙曼融入画卷,那画卷便即刻变成了诗:一首足以打动人心的、春天与青春的礼赞。

或许是顶着一个国花桂冠的缘故,日本的樱花并不限于公园寺院,而是上至皇宫官府下至穷乡僻壤,随处可见。从京都一路北上,我不时为车窗外一株株、一片片奇异绝美的樱花所震撼。那或者是在一道河渠岸边,或者是在一条马路两旁,或者是在一个街头巷尾,或者干脆就是一片野地甚至于墓地周围。我每每都要一边惊叹一边赶紧拿出相机,飞驰的大巴却总是让我留下遗憾。那天车进东京,因为长途旅行,车上的人大多处在半怂半醒状态,迷迷瞪瞪间不知谁喊了一声:"快看!"我赶紧抬起头来,只见窗外一条碧蓝的河流穿城而过,河的两岸樱花成阵,云蒸霞蔚,连绵逶迤不下数公里。我一边录像一边询问河的名字,得到的回答是隅田川。汽车穿过隅田川上的一座桥梁,进入靖国大道——臭名昭著的靖国神社就在这条大道上——道路两旁的樱花同样缤纷招摇,让人赞叹不已。

高潮在上野公园。上野公园是日本的第一座大型公园,也是公认的赏樱胜地。这里的樱花,品种多达几十个,一色都是上百年、几百年的老树。一千三百多株上百年、几百年的老樱树,伸展起如龙似铁的巨大枝干,在不忍池畔筑起一条长达数公里的樱花大道。置身于樱花大道,远看一天绯云,近看一天绯云;仰望霞光满天,俯观霞光满地——那是落英的杰作;你会觉得自己也变成了一片绯云或者一缕霞光,在天间和长虹间飘游激荡。

樱花潮带来的是观樱潮赏樱潮。在日本,观樱赏樱是全民性的传统项目,每到樱花开放时节,成千上万的群众或者携老扶幼倾家出动,或者呼朋唤友结队上路,或者干脆就是放假和"集体活动""公务活动"；他们在樱花树下铺上几块地毯或者木板，再摆上几张小桌，便尽情地喝起酒来，唱起歌来，跳起舞来，拍起照来。观赏和庆祝活动轮番进行，一拨才去一拨又来，从清晨直至深夜：夜间赏樱，更要算是日本的一种独特方式了。其情其景我在上野公园亲眼见过，至今神而往之。民间如此，官方也把观樱赏樱视为增进交往和友谊的一个契机。我在日本期间，就从报纸上看到中国驻长崎总领事邀请日本各界人士，到总领馆举办庆祝建馆三十周年赏樱会的消息。更有趣的是，由于日本国土狭长，南北气候差异很大，加之樱花品种不同、开放时间不同，每年从最南端的樱花初放起，日本气象厅和气象协会便开设起一条"樱花前线"，通过电台、电视台、报纸等新闻媒体，每天播报各地樱花开放的情形，预测樱花开放的时间和路线。那吸引成千上万樱花爱好者和国外游人，追随樱花的脚步一路北行，用四十多天的时间，跨越三千八百多公里国土，从冲绳的八重岳一直观赏到北海道的二十间樱花大道。

观樱赏樱是日本特有的全民狂欢，如今这种狂欢越来越具有了世界性。据介绍，单是今年樱花季前往日本观樱赏樱的外国人就不下几百万。那些蓝眼睛、黑眼睛，白皮肤、黑皮肤、棕皮肤的人流，为席卷日本的樱花潮增添了声势和色彩。而受日本的影响，近年来，中国和韩国等地的樱花潮也正在形成，其速度和规模远远超出了人们的想象。

日本人对樱花的一往情深，源自于樱花的热烈狂放，灿极一时，也源于对生命的感伤。樱花从玉蕾初绽到落英为土，只有短短七天，感物伤怀也就成了世代相传、无以脱逃的梦魇。江户时代的大将军德川家康，就曾用樱花比喻生命短促的武士。而在我看来，天地轮回，荣枯往复，感物伤怀并没有太大意义，最应该引起我们思考的倒是樱花何以用如此短暂的生命，给世界带来如此巨大的惊喜和欢乐？与樱花相比，人生算得上很长了，但在历史和大自然面前也不过是转瞬之间的事。但如果我们能够像樱花一样，用瞬间的热烈狂放点燃世界、照亮人心，我们的人生不也可以光芒四放吗？世界不也会因我们而越发精彩和美妙吗？从樱花身上，我们真应该学习一点东西才对。

台北的两次聚会

从高雄一路向北，阿里山、日月潭，接下就是台北了。那天上路早，但一路走一路看，到台北已是傍晚时分，数不清的霓虹灯和车灯已经点起了一城华彩。与颇有几分南国风味和新兴大都会气派的高雄相比，台北更像是一位被时代推着走进灯红酒绿中的老者：楼没有那么高那么新，路没有那么宽那么长，尤其是那些多得不可胜数的商业街，一色的五六层和触目皆是的广告牌，流光溢彩中展示的是一种难得古香古色的气象。据说那为台北所独有，即使走遍中国大陆和东南亚，也难得再找出第二处来的。

到台北的活动集中在两次文学聚会上。一次是在到达台北的当晚，主人是陈映真和他的夫人。陈映真是台湾文学界的领军人物，他的小说《将军族》《夜行货车》等被海内外读者所熟知。1968年他被台湾当局以"意在颠覆、叛乱"的罪名逮捕，一关就是七年。在1977至1978年的乡土文学论战中，陈映真反对文学全盘西化的倾向，主张建立具有民族风格的文学，主张文学要关心民众的痛苦，为民族的独立自由而斗争，为台湾文学的发展做出了贡献。因为出发时中国作协外联部负责同志介绍说，陈映真在台湾的出版社很不景气，家境也困难不少，但他听说这次去访的都是得过茅盾文学奖、鲁迅文学奖的知名作家，非要请大家吃一顿饭，尽一尽地主之谊不可。由此，对于这次聚会，大家已是期盼已久的了。

陈映真六十多岁的样子,其身也伟、其貌也堂,一身花格布衫、一头花白的浓发,令人越发觉出风采难挡。他与大家见过面儿,便招呼大家进到一个餐厅。餐厅没有什么特别,几排桌子拉开,双方人员入座后餐叙会便算是开场了。好像是陈映真和陈建功先致了几句词,说的全是欢迎和感谢的话,接下便自由了,愿讲的讲,愿吃的吃,愿喝的喝。因为是第一次与陈映真见面,席间我特意走到他的座位前,与他攀谈起来。先是我问了他几个问题,都是与他坐牢和写作有关的。他回答得很实在。接下他问了我两个问题,一是大陆作家到底有没有创作自由,写什么和怎么写到底有没有限制?二是大陆的稿费高不高,你们这个一部长篇小说那个一部长篇小说,是怎么写出来的,哪儿来的时间?我告诉他过去大陆的创作自由确实有假,受政治因素干扰太多,现在则确乎是真的,只要你不违背根本大法,没有谁管你写什么和怎么写;大陆的稿费不高,但作家们都有工资,衣食饱暖不成问题,写长篇小说也就成了一件很正常很从容的事情。陈映真听后拍着我的手说:"你们真是太幸福了!台湾这儿,你像我吧,一天到晚为生计奔忙,写长篇小说,那是想也不敢想的事儿!"

陈映真的话让我感慨不已,回来后说给几位同行听,同样引发了一番议论和感慨。

台北的第二次聚会是在国民党中央党部。那是一座六层大楼,墙上喷着国民党党徽,门前挂着国民党党旗。尽管其时国民党已处于下野地位,但由于特殊的历史纠葛和情感因素,走进大楼的那一刻,我还是觉出了震撼:历史开了一个天大的玩笑,竟然让我们这些自小视国民党为人民公敌的大陆作家,堂而皇之地成了这儿的客人!

参加座谈的台湾作家都是著作等身、声望颇隆的老作家,如司马中原、陈若曦、朱秀娟等等。其时,由于陈水扁当局正在推行"法理台独",台湾文学界也涌动着一股"文学台独"的浊流,大家围绕如何继承中华民族的文化传统、繁荣两岸创作、反对"文学台独"等话题，发表了很多真知灼见。陈映真也来了，是专为我们这些大陆作家捧场来的：为着当年被关的原因，他与国民党和拥护国民党的人士一向没有来往。那充分体现了他顾全大局和反对文学台独的精神。只是座谈会结束之后他便离开了，没有参加接下来的餐会。

　　台北的两次聚会使我对台湾文学有了更多了解，同时也结识了不少台湾朋友，至今想起来犹自感慨良多。聚会是短暂的，两岸文学的纽带和作家之间的友谊却是长存的。

一路槟榔

到台湾的第二天,就听人说起槟榔妹。

那是从高雄去往垦丁的巴士上,我们的主人、高雄文协的一位朋友说:很多来过台湾的人最感兴趣的就是槟榔妹或者叫"槟榔西施",以为那就是台湾的文化,其实槟榔妹只是台湾的一种社会现象,顶多算是台湾文化中小小的一部分。于是有人问:"什么叫槟榔妹呀?"回答说:"你是真不知道还是假不知道?"回答说:"当然真不知道,我们又没来过台湾嘛。"这时有人朝向车窗外一指,说:"那不就是嘛!"

这时,也只有这时,我和同来的几位大陆作家才发现,路边每隔一段距离就有一座小屋,那些小屋玲珑剔透,大多从外面就能看到里面去,而里面无一例外,都有一名光鲜惹眼的女孩子在招应着什么。

"这是卖什么的?"我问。

"怎么还卖什么的,槟榔妹嘛。"有人回答。

这倒是一件新鲜事儿。槟榔我是知道的,那年去海南岛时见过不少。但海南岛卖槟榔的多是挑着担子、游走于街头路边的农民,卖时还要外加一种树叶和石灰;买了槟榔要先用刀切开,然后加上石灰,用树叶包起来才能吃。海南的同志告诉我,槟榔果有提神和催情的作用,口味也蛮不错,过去吃的人很多,能够一直吃到满嘴通红、满脸通红,如同血染。但近年传说吃槟榔会诱发口腔癌,吃的人就少了。我曾有心要买一个品一品,因为担心不卫生和咽不下去,才只得罢了。没想来到台湾,又跟槟榔接上了弦儿。

"听说挺好吃,买点尝尝不行吗?"我说。

"你是想看槟榔妹吧?那可是火辣得很呢!"有人打趣说。

我说:"怪了,就算是看看槟榔妹又怎么着了呢?"

车厢里哄起一阵笑声,接下却转了话题,槟榔妹便如同车窗外飘闪的光影远去了。尽管如此,接下几天,在断断续续的交谈和介绍中我还是知道,槟榔在台湾是与稻米差不多具有同等地位的农产品,两千三百万台湾人中槟榔摊贩有五万,依赖槟榔业维持生活和生存的人口接近五百万。这在槟榔不愁卖、价格也比较高的情况下当然没有问题;可随着吃槟榔的人越来越少,槟榔业的生存和竞争就成了大问题,槟榔屋和槟榔妹就是在这种情况下出现的。那些槟榔妹都是年轻和有几分姿色的女孩子,加之穿着暴露、花枝招展,确是吸引了不少开车的司机和过路的客人,对槟榔的促销起到了积极作用。但一年四时如此,即使冬天也不能例外,笑脸迎人之外,槟榔妹的生活是很难与"轻松"二字说到一起去的呢。

这样一直到离开高雄,坐在驶往台中的巴士上。

与我一起来台湾访问的大陆作家有十几人,陪同的台湾同行有六七人,加到一起二十几个人的样子,一路上没有点节目是不可想象的。于是先唱歌,唱的都是大家熟悉的老歌,或者有点酸甜气味的情歌。接下来是说笑话,说的全是半荤半素的那一种,说到紧要处男士们一齐鼓掌大笑,女士们则只好装作睡觉,或者把眼睛一动不动地盯向窗外。再接下,有人——记不起是谁了——便拿我开起涮来,说:"刘玉民,你不是要看槟榔妹吗?这可是好机会!"

的确,窗外飞逝的景色中,槟榔屋和槟榔妹一直都没有停止过。

我听着却有点不舒坦,说:"怎么是我要看槟榔妹?你们不是也都心里痒痒的吗？"

这样说，前面的人嘀咕了一阵，便向领队的中国作协副主席陈建功问了一声说："怎么样，看看吧？"

作家访问团要看台湾社会的真实境况是情理中的事儿，陈建功当然没有阻拦的理由，他扬了扬手说："大家要看就看吧。"

于是，巴士驶到下一个槟榔屋前时便停下了。让我想象不出的是，巴士刚一停稳，还没等我站起来，那些一直拿我开涮和装作漠不关心的同行便一拥而下，朝向槟榔屋里拥去。等我拿好相机下到车外，槟榔屋前已经靠不过去了：几位抢了先的女士和先生忙着在与槟榔妹合影，而其他人则把照相机、摄像机一齐对准，噼里啪啦地忙个不休。我只好远远地拍了几张照片，连槟榔妹长的什么模样，戴的什么胸罩（据说正常情况下，槟榔妹是只戴胸罩不穿上衣的），以及穿的什么短裤或者穿没穿短裤（据说正常情况下，槟榔妹下身顶多穿一件小得不能再小的丁字内裤，有的连丁字内裤也不穿，只围上一层薄薄的纱巾的），也没有看清和留下印象。

从停车到开车，总共不过五六分钟，那些照了合影和看得清楚明白的自然乐不可支，而我则只有沮丧的份儿。好在巴士开动后有人拿出一个槟榔果，说："刘玉民，你不是想吃槟榔果吗，敢不敢？"

我接过，发现槟榔果被洗得干干净净，也没有海南岛那种用树叶石灰包起来吃的讲究，便小心地品了几口；发现口味确实不错，也没有任何不良的感觉，便毫不客气地把另一块也吃掉了。

巴士在原野和城乡之间穿行，透过窗户，我记下了众多槟榔屋的名字：火爆女、喷火辣妹、三点式、黄色槟榔室、玻璃屋、荧光灯、小宝贝、黑美人、堕落天使、太阳花、小骚妹、小仙女……如此等等，等等。

"高高的树上结槟榔，谁先爬上谁先尝……"一首《采槟榔》让人们知道了台湾，感受到了爱情的纯真和美好。然而作为台湾现代社会的一大景观，槟榔屋、槟榔妹带给人们的却是另外一番感受。像所有光鲜的背后都隐藏着无奈和艰辛一样，我唯愿人们在猎奇和寻找刺激之外，能够从中得到更多的品味和思考。

岭南寻诗

知道苏东坡和荔枝是在五十几年前。那是胶东农村低矮昏暗的土屋子里,老师用粉笔在黑板上一笔一画地写下了那首脍炙人口的七言绝句:"罗浮山下四时春,卢橘杨梅次第新。日啖荔枝三百颗,不辞长作岭南人。"

胶东地处北方,盛产苹果和梨、桃、杏、樱桃一类,荔枝是什么样子是想也想不出来的,但随着老师的讲解,我和小伙伴们还是禁不住流出了口水,心想这个苏东坡可真有福气,什么时候能让咱也品上一口或者看上一眼多好啊!

课上过,诗的前两句被忘到头发梢上去了,后两句却刻进心扉,以至于在随后的半个多世纪里,只要一有触动,便会在心头涌动。

有人说好诗如同美酒,是可以醉人的。苏东坡的《荔枝诗》却胜过美酒,它醉的、温暖和滋润的是人生——许许多多人的人生。

后来我进了城市,看到了荔枝,吃到了荔枝。

后来我去了泸州,走进了虬枝如龙、绿盖如云的荔枝园。

泸州地处川南,属于长江上游地带,却温润湿热,盛产荔枝。据说唐代诗人杜牧《过华清宫》中描写的"一骑红尘妃子笑,无人知是荔枝来"中的荔枝,就是采自泸州,而后经由快马驿站,越过重重关隘送达长安的。泸州的荔枝确乎非同寻常,坐在绿荫如盖的荔枝园里,一边品尝着"妃子笑"一边谈论着文学和酒文化,那情景与苏东坡诗中的意境颇有异曲同工之妙。

然而泸州没有苏东坡,没有令苏东坡也令千百万读者倾倒的岭南荔枝。

时光进入2014年9月,应《香港商报》的邀请,我和谭谈、陈世旭、关仁山、邓刚、水运宪、肖克凡、储福金、王炳银、朱小平九位来自全国各地的作家,来到被称为"岭南名郡""粤东门户"的惠州。因为活动是"品鉴岭南",听取当地情况介绍也就成了必不可少的一项。

"我们这儿的荔枝非常有名,当年苏东坡就是在我们这儿写下那首《荔枝诗》的。"

介绍会一开始我就被惊住了。什么?苏东坡的《荔枝诗》……

我把疑惑的目光投向坐到身边的旅游局局长。为了发掘地方名牌、增加旅游收入,如今有些地方是什么怪招都使得出来的。

旅游局局长送过的是一脸坦然,"苏东坡当年就是流放到我们这儿来的。"她翻开一本介绍当地景观的画册,指着上面那首《荔枝诗》和一片山峰说:"你看,这就是罗浮山……罗浮山下四时春,卢橘杨梅次第新……"

"唔……"说不出是惊讶还是感动,一股热流从心底升起。苏东坡……荔枝……相距五十几年和数千公里,在这里,我终于找到了那片诗的圣地。

参观、游览、体验……接下的活动一个接着一个,但我始终没有忘记苏东坡和他的荔枝。那天进入罗浮山区,汽车行驶中,路边一幅幅"东坡荔枝园""东坡荔枝节"宣传牌映进眼帘,我便随口问起什么时候去东坡荔枝园。陪同的导游和市文联主席告诉说,因为季节不对——荔枝开花是在早春,下果是在盛夏——这一次没有去荔枝园的安排。"罗浮山是道教名山,是葛洪修身炼丹的地方,值得看的地方是很多的。"二人见我收了笑脸,连忙解释说。

我却并不领情，说："好不容易来一趟罗浮山，荔枝园要是看不上，遗憾可就大啦！"

听我这样说，导游和市文联主席当即宣布临时增加一项活动，带领大家到十里外的东坡荔枝园去看上一看。

岭南的仲秋，全然没有北方霜叶如花、红黄遍野的景象，有的只是层层叠叠却又变幻莫测的绿色。沿着绿色的山路，不一会儿，我和同行的朋友们便置身于半山腰的一个观景台上了。

"大家看，这就是东坡荔枝园。当年苏东坡就是在这里品尝荔枝，并且写下首流传千古的《荔枝诗》的。"导游介绍说。

吁——站在观景台上放眼四望，漫山高挺壮硕的荔枝树，有如沧海奔浪，蜂拥而来，构成了一方雄浑壮阔的景观。在那景观的深处，我分明看到了苏东坡和他的爱妻朝云的身影。

苏东坡是从颍州知府的位子上被贬到惠州来的。听说要到"瘴疠横行"的"蛮荒之地"，去当一个有名无实的宁远军节度副使——那处境与"文革"期间被降职下放、接受工人和贫下中农监督改造的"走资派"没有多少区别——苏东坡的几位妻妾找出种种理由，再也不肯随行了，侍女出身的小妾朝云正是在这时候慨然而起，表明了要与苏东坡生死相伴的意愿。那使苏东坡滴血的心灵得到了抚慰和滋润。

惠州迎接苏东坡和朝云的是无尽的青葱和芬芳、盛情和尊敬。而像在黄州、颍州一样，身处逆境的苏东坡没有沮丧绝望，没有悲天悯人，没有自甘沉沦，没有随波逐流，而是以一种随遇而安、乐观豁达的心境，翻开了人生新的一页。

经过一段安顿和适应，在倾尽所有和所能，完成了惠州西湖长堤修建的筹划之后，那天，苏东坡和朝云上路了。罗浮山是岭南四大名山之一，作为诗人的苏东坡是不能不去的。几天舟车劳顿、晓行夜宿，罗浮山便出现到面前了。其时正是"红荔满山"的时节，苏东坡来到一片荔枝树下，接过果农送来的又大又圆的荔枝果，擦一把汗水，扒开一颗送到朝云面前，随之又扒开一颗，大口大口地吃了起来。

满口的甘甜顿时化作满心喜悦。满心喜悦很快又化作音韵绕梁、四时飘香的诗句："……日啖荔枝三百颗，不辞长作岭南人。"

岭南的荔枝成就了苏东坡。苏东坡也成就了岭南的荔枝——中国的水果何止千万，像这样因为诗歌而流传千古，以至于无人不知、家喻户晓的唯有荔枝，岭南的荔枝而已！

我说不出的喜悦和庆幸，导游和市文联主席告诉我的却是一个完全出乎意料的结局：《荔枝诗》传进京城后，朝廷上那几位恨不能置苏东坡于死地的大员看后不觉愤愤然：苏东坡那小子也太得意了吧？怎么能让那小子这样得意下去呢？于是，一道再贬海南儋州的指令，没过多久便出现到苏东坡面前。而流放海南，是当时只比满门抄斩罪轻一等的处罚。

因诗（文）得名，名满天下；因诗（文）落祸，祸比深渊。何况其时苏东坡已是六十岁的老人，爱妻朝云也因病去了另外一个世界。

文章憎命达，魑魅喜人过。好在历史并不是北宋那几个权臣的家谱，一千多年后的今天，苏东坡纪念馆、苏堤、朝云雕塑和墓地、东坡荔枝园等遍及惠州，日夜享受着人们的瞻仰，《荔枝诗》更是传遍了世界，那些"魑魅"却早已成了灰尘。站在罗浮山的荔枝树下，我依旧看得见苏东坡和朝云当年的身影。

从东坡荔枝园下来，从罗浮山下来，我遥望远天，默默地许下一个心愿：哪怕单单是为了体验当年苏东坡创作《荔枝诗》时的场景，明年红荔满山的时候我也一定再来！

初夏，黄满寨瀑布群

大凡世间景色，最美莫过于自然山水，而自然山水中最诱人也最为动人的莫过于大瀑布。你看，一条尼亚加拉河自东而西、浩荡百里，并没有引起多少人注意，一个横跨美加边境的大瀑布，便使其成为名噪环宇、万众趋奔的旅游胜地。一道白水河亦浪亦苍、千回百转，连名字也难得有人知晓，黄果树悬崖上的纵身一跃，却使其赢得了"亚洲第一瀑"的美名。"日照香炉生紫烟，遥看瀑布挂前川。飞流直下三千尺，疑是银河落九天。"李太白的一首庐山瀑布诗，更是把人们带进如诗如画、如痴如醉的境地。

到揭阳，去黄满寨看瀑布是一上来就计划好的。介绍说那里有"粤东第一瀑"的美誉，却因为开发晚，至今还处在"养在深闺人未识"的境地。这无形中让我和同来的作家们，多出了几分好奇。

黄满寨瀑布群位于揭西县城东北的群山中。进山门，沿着一条或宽或窄的山路向前，不一会儿面前便出现了一条山间河流；始而沉着平和，见不出多宽多深，渐渐地，随着山势越来越高、林木越来越密，河流才不知不觉中变得粗犷起来。河水在乱石和山崖中冲来撞去，不时形成一道道流瀑，在阳光下烁烁闪亮。我拿出单反相机，陪同的宣传部部长笑笑说："哪儿啊，这还没开头呢！"

这是两山之间的一道峡谷，两边是陡峭的山崖和遮天蔽日的林木。沿着一条长蛇般的山间栈道爬过一道山梁，前边出现了一座木桥，木桥上方是一道耀眼的瀑布，木桥下方又是一道耀眼的瀑布；瀑布下泻，激起一片沸反盈天的喧哗。我眼睛一亮，登上木桥就是一阵拍照，宣传部部长却笑着把手朝前边指了指，意思是真正值得拍的还在前边呢。我且惊且诧，这才知道黄满寨瀑布远非想象的那么简单。

攀着山间栈道的围栏，接连翻过几道山梁，宣传部部长告诉说，黄满寨瀑布群由三级大瀑布和两级小瀑布组成，刚才看的是第五级小瀑布。"前面就是三叠泉了，那才是大瀑布呢！"宣传部部长率先走到了前面。

三叠泉瀑布由三个落差六至八米的瀑布组成，三个瀑布一个比一个高，却并非简单地层层叠加，而是错角相连，一波三折。三叠中，第一层呈垂直状，水势恰如高台跳水，一注如倾；第二层则是一道斜坡，跌跌撞撞，把清澈的河水铺成了一条银带；第三层则综合了前两叠，激越狂放中挟带着从容和舒展。合三为一，三叠泉瀑布恰似一首出自于古典音乐大师之手的交响曲，在山谷中经久不息地回响激荡。

"美，真是太美啦！"我赞叹着，眼前忽然出现了九寨沟熊猫海瀑布的情景。几年前也是这时候我去过那里，被那里的瀑布打动过。同样的山涧叠瀑，同样的三级跳跃，三叠泉瀑布真可与之一比呢。

地处亚热带丛林，栈道两旁触目皆是苍竹古藤。那些苍竹古藤缠绕纠葛，架起了一道厚厚的绿荫长廊。沿着绿荫长廊前行不过二百米，落九天瀑布出现了。宣传部部长介绍说，落九天瀑布是黄满寨瀑布群的第三级，也是落差最大的一级。它像一条天河，从一百二十米高空倒灌而下，在山谷中挂起了一条巨大的银练；银练下落，有如长虹着陆，溅起漫天水雾。我和宣传部部长先是站在高处的亭子上远远观望，继而下到近处的一棵老树旁，不停地按着照相机的按钮。

虽然已经过了"冒险"的年龄，这次出来家人还特意叮嘱"千万不要逞能"，面对大瀑布的召唤，我还是忍不住朝向谷底的看台那边走去。宣传部部长阻止不及，一边喊着"小心"一边跟着下了台阶。

谷底是一片平缓的岩石带，自天而降的瀑布在岩石带上喷雷吐电、怒歌狂舞。没等我和宣传部部长下到谷底，就被遮天迷地、劈头盖脸的水雾水柱裹挟其中，一股透心的清凉和酣畅顿时贯通全身。我惊叫着，双手高举，跳着、喊着，回到了狂欢的童真年代。

无须问，"落九天"的名字取自于李白的庐山瀑布诗，而无论从形态还是气势上说，落九天瀑布都与庐山瀑布同出一辙。

告别落九天，抓着栈道的扶手和苍枝古藤奋力上行，没过多久飞虹瀑布便赫然于面前了。

飞虹瀑布是黄满寨瀑布群的第一级，也是最大的一级。因为瀑布下方是一个不下两亩的平潭，平潭上水雾缭绕终年不散，每逢太阳升至半空，水雾上方还会出现彩虹飞架的景致，飞虹瀑布因此得名。飞虹瀑布宽八十余米，高五十余米，一眼望去，与黄果树瀑布有着异曲同工之妙。更妙的是潭水下泻，形成了一个九十度的拐角和一个宽三十几米、高近二十米的次瀑布。从高处和远处看，主、次两个瀑布形成了一横一竖相互勾连映照的画面。这越发让我想起了黄果树瀑布，只是黄果树的主瀑更高更宽，气势更大，而次瀑则更宽，高度却小了很多。

拍照，这样的美景不拍照才怪呢！我正不停地哔哔啪啪，一对青年男女忽然进入我的镜头：姑娘身着绿衣，手里挥着一条红丝巾，小伙子则灰裤黄衫，专心地按着快门；而在他们身后，是白玉般的银瀑和苍崖鹤壁……我赶紧按下快门，心里涌起一股难以言表的快意和满足。

爬上近乎直立的台阶，我登上漱玉亭；扶栏放目，飞虹瀑布上方的山野尽收眼底。宣传部部长说上游有一个汇集千壑万溪的大水库，水库的水流经面前这段绝崖险谷时，才成就了黄满寨的峥嵘和雄奇。我细细品味，心中不觉荡起一重涟漪：绝境出奇迹，险难见壮行，自然界如此，人生又何尝不是如此呢？任何真正意义上的伟大、崇高和奇迹，无不与绝境和难以想象的险难联系在一起，要创造人生的"大瀑布"，是唯有奋不顾身、一往无前，舍此别无他途的。

心有所感情有所动，一首七言古风随之涵出：

碧水浩荡出山门，百丈悬崖断乾坤。
奋身一跃糜踵顶，绝壁生花称昆仑。

作为刚刚步出闺门的少女，黄满寨瀑布的名声，与九寨沟、庐山、黄果树瀑布的确不在一个等级线上，但初夏一游，却让我同时感受到三大瀑布的奇伟与高华，这实在是一个难得的体验。至于人生的感悟，倒要算是额外收获了。

潮声百韵
——揭阳、汕头散记

彩色的夜

我得承认,这是一个陌生的城市,不仅地方陌生,名字也陌生,以至于看到机票通知上的"揭阳"二字后,不得不赶紧上网搜索了一番。这自然归因于我的孤陋寡闻,但中国的城市太多,广东的城市太多(单是省辖市就有二十一个,比山东多出四个),奢望一个外地人能够统统记住,实在是不靠谱的事儿。

朋友告诉我,揭阳是一个有故事的城市,一个去后想忘也忘不了的城市。

我高兴。可忘不了的城市多吗?

到揭阳已是傍晚。晚饭是在市委机关食堂吃的,作陪的只有市委常委、宣传部部长方赛妹和她的几位负责陪同的同事。没有茅台马爹利,没有海参鲍鱼,饭菜简朴而又富有特色,让我和同来的作家和记者们亲身体验了一番反腐和廉政建设的成效。

饭后已是夜色斑斓,方赛妹引领大家漫步来到江边。江是榕江,水面宽阔,波光粼粼,隐隐约约可以看到对岸。我们来到一处站定,江中忽然音乐大作,半空中腾起一片水幕,水幕上方出现四个圆润的大字:水城神韵。

我知道，音乐喷泉表演开始了。

音乐喷泉是近年揭阳新建的一大景观，论规模和高度，可以排到中国乃至于亚洲的前列。

揭阳素有"水上莲花"的美称，音乐喷泉便以"水上莲花"为主题，把喷泉神奇的造型和变幻，与灯光、色彩、音乐（其中还有一首专为揭阳创作的歌曲）生动巧妙地糅合到一起，豪情万丈、酣畅淋漓地进行了宣演和展示。那时而群仙漫舞，时而喷珠泻玉，时而低吟浅唱，时而直破青天，时而五彩纷呈，时而又云蒸霞蔚……

类似的音乐喷泉表演我看过不少，但如此出神入化，如此完美和震撼人心的还是第一次见到。

"好！太好啦！"我一边欢呼着一边拍照录像。拍照录像用的是手机，而手机的闪光灯太弱，我只能暗自埋怨自己太过马虎，竟然把单反相机丢在宾馆，白白丧失了如此难得的拍照和录像的机会。

表演持续中，江面上忽然出现了一只满载游人的小船。小船时而左右盘旋，时而上下游动，越发把人带入如诗似画、如梦似幻的境地。

彩色的夜——揭阳果然是一个让人难以忘怀的城市啊！

鸡蛋花

在揭阳，第一个下榻的地点是揭阳迎宾馆。迎宾馆后院有两个偌大的游泳池，池水清碧，从楼上看，很像是两块镶在半天空里的蓝宝石。因为头天晚上看音乐喷泉表演没来得及欣赏，第二天清晨我便特意来到后院。

游泳池无可挑剔，但来时没带泳衣，下不得水，我只得绕着池边观赏起花草来。一方水土养一方人，花草树木是一方水土最具体鲜明的标志，也往往承载着历史和文化的内涵，这也正是我每次外出,对当地的花草树木特别关注的主要原因。

棕榈,芭蕉,小叶榕,葫芦竹、鸡蛋花……

鸡蛋花是2014年在惠州认识的。那是在参观五矿奥地利小镇时,一株株娇艳无比且极具岭南特色的花朵引起了我的注意,几经询问,得到的答案是"鸡蛋花"。

鸡蛋花树是热带地区最美丽的多肉植物,它树形美观,叶片厚实,很受当地人喜爱,以至于被佛教寺院定为"五树六花"之一广为栽培。鸡蛋花呈浅黄色,花心金黄,外围浅白,与鸡蛋黄的颜色确有相似之处。

闻着游泳池旁两棵鸡蛋花枝头淡淡的香气,我的心有点醉了。

在迎宾馆前院的大街上,我又认识了鞭炮花——那是一株株高达三米的绿化树,枝头一串串火红的"鞭炮",仿佛随时都在等待点燃和炸响。

从大街回来,迎宾馆大门旁几株盛开的乔木吸引了我的目光。那乔木苍枝浓叶,花分五瓣,一色艳红,每一朵都像是几只展翅飞翔的蜂鸟。

咦,这么漂亮,是什么花呢?

我问门前值班的保安,保安笑了笑没有回答。

我问打扫卫生的阿姨,阿姨摆了摆手又摇了摇头。

我问出门的客人,客人支吾了几声转身溜了。

我问值班的姑娘,姑娘连称抱歉抱歉。

奇怪,这么漂亮的花,怎么会没人知道名字呢?花是大自然的精魂,是人类最为妙曼温情的伙伴,怎么可以对花如此熟视无睹呢?

我越发不甘,又找来两名随行记者,可看了好一会儿,两人还是没能给出一个肯定的答案。

饭后要出发了,我趁等车的机会,到陪同的市委宣传部副部长面前。副部长看了看说:"鸡蛋花嘛。"

我说:"鸡蛋花不是黄色的吗?"

副部长说:"也有红色的呀。"

我说:"这花好像挺大呢!"

副部长说:"大才好看嘛。"

唔,鸡蛋花,鸡蛋花——揭阳的鸡蛋花!

学宫论孔

揭阳迎宾馆门前的牌坊上有四个大字:"海滨邹鲁",我看了几遍不得要领:"邹鲁"明明是山东、孔孟,怎么会……

好在只过了几小时,问题便有了答案。那是我们到达揭阳学宫——又称揭阳文庙、孔庙——的时候。

揭阳地处岭南、粤东,竟然有一个在全国排名前几名的孔庙(文庙),实在有点让人匪夷所思。

然而这确是事实。庙是南宋绍兴十年(公元1140年)建的,至今已有八百七十多年的历史,中间几次重修扩建,现存的主要建筑是清光绪二年(公元1876年)留下的,2013年5月被国务院公布为全国重点文物保护单位。仅此一点,便足以说明"海滨邹鲁"绝非无本无源,牵强附会。

揭阳学宫坐北朝南,由二十一座单体建筑组成,中间的大成殿供奉着至圣先师的塑像,西侧的庑房里则是孔子的生平展览。我们一行人一边听着导游讲解,一边发着议论。在介绍到孔子降生时,我随口插了一句说:"孔子出生可以用得上一个'野'字——野合、野生。"

那引起了天津市作协副主席肖克凡和湖南省文联名誉主席彭见明的兴趣,一个说:"好,这才有点意思呢!"一个说:"有激情啊!所以聪明啊!"

在讲到孔子形象时,我又插了一句说:"孔子有三陋:口陋齿,眼陋睛,耳陋轮。"

见大家饶有兴趣,又说:"孔子相貌丑陋,但很魁梧,身高九尺——相当于现在的一米九。"

"是两米吧?"有人说。

"一米九。"我非常肯定,那年写《山东竹枝词》时我是考证过的。

"你说的这三陋是从哪儿来的呢?"《香港商报》的周刚总经理问。

我说:"孔府里有吴道子画的一幅夫子像,后来所有夫子像都是从那儿来的。人家不为圣人护短,要是现在还不知怎么美化呢,为这我还专门写过一篇文章呢。"

"哦——"大家一阵赞叹。我心里涌起了几分得意,作为来自孔孟之乡的作家,对于来自家乡的圣人,理应有更多一点的了解吧。

但这得意没有持续多久,当参观完毕,大巴载着一行人朝向下一个目标行进时,周刚忽然对我说:"老刘,孔子不是三陋是四陋吧?"他指着手机上的搜索内容念道:"孔子面有四陋:眼陋白、鼻陋孔、耳陋轮、嘴陋齿,因为眼、耳、鼻都是双陋,所以又称'七陋'。"

哦——我想起来了,的确、的确,孔子不是"三陋"而是"四陋"或"七陋",所谓的"眼"也不是"陋睛"而是"陋白"。《山东竹枝词》中我是特意写了一首"七陋"的:"圣贤自当圣贤貌,七陋历历世代描。奈何无人细遮掩?浩气更胜九重霄。"

可方才怎么就忘记了呢?

大家没有言语,我却暗自惭愧起来:谁让你在揭阳学宫,在老夫子和众多名家面前掉书袋的呢?

军埔村的小老板

这里的"小老板"说的是年龄，与经营规模和业绩无关。论经营规模和业绩，许冰峰和他的那些小伙伴是称得上"大老板"的，起码在村里是如此。

没错，我说的是军埔村。

军埔村地处揭阳市揭东区锡场镇，三年前还是一个再普通不过的村子，谁也没有料到，三年后的军埔村竟然成了远近闻名的"中国淘宝村"和广东省"电商第一村"。

在村边，我们看到一张放大的老照片：一片老瓦颓墙连起的一个偌大的村庄。进村，迎面而来的却是笔直的柏油马路和连排接幢的楼房。那楼房底层朝街的屋子无一例外地敞开着，里面摆放着各式各样的货架和货物。

当地一位镇长介绍说，三年前村里的中老年人主要从事食品加工业，年轻人则大多跑到广州、揭阳或者更远的地方打工去了。2009年，黄海金、许冰峰等几个青年人在广州开淘宝店卖起服装，吸引了村里不少青年。后来他们觉得在广州开网店成本太高，才试着回到村里。没想这一下子火了，生生把一个军埔村变成了电商村。如今村里已经开设各种网店近四千家，实体网批店三百五十多家，年营业额高达二十二亿人民币。

穿过长街，镇长把我们领进一处院落，迎接的正是如今已经大名鼎鼎的小老板许冰峰。小伙子看样不过二十二三岁，个子不高，清瘦干练，不善言说。

网店没有办公室，存货发货、处理日常事务都在几间敞开的大屋子里。

问他一天能发多少货，他说得看时间，平时也就三五百单，光棍节能翻出几倍十几倍。

问他一年能赚多少钱,他说有时多有时少,这儿上班的人有几十号,有钱大家赚。

问他有什么打算或者宏图,他说慢慢来,不着急。

大家跟随他进到里边的一间小屋,小屋里五六个女孩子正坐在电脑台前,与客户聊着天儿。我知道,这就是所谓的"客服"了。

对于电子商务我原本觉得太虚太玄,自己不接触也反对家里人接触。后来见大家都用,我也试着用了几次,结论是良莠不齐,良比莠多。由此与"客服"们也算是打了几次交道,年初新房装修,有的家具和用品还是"客服"推荐的呢。

中国作协副主席蒋子龙、总后勤部创作室主任周大新等人与小老板合起影来,我则打开手机,朝"客服"们一阵乱拍。

离开网店时,许冰峰连"再见"也没说就消失了。这类参观对于他早已司空见惯,何况下午三四点钟正是网店最忙的时候,大批订单和发货单还等着他去打理呢。

望天湖·小燕·娃娃鱼

望天湖是揭阳知名的生态旅游度假区,因为知名,第二天晚饭后我们驱车二十多公里,特意奔望天湖而去。

在望天湖度假区门口,我认识了董事长张友发。这是个五十多岁的精壮汉子,年轻时走南闯北挣了不少钱,六年前他毅然买下望天湖周围的五千亩山林,搞起了现代农业科技开发区。他热情豪爽,连连向大家问好和鞠躬致意,只是因为酒喝得多了,让人觉得太过夸张。

同样是在望天湖旅游度假区门口,我认识了小燕。她看起来不过二十一二岁,白皙端庄,全身都散发着青春的美丽和光芒。她帮我拉着行李箱一路向客房楼那边去,从对话中我知道她毕业于广东仲恺农业工程学院,是这里的财务主管。

放下行囊,第一个要看的是湖上音乐喷泉。好在喷泉只是个序幕,正题是在喷火上:偌大的湖面上,十几二十几团火焰随着音乐此起彼伏,直冲夜空,跟一道道流星雨似的,把人的心也给照亮了。

接下是品茶和书法交流。所谓书法交流,无非是让我和蒋子龙、陈世旭、彭见明几个兼职书法家,给主人们留下几幅"墨宝"。这是采风的一个固有项目。文人书法历来倍受推崇,加之我们头上都顶着一个"全国著名"的光环,无论写好写孬总会受到欢迎。

为我倒墨、抻纸、倒茶的还是小燕。在给揭阳市、蓝城区的有关同志写过几幅,又给张友发写过一幅之后,小燕问能不能也给她写一幅。

外出采风,限于时间和精力,每次写几幅、给谁写,都由领队的钧然兄安排。但小燕不仅人漂亮也很讨人喜欢,何况人家还为我服务了大半天,我没有犹豫便答应了。

"写什么呢?"我问。

"'兰心梅骨'行吧?"

我猜想这是小燕最为欣赏的四个字。一个女孩子能把这四个字当作座右铭,其人其心是可以想见的。但我稍一沉吟还是说:"'梅骨'的'骨'字不好写,还是写'兰心'两个字吧。"

我大笔一挥,"兰心"二字随即生出。小燕好不高兴,特意拿起书法与我照了一个合影,围观的人也随之发出一阵掌声。哪知这一来"祸"惹大了,第二天晚上,在京明度假村,我一连写了三幅"兰心"才好歹摆脱了"困境"——这自然已是后话了。

望天湖的农业科技开发项目中,最受关注的一是石斛,二是娃娃鱼。石斛是室内育苗、室外嫁接,野外山林生长。娃娃鱼则养在终年不见阳光的山洞里,望天湖开发区总经理、张友发的儿子张锐鑫，特意领我们到山洞里去看了一番。据他介绍，娃娃鱼是国家二级保护动物，除非自己养殖的绝对不能端上餐桌；望天湖养的娃娃鱼很受欢迎，一斤卖到过八九百块钱。那惹得大家一阵惊叹。

可惜的是，前一天晚上张友发特意让人做了几款娃娃鱼，要给大家做晚点，因为大家急于回去休息，平白失去了品尝的机会。

白花尖庙的菩提树

说好要去汕头，我打开记忆的库房，极力想找到一点什么东西，可翻来覆去一无所获。三十四年前我是去过汕头的，那是改革开放初期，深圳、广州给我留下了深刻印象，唯独汕头竟然什么也没有留下。这真是一件怪事。直到再次踏上汕头的土地，并且看过地图听过介绍，我才倏然想起"隔海而居、一桥连接"八个字来。

对，这就是汕头，被埋进记忆深处的汕头了。

再次来到汕头，认识的第一个人是汕头市公益基金会会长张泽华先生。他当过多年县委书记和市政协副主席，是当地一位颇具影响的人物。

张泽华带我们看的第一个地方是白花尖大庙。

白花尖大庙也称"九天娘娘庙"，位于天坛花园风景区东麓海滨，为港胞陈锡谦等人倡议和捐资所建。九天娘娘又名"九天玄女"，传说为上古女神，人头鸟身，是圣母元君弟子、黄帝之师，辅助黄帝战胜蚩尤安定天下而得敕封为女神。其庙原在香港九龙官塘区，因为女神几次托梦要回汕头，陈先生等人便借投资汕头天坛花园工程之机，建起了这座九天娘娘庙。

汕头濒海，原本年年台风，防不胜防，可自从白花尖大庙建成，台风竟然消失了，二十三年间没有给当地造成大的灾害。当地群众和官员无不惊喜交并，暗自称奇。一位市委书记如实把情况向省里一位领导做了汇报，没想招来一顿批评。尽管如此，当地的干部群众依然如故，对九天娘娘敬仰有加。九天娘娘庙的香火也就越发旺盛，经年不息。

九天娘娘庙的院中有两棵高大的菩提树。那菩提树枝叶茂盛，一色金红，仿佛两座向天的宝塔，与海湾大桥和大桥两边的城市遥相眺望。置身于宝塔般的菩提树下，我心中也禁不住生出了几分敬重。

谁知道呢，倘若九天娘娘和菩提树真的能给汕头百姓带来福气瑞祥、和顺安宁，我们有什么理由不为之祝福呢？

金凤花

认识凤凰树和凤凰花是在济南机场候机厅，那时离飞机起飞还有半个多小时，我正百无聊赖，微信上小黄发来几张凤凰树和凤凰花的图片。小黄是《香港商报》的记者，人长得漂亮，可她发来的图片比她还要漂亮：盛开的金凤花（凤凰树又称"金凤树"），像一只只展翅的小鸟，在浓绿中火一样地飞翔着，把人的心也给点燃了。小黄告诉说，现在正是金凤花盛开的时节，而揭阳和汕头正是金凤树最多的所在。

那勾起了我的情思，心中不觉荡起一股激流，几行诗句随之涌出：

老夫亦发少年狂，携泰山，跨长江，骑云驾鹤赴揭阳。赴揭阳，潮汕滩头觅凤凰。

诗句虽然粗糙简陋，发给小黄和群里的朋友，还是引来一片叫好。

到揭阳后，"凤凰"却迟迟不肯露面，即使偶尔露面，也是一闪而过。我问小黄,小黄说"凤凰"的家乡是汕头——金凤花是汕头的市花呢。

果然,进入汕头后,在去宾馆的一路上,透过车窗玻璃,一株株一丛丛"金凤"便相继扑进眼帘。但车行匆匆,一掠而过,我想仔细观赏一番、拍照一番的心愿一直没能实现——天知道,拍照也是我的一大爱好,每到一地,如果拍不到几张好照片,心中总会抱憾连连,难以释怀呢。

那天在达豪古城,机会总算来了。

达豪古城建于清康熙五十六年(公元1717年),是汕头重要的海防古迹,也是全国保存最为完好的袖珍古城之一。进城,最先映入眼帘的是小叶榕,接下便是红花紫荆、麻楝、葫芦竹、金花槐树等等。我有些奇怪,问当地的导游说:"金凤花不是汕头的市花吗?怎么见不着面儿呢?"

导游一路讲解一路引着大家向前走,来到一处路口时忽然把手一指,对我说:"你看那是什么?"

我放眼望去,一幢灰色的老房子后面,一片彤云在怒放。

我连忙走过去,一棵偌大的金凤树出现到面前了。它高若数丈,冠盖如云,一树耀眼的花朵在阳光中被镀上了一层金色;那一刹那,我感觉世界上所有的华丽和高贵都汇聚于此了。

"美!太美啦!"我一边赞叹一边把照相机弄得噼啪作响。

我知道,即使再过一百年,我对汕头的记忆也不会出现空白了。

宜华王国的惊叹

说宜华是一个"王国"或许有点夸张,但参观和听过介绍之后,我确是生出这种感喟。一个从农村木工组发展起来的、以家具生产为主的民营企业,竟然在非洲、北美洲、俄罗斯和国内的伊春、遂川、大埔等地建立了六个大型森林基地，其中在加蓬的原始森林基地就有三十五万公顷（五百二十五万亩），董事长刘绍喜每次去加蓬，人家的总统和部长都要出面接待。宜华的产品销售网点遍及美洲、澳洲、欧洲、亚洲的几十个国家和地区，其中仅在美国就有两千多家……

汕头是宜华的发祥地，宜华总部也就一直扎根于汕头，把汕头人的坚韧和荣耀传播到四面八方。

宜华总部有一座四层楼，集中展出的是宜华的历史和成就，以及宜华的家具产品和刘绍喜的私人收藏。私人收藏又分两部分，一是来自世界各地的原木雕品，一是古家具。所谓原木雕品，有产自于非洲的红花梨、塔利木、奥古曼，有产自于南美洲的紫檀、红檀，也有产自于东南亚的黑檀、酸枣枝；那些原木无一例外，都是千年古木，硕大无比，长的三十几米四十几米，小的也有二十几米十几米；不说雕刻的工艺和精致难度几何、价值几何，单是原木本身就是奇珍无比、价值连城。而这些奇木雕品密密麻麻，占了整整一层楼。

同样占了整整一层楼的是古家具。那些古家具都是从全国各地收购来的，不是出自于民间豪富之家就是出自于宫廷王府；年代最久的是元代，绝大多数则是明清时期的作品；无一不是珍奇原木，精工雕刻，镶金嵌银，千姿百态。

两层楼看下来，我和同来的作家和记者们无不两眼如炬，惊叹不已。

"不得了！不得了！"近几年，同类的收藏展我也看过几处，但如此的规模和气势确乎令人叹为观止。

"这个，国务院应该发个大奖状才对！"安徽省文联主席季宇说。

中国作协主席团委员、江西省文联主席陈世旭立刻回应说："有道理，说是私人收藏，谁还能带走不成？最终还是国家和社会的嘛。"

"这样说我赞成，这是物质财富也是文化财富啊！"福建省文联副主席杨少衡也连声附和。

的确,的确!我想起位于山东平邑县城内的天宇自然博物馆,那里展出的是世界各地难得一见的珍奇化石。同样是民营企业家的私人收藏,同样是价值连城,天宇自然博物馆早已成了当地群众引以为豪的文化场所,成了推动和提升当地旅游业发展的一大亮点。

刘绍喜的收藏目前还处在"私人"阶段,一般人难得入内,入内也被告知严禁拍照和录像。我希望过不了多久,汕头也会出现一座"奇木博物馆"。果真如此,则汕头之幸,百姓之幸也!

陈家大院里的标语

在汕头,"三个一千万"的说法十分流行,那说的是汕头及其附近地区有一千万人生活在当地,一千万人生活在海外,一千万人生活在全国各地。其中海外的一千万,大多是当年"下南洋"走的。那些人在东南亚等地拼死拼活,不少人后来发了财,成了富翁。而成了富翁后他们的第一个念头就是光宗耀祖,返回家乡买地盖房,建起了一座座令人称羡的大宅院——侨宅。这些大宅院和侨宅,如今大多成了历史文化名村、名院,成了人们观光和考察的热点。

前美村是当年"下南洋"人数最多的村子,也是后来在海外发了大财的人最多、回乡建起的大宅院最为集中、规模也最大的所在。

沿着澄海区隆都镇一条韩江的支流向前,数千米长的一条水路串起数百幢古宅:灰瓦白墙,石桥流水,古树芳华……看上去有如一座世外桃源。村中的陈家大院更是名闻遐迩,被称为"小故宫""岭南第一侨宅"。

陈家大院又称"陈慈黉故居"。陈慈黉的父亲从红头船上的打工仔干到香港"乾泰隆行"的老板,陈慈黉则先后在曼谷、新加坡、西贡创立了"陈黉利行""陈利生行""乾利行",成了"富甲南洋"

的豪商巨贾。陈家大院的建设从陈慈黉的父亲开始，历时半个多世纪。其中陈慈黉及其儿女建起的郎中第、寿康里、善居室、三庐等四座宅第，就有大小厅房五百零六间。相传一个佣人，从清晨打开第一扇窗户，到傍晚关闭最后一扇窗户，刚好要用一整天的时间。

进了陈家大院，跟随导游在迷宫般的庭院中穿行，我们登上了一个二层的阳台，又从阳台上行，上了一个高耸的阁台；从阁台上，可以俯视整个院落和周边的荷塘、野地。

我放眼四望，眼睛忽然僵住了：在一所院落的墙上我看见两幅残存的标语，一幅是"阶级斗……一抓就灵"，另一幅是"坚……砸……大地主庄园"。标语是用黑漆写在粉墙上的，由于年代久远，有的字已经剥落或者模糊了。

我的心不觉一紧。的确，的确，退回四十年前，这里铁定是被称为"大地主庄园"的，这座"大地主庄园"是只有作为"阶级斗争教育基地"，才能够侥幸完好留存至今的。

从光宗耀祖的"侨宅"到"大地主庄园""阶级斗争教育基地"，再到"中国历史文化名村"的中心院落，陈家大院带给我们的是太多太多了。

我想，如果能为那两幅残存的标语设一个保护罩，让它永久保留下去才好呢。

南澳岛的"风车"

到汕头不去南澳岛，有点像到北京不去颐和园、八达岭，说得轻点是"遗憾"，重点则是"等于白来"了。

南澳岛是广东省唯一的海岛县，也是中国仅有的十二个海岛县之一。作为海岛县，南澳岛与隔海相望的汕头市区有着全然不同的风情。迎着海风海雾和时停时续的细雨，大巴越过十一点八公里的跨海大桥,把我们送上南澳岛时,南澳岛上雨云密布,眼看一场大雨就要降临。可随着我们的到来,那雨云竟然消散而去,露出了一张蔚蓝的笑脸。

"吁——这老天爷可真够照顾咱们的啦!"山西省作协副主席、女作家葛水平和《花城》主编、广东作家田瑛同声欢呼。

的确,从揭阳到汕头的一个礼拜中,好像每次风雨都是有意避开我们的,或者提前或者延后,让大家不由得生出了一种特别受到关照的"幸福感"。

南澳岛的陆地面积是一百三十九点九一平方公里,是山东长岛县的两倍多,所辖海域面积却只有四千六百平方公里,几近长岛县的二分之一。沿着长满夹竹桃和木麻黄树的环岛公路,我们到达总后府。明清时期,南澳岛是东南沿海的防卫中心,郑成功、戚继光等一百多位总兵、副总兵(相当于今天的战区司令、副司令)在这里留下了他们的人生足迹。

作为旅游大县,南澳岛值得一看的景点很多,比如宋井、北回归线标志塔等等,但我最感兴趣也最为欣赏的则是岛上四处可见的巨大的"风车"——风电塔林。

风电是改革开放以来日渐兴起、日益得到重视的新能源项目。最先好像是在新疆,那里有无边的旷野和山峦,更有亿万年不曾停息的无尽的风源。上世纪九十年代初我去新疆时,曾被那里无可计数的、高耸入云的风电塔林所震撼。而那时,我的家乡山东荣成县有人也试图建设风电,却因为土法上马而落下诸多遗憾。直到七年前我重返荣成,才在城山头附近的黄海岸边,看到了由国家投资兴建的、长达数十公里的风电塔林。那曾经使我很是感叹了一番。没承想,在南澳岛我再次感受到心潮的涌动。

南澳岛的风电塔林由一百二十六个独立的单体风电塔组成,那些风电塔大多建在海边的山脊上,远远望去蜿蜒连绵,起伏跌宕,浩大磅礴；更加塔身银白，霞光火红，海天湛蓝，绿树如洗，展现到人们面前的完全是一幅绝无仅有的、现代版的仙山妙境。

晚饭是在南澳岛的码头上吃的，主人把号称汕头三大特色菜的墨鱼蛋、鱼饭、姜茨寿桃也端上了，让大家很是饱了一次口福。饭后，在返回酒店的大巴上我诗兴突发，竟然把在济南机场随口胡诌的那几句诗连接起来，写成了一首小调。

其词云：

老夫亦发少年狂，携泰山，跨长江，骑云驾鹤抵揭阳。抵揭阳，潮汕枝头觅凤凰。

经年难得几舒扬，黄满瀑，天坛光，南澳船头鱼饭香。鱼饭香，潮声百韵著华章。

我把小调通过微信发给了张泽华先生和同行的作家、记者，我说，这也算是我对潮汕人民和各位朋友的祝福吧。

天上的篁岭

有人把篁岭比作"戴着竹帽的皇上",我却更愿意将其称之为"天上的家园";流落民间的帝王未必可爱和值得尊崇,而置身于虹霓之上的、如诗似梦的家园,则值得人们长久向往与怀念。

这里说的是婺源的一个小山村,数年前声色全无,如今已名满天下,成了"梦里老家"和"中国最美乡村"的"代表"。

去篁岭坐的是旅游大巴。几个小时下来,旅游大巴在石耳山半腰停下后,我们——来自全国各地的作家们又被引进空中缆车。这时候我才知道,篁岭确乎是在"天上",没有索道和缆车外人是很难进到村里去的。

好在索道不长,十几分钟后篁岭终于出现了:一条林荫大道,大道两边全是参天大树。导游介绍说这是篁岭的"水口"——村庄的出入口。古徽州人特别看重水口和水口林的建设,将其视为村庄及其子民兴衰盛败的象征。篁岭人自古秉承"树旺丁"的精神契约,不仅把"榆柳荫后檐,桃李罗前堂"作为造福子孙的大事世代相传,还创造了"杀猪封山"的铁律:凡偷伐或者破坏山林者,除通告全村以示警诫外,还要从其家中拖出一头生猪当众宰杀,无偿分给全村人食用。猪是农家的宝贝,因为缺少场地村里人养一头猪又特别不易,这一杀一分的震慑力也就可想而知了。

"杀猪封山"听起来有点原始和粗放,却十分有效,如今篁岭的水口林新篁遍地、古木蔽空,单是数百上千年的红豆杉、枫香、香樟等珍贵树种就多达数百株,成了远近闻名的天然植物博览园。

穿过林荫大道我们来到天街。天街是篁岭唯一一条平坦的街道,一色大块石板地面,连接着"三桥六井(塘)九巷",把聚居在峭壁上的一百多户人家有机地组合到一起。天街长五百余米,绕山伸展,形成了几个相对独立且各具特色的街区。漫步前行,满眼都是徽式商铺和层层叠叠的傍山房屋,我和同行的作家们如同进入一个遥远而又斑斓的年代。

天街上触目都是古建筑,少的一二百年,明朝和清初的也不在少数。古巷、古宅、古井、古泉、古书院、古牌坊、古戏台、古祠堂、古茶坊、古酒肆、古砚庄……相互依傍连接,共同酿就了一种浓浓的古脉、古韵,散发着沁人肺腑的古香。村内官邸、民居相邻,客馆、官厅、绣楼相间,面积大的不过二百多平方米,小的只有七十几平方米,却无不雕梁画栋、翘角飞檐,在自然朴拙中透放着典雅和悠然。"树和堂""五桂堂""竹山书院""曹氏古宅"等更是集精荟萃,记录着一个个感人至深的故事。而从这些古宅古院里走出来的,既有耕读传家的普通百姓也有名商大贾,既有州县的地方官司员也有"引徽入京"的京剧鼻祖,乃至于官拜军机大臣和太子太傅的朝廷重臣。

从"五桂堂"出来,沿着一条石阶小路,我们登上了石耳山上方的一片高地。高地俯瞰,整个村庄尽收眼底:粉墙黛瓦、高低错落,从一百多米的谷底攀缘而上,构成了一幅特有的"挂在峭壁上的村庄"的图景。

天上刚刚下过一场小雨,太阳露出笑脸,几片白色的云絮和几团灰色的薄雾在峭壁和村庄上方游弋升腾,使这幅特有的乡村图景越发多出了几分飘逸和迷离。

高地放眼,村庄对面是好大一片梯田。梯田绕山而筑,高高低低曲曲折折,看不出哪儿是头哪儿是尾。导游告诉说这就是"万亩花海"的所在:每到春天,这儿数万亩油菜花开放,就会形成一片金黄色的海洋,吸引国内外成千上万观光者蜂拥而来。

"可惜咱们来得不是时候。"我和同行的作家们发出一阵叹惜。观光观光,赶的就是那个光芒四射的时间点,错过了那个时间点,再好的景地景观也会物是人非,让人只有啼笑皆非的份儿。

"错过了梯田花海没关系。大家知道篁岭最美也最有特色,被称为'中国最美符号'的景观是什么吗?"导游卖起关子。

"中国最美符号?来婺源,看的不就是徽式民居和梯田花海吗?"我有些迷惘。

"那是以前,篁岭还没有对外开放时的事儿。篁岭的中国最美符号……你们看——"导游指着不远处一栋房屋说,"大家仔细看,屋檐下面是不是探出一排钢管?"

我仔细观察,果然见屋檐和窗户之间探出不下十几根并排的钢管,上面放着一个圆圆的竹盘。

"大家猜猜那是什么?"导游问。见大家没有接话,这才告诉说那是篁岭村民创造的晒台,是专门用来晾晒粮食和其他农作物用的。别处的村子,收了粮食和其他农作物都要先在场上、街上或者院子里晒干扬净,而后收回家里入仓入囤;篁岭地无三尺平,收回的粮食和其他农作物只能送到自家搭起的晒台上。由此篁岭形成了一道绝无仅有的景观:每到秋天,家家户户的晒台上就会晒满了收获和喜悦:玉米、红薯、萝卜、土豆、辣椒、篁菊、苇叶……红的、黄的、绿的、白的、蓝的、紫的……五颜六色、层层叠叠,把一个偌大的篁岭村,变成一幅巨大的、立体的画轴。

"现在正是秋天,我们怎么没见呢?"我问。导游说那是因为刚刚下了一场雨,她打量着,忽然指着一个方向说:"你们看,那儿——"

顺着她的手指的方向,果然看见村中几户人家的晒台上出现了几只偌大的晒盘,那晒盘里红的像是燃烧的火苗,黄的则有如盛开的迎春花、金桂花。

"你们再看!那儿!那儿……出来啦!晒秋出来啦——"导游欢呼起来。

那立刻引起了我和同行们的呼应:"噢!晒秋啦!晒秋啦——"

蓝天白云、粉墙黛瓦与高低错落、五颜六色的晒盘,共同呈现出一幅绝妙的晒秋图。如果把蓝天白云、粉墙黛瓦比作这幅天然大图的底色和衬景,那如火如花的晒盘无疑就是彩虹和眼睛——美轮美奂的、秋天的彩虹和眼睛。

一个挂在峭壁上的山村,一个流淌着古风古韵的山村,一个既拥有粉墙黛瓦、"万亩花海"又拥有"中国最美符号"的山村!

此地只应天上有,人间难得几回见。

天上的篁岭,叫我怎么忘记你呢?

岁月埋没不了的荣耀
——我与黄鹤楼的三次相遇

最早知道黄鹤楼是在上世纪六十年代中期,那时我是一名中学生;因为学校"停课闹革命",一本《唐诗三百首》便成了我的精神寄托。在一年多的时间里,每晚我都要点起小油灯,倚在炕头或者躺在被窝里一字一句地读,一首一首地读,边读边查注释和字典,有时还要画出喜欢的句子、写下自己的感慨。那劲头,只差不能嚼成粉末吞进肚子里去的。

就这样我认识了崔颢,认识了黄鹤楼,认识了武昌城、汉阳树、鹦鹉洲和那只飘然而至又飘然而去的仙鹤。认识当然只停留在书面,至于什么时候或者说这一辈子能不能亲眼去认识认识,压根儿没想也不敢想:对于一个地处黄海之滨的山村少年,远方只是一种奢望——一辈子都不可能实现的奢望!

然而时间和机遇才是人生的主宰,短短十几个年头过去,我便堂而皇之地来到黄鹤楼前了。

那时我是一名青年军官,因为电影文学剧本《岳飞》受到峨嵋电影制片厂青睐,我应邀到成都修改剧本,任务完成后便把"返乡之旅"变成了"长江之旅":从万县登上客轮,而后过重庆、穿三峡,继而抵达武汉。

到武汉,第一个目标自然非黄鹤楼而莫属。

黄鹤楼始建于三国时期，据说是吴主孙权用来瞭望敌情用的，直到唐朝才逐渐演变为名胜景点，引来了众多文人墨客，留下了不少诗篇和佳话。崔颢的那首《黄鹤楼》，以及李白为着那首《黄鹤楼》留下的"眼前有景道不得，崔颢有诗在上头"的逸闻，使黄鹤楼名声大噪，以至与湖南的岳阳楼、江西的滕王阁并称为"江南三大名楼"。由于历史上兵连祸结，黄鹤楼屡遭焚毁，如今的黄鹤楼是刚刚重新修建的。

兴奋是不用说的，仰慕是不用说的，站在崔颢的诗碑前，站在李白的画像下，一股悠远温暖的激流汹涌而来，浸染了我的全身。

黄鹤楼总共五层，每层都由中央大厅和四面回廊组成。中央大厅里陈列着不少文物和展品，但我顾不上细看，一口气登上第五层。站在第五层的回廊上我极目远望，长江浩浩连天接地，武汉三镇星罗棋布；真可谓楚天辽阔、气象万千，让人只有痴迷和陶醉的份儿。

"黄鹤楼我来啦——"我放声大喊，把几滴泪水洒进清风里了。

那是来自黄海之滨的呼喊，来自一个山区少年的呼喊：奢望在那一刻变成了现实，梦想在那一刻得以翱翔九天。

在第一层的中央大厅里，我意外地看到了一幅岳飞的壁画。壁画上的岳飞神情凝重，手里牵着一条狗。壁画旁边的一面墙上还嵌着岳飞的一首《满江红·登黄鹤楼有感》诗匾。其文云：

  遥望中原，荒烟外、许多城郭。想当年、花遮柳护，凤楼龙阁。万岁山前珠翠绕，蓬壶殿里笙歌作。到而今、铁骑满郊畿，风尘恶。

  兵安在？膏锋锷。民安在？填沟壑。叹江山如故，千村寥落。何日请缨提锐旅，一鞭直渡清河洛。却归来、再续汉阳游，骑黄鹤。

这首词与岳飞的《满江红·怒发冲冠》有着异曲同工之妙，表达的是他对家国沦丧的无比悲愤和收复中原的强烈愿望。词早在几年前我就读过了，但能够在黄鹤楼里见到这幅诗匾，还是让我觉出了惊奇和亲切：何曾想，黄鹤楼也记着岳飞这位抗金名将和民族英雄呢！

时光一晃到了2004年。那年7月，我和阿来、熊召政、柳建伟、刘醒龙等人一起出席了泸州国窖1573举办的"高粱红了"品赏会，活动结束后我陪女儿沿江而下，先去了山城重庆和大三峡、小三峡，而后在江城武汉下了船。

到江城不登黄鹤楼是不可想象的，何况女儿第一次来，小时候也从崔颢的诗中读过黄鹤楼，心中同样怀着一枚憧憬。

登高，望远，面对滔滔滚滚的长江和天地一色的远方，女儿也露出了少有的兴奋和激动。

接下是由上而下，一层一层地观赏展品和文物，在观赏到岳飞的壁画和诗匾时，女儿也露出了几分感动和诧异。

更令女儿和我感动和诧异的是从黄鹤楼出来没多远，迎面出现一座高大的牌坊，牌坊正中浓墨重笔写着"精忠报国"四个大字。

"尽忠报国"是1126年岳飞第三次投军时，岳母在其背上刺下的四个字，那成为岳飞尽其一生践行的目标。"精忠岳飞"则是1133年岳飞剿灭江南的几股流寇后，宋高宗赵构送给他的一面旗帜上的四个字。把"尽忠报国"改为"精忠报国"则是《说岳全传》的杜撰。"精忠报国"与"尽忠报国"明显不同，但经过几百年的演绎和传播，人们已经将其与岳飞绑到一起了。

"这是纪念岳飞的。"我朝女儿招招手，快步走上前去。

牌坊是用白色大理石精雕而成的，重檐翘角，气势非凡。我正想仔细品赏一番，女儿忽然喊道："爸！这边还有哪！"我走过去，果然见林荫深处还矗立着一尊岳飞铜像，旁边还有一方表现岳家军与金兵交战的青石浮雕；铜像足有十米高，浮雕则不下二十几米长，一眼望去气势磅礴，令人顿生敬仰之心。

我且惊且喜，一边观赏一边嘟囔说："岳飞的大本营在几百里外的鄂州，史书上好像也没有岳飞在武汉打过仗或者做过什么大事的记载，黄鹤楼里怎么会有这么多岳飞的纪念物呢？"

女儿噗的一声笑了，说："爸，你可真有意思！那天不是你说岳飞从未到过台湾，台湾照样有岳飞庙和岳飞雕像吗？"

我无言以对，只得拍拍脑袋，笑了。

第三次登临黄鹤楼已经是2019年的事了。那是盛夏，我随《香港商报》组织的一个作家采风团来到武汉。那天本来另外有事，听说要去黄鹤楼我立刻改了主意：与黄鹤楼已经十五年没见面了，无论如何是不能当面错过的。

因为是团体游览预有计划，加之来的是一伙所谓全国知名的作家，负责接待的除了导游还有一位三十多岁的主管。一路前行，参观、介绍、眺望，从一层上到五层，又从五层下到一层，导游介绍得详细认真，作家们也听得认真详细。

眼看游览结束，大家要跨出黄鹤楼大门时，我忽然在岳飞壁画和诗匾前停下脚步，对陪同的那位主管说："我想问你一个问题行吧？"

主管说："怎么会不行呢？什么问题？"

我说："我看咱们黄鹤楼公园，这儿有岳飞的壁画、诗匾，外面还有岳飞的功德牌坊和铜像、青石浮雕，这有什么特别原因吗？"

"你问这呀。"主管笑了笑说，"武昌是岳家军的大本营，岳飞在这儿住了七年，他的帅府就在我们山下不远的地方。"

我一怔，说："你开玩笑吧？岳飞的大本营在鄂州，这可是史书上写得明明白白的。"

主管说："宋代的鄂州就是今天的武昌啊。"

我说："怎么可能呢？宋代也有武昌啊。"

主管说:"看来你这大作家也让这两个地名给搅糊涂了。宋代的武昌就是今天的鄂州,今天的鄂州才是宋代的武昌。"

"什么什么?"我猛不丁儿地愣住了。

主管又说:"还记得毛泽东的'才饮长沙水,又食武昌鱼'吗?那个武昌鱼你在武汉是吃不到的,得到鄂州才行。"

唔——武昌、鄂州、鄂州、武昌。

天知道这两个古今对掉的城市名字,竟然跟我和不知多少人开了一个历史性的大玩笑!

"哎哟哟……"我叹息。唯有叹息。

一切都明白了,1134年5月,岳飞率领大军从江西九江移驻的就是武昌,他是从武昌出发,收复襄阳等六郡的。1140年金兵撕毁和约再度南侵时,岳飞也是从武昌出发,统率十万大军克洛阳,复郾城,战颍昌,直抵朱仙镇,迫使金兵统帅发出"撼山易、撼岳家军难"的浩叹的。岳飞的诗词名篇《满江红·怒发冲冠》,书法佳作《前出师表》《后出师表》,以及"文官不爱钱,武官不惜死,何患天下不太平?""以身许国,何事不可为!""强虏不灭,何以家为?"等等影响了不知多少代中国人的名言,也都是在驻守武昌期间发表和得以传播的。

岳飞是公认的民族英雄,从历代帝王和仁人志士到孙中山、毛泽东、邓小平都有很高评价,习近平总书记也说过:"精忠报国是我一生的目标。"

从第三次投军算起,岳飞的军旅生涯总共不过十五年,其中有七年是在武昌度过的。这实在是武昌的幸运与光荣。

武昌,一座岳飞之城、岳家军之城——从黄鹤楼里我看到了未来。

黄鹤楼,我还会再来的!

半生酒缘说茅台

世间很多事情是要讲究缘分的，比如婚姻，比如友情，比如喝酒……说喝酒要讲缘分难免会有人提出异议，可天下之大、美味之多，不少好酒、名酒进到我的嘴里留下的只有一个"辣"字，唯独一种酒入口生香、经久不散，每每还会勾起肚里的馋虫，你说这不是缘分又是什么呢？

这里说的就是大名鼎鼎的茅台酒了。

我与茅台酒的缘分始于上世纪八十年代初期，那时我在济南军区炮兵政治部当文化干事，忽然一天得知机关小卖部进了一批贵州茅台酒，是专供军以上首长的，因为数量有余，机关干部如有需要也可以沾点光，我便赶紧朝小卖部那边奔去。

那时"八大名酒"闻名遐迩，我虽然不是嗜酒懂酒之人，茅台的名字还是早就如雷贯耳，更加市面上压根儿见不着影儿，心里无形中多出了几分神秘和尊崇，听说小卖部里来了茅台酒，自己也可以买上几瓶，心中的那个兴奋也就不言而喻了。

小卖部里聚着不少人，有司令部、政治部的参谋干事，也有几位老处长。大家围在柜台前七嘴八舌地发着议论，见我进门，有人半开玩笑地说："好，有钱的来了，这一回没个三瓶五瓶肯定是不行啦！"

我没接茬，朝柜台里摆放的茅台酒打量了几眼，问售货员说："多少钱一瓶？"

售货员说:"十二块。"

我吓了一跳,那时的酒大多一块两块一瓶,再好的也不过三块五块,十二块真可称得上天价了。

"你小子一个人,又没有负担,留着钱干什么?"有人跟我开起了玩笑。

的确,那时我没成家,正处在一个人吃饱全家不饿的状态。可有没有负担是一回事儿,要不要花那么多钱去买茅台酒是另一回事儿;毕竟我一个月的工资只有五十二块,不吃不喝也只能买四瓶,而茅台酒属于高档奢侈品,原本就不是我这种小干部消费得起的。

可好不容易得来的机会,白白放弃于心何甘?我狠了狠心,掏出二十四块钱,一下子买了两瓶。

小心翼翼提着两瓶茅台酒回到宿舍,我的心至少醉了两分。

然而买是买了,真正品尝却是十年之后的事了。那时我的长篇小说《骚动之秋》出版不久,上海电影制片厂要拍电影,因拍摄《喜盈门》和《咱们的牛百岁》而闻名遐迩的导演赵焕章专程前来济南商谈剧本改编的事儿。贵客登门,珍藏十多年的那瓶茅台酒——另外一瓶,前几年已经孝敬一位长辈了——终于被派上了用场。

那是我第一次品尝茅台酒,瓶盖打开,赵焕章先自闻了闻说:"好,真家伙!"他把酒传到陪同的一位朋友手里,那位朋友闻了闻,说了一声"好",又传给与赵焕章一起来的那位上影厂的编辑手里,编辑闻了闻说了一声"好",又传到另一位陪同的朋友手里,那位朋友照例闻了闻说了一声"好",这才传到我的手里;我平心静气,把酒瓶朝面前凑了凑,果然觉出一股浓浓的酒香弥漫四放。我乐着,夸张地对着瓶口长吸了一口,而后徐徐地吞进肚里,这才叫了一声说:"我的亲娘,到底咱也喝上茅台酒啦!"引来了众人的一片哂笑。

那真是一次美妙的经历。五个人,一瓶茅台,满桌酒香,一屋欢乐。茅台喝尽,我提出再加一瓶别的牌子的好酒,立刻遭到众人的否决，理由很简单：不能破坏了那瓶茅台酒带来的好气氛和好心情。

第二次与茅台结缘是在三年后，那时我正为创作长篇小说《过龙兵》做前期准备。那次我去号称"金都"的山东招远县收集素材，得到县长刘长锁的热情接待。因为白天忙，见不上面儿，每天早饭刘长锁都要到宾馆陪我一起吃。饭没什么特殊，鸡蛋、油条、稀饭外加几样小咸菜，只是桌上多出一瓶茅台酒。刘长锁总是先给我倒上一杯，然后给自己也倒上一杯，两个人边吃边喝，吃完喝完便各自忙起自己的事儿。那是真正纯正的茅台酒，一杯下肚，一整天都仿佛回绕在那特有的酒香里。一连二十几天天天如此，以至于离开招远县时，我已经有点恋恋不舍了。

此后二十几年我与茅台酒有过不少邂逅的机会，但几乎每次邂逅包括一些相当正式场合的邂逅，带给我的总是失望：说是茅台酒却闻不到、品不出那种茅台酒特有的芳香。开始我认定都是假冒产品，后来有人告诉说茅台酒也有不同的品类和不同的度数、口味，我所钟情的是那种五十三度的正宗老茅台，即飞天和五星，我所喜爱的酒香正是被许许多多人称赏的"茅香"。明白这一点之后，出席宴会时我总要先留意一下茅台酒的图标和有没有茅香，如果图标不对或者酒里没有茅香逸出，我就干脆把白酒杯一扣，要一杯啤酒或者饮料了事。

当然也有例外，一次是在汕头的宜华企业集团，那是个从乡村木工组发展起来的大型跨国公司，手下拥有八百万亩森林资源，经营范围远至非洲、欧洲、拉丁美洲。那天参观过座谈过，中午主人拿出的是一箱酒香宜人的茅台。同去的作家们都很尽兴，可怜的倒是我完全没有"酒仙"的雅量和气度，两杯入口便觉醉意蒙眬，只得放下了事。再一次是在深圳金碟公司，一个以开发财务软件而闻名海内外的企业集团。老板是半个济南人，温雅而又热诚，一上来就告诉说他们与茅台酒厂是合作关系，他们的茅台酒绝对是可以敞开喝的，而果然，第一杯酒入口，便引来了众人的一片称赏。

时间进入 2019 年，中秋节刚过，我忽然接到前去贵州参加"双茅会"——茅盾文学奖获奖作家走进贵州茅台酒股份有限公司——活动的邀请。这是一件难得的美差，可时间上与原本安排好的一项重要活动有冲突，我有心婉拒，可思量再三，还是无法抵御茅台酒的诱惑。

汽车——飞机——汽车，在经过了十个多小时的长途颠簸后，我终于在黔北的大山里看到了那个熟悉而又陌生的小镇，并且隔着车窗闻到了一股弥漫于空气之中的浓浓的酒香味。不需说，目的地到了。

车进茅台国际大酒店，没容进到房间里去洗一把手，我和同车的毕飞宇、李佩甫等人就被请进一个大会议厅。在那里，我见到了茅台公司的李保芳董事长、李静仁总经理和先行到达的阿来、张平、王旭烽、刘醒龙、柳建伟、周大新，见到了作家出版社的董事长路英勇、总编辑张亚丽、副总编辑颜慧等人。

先是情况介绍。茅台酒公司共有三万员工，三十个生产车间；2019 年的产量是五点六万吨，2020 年计划完成六万吨，这也是限定的最高产量了，再多不仅高粱、水源难以保证，也会破坏当地的生态环境；茅台高层坚守的底线是绝不盲目增加产量，绝不盲目涨价，绝不以降低产品质量去追逐经济效益，等等。这难免有些枯燥，却让我对茅台酒厂有了一个基本的了解，并且解开了一个缠绕我多年的困惑：茅台酒那么受欢迎、那么缺货，为什么不敞开发展，把产量搞得多一点、再多一点呢？

接下是餐叙。那是一个敞亮的大厅，大厅里坐满了各路嘉宾和茅台酒厂的各路功臣；一瓶瓶茅台酒被打开了，一杯杯茅台酒被送到了面前，茅香四溢，茅香萦绕，酒杯未举我的心已经醉了。

重阳节是茅台酒厂新年度的开始，是大批红缨子高粱第一次下沙（即投料）的日子，也是茅台酒厂传统的酒节。作为己亥年茅台酒节的特邀嘉宾，第二天一早我们一行人便按照要求，身着深色正装来到茅台广场，参加一年一度的祭祀大典。祭祀大典极富特色，首先是三献礼，一献帛、爵、香火，二献陈年茅台酒，三献高粱、小麦、净水。继而才是敬献花篮、恭读祭文，拜师仪式，集体宣誓和行鞠躬礼，乐舞告祭等等。仪式古老而又肃穆，表达的是敬重自然、敬重先祖、敬重传承和奋发进取的精神，让我们这些外行人也受到了感染。

再接下是参观考察。先是酒文化馆，从那里我知道了"茅台"二字的由来，知道了茅台酒从穷乡僻壤走向世界的艰难历程，知道了茅台酒在国家政治生活和国际交往中的作用。继而是生产车间和库房。茅台酒酿制要经过两次下料、九次蒸煮、八次摊晾加曲、七次取酒，生产周期长达一年；取出的原浆要陈贮三年才能勾兑调配，勾兑调配好的酒还要再贮存一年，才能装瓶出厂。全部生产过程长达五年，这是我们这些外行人无论如何想象不出来的。

特别值得一提的是，在那座排满了蓄酒罐的库房旁的品酒室里，主人拿出了八十年的老茅台让我们品尝。那是真正的品尝，没有佳肴，连炒花生米也没有一粒，只是品，细细地品，反复地品。有人品出了绵软细腻，有人品出了回味悠长，有人品出了空杯留香，我却除了茅香什么也没品出来，只把脑袋品得晕晕沉沉，午饭时把新上的茅台酒全省了。更不堪的是王旭烽和毕飞宇，两人干脆把午饭也给省掉了。

茅台酒的绝无仅有和无与伦比更在于大自然的天造地设，一个几乎完全封闭的山谷，一条平缓甘美的赤水河，一种冬暖夏热、少雨少风、高温高湿的特殊气候，一片微酸性的紫红色土壤和由于千年酿造而在空气中形成的丰富而独特的微生物群落……离开了这些特殊的环境和条件，茅台酒只能是可望而不可即的海市蜃楼。

这里有个有趣的故事。上世纪七十年代初，为着增加茅台酒的出口量，以换回国家急需的外汇和钢材，在一位副总理的支持下，国家投巨资在遵义郊外一个泉水丰沛的山区建设了一座茅台酒的异地厂。上面传达的豪言是："中国人原子弹都造出来了，不信就揭不开茅台酒的秘密！"异地厂用的是从老厂挑选出来的老工程师、老工人和老工艺、老设备、老原料（茅台镇周边山地上出产的红缨子高粱和小麦），甚至于车间木梁上的条状灰尘也是从老厂的车间木梁上"捞"过去的，可历经八年，到了也没酿出能够得到认可的茅台酒来。最终揭开的茅台酒的"秘密"是：只要茅台镇和赤水河不被搬走，茅台酒就不可能异地酿造成功。

赤水河又名"赤水"，是长江上游一条原本并不知名的支流，因为红军长征时毛泽东在这里导演了"四渡赤水"的精彩大戏，而成了国人家喻户晓的一条"英雄河"。赤水河自云南镇雄县发源后一路穿山越谷，落差高达一千五百多米，偏偏到了茅台镇一带一下子平缓下来，变成了一片湖泊似的宽阔的水流。正是这片湖泊似的宽阔的水流成就了茅台酒的辉煌。为了保护赤水河不被污染，早在上世纪五十年代周恩来就有过明确指示，改革开放后茅台酒公司也为此投下了一亿多元的巨额资金。如今的赤水河纤尘不染、水平如镜，两岸则依水环山，层层叠叠矗立着数不清多少楼宇和房屋，形成了一幅具有相当规模的山城景观。特别是每当夜色降临，山上山下、桥上桥下，万家灯火，一河流金，置身其中真如仙境一般。那天晚饭后，我和路英勇沿着河边漫步而行，真有说不尽的万千感慨。

两天的参访考察结束前，召开了一次"茅奖作家茅台行·2019文化茅台论坛"。论坛由作家出版社顾问、活动策划人王干主持，与会作家结合亲身经历和所见所闻发表了不少真知灼见，我在讲述了与茅台酒的半生缘之后，用四个"最"概括了我对茅台酒公司的印象：最本色纯正的原料（当地出产的红缨子高粱和赤水河水），最传统的组织形式（三十个生产车间和员工中的师徒传承关系），最坚定的信念和坚守（绝不盲目涨价、绝不盲目扩大生产规模、绝不降低产品质量），最先进的理念指引（建设文化茅台和提升茅台酒的文化品位）。发言结尾时我念了一首打油诗：

    物华天宝四海闻，
    茅香一醉九重云。
    可怜诗仙无口福，
    我辈竟是有缘人。

  我解释说这里的"诗仙"指的是李白。他是诗仙也是酒仙，如果他与茅台酒相遇，是一定会有一段佳话流传后世的。可惜他是盛唐时期人，茅台酒则发轫于八百多年前的南宋，中间差了四百多年。
  诗仙兼酒仙李白与茅台酒无缘。
  历史上众多的诗仙、酒仙与茅台酒无缘。
  与茅台酒有缘的是我们。
  有缘的我们，该为茅台酒的发展和文化茅台的建设做点什么呢？

郁郁葱葱《人之树》,《奇异的蒙古马》真奇异

说起《人之树》有些人可能会感到生疏。其实这是一部名著,是澳大利亚著名作家派特利克·怀特的代表作,正是因了她,怀特才捧走了1973年诺贝尔文学奖的桂冠。

诺贝尔文学奖评委会给予怀特的评语是:"由于他史诗与心理,叙述艺术,并将一个崭新的大陆带进文学中。"

说《人之树》是史诗无可争辩,但这里的"史诗"与原本意义上的史诗有着很大的不同。"史诗"自从引入小说,似乎不外乎两种:一是正面地、大跨度地、多层次地表现某个重大历史事件或人物,展现特定时代的生活全貌和风云变幻,如《战争与和平》等等;二是以一个特定的家族的几代人的历史为线索,纵向地,主要是纵向地表现一个特定的村镇或地区,几十年甚至几百年风云变幻的史实,如《百年孤独》等等。《人之树》却不是这样,它既没有写什么重大历史事件或人物,也没有写什么大家族的几代人,而是写了一个普普通通的村镇中的一个普普通通的人的一生。

小说的主人叫史坦·派克。一个普普通通的日子,"岁月尚没有在他脸上留下刻纹"的史坦·派克,带着一只不知名的狗,坐着一辆普普通通的马车,来到一片普普通通的荒林,并在那里搭起了一座普普通通的帐篷。不久他领来了一位名叫艾梅的瘦瘦的姑娘;他迎来了第一个客人——那客人住了一夜竟然便偷走了主人家的一台肉

豆蔻压碎机；不久又见到了距离最近的两里外的邻居奥杜太太和新来的邻居归格雷家；不久他们生了一个儿子；不久又有人加入到垦荒的行列，成了他们的邻居；不久他们遭受了洪灾；不久又遭受了火灾；不久战争也强加到他们头上；不久妻子艾梅与另一位男人有了私情；不久儿子有了儿子、女儿有了女婿；不久……小说就是这样，从史坦·派克童年时扎根荒林开始一直写到他的死。而他的死也就是小说的结束。

从以上简要的描述中我们不难看出，这是一部真正写人的小说，写人的一生的小说。如果诺贝尔文学奖评委会的评语确有道理，《人之树》果真可以称作"史诗"的话，这无疑是一部非常独特的、关于人的生命和生活的史诗，关于普普通通的人的生命和生活的史诗。这里没有政党纷争，没有家族仇杀，有的只是艰辛与血汗、笑声与眼泪、爱情与新生，有的只是人与自然的碰撞、融合和开创、造就，有的只是人类代代相因的生老病死、繁衍生息。这是史坦·派克的一生，不也正是千千万万、普普通通的人们的一生吗？

小说末尾，史坦·派克的孙子光辉，"他要写一首生命的诗……关于所有的人的，甚至于那些封闭（即死亡，本文作者注）了的人的"。而全书最后一段话更是令人深思："因之最终有树。那孩子从树间走过，随着他的成长而低首。青嫩的思想抽芽。因之，最终是无终。"

一首所有人的生命史诗；一个人的生命终结了，世世代代的人的生命是没有终结的——这就是怀特为我们创造的史诗，一部关于生命和生活的真正的史诗。这样的史诗，是不是更具有某种典型的意义呢？而作为一名作家或文学爱好者，尤其是特别看重史诗、一心要写出史诗、读到史诗的作家和文学爱好者，在领略了《人之树》之后，胸怀和眼界是不是也会变得更加丰富和开阔一些呢？

这里值得特别说明的是，小说写的是普普通通的人的一生，写得却并不平淡干涩。在我阅读这部作品时，书中描写的场景常常使我如临其境、感同身受：看到持续不停的大雨使水缸、桌椅长了绿毛时，我的身上仿佛也长了绿毛；看到大火烧焦了山林绿地、平野田畴，我的嘴唇、额头也情不自禁地生出了阵阵滚烫灼热。一部以文字编织起来的作品，能够给人以这等的感受，其水平和魅力是可见一斑的。

与《人之树》相比，《奇异的蒙古马》带给我们的是全然不同的另外一种感受，那就是奇异、奇特、奇妙、新奇、惊奇、新鲜，还外加上喜悦、振奋。英国著名作家韩素音，用她特有的浪漫构思和生花妙笔，在这里给我们创造了一个绝妙的世界：一匹名叫大基的蒙古马，被选送到英国自然保护区安家落户。为了使它能够安静和适应，自然保护区的工作人员，特意挑选了一匹名叫皮帕的母马与之相伴。然而大基还是思念家乡的草原，带着皮帕一起逃离自然保护区，开始了向遥远的故乡的进军。自然保护区工作人员的寻找、狩猎者的围追堵截、动物保护主义者的救援和搜索、雪山和沼泽地的层层阻隔……在闯过了数不尽的艰难险阻，历经了血雨腥风、九死一生之后，皮帕倒下了，大基却终于回到了真正属于自己的内蒙古大草原。

作品的主人公是一匹马已属少见，而这匹马竟然如此挚爱自己的家乡，如此顽强坚韧，如此神奇和富有灵性，令人心旷神怡的同时只有拍案叫绝的份儿。我们总说要进行爱国主义教育，总说文学作品要弘扬主旋律，为建设精神文明做出贡献，可我们这样说的时候，为什么总是固守已往的和既有的思路和手法呢？读一读《奇异的蒙古马》，我们是不是会感到汗颜呢？

我还要说的是，《人之树》和《奇异的蒙古马》是曾经对于我的创作产生了重要影响的。我的长篇小说《羊角号》（人民文学出版社1996年8月出版），就得益于这两部作品的启发不少。有谁如果有兴趣的话，不妨找来一读——这已经超越本文的题旨了，就此打住吧。

新诗为什么不押韵？

最先提出疑问的不是我，是读大学二年级的女儿。那天她翻着一本诗歌杂志，嘴里禁不住嘟哝着："不是说押韵是诗歌的基本特征吗，怎么这些诗……"

我没有回答，伸手要过那本杂志，发现上面的头题、二题都是竖排的短句，没有一句是押韵的。联想到前段时间读过的几篇诗歌评论，文中引用的所谓"妙句"也全是这一类句子，疑问也就成了我的，并且被带到了全国作代会上。

那是在北京饭店的电梯上，当有人介绍一位诗人时，我便不失时机地提出了疑问。诗人回答得很干脆，说："新诗从来就不押韵。"

怎么可能呢？记忆中的新诗，从胡适的《鸽子》到郭沫若的《天上的市街》、徐志摩的《再别康桥》，从臧克家的《老马》、郭小川的《团泊洼的秋天》到贺敬之的《回延安》、余光中的《乡愁》，都是押韵的，只不过韵押得不是那么严格罢了。我有心提出异议，但我所在的十七层到了，只好摆摆手告别了事。

第二天大会，我与一位颇有名气的西部诗人坐到一起，我又把疑问提到他的面前。他看了我一眼说："你是写古体诗的吧？"不等我回答又说："新诗追求的是内在的韵律。"

我明白他的意思，却并不认同只有写古体诗的人才重视押韵，以及只有新诗才追求内在韵律的观点。因为我知道，不少好的散文和小说作者，都是把追求语言的音韵美和节奏美视为目标的。至于我个人不仅写古体诗——新古体诗，也同样写过新诗——当然是押韵的新诗了。

我把两次请教的情况说给山东两位代表听，没想到他们跟我一样不以为然：

"诗不押韵还叫诗吗？"

"就是叫诗有多少人会读呢？"

"有人说外国诗歌不押韵，那其实是翻译上的问题，是误读。"

"泰戈尔的诗不押韵，可通篇都是诗的节奏、音韵和意境，与咱们的新诗完全是两码事儿……"

从北京回来，一次诗人聚会，我说出了自己的观点和看法，立刻得到了几位在场的新诗作者的赞同：

"新诗当然得押韵，只要别刻意就行。"

"说从心灵里流出的都是诗没有错，但你押韵和不押韵效果是不一样的。"

"该不该押韵应该以读者的欣赏习惯和要求为标准，没有音韵美、节奏美人家为什么要读诗？这应该是常识才对。"

"现在新诗的读者越来越少，古体诗的读者反而越来越多，这跟押不押韵和有没有音韵美、节奏美绝对是分不开的……"

由此我得出结论，主张新诗不押韵的只是一部分作者，更多的新诗作者还是赞同押韵的；而最最重要的是，如果不押韵，新诗的上帝也即众多读者的离去确是难以避免的。

接下来便是胶东之行了。那是为了参加一个作家们的书画活动，活动中我对当地一位小有成就的女诗人说起了我的思考和看法。她听后说："也真是，经常觉得自己是在写一些有意断开的句子，可有时想押韵又觉得太麻烦，太费脑子。"

我说："写诗是创作性劳动，怕麻烦和费脑子怎么行呢？"

她说:"你说得对,可现在不押韵的诗最时尚,很多报刊和评论、评奖推崇的都是这类作品,你让我们怎么着呢?"

话到这儿,我便无言以对了。

据实而论,我算不上诗人,可作为一名诗歌爱好者和关心文学发展的人,我真心希望大家都能够来关注和回答这个也许算不上太小的问题:新诗为什么不押韵?

戏说岳飞何时了

我对电视剧《精忠岳飞》最大的期待，莫过于打破数百年来戏说岳飞的荒谬。

岳飞是抗金名将、民族英雄，受到历代人民的敬仰，特别是他屈死于权奸之手，为后代人留下了更多同情。因此他的故事受到后人特别是历代说书艺人的喜爱。艺人们或者戏说或者演义，以至于奇招辈出代代相因。清代文人钱彩正是在这些戏说和演义的基础上写成了《说岳全传》。《说岳全传》确有精彩之笔，但这些精彩之笔，诸如枪挑小梁王、救驾牛头山、挑铧车、王佐断臂劝降、岳雷扫北和气死金兀术笑死牛皋等等，跟历史上的岳飞和岳家军没有一点关系。再后来的电影也罢说书也罢，都是在《说岳全传》基础上的再演义。这样演义复演义、戏说复戏说的结果是历史遭到屏蔽，真实精彩的岳飞离人们越来越远了：在岳飞家乡汤阴，有人竟然拿《说岳全传》介绍岳飞，而在阿城金太祖陵园前，有人竟然认定金太祖是被牛皋给气死的。

由此，澄清戏说和演义的迷雾，还岳飞以生动、感人的风貌，便成了我和不少同人的心愿。然而从《精忠岳飞》中，我们看到的仍然是一个接一个的戏说。这里有三种情形，一是照搬《说岳全传》的情节，如枪挑小梁王、挑铧车等。二是随意编造，如岳飞跟随刘韐去金营与金兵统帅粘罕对射，岳飞为阻止杜充决黄河、率军大战铁浮图，赵构责令秦桧去请岳飞出山，以及秦桧自请出使金国、粘罕为争位不惜绑架金朝皇帝等等。三是对历史事件和人物随意篡改，如收服吉青，岳飞靠的是晓以民族大义和轻易制服了吉青手下的一名壮士，而在电视剧中却变成了一场力量悬殊且毫无新意的厮杀。平定苗刘之乱和黄天荡之战明明是韩世忠等人的功劳，电视剧却偏要拉上岳飞不可。

对史实的篡改，最突出的是在岳飞与宗泽、张所的关系上。在岳飞的成长中这两个人是起了关键作用的。二十四岁的"正八品修武郎"岳飞因为无法忍受大敌当前，副元帅黄潜善等人的恶行，贸然给赵构上书，被黄潜善以"小臣犯上，非所宜言"为由赶出军营后，并没有像电视剧中说的那样回乡过起男耕女织的生活，而是找到时任河北西路招抚使的张所。张所与岳飞交谈后认定这是个难得的人才，冒着得罪朝廷的风险对岳飞委以重任，并在很短时间内，将其从一名普通军官提升为中军统制。那使岳飞感恩戴德，以至张所被免职和遇害后，他在家中摆了张所的牌位日夜供奉，同时派人把张所的幼子宗本找到军中，甚至于把朝廷赏赐给岳云的官衔转送到宗本头上。电视剧中把岳飞赶出军营的人被换成赵构，张所更是成了一个无足轻重的人物。

岳飞跟随王彦出战，在与王彦分手不久又找到王彦面前赔罪，王彦感其豪壮，且不愿意落下杀害抗金名将的恶名，遂将情况报告宗泽。宗泽明知岳飞犯的是杀头之罪，但念其忠勇，将其降职收到自己营内。而电视剧中王彦却非杀岳飞不可，一直逼得他的顶头上司宗泽下跪为止。为劝说逃到扬州——而不是电视剧中所说的建康——的赵构回銮汴京、鼓舞士气，宗泽一连上了二十四封奏表都被打入冷宫，以至于"忧愤成疾，疽发于背"，三呼"过河"而死。这在史书上有明确记载，电视剧中改为宗泽遭到金兵围攻，中箭而亡，随后还编造了一个赵构千里奔丧的情节，真可谓匪夷所思。

《精忠岳飞》中这一类的情节很多，看电视剧时我脑子里时常蹦出的一个词是"似是而非"：人物似是而非，故事似是而非。电视剧是艺术，反映历史人物的电视剧可以而且必须进行某种虚构。但虚构应当遵循"大事不虚，小事不拘"的原则，不能对有明文记载和公认的史实随意篡改。戏说是电视剧创作的一种方式，比如前不久播出的《穆桂英挂帅》就得到了观众的认同。这是因为穆桂英本来就是民间传说人物，在不损害其总体形象的前提下戏说一番也未尝不可。但这不适用于岳飞。岳飞是真实的历史人物，是我们的民族英雄，用戏说的方式对待民族英雄和与之相关的那段历史，是会误导观众、贻害子孙的。

东方奇人传

一

铁塔般的身躯,站起,几乎遮住半边墙壁;一只蒲扇似的大手伸过来,紫红的面庞上,顿时迸射出热诚豪爽的朗笑——刘承府,一个典型的山东大汉,站在我面前了。

这是一个传奇式的人物。十几年前,他还是黄河故道上一个贫困乡村的儿子,如今已经成为拥有数百万注册资金、数百名雇工,蜚声全国乃至海外的私营企业家。他曾经几次面对枪口手铐,几次进出中南海。他的宏谈阔论,曾经使理论界权威乃至政界要员为之瞠目。而他的爱情同样奇特,年仅二十三岁的"压寨夫人",正笑容可掬地端上两杯热茶。

恰是五月时候,来自鲁北平原的暖风,带着遍野麦花的芳香,带着黄河故道特有的鲜润甘洌,把这座敞亮却并不显赫的庭院,浸染得越发清新活爽。

"我这个人天生是个捣包……"面对我摊开的采访本刘承府侃侃而谈。

二

小清河自西而东,蜿蜒曲折几百公里汇入渤海。对于这条泉城济南的动脉,鲁北平原上的干流,熟悉山东省情的人没有谁是不知道的。可是对于地处小清河源头的睦里庄,知道的人就微乎其微了。

这绝对算不上一个大村子,上百户人家分居在小清河两岸。村南一道古老的黄河大堤终止了小清河的流向。平素日子小清河平平淡淡,每逢黄河发水,村南大堤开闸泄洪,小清河才肯喧腾热闹上一阵子。

古老的河堤,无边无际的滩地,时而平淡时而喧闹的小清河,构成了刘承府生命的摇篮。

那是个火热的年代,火热得土地能产万斤粮,小清河畔一个村子一夜之间能办起一座红专大学。十五岁的刘承府——一条半大的汉子,跟着热闹了一通,可每天还得扛着铁锹到坡里挖地。他觉得憋气,觉得有劲没处使,觉得自己如同一匹骏马,急需一片任凭驰骋的草原;而小清河太小,黄河太黄,家乡的庄稼地太窄太闷。这样想过几次之后,一个早晨,他揣着身上仅有的几块钱,毅然决然地踏上了北去的列车。

没有可以投靠的亲友,没有预定的目标,甚至连目的地也没有,列车载着稚气未消的刘承府,闯进了人生的第一片海湾。

路途坎坷,前程险恶,刘承府压根儿没有想过。他自小胆大如天。上小学时胳臂上长了一个老大的疮,脓血外流疮口外翻,母亲几次拉他去求医他都不肯,却跑到坡里,找来一把小刀,挖来几把荠荠菜,把疮口一点一点割开,把脓血一点一点挤出,把荠荠菜一点点涂进伤口里。脓血染透了半边衣袖,小朋友们嗷嗷乱叫着找来母亲。母亲抱住刘承府几乎没有晕过去;刘承府只是抽了几口冷气,便大笑着野驴撒欢般地跑远了。"这小子像他爷。"村里的老人们这样说,家里的老人们也这样说。刘承府的爷爷,曾经有过几座庄园、几十条枪,算是当地的"一方豪杰"呢。

刘承府实在并不过分看重那种固守一地的土财主(何况那土财

主后来还破了产），他要闯荡的是属于自己的一番天地。

两天两夜，车到沈阳时刘承府停住了脚步。从小学课本上他知道沈阳是个工业基地。工业基地，那或许会有些名堂呢。

然而出不了车站。他身上仅有的一张车票，是在济南花了五分钱买的站台票。拿着济南的站台票到沈阳出站，那才是麦糠揩腚，自找着不利索呢。他小心地躲避着站台工作人员，试图混出车站。偏偏，一个工作人员盯准了他。

"喂！小伙子，有票吗？"

这是一个三十多岁的女同志，中等身材，齐肩短发，一身铁路制服，显得既干练又洒脱。

刘承府极不情愿地掏出那张站台票。

"小同志，你这票不对呀？"女同志审视地说。刘承府默然低着头，脚下蹭了几下，忽然把牙一呲，道："谁不知道不对呀？买的时候就没对过！"

"哦？"女同志惊奇地投过几束目光，又问，"你到沈阳干什么来的？"

"我才不到沈阳来呢！我到大连！"刘承府随口回着。在车上，他听人讲过大连如何如何，这会儿随手便拉来，一副要气气沈阳人的架势。

"到大连去干什么？"

"找工作呗！"

"找工作？那儿有亲戚？"

"有亲戚还用找哇？"

"好，人不大抬杠的本事不小！"女同志被逗得有几分乐了，"那你说这车票怎么办吧？"

"我管怎么办！反正我得去大连！"

不知是因为刘承府满是孩子气的回答，还是别的什么原因，女同志稍一沉吟，招招手说："到我办公室里来一下。"

"好，这下有人管饭啦！头前引路！"刘承府依然一副嬉皮笑脸的神情。

来到办公室，女同志详细询问了刘承府的年龄和家庭情况后，果真买来了两个白面馒头。

"快吃了走吧。我是看你小小年龄，怪可怜的。"

"刚才人家要走你不让走，这会儿人家谁还走啊！"刘承府耍起赖，"我就在铁路当工人！"

女同志几分新奇几分喜欢地笑了，"你可真是个小捣包！看样就知道你将来有出息！干脆，给我当个弟弟得啦！"

刘承府一愣。父母只生下他和一个弟弟，"姐姐"的称谓，对于他何尝不是一种渴求啊！

"姐姐！"刘承府歪着脑壳，半真半假地叫了一声。

"哎！"女同志欢天喜地一声回应。

女同志叫傅桂香，是车站值班主任，她自小一枝独苗，身边没有兄弟姐妹。她看出刘承府聪明天真，又听他把"姐姐"两字喊得又甜又香，当即便真的认了弟弟。她让刘承府饱饱地吃了一顿，这才打发他上了开往大连的火车。

"你到大连看看，能干得好，在那儿干一阵儿也行；干不好千万别乱跑，就到沈阳来，我和你姐夫给你想办法。"火车开动时，姐姐已是情意绵绵了。

这真是天上掉下的馅饼！刘承府梦中何曾想到，只身闯到东北的第一站，竟然就有了一个真心帮助自己的姐姐！

刘承府在大连当了三个月炼钢工人，便又回到沈阳，并且经由姐姐和姐夫介绍，走进沈阳建东伸拔厂，当上了一名钳工。

工作称心如意；平时吃住在厂，星期天或节假日到姐姐家中欢聚；姐姐两口子待刘承府如同一奶兄弟：刘承府如沐春风，好不悠扬！

时光一年、两年、三年地过去了，刘承府长成了一个剽悍的小伙子。姐姐又千挑百拣给他介绍了一个女朋友。那女朋友白净文雅，很得刘承府欢心。两人度过一段旖旎浪漫的时光，在姐姐的撺掇下，开始做起结婚的准备。

那天又是假日，刘承府带着女朋友尽情玩了一天回到厂里，忽然接到一封来自睦里庄的电报：

母病危速归

刘承府在沈阳落下脚之后，按照姐姐的提示，给家中写去一封信，把断了线的联系接了起来。几年里，父母没少来信催他回去，但他都回绝了。可这一次是母亲病危，他坐不住了。对于母亲，刘承府从心里是怀着很深感情的。

他拿定主意回一趟山东老家，尽一尽孝心，为母亲送送终。

姐姐为他打点了行装，女朋友依依恋恋把他送上南下的火车。

"你们放心，我过几天就会回来的！"刘承府朝着站台上用力摇着手。

列车飞驰。飞驰的列车，把他送回久别的家乡。走在家乡的土地上，走在古黄河的大堤上，刘承府的心潮翻起了层层浪花。

最要紧的自然是看望母亲。可是当他急匆匆、忧切切跨进那座已经变得有些陌生的家院时，出现在眼前的是母亲惊喜交并的笑脸。

"妈，你不是……"刘承府愕然了。

"哦！你这是给你妈收尸来的！"母亲的脸色骤然变得扭曲了，几颗浑黄的老泪，顺着多皱的面颊淌落下来。

刘承府战栗了，一步上前扶住老人，同时扑通一声跪倒在老人面前，"妈——"

泪水从母亲胸前跌到儿子脸上，又从儿子脸上爬上了母亲的面颊。一个扎着长辫子的年轻姑娘搀起母亲，同时接过刘承府肩上的行囊进到屋里去了。

"妈，这是谁，我怎么不认识？"刘承府望着姑娘的背影问。

"还有谁？你媳妇！"

"我——媳——妇？"刘承府的震惊，不亚于听到一件旷世奇闻，"我根本就不认识她！"

"不认识怕么个？见见面不就认识了？"

"妈！这种事得先好好……"

"我知道，得谈恋爱！这好说，结了婚，让你们谈一辈子去！"

"妈……"

"别费那么多唾沫星子！叫你回来，就是叫你娶媳妇的！还不快进屋，跟你媳妇拉拉心里话去！"

尽管刘承府极力分辩推诿，夕阳西斜时，他还是不得不与那位长辫子姑娘单独进行了"会晤"。

姑娘名叫李秀林，是村办剧团的名角儿。长得苗条端庄，一条又粗又黑的长辫撩人心绪，两只黑亮清明的眼睛，闪烁着特有的羞涩和甜蜜。

"李秀林，你可真大胆！"对方通报山门后，刘承府半是认真半是戏谑地说，"你就这么跑俺家来啦？你了解我吗？"

"怎么不了解？"姑娘带着满面彤云，把刘承府的履历和家庭社会关系背诵了一遍。显然，对于刘承府她是做过一番考察工作的。

"你了解俺，俺还不了解你哪！"刘承府又说。

姑娘显然没有想到这一层，说："俺可是听说你什么都同意才来的。你要是有别的想法，俺也不赖你。"

姑娘聪明伶俐，通情达理，从心里说刘承府印象蛮好。可想到沈阳的姐姐和女朋友，他断然地说："你去告诉俺妈，就说我在东北已经恋上爱了。"

姑娘起身离去，母亲和父亲旋即冲进门来，又哭又骂地责备儿子一去三年太狠心，威胁说，这门亲事儿子倘若不答应，他们就要死在儿子面前。

一夜无眠，刘承府数尽了满天星星。

一夜无眠，母亲和父亲操办好了一切。

第二天，当儿子试图进一步争辩说服时，喜酒已经开宴，洞房已经点起了花烛。

李秀林，你是一个好姑娘！可沈阳！沈阳……

新婚美妙如梦。可当刘承府带着如梦的美妙回到沈阳时，他看到了女朋友绝望的泪眼，看到了姐姐因痛苦和生气而变得青紫的面孔。

那泪眼和变得青紫的面孔，是注定一生一世陪伴刘承府，直到永远了。

三

命运把刘承府又送回小清河源头的那个村庄。他又一次成了土地的伴侣。也许由于身边多了一个扎长辫子的姑娘，他那颗狂热的心逐渐安分下来。

安分也只是局限于不贸然出走，在黄河古堤内外的那片原野上，他依然是个恼人的角色。

地里的活儿只干了一年，公社举办会计学习班，刘承府就嚷嚷着非去不可。主管会计气得不行，学习班开业仪式上指着他的鼻子大发起雷霆说："还有一个刘承府！脸皮厚得跟鞋底似的！记了两天工分懂个屁，就想当会计！这一次我是有言在先，学完了考不及格，非让他坐坐红椅子不可！"刘承府只当没听见，学习班结业时却爆了冷门：那些挑来的请来的大多剃了光头，而刘承府考了九十八分，一举摘了桂冠。主管会计和学员们搓手挠头百思不解，刘承府却暗暗窃笑：在沈阳时，他跟住同屋的一位老会计还学过不少工业账目呢！

刘承府如愿以偿地当上了大队会计。他把账目搞得清清亮亮，家庭生活也过得和和美美——李秀林几年之内，为他生下三个又白又胖的儿子。倘若不是后来发生了那场"大革命"，刘承府是注定要守着算盘和账簿度过一辈子的。

四

那场冠以"文化"二字的"大革命"，教会刘承府的第一个真理是没有武力不行。

那年冬天，刘承府奉命到外地去联系了几天事儿，回来时脚跟还没站稳，就被一伙"革命群众"叫到大队办公室，告诉他说，他所掌管的"财权"已归他们所有了，问他打算怎么办，来文的还是来武的。

"文的怎么样，武的又怎么样？"刘承府问。

"文的好说，你愿意跟我们一起干也行，不愿意跟我们干也行。要是武的……"对方一瞥眼，目光在一屋八九条汉子身上溜过。

刘承府说："好啊！你们每人去找一把刀子来。我一把粪勺打得十五六个造反派鬼哭狼嚎，今天咱们也试试！我不让你们趴下一半，就算我刘承府不是人做的！"

一把粪勺打得十五六个造反派鬼哭狼嚎的事发生在"革命"初期。那次村里的拉粪车被城里一家工厂的造反派扣住了，刘承府被派去解围。郊区农民拉粪一向都是统一结算，那天造反派却非要刘承府交现钱不可。刘承府耐住心一再解释请求，背上肩上反而挨了几拳头。

"哦！你们这是动武啊！"刘承府被激怒了，随手扯下身上仅有的一件小白褂。

"动武怎么的？"造反派欺他独身一人，挥拳弄棒围上前来。

"啊！"刘承府看得仔细，一声喊跳到院子一角，用脚钩起一把淘粪勺。他耍花棍似的把一柄淘粪勺舞得呼呼作响，直打得十几个造反派屁滚尿流。

"西郊有个农民是从五台山下来的，一把淘粪勺比程咬金的板斧还厉害！"第二天，济南街头到处流传着新闻。

那新闻，睦里庄的"革命群众"自然也是装进耳朵里的。八九条汉子集体找刘承府"谈话"，那意思是再明白不过的。但从心眼里，他们生怕刘承府真的与他们拼起命来。

"承府，咱们乡里乡亲，那是何必呢？"见刘承府威势不让，摆出副决一雌雄的样子，为首的一位"革命群众"小心地说，"承府，我们考虑你跟村里那些走资派不一样。我们想给你一百块钱做本儿，随你到外边找活儿干，只要你不干涉村里的事就行。"

刘承府知道局面已无可挽回，想想村里这个样子，干也没有劲头，出去闯荡闯荡，免了生那些闲气不说，闹好了还能捞点钞票回来，给老婆孩子扯几身衣裳。

"行，来文的！不过一百块钱太少，得给加点！"

"加多少？"

"五十！"

"五十太多，二十！"

"那可是便宜了你们这些小子！"

一百二十块钱到手，第二天一早，刘承府就出现在通往城里的路上。跟随他的是一辆崭新的地排车。

拉地排车要凭力气，刘承府腰粗膀圆正愁得一身力气没处使。选择拉地排车而不是干别的，刘承府第一件是想多挣钱，第二件就是想舒一舒自己的筋骨。

但拉了几趟他就发现，他卖的力气比别人多，挣的钱却比别人少。这里边有鬼。

第一天向火车站送货，来回三十几里路，刘承府紧赶快跑拉了三趟，挣了十五六块钱。而一位其貌不扬的"老油子"，不紧不慢拉了两趟，挣到三十几块钱。结账时刘承府肚里鼓鼓囊囊满是疑问，想发作忍住了。第二天向白马山拉电线杆，刘承府有意盯住"老油子"，你拉一趟我也拉一趟。可结算时，"老油子"挣的钱又高出他几乎一倍。这次刘承府认定，结算的人是看他新来刮他的油，当即气昂昂地找到管理站领导面前，"有这么欺负人的吗？你们要是不处理我就……"

可人家听他把情况讲过之后，不但没有处理结算人的表示，反一拍桌子朝他火上了，"你拉两趟人家也拉两趟就该挣一般多的钱？那工钱是按趟数算的吗？这是谁告诉你的？"

"不是按趟数，可我跟他拉的一样的货、一般多，工钱也不该差这么多！"刘承府口齿依然坚硬。

"一样的货？你他妈眼瞎！你再仔细地看看去！我这儿有规定，你小子不懂到一边歇着去，少到我这儿找麻烦！走走走！"

刘承府被毫不客气地轰了出来。七尺汉子被当众闹了个大窝脖，够臊人的了，"老油子"和几个同伴旁边又说起风凉话儿：

"这小子，纯粹二杆子一个！"

"二杆子？我看三杆子也不如！这小子怕是天生就少一叶肺吧？"

刘承府受了寒碜，第二天表面上蔫蔫萎萎，眼睛可长了钩儿。一天下来果然发现了不少秘密：同样是向火车站送货，"老油子"回来时从不空车，一趟顶两趟；同样是拉电线杆，"老油子"专拣长的和涂了沥青的拉；同样是拉电机，别人装上车就走，"老油子"总要量量高度，并让工作人员作上危险品的标记……

刘承府看出些名堂来了，他买来几盒好烟，跟货场的几个工作人员拉起了近乎。

"哎兄弟,那'老油子'怎么这几天专盯上那批长杆子了?"

"那还用说,有超长费呗!"

"哎兄弟,那涂了沥青的和没涂沥青的,价码怎么差这么大?"

"毒素费呀!百分之四十,规定上有的,不让你们知道就是了。"

"哎兄弟,我放了一次空趟他也放了一次空趟,怎么单独给他补钱把我甩到一边?"

"这你就不懂了,人家有约在先,那叫无故放空……"

不过个把月的样子,货场上那些看不见摸不着却主宰着拉货人命运的"规定",大部分便装进刘承府脑子里了。活儿自然挑着干,账人家没算完他先报出来了;工钱由一天十几块增到三十几块,又由三十几块增到五十几块,甚至一百多块,工作人员有时算错了或者有意压低克扣,也总是被分文不差地找回来。

"妈拉个腿!这是从哪儿跑出这么个怪物来!"结算的人被抠得急了,恨恨地骂。拉地排车的伙计们更是惊诧不已,连"老油子"对刘承府也不得不刮目相看,时常暗暗瞅着他的举动行事。

事情大约过去两月有余,一次刘承府出现在货场时,被两个二十几岁的小伙子拦住了,"刘哥,我们想跟着你干。"

刘承府一个愣怔,"跟我干?跟我干什么?"

"咱们合一伙儿,我们听你吆喝,钱也由你算。"

"你们想得倒好!"刘承府眼一瞪,火气上冒;但想想却笑了:人家这是信服你,拥戴你当头领呢!

"也行,不过你们可不准耍熊!"

"那是绝对保证!"

三辆地排车排成一溜上路了,不过一个礼拜,两个小伙子的腰包就鼓胀起来了。

又一个礼拜开始,三辆地排车再度准备上路时,麻烦又出现了:十几辆地排车的主人们围住刘承府,坚决要求参加他们的"互助组"。

刘承府既兴奋又紧张，这么多弟兄信任自己、拥戴自己是天大的好事，可自己终究也是一个拉车的，怎么可能……

"这好说刘兄弟，"一个光着铜黑色脊梁的中年人说，"干脆你把地排车撂下，专门给我们当头儿，大伙听你调派，钱也随你分随你拿！"

"你这么说，大伙可得同意才是。"

"同意！……刘哥，你就当我们的司令吧！""刘哥，我们听你的就是啦！"地排车的主人们一片呼应。

就这样，刘承府当起了"地排车司令"。西郊货运站成了他的大本营，麾下的三十几名弟兄，纵横驰骋，占领了西郊的大半边天地。每逢"集团会战"，一排就是三五里路的阵列，常常使得行人驻足、造反大军退避三舍。

作为地排车司令的刘承府，每当看到这种情景，禁不住一屁股都是欢笑：英雄盖世，意若何为？当年秦琼、程咬金也不过如此吧？

可是忽然一天，村里派人找到刘承府，通知说，书记让他回村一趟。

那时村里已经重新有了书记。被"革命"革掉的又被"革命"革起来了，只是人已是完全不同的另外一伙人了。

"你整年在外边拉黑车，搞资本主义那一套是不行的。根据上级的指示，你从今天开始回队干活！"

"那可不行，货运站几十口子人还……"

"货运站也得以阶级斗争为纲！你还是老老实实回来的好！"

书记甩手离去，刘承府呆住了。只是到这一刻他才依稀明白，原来他这个八面威风的"地排车司令"草秆儿不如，人家轻轻松松一句话就全给抹了。

不服归不服，刘承府胆子还没大到敢于同"革命"和代表"革命"的书记抗衡的地步。

于是就下了地。

那时的地仿佛成心跟人过不去,你越是高喊着献忠心创高产,它越是拼命地让你难堪、让你饿肚子。辛勤劳作,从冬到夏,从春到秋,人均口粮只有二百八十斤,不少还是连糠带壳搬进门的。这难坏了刘承府。要填饱肚皮,汤汤菜菜不算,单是干面他每天就需要四斤半;全家老小的口粮他一个人吃还只能混个半饱,母亲、妻子和三个儿子怎么办呢?

秋粮到家,冬天刚刚开了一个头,就显出危机来。刘承府不得不把精气神全副集中到搞吃的上了。

野菜树叶已无处可寻,萝卜白菜也吃得差不多了,再有就是地瓜蔓、玉米塞、花生壳了;那玩意儿1960年吃过,伤人,更重要的是刘承府不甘心让一家人吃那种牲口都不吃的"代食品"。他村里串、集上转,一次终于得到情报:肥城那边玉米多豆子缺,而济南这边恰好豆子多玉米缺,以多补缺,有一笔油水可捞。

倒腾粮食!刘承府看到了一条生路。

可肥城离济南一百二十多里路,更何况倒腾粮食,那绝对是投机倒把,绝对是政府所不允许的。

刘承府管不了那么多。他找来一根足有两尺长的铜管,铜管里放进一把磨得锋利无比的锉刀——那是为了对付意外事件准备的;把自家仅有的一百斤豆子绑到自行车上,把一顶大棉帽朝头上一扣,把一件大棉袄朝腰间一扎,棉袄里藏起那只用铜管锉刀组成的武器,趁天黑没人看见,悄悄地上路了。那时各地无一例外都有黑市,黑市无一例外都凭借黑夜的掩护从事贸易。刘承府按照知情人指点的线路,半夜前赶到肥城黑市,用一百斤豆子换得二百斤玉米。驮上二百斤玉米紧蹬快赶再到济南的黑市上,用一百五十斤玉米换回一百斤豆子。然后赶在天亮之前,把一百斤豆子和余下的五十斤玉米搬运回家。

一夜奔波,落下一身臭汗,然而也落下五十斤玉米。而那五十斤玉米掺上糠菜,足够一家人吃上半月二十天了。

一战告捷,刘承府意气昂扬,频频出击。年前,从腊月二十开始到腊月二十八结束;过了春节,从正月初二上路一直到正月十五偃旗息鼓;近二十天的时间里,刘承府夜夜单车飞马。收获是丰厚的,九百斤黄澄澄的玉米锁进仓屋,别人家鬼哭狼嚎甚至投井上吊,刘承府一家五口安然无恙。

一连两年,神不知鬼不觉。第三年时,不知怎么走漏了风声。驻地税务所组织五六个人,带上狼狗,几次拦路截捕没能成功,狼狗还被刘承府用铜管打掉了两颗门牙。查捕"飞贼"的任务层层交到村里。村里分析来分析去,除非刘承府不会有第二个人。但刘承府不肯认账,扬言说,哪个如果将他"人赃俱获",无论定什么罪他都认;否则,谁敢跟他过不去,他就跟谁没完没了。

经过周密布置,民兵们做好一切准备。

那天傍晚,天刚刚黑尽,刘承府骑着自行车又悄悄出门了。刚刚来到村口,三个民兵突然截住了去路,"站住!刘承府,你要干什么去?"

刘承府没事一样下了车,"家里太热,出去遛遛风。"

民兵们自然不信,但围着自行车转过几圈,没见一只麻袋一粒豆子,只得听凭刘承府离去。

"你们上当啦!我的豆子在外村哪!"刘承府走出十几米之外,却忽然回头,挑逗地大喊几声,这才急急蹬走了。

民兵们断定刘承府必去当"飞贼"无疑,估计他天亮前后才能回来,便约定了集合时间,各自回家睡觉去了。刘承府骑车在村外兜了几圈,见民兵们不在了,也悄然回家睡起大觉。第二天清早,民兵们正为没有发现刘承府回来着急时,刘承府懒洋洋出现在众人面前。

"这几个民兵不负责任,"他一本正经地对民兵队长说,"我驮着粮食回来的时候,他们都回家睡觉去了。我想找他们帮帮忙都没找到。"

民兵队长挨了一顿奚落,只好把三个民兵狠批一顿,恨恨而去。

民兵们更加紧了监视,刘承府却无事一样,时不时与民兵们开开玩笑、凑凑乐趣。

平平安安不过五天,那个晚上刘承府又出村了。这一次,民兵们权当没有看见。但刘承府的背影一消失,民兵队长便亲自带着十几个民兵封锁了村口要道;并且规定,哪个开小差、打瞌睡放跑了刘承府,扣罚十天工分。

一夜辛苦没有白费,黎明时分,刘承府出现了:棉帽棉袄,自行车屁股上驮着一个鼓鼓囊囊的大麻袋。

"站住!"民兵们从掩蔽物后一拥而出,把刘承府围了个插翅难逃。民兵队长把一只手枪在刘承府面前恣悠悠晃着,"承府,这一回还有什么说的吗?"

刘承府嘴硬,"这又是怎么了?我又犯了哪条王法啦?"

民兵队长并不跟他啰唆,朝几个民兵使个眼色,民兵们立刻上前截获"赃物"。可他们两手一抓麻包立刻愣住了:麻包里装的压根儿就不是粮食!

"怎么,咱们从亲戚家要点地瓜秧子回来喂猪也犯法?"刘承府作出一副茫然和气愤的神情。——地瓜秧子是两天前,他就特意买来铡好放在一位亲戚家的。

"地瓜秧子?……你……你……"民兵队长像受了天大侮辱,指着刘承府大骂起来,"刘承府,你好大胆子!敢把咱们民兵当猴耍!今天我要是不把你……"

"噢!这么说我养猪是犯法啦!行,猪食我不要了,我家去把猪全都砸死,送给公社书记改善生活去!"

刘承府丢下自行车,搬起一块大石头便向村里去。

民兵队长慌了。当时上级正层层发动大养其猪,县和公社的头头,三天前还专门到村里来检查动员过呢。

"承府,你这是干什么!"

民兵队长上前阻拦,被推开了;几个民兵围上好说歹说,才把石头夺了下来。

刘承府不肯了结。他找了村支部书记,又找到公社党委书记,非要逼两级书记讲讲,他响应上级大养其猪的号召,犯了哪条王法不可。

一次周密计划的截捕行动,被刘承府闹了个乾坤颠倒。村支部书记挨了批评,民兵队长更少不了一肚子恶气。那天两人在街上碰面,民兵队长哭丧着脸说:"承府,咱兄弟们并没有把你怎样,你干吗下那种狠茬子呀?"

刘承府说:"你这么说不行。咱兄弟不就是为口吃的吗?你们今天截明天堵,把咱一家人饿死就高兴啦?"

民兵队长怔了好一刻,说:"行,承府,既然你说到这儿,往后咱兄弟们要是难为你,就是大围女养的!"

说过这话的当晚,刘承府又开始了他的"飞贼"生涯。

五

"飞贼"生涯并没有持续多久,刘承府便又一次外出当起了"司令"——马车司令、劳工司令。

这是1974年,为了迎接西哈努克亲王来访,济南大兴土木,对经十路、纬二路两条交通干线进行展宽重建。刘承府在做出定时定额向队里交钱的保证之后,带着几辆马车出现在市区工地上。他几乎毫不走样地重现了几年前当地排车司令的经历,没过多久,麾下就聚合起二十几匹高头大马和十八辆胶轮大车。马车不比地排车,作战能力强、机动能力强，几十里工区，没有哪里没有留下刘承府的身影。

马路拓宽改造工程结束，刘承府又以按人头向村里交管理费的方式，一下子从村里拉出一百多口子人，成立了济南市乃至山东省第一支农民劳工队。这支劳工队在刘承府统率下，悄无声息地开上了建筑工地；这里给人家建一堵墙，那里给人家修几排屋，甚至还盖起过几座颇为像样的二层小楼。他们以吃苦耐劳和讲究质量，赢得了用户信誉和有关部门的支持。到1979年下半年，刘承府手里揽下的活儿，已经足够劳工队干上几年的了。

恰在其时，上级一个工作组进驻睦里庄，并且发出了立即解散劳工队和要刘承府回村接受批判的通令。

第一次批判会人数少，刘承府面不改色心不跳，与工作组打起"对垒战"。问他为什么组织地下黑包工，破坏农业学大寨运动。他说，劳工队是经村里同意、有关部门发了通行证的，压根儿说不上"地下"和"黑"字；至于对农业学大寨，则不仅不是破坏而且是推动，全村劳动日价值由原先的四毛增到现在的一块，主要正是得力于劳工队的收入。问他为什么拿出三千多元请客送礼拉拢腐蚀干部。他讲起重庆谈判时郭沫若送给毛泽东一块手表，这块手表如今已经作为革命文物放进博物馆的故事，并且理直气壮地问："谁能说请客送礼都不对？谁能说郭老是拉拢腐蚀毛主席？"工作组被对垒得很恼火，但狠批了他一顿"态度"之后，也只好散会了事。

第二次批判，工作组动真格的了。会场上人头攒动，足有上百号人，墙上挂起了"坦白从宽、抗拒从严"的大幅标语；先是一通"刘承府不老实就砸烂他的狗头"的口号，接着，刘承府才在几个全副武装的民兵的押解下，被"揪"到台上交代"罪行"。

刘承府果然被"镇"住了，脑壳低垂，两腿紧并：一副诚惶诚恐的样子。

"我交代，我该死！"

随着一句话出口，刘承府放声大哭起来。一米八二的彪形汉子，哭得跺脚拍腮涕泪四溢；台下立时出现了一片混乱。

"刘承府！你少耍花样！老老实实交代问题！"工作组几次警告，他才勉强止住，使会场得以稍许平静。

"我交代！"刘承府边抹着鼻涕泪水边喊着，"我反党反社会主义！我和蒋介石是干兄弟！我杀了几十万共产党！我贪污了三百万块钱，都存到外国银行里啦！我血债累累，不杀不足以平民愤！我……"

刘承府"交代"一句号哭一阵，跺一阵脚，直把个会场哭得、跺得日月无光，天昏地暗。

七十多岁的社员陈老汉，原先家里穷得连碗豆腐吃不上，两个孙子跟着刘承府外出干劳工挣了几个钱，日子才开始好起来。他对批判刘承府原本憋着一肚子气，这时忍不住跳起来，喊着刘承府的小名，朝工作组骂起来：

"你们这不是逼着人家小登云说瞎话吗？他从小穷得连条裤子穿不上，我亲眼见着的，怎么跟蒋介石成了干兄弟？怎么还杀了几十万共产党？到哪儿去贪污的三百万？你们这不是要人家孩子的命吗！"

陈老汉的话激起了很多群众的同情。村支部书记吴宝森也忍不住了。刘承府外出搞劳工是他点的头，劳工队对村里的贡献他也是亲眼看见的。工作队进村要立刘承府的专案时他就说过：这个人没多少整头。他非党非干非地富反坏右，一个农民，你整他什么？他还巴不得你把他开除了，让他去当干部当工人哩！工作队非但没有接受他的意见，还把他批了一顿。刘承府一哭一闹，有人抻头一咋嚷，场上一乱，他站起把胳膊一甩，喊一声："这是闹些什么事儿！拉倒吧——"一个好不容易开起的批判会，立时便人走场空了。

刘承府回到家里，母亲和妻子正吓得在哭。他朝妻子眼一瞪，说："哭什么！给我炒个菜！"便进到里屋，拿出一瓶老白干，慢条斯理喝起来。

刘承府是个血性人,但也是个聪明人。他深知自己力量微薄,如果不会伪装和保护自己,单凭一股蛮劲硬顶硬抗,等待他的会是什么。"社会是个大舞台,每个人演什么角儿是一定的。分配给咱的是丑角,咱就只能把丑角演好。"晚间灯下,他经常用这套"理论",开导母亲和妻子。

菜炒好,摆上,工作组组长推门进来了。

"好小子刘承府!你把会给我搅了还敢喝酒!"

"我正觉着没法活了,准备自杀去哪!"刘承府又故作其态。

"你少来这一套!我问你,谁叫你在会上胡说八道的唻?"

"我怎么知道啊?你不是老叫我上纲上线吗,我不那么说,你不得还说我不老实啊?"他下床,找过一个酒杯一张凳子,笑嘻嘻地说,"组长,你喝盅酒,帮我把说得不够的地方再提高提高。"

"訇——"

工作组组长生怕晕过去,赶紧把门狠命一甩,跑到街上去了。

六

尽管恨得牙根发痒,几天后,工作组组长还是不得不满脸带笑,把刘承府请到办公室。

村里有个油毡厂,厂里急需的沥青断顿了。作为接管村里党政大权的工作组组长不得不亲自过问。可人家告诉他,这件事非刘承府出马不可。他只好抱着试试看的态度找到刘承府。

刘承府应得利利落落,"这好说,不就是需要点沥青吗!"当天上路,第二天,满满一车沥青就进厂了。工作组组长惊喜不已,这才看出刘承府是个好角儿,干脆提出,让刘承府去把油毡厂那一摊儿"管起来"。

这次刘承府不那么利落了:要我管可以,得给全权;工资、出差费一律不要,产值的百分之四得归我;村里和工作组应了不行,得公社党委点头,得有书面合同。工作组组长一肚子不愉快,可油毡厂如果垮了是要给自己和工作组脸上抹黑的。他只得找到公社。公社合计来合计去,那么一个芝麻眼大小的油毡厂能有几个产值?刘承府撑破天不就是一年下来捞个千儿八百的?随他干去好啦!

一纸合同签下,第一年结账时,刘承府从厂里提走九千元,第二年则超过了一万一千元。值得说明的是,那九千元和一万一千元都是在产值利润公布前提走的;刘承府不干那种拿着合同书还要请示汇报的事儿,他担心有人看了眼红,要变卦。

刘承府不是预言家,但他的预言没有多久就得到了验证。几乎在他提走一万一千元现金的同时,他成了济南市郊区两名被列入另册的经济大案要犯之一。

刘承府自然不肯服罪,非但不肯服罪,还一字一句、连标点符号不错一处地背诵中央一号文件,宣称自己是"有功之臣",是农村"先进生产力的代表"。

"告诉你们,像我这种人,你们应该敲锣打鼓给我戴大红花!要逮捕我?谁逮谁还得把我请出来!"

可问题不在于刘承府怎么说,而在于审讯者怎么说。

——老老实实交代你搞地下黑包工的罪行!

——你没有搞黑包工,有合同?那合同本身就是不合法的!不合法就是黑的!

——把你那两万元赃款交出来!

——不交?那好,把这一千块钱存折和收录机、手表统统留下来!

——先交给我们保存着,用不几天就得还给你?好咪,等你进了牢子,咱们再商量怎么个还法吧!

——不信？好，三天之内逮捕令不下来，你把我的眼珠子扒出来当泡踩……

审讯者说的自然不是空话，可如果把刘承府的话仅仅看作"嘴硬"和"虚张声势"，同样也是不可靠的。联合办案，两级审批，逮捕令发出在即，一位副市长忽然找到有关部门一位领导同志面前：

"西郊有个刘承府你知道吗？"

"知道哇，我们正准备逮他。"

"他犯了什么案吗？"

"他搞地下黑包工，两年捞了两万多。"

"那不是按合同来的吗？合同总不会是他自己订的吧？"

"……"那个领导同志哑然了，片刻才又问，"副市长认识他？"

"认识不认识无关紧要。中央文件可是允许承包经营，咱们总还得执行政策吧？"

一次对话之后，上边派下一位干部，那干部一见刘承府，上前拉着他的双手连声喊着"同志"。

"喔，你这'同志'俩字咱可不敢当，说不定哪一霎就被枪毙了呢！"刘承府听出情况有变，却依然不阴不阳。

"哪能啊！我看只能说是有点错误。"干部说，"你的问题我们研究了，合同订得高点主要责任不在你。你回去好好检查检查，该怎么干还怎么干。就这样吧。"

七天七夜审问，七秒钟就解脱了。解脱也没了结，不久《济南农民报》头版登出一则消息，消息在介绍了中共济南郊区区委，在打击经济领域严重犯罪活动的斗争中，制定的八条必须掌握的政策界限的内容之后，举例说："……西郊公社睦里大队社员刘承府，与大队签订合同，带领一部分社员在外包工，从总收入中提成百分之四归自己，去年他提成一万一千多元。打击经济领域严重犯罪活动的斗争开始后，他心中害怕，惶惶不安，就带着一千元存折、一台录音机和一块手表到派出所投案。经过调查认为，刘承府提成过高，是专业承包中的问题，不能视为经济犯罪。向他讲明党的政策后，使他放下了思想包袱，继续执行与大队签订的合同……"

看过报纸，刘承府怎么也回想不起，自己"惶惶不安"地去"投案"时的情景。想不起就算了吧，不，还去问发消息的记者。记者惊讶地把眼珠眨了好一会儿，说："能在报上把弯儿扭过来就很不错了，你还想怎么样呢？"

的确，刘承府，你还想怎么样呢？

七

"刘承府这家伙是属韭菜的，只要你挖不了他的根就挡不住他发：你割一茬他发一茬，一茬更比一茬旺！"此言系"大批促大干"时，郊区公社一位干部大会讲话中的一段。其言虽显粗俗，倒是真实生动，连刘承府本人对这个评价也颇为欣赏自得。

名字见报，从"地下"走到地上，由"黑"变成不黑，刘承府自然高兴。但那个小小的油毡厂实在不够他干的，他的能量远远没有得到发挥。他的眼睛耳朵越发骨骨碌碌，一刻不肯安分了。

有人传来消息：镇委——那时公社已升级为镇——准备盖家属大院，想从东北搞木材没搞得回来。刘承府眼睛一亮，抬腿便向镇委去。

分管基建的镇委副书记，正在院里跟几个干部扯闲篇子。他是工农干部出身，听过刘承府的话，只把眼珠子转了一下，说："你有办法？我要的可是叮当响的东北原木，不是你们村边上那种弯弯檩条！"

"知道！不是东北原木我还不给你搞呢！"

"你吹牛×！"副书记压根儿没把刘承府瞧进眼里，一跳两丈高。

刘承府不急不躁，"那我搞来了你怎么办？"

"你搞来了，我大会小会喊你一百个好！"

"要是不喊呢？"

"不喊我是你个儿！——要是你搞不来呢？"

"搞不来我是你个儿！我一步三叩头，到万人大会上认祖宗！"

"好咪！大伙可都听见了，哪个小子要是反悔……"

事情讲定，刘承府第二天上了火车。到第七天傍晚时，一串六辆带拖斗的大卡车，轰轰隆隆开到镇委大院门前，车上满满当当装的全是东北落叶松原木，总共不下五十立方！

镇委机关仿佛发生了地震，老老少少男男女女看不够的新奇，道不尽的感慨。当最后一辆车停住，刘承府披着一件蓝褂子，笑眯眯地出现在众人面前时，分管基建的副书记两眼打直，足足有五分钟没能把目光从那件蓝褂子上挪开。

"书记，咱可是有言在先。"

"那是那是。"

"我看就不用到大会小会上喊我的好了，把工程包给我什么都有了。"

"那是那是——哎，那质量可是……"

"我有一百个胆，也不敢到你镇委门上玩玄的呀！我还想在这儿亮亮牌子呢！"

"行！你这个儿当得有点滋味！"

"哎，我怎么倒成儿了呢？"

"你是石头缝里蹦出来的？没有娘老子？"

工程承包，不仅包工而且包料包工时。刘承府呼啦一声拉起一个将近二百人的建筑队；不仅有本村本邻还有外地招聘投奔的，不仅有各种能工巧匠，还有具有一定设计和施工指导能力的技术人员。

精心筹划，一切如约如期，一座镇委家属宿舍出现了。房整地平，小院幽幽静静，连厕所、垃圾箱也方方正正挑不出半点毛病来。

"刘承府这小子行！""刘承府这帮子人行！"从镇委书记到看光景的群众都点了脑袋。工程结束时，建工队已经发展到二百六十多人，同时在几个工地上垒起地基来了。

"承府，我看你就是晚生了二十年。早生二十年，革命也罢反革命也罢，怎么的你也得弄个司令当当！"一位借聘的工程师不无惋惜地说。

这话刘承府听着舒心也听着扎心：早生二十年能弄个司令当当，那晚生二十年，司令当不成就白牌子到底了不成？

这话说过不到半年，济南市振兴建筑公司宣告成立，刘承府成了公司总经理。

这是山东省第一家私营公司，也是当时最大的民营建筑队伍。公司成立的那天，当刘承府皮鞋锃亮、西服笔挺地出现在数百名职工面前时，那位借聘的工程师在他耳朵旁说了一句悄悄话："行，刘总，你算是没白活，比当个司令也差不到哪儿去！"

八

由农民建筑队到振兴建筑公司，许多人以为那不过是赶时髦，图个既大又好听的名称罢了。这实在误解了刘承府的本意。建筑队充其量是一支农民别动队，愿意干就干，不愿意干就散，干的也多是修修补补小打小闹的活儿；而建筑公司是企业，是正规军，必须有另一套活法和干法。就算当司令，刘承府也是宁愿带领一支正规军，而不愿意手下总是一群散兵游勇。

刘承府翻过去的是作为农民"能人"的一页，翻开来的则是作为私营企业家的崭新篇章。

总经理签发的第一道命令下达了：企业实行成本核算账目公开，严禁原先那种一锅煮、人钱不分家的情况继续；职工实行等级工资制，包括总经理在内的任何人，不得从企业随意提取资金或攫取额外报酬。与此同时，近十万元巨款被从账户上拨走，五部巨型"井"字架、五台大型混凝土搅拌机、十几台磨石机，随之取代了用过多年并且早已过时了的各种土造机具——正规军自当有正规军的武器装备。

接下便是战役和战斗了。

这里有个有趣的现象：没有当过一天兵，更没有打过一次仗的刘承府，对"战役""战斗"一类字眼却有着特殊的偏爱；凡属他采取的重大行动，无不被称之为"战役"，甚至连后来他争夺"压寨夫人"成功，也被说成是"打胜了一个战役"。这不能不令人怀疑：或许他真的天生就是个当司令的坯子？

振兴建筑公司打的最早的两个战役，是济南食品厂饼干车间抢建工程和潘村养鸡场抢建工程。所谓抢建，自然首当其冲的是时间问题。食品厂建的是全省最大的车间，因为牵扯到进口设备落户，厂里提出五个月完成。三家前来投标的县区公司一听，说："这不是闹笑话吗？"立马撤走。刘承府却说："我干了。"他把能征惯战的副总经理高加水派上前线，与二队队长吴寿杰一起，带领工人二十四小时轮番战斗，保证了工程顺利完成。潘村养鸡场赶的是个冬季，预制件养护是关键。队长刘炳先带领工人们，在冰天雪地里挖坑灌注，进行地下低温养护，为工程赢得了宝贵时间。两个战役均以告捷结束后，济南锅炉厂、济南军区军医学校、济南市生资公司住宅楼等一批造价高达百万的工程随之纷沓而来。

事业的成功，为刘承府带来了无限喜悦。然而每当他回到家门时，一颗心却蓦地铅锤似的坠落下来，变得黯淡而又沉重了。

还在几年前，刘承府当马车司令时，李秀林因为一次药物中毒，瘫到床上。在李秀林住院、刘承府外出期间，当时只有十几岁的大儿子刘毅，因患肾炎耽误治疗也成了半身瘫痪。母子双双卧病，使刘承府背上了沉重负担。尽管他不惜重金八方求医，李秀林和儿子的病仍然没有多大起色。当1984年春天到来时，母子俩竟然结伴住进了医院。

大年初一，刘承府安顿好二儿子刘伟、三儿子刘奇，到医院陪伴了一天，回村时暮色已经把黄河古堤涂抹得灰黑一色了。

"承府，你这是到哪儿去了？"村支书吴宝森在街上与他相遇。

在得知他还饿着肚子时，吴宝森把他拉到自己家里，摆上了一桌暖暖的酒菜。

"承府，你这几年为咱村挣了不少钱、办了不少好事，今天我这个当家的敬你一盅！"性情爽利的吴宝森说。从当"马车司令"和"劳工司令"开始，刘承府带出村里不少乡亲，给村里挣回不少钱；如今成立公司，每年也还要向村里交几万块钱。

难时一句话，胜过雪中棉。吴宝森一句祝酒词，说得刘承府全身翻起热潮。他端起一杯酒一饮而尽，随之作起诗来：

贤妻不幸药伤残，
长子有病一年半。
理智难止伤心事，
痛思（似）钢刀绞心肝。
父老妻病孩儿小，
有苦能对谁来言。
千斤重担一人担，
汗如下雨泪如泉。

他一字一句念完，忽然扑到床上放声大哭起来。为了事业所付出的高昂代价，已经使他不堪重负了，他真想把眼前的一切统统丢开，从此做个两眼皆空的清风道人。

吴宝森了知刘承府的性格为人，故意让他哭过一通，这才一字一板地说："承府。你刚才的诗我得给你改一个字。'千斤重担一人担'，改成'千斤重担众人担'。你的困难我们村里给你解决。老婆算病休，工分照给，药费报销，再派个人去帮助伺候；你家里，我们也派一个妇女去帮助做做饭、洗洗衣服。你呀，专心地干你的公司的事去！"

刘承府向来喜怒哀乐随情而发，既不虚饰也不做作。哭过一通心里已觉宽敞，听吴宝森又做出这样的安排，当即一跃而起，说："行！我再给诗添个尾巴——"

收起眼泪挺腰板，
努力奋斗夺难关。

他念过两句，满满地斟起一杯酒，举到吴宝森面前说："书记，咱们喝！"

"喝！"

一声脆响，春节之夜又喷发出温燠熏香的气息。

九

是年是月是日，新华社一位记者不期而至，与刘承府进行了一次畅谈。不久，《人民日报》海外版和香港《镜报》，在显要位置上报道了刘承府，称之为"山东省雇工最多的私营企业主"。这为刘承府带来了不小声名，但也带来了不少麻烦。

一天，一位据称是"省里领导"的理论界人士登门，张口就要刘承府汇报。汇报本无不可，但对方点明要听的是刘承府如何搞雇工剥削，如何搞资本主义的情况。刘承府一字不差，背诵了中央文件中有关扶持发展个体工商业，和对农村雇工"可以不按资本主义的雇工经营看待"的条文，并且扬言要到省委告状，才使对方不得不变得客气一些。但人家大吃了他一顿美酒佳肴之后，还是把状一直告到北京，非要抓刘承府一个"新型资本家"的典型不可。这使刘承府无端地大伤了一番脑筋。

这件事过去不过一月，市里又派人找到门上，通知说，市里一位主要领导同志要召见刘承府。"这又是哪阵风，刮得龙王爷也抬起头来了？"刘承府且惊且疑。他的社交圈子很广，但大都是围绕企业展开的，与上层领导人，尤其是党政主要领导人绝少来往。这一是他自知人家瞧不起他一个体户，二是他实在也没有时间和精力去求得人家瞧得起。一个拥有几百万人口的大城市的主要领导人亲自召见，这要算是一件殊荣呢，可刘承府总觉着似乎没有什么好事儿在等着自己。

果然，当他踏进那座新建的办公大楼时，迎接他的并不是笑脸和问候。没有茶没有烟，沙发上坐着几位秘书和领导干部，那位特意请他来的领导同志，从办公桌前欠起屁股，朝墙边一把椅子指了指，就算是打了招呼。

"你就是刘承府？"接下来的是一句不冷不热的提问。

对方的淡漠激起了刘承府的自尊，他径自坐到一个空着的沙发上，以同样淡漠的口气问道："怎么，找我有事吗？"

"你现在雇工有六百多人，不会错吧？"对方问。

"那是。"

"其中还有不少是从外地招来的？"

"不错。"

刘承府看清，那位领导同志桌上摆着的，一份是《人民日报》海外版，另一份就是他十几天前向有关部门呈送的一份报表。对于企业内部的情况，刘承府向来不遮不掩；职工人数、职工来源，报表上写得明明白白一字不差。

"你知道不知道这是违法的？"那位领导同志严峻起来，"当地的群众你招了不少不说，还跑到外地去张扬搜罗，你这算不算私招乱雇？私招乱雇是什么性质的问题你知道吗？"

振兴建筑公司的工人大多是熟人介绍来的。熟人介绍熟人，熟人又介绍熟人，便把几百里之外的泰安、菏泽、济宁等地的一些能工巧匠拢到了一起。这些事大多是下面办的，刘承府很少过问，更想不到会有什么问题，以至会惊动市里的领导同志亲自过问。

"你这是违法行为，凭这一条就可以逮起你来！"那位领导同志说。

"逮起我来？"刘承府一阵哈哈大笑。

"你笑什么？你以为是吓唬你？我一个电话……"相应的，是一个打电话的象征性动作。

刘承府回答的又是一阵笑声。

"说我违法我不知道，我可知道符合中共中央文件。"刘承府目视那位领导同志和在场的干部们说，"你们把今年的中央一号文件拿出来，看着，我背一段你们看错没错。"

不知出于什么原因，那位领导同志和干部们，果真找来了几份文件和登载着文件的报纸。

"你们看着第七部分第一段。"刘承府背诵起来，"随着农村分工分业的发展，逗号，将有越来越多的人脱离耕地经营，逗号，从事林牧渔等生产，逗号，并将有较大部分转入小工业和小集镇服务业，句号，这是一个必然的历史性的进步，逗号，可为农业生产向深度广度进军，逗号，为改变人口和工业的布局创造条件，句号。"

刘承府背完，问："我背错了哪儿没有？"

并不等对方回答，又道："你们再往下看，第七部分的第二段。当前农村兴起的饲料工业，顿号，食品工业，顿号，建筑建材业和小能源工业，逗号，是最为社会急需而又能较快发展的几个产业部门，逗号，应有计划地优先发展，逗号，有关部门和地方要给予积极的指导和支持，句号，鼓励城市技术人员下乡，逗号，倡导和组织不同地区，顿号，不同单位之间的人才和技术的流动，逗号，为发展农村工业增强技术力量，句号。"

一句不错，一字不错，一个标点不错！那位领导同志和在场的干部们，无不露出愕然和感动的神情。他们无论如何想象不出，一个文化水平不高的农民个体户，对中央文件竟然熟悉到这种程度！

刘承府是一员天不怕地不怕的猛将，但他绝不是一位想怎么干就怎么干的莽汉。为了事业的成功和发展，他无时不关注着政治形势的变化和中央的指示精神。凡属与自己和企业有关的重要文件、讲话、规定、社论等等，他总要收集起来，晚上睡觉前看几遍，早晨起床后再看几遍；而看过这几遍之后，便如同印进脑子里了，无论何时何地，张口都可分毫不差。这一手，使得许多心怀叵测者不战自退，也使得他的企业始终不离大格，始终保持健康发展的势头。

"这是中央正式文件，你们执行不执行？"刘承府一拍沙发扶手。

"执行！凡是中央文件，理解的执行，不理解的边学习边执行！"那位领导同志忽然站起，吩咐一声，"倒茶！"朗声笑着，拉住刘承府的手，说："早就听说西郊有个刘承府胆识不凡，今天一见，果然名不虚传！中央号召发展一部分个体经济，我这个当领导的理解不深，今天就算是我交了你这个个体户的朋友。中午到我家吃饭！"

一阵怔愣，刘承府喜不自胜。"好咪！"他应着，却又问道，"有好酒吗？"

十

改革开放是一个充满矛盾的复杂过程。这决定了改革开放之路绝非坦途。作为改革开放产物的个体经济及其经营业的命运,也必然险象环生诸多坎坷。刘承府通晓此理,但他还是没有料到,在他的振兴建筑公司方兴未艾红火蒸腾的时候,会天降一场灾难,几乎使他遭受夭折的厄运。

1984年夏秋之交,有关部门决定整顿公司。这本是一件好事,但有的文件中却不分青红皂白,规定关闭所有私营公司。

"承府,有什么想法啦?"某日某时,郊区建筑公司胡经理对应召前来的刘承府问。

刘承府说:"我觉得文件这一条不符合中央一号文件。中央一号文件讲得清清楚楚……"

"那我不管,这个文件反正我得执行。"胡经理缓缓呷着茶水道,"你那个事,你看怎么办才好哇?"

因为当时私营企业处在萌芽时期,更因为当时有关部门规定,不准私营建筑单位承接工程,振兴建筑公司从一成立就接受郊区建筑公司代管;承接工程、联系业务由区公司出具信件,同时每年交付区公司百分之十五的劳务费。

"我看有两个法儿,"胡经理并不等回答,"一是公司撤销,你再去干点别的;一是你把那一摊子交给区里,区里任命给你一个队长当当。"

刘承府听出话味,但还是以商量的口吻说:"经理,你看这个事能不能缓一段时间再说?"

"我知道,你是想一拖二抹三拉倒。"胡经理毫不掩饰地说,"对你那种公司我从来就不感兴趣。私人也可以成立公司,那国家和集体怎么办？别人咱不知道，区公司这两年就少接了不少工程！这样下去是不行的！"

刘承府摸准了这位经理的脉搏，立即驱车找到市里。市有关领导同志认为，对刘承府这种各方面都具备了条件的大型私营企业应当给予保护，给区里打电话要求重新考虑。但胡经理认定非取消振兴建筑公司不可，回答说："我们贯彻的是北京的精神，希望市里不要过多干预。"

一个"北京的精神"堵住了千军万马，市里有关领导也爱莫能助了。

公函截止，几个大项目迟迟无法敲定；而原有工程已近尾声，职工面临无活儿可干的局面。刘承府只好再次找到胡经理面前，请求他高抬贵手，不要断了几百名工人的生计。

"你刘承府不是能告状、本事大得很吗？这一次我倒要看看，你那条小阴沟里到底翻得了翻不了船！"胡经理一脸的冰冷和轻蔑。

刘承府被激怒了，"那好，既然你这么说，我非翻了你这条船不可！"

"好哇！可不知怎么个翻法啦？"

"一阵天风就翻啦！"

"天风？"胡经理一笑，"我看你是洗脸盆里扎猛子，不知道深浅！"

刘承府朗声大笑，"洗脸盆里扎得开猛子？我明天就到北京告你去！"

"你敢！"胡经理桌子拍得炸响。

"你看我敢不敢！"刘承府起身甩门离去。

胡经理两腿发抖，指着他的背影吼着："你去告！你要是告不倒我回来，一下火车我就逮起你来！"

生死存亡在此一举。两天后，刘承府带着中央一号文件，带着各种证书、奖状和登载着自己事迹的剪报,与大儿子刘毅一起登上了北去的列车。

一对农民父子,大步嚓嚓来到中南海门前。

"你们找谁?"值班员不无警觉地问。

刘承府说出一个名字,一个全中国全世界都熟知的名字。

"首长很忙,你们有什么事儿是不是……"

"请你打个电话,就说我们想看望看望首长。"

值班员疑疑惑惑拨通一个电话,片刻里面传出话来说:请他们进来。

这真是天大的怪事!首长家在南方,这对农民父子祖居山东,而且非亲非故……

解释是不必要的。几分钟后,刘承府已经坐在那个铺满红地毯的、宽敞明亮的会客室里了。

振兴建筑公司的问题,经由山东省人民政府领导之手,转到省有关部门"考虑处理"。刘承府满怀期望地等待着,一天、两天、一个星期、两个星期……

"承府,坏啦!给你判的是个死缓!"有人悄悄交底。

不说不正确也不说正确,不说撤销也不说不撤销,拖一段时间看看形势再说。处理可谓稳妥公允,可公司已失去了生存条件,几百工人面临"失业",损失正每天几千元几千元地累积!

刘承府被迫无奈,再次踏进了那个铺着红地毯的、宽敞明亮的会客室。

这一次主人发话了:"把材料留这儿。我就不信,哪个就敢不执行中央一号文件!"

问题又一次回到山东。有人惊呼:"刘承府这家伙一竿子通天!"省市紧急下文,郊区书记亲自召开会议,宣布:振兴建筑公司全线放行,谁再出难题就撤谁的职!

区委开过会的第二天，区建委主任把刘承府接到办公室听取了汇报；第三天，区工商局办妥了营业执照和重新登记审批的全套手续；及至第八天，《大众日报》《济南日报》便发表了"郊区农民刘承府兴办振兴建筑公司"的专题报道。刘承府堂而皇之地走到舞台中心来了。

还有一点需要交代的是，1984年即将结束时，在中央和省统战部门的直接关怀下，刘承府破例地成为山东省政协委员。这是山东省第一个持有个体户身份的省级政协委员。刘承府受宠若惊，好长时间里，每当有上级或外地客人登门，他总要把政协委员的大红证书双手捧到客人面前，生怕人家不相信似的。

十一

李秀林的身体时好时坏，刘承府的心情、家庭中的气氛也时好时坏。1985年春节期间，李秀林病情明显好转，可以干些轻微活儿了，刘承府和三个儿子，过了一个欢欢乐乐的好年。

初三休初五歇，十五不过还算节。可刚刚过了初七，有人半夜敲开刘承府的门，告诉他一个消息：村里一名干部为了扳倒刘承府，带着几个人到镇里告状，但告了一天非但没有如愿，还挨了镇里一顿批评："刘承府每年向村里交那么多钱，还捐资捐工建了小学，你们非要告倒人家是什么意思呢？"由于肚饥夜黑，心情郁闷，回来的路上，那位村干部撞到一棵树上，头也破了眼睛也肿了。得知这个消息，刘承府又是高兴又是气愤，早晨起来问李秀林道："夜里说的事儿你听见了吗？"

李秀林说："怎么没听见，把我气得半宿都没合眼儿！"

刘承府说："你知道那是为了什么吗？"

李秀林说："不就是祖上那些疙疙瘩瘩的事儿？可他也不该朝

你……"

刘承府说:"行,你还有点认识水平。我想求你一件事儿,你一定得答应。"

李秀林说:"有话就说有屁就放,阴阳怪气的!"

"有夫人这句话什么都有了。"刘承府说,"你把昨天人家送来的那两瓶酒、四个罐头,送到那小子家里去,就说是我让他好好养养伤的。"

刘承府的脾性,对朋友两肋插刀,有酒管醉,有钱管花,有气管骂;对仇人则刚好相反,仇越大越客气、越亲热、越端水送茶。人家奇怪:"骂你小子,怎么倒端上茶来了?"他说:"让你润润嗓子好骂个痛快啊!"人家气得两眼翻白,要走,他还笑眯眯地挽留,"别急着走哇,润润嗓子再骂一会儿啊!"至于报复,那就只是个时机问题了。但人家告了黑状并且遭到报应,他非但不庆贺还要派人前去慰问,李秀林还是第一次听说。

"你疯啦!人家恨不得要你的命,你倒好!"

刘承府说:"这你别管,你只要把东西送去就是立了一大功。"

李秀林说:"要去你去,我才不稀罕你那个大功!"

刘承府说:"那我求求你了!要不,我给你磕头。"说着,便真的要跪下来。李秀林把他推到一边,他涎着脸皮犹自不休,"秀林,你不是当过演员吗?就权当你再当一次还不行吗?"

李秀林被逼无奈,只得按照刘承府的编排进了那位告状的村干部家,说:"承府听说你昨儿夜里受了惊,打发我给你送点东西来慰劳慰劳。他说等你哪天好了,再请你过去好好喝顿酒。"

那位村干部被惊得目瞪口呆。李秀林走后,他越想越憋气、越窝囊,原本三天就好的病,躺在家里七八天没能出得了门儿。

李秀林为刘承府立了一大功,但没过多久,当振兴建筑公司从村里迁到位于济菏公路边上的大本营时,李秀林又病倒了。刘承府好一阵忙碌，才使她的病情得到缓和。那天她到公司大本营，正巧赶上刘承府宴请外地客商，便做了陪人。因为病刚好，酒过几巡，总也打不起精神。刘承府忽有所感，说："我作首诗吧。"便念着：

爱妻病愈未复健

一句出口，李秀林说："可不是，俺这病好是好了点儿，就是没好利索嘛。"

刘承府又念：

懈懈怠怠度余年

李秀林说："俺可不就是没精打采地混日子！"话到伤心处，抽抽搭搭哭起来。在座的朋友见李秀林落泪，七嘴八舌批评刘承府不该作这种歪诗。

刘承府说："我还没作完哪。"又念说：

只能关怀不能怨

李秀林问："怎么呢？"
刘承府又念一句：

结发夫妻心相连

一语出口，李秀林破涕而笑，客商和朋友们发出一片喝彩和掌声。

送走客人，李秀林高高兴兴回村去了——大本营离睦里庄至少三五里路呢。刘承府躺在冰冷的床上，想起李秀林得病这十多年里，自己所受的艰辛劳顿和种种说不出的痛楚酸辣，起床又写了一首：

  饮食穿戴冷和暖
  卫生清洁谁人管
  忙于企业无时间
  个人生活犯了难
  独闯（创）企业要拼搏
  接待应酬是关键
  仪表正（整）洁讲风度
  安排服务理当然

  第二天，一个职工奉命专门料理刘承府的衣食生活。那是个中学毕业没有多久的女孩子，她的名字叫郭凤香。

十二

  西方一位企业家谈到企业危机时说过这样的话："危机是一种机缘。没有没有危机的企业。发展必然带来危机，甚至可以说发展本身就是危机。"他的话能否算是真理，要留待理论家们去论证。但其中肯定有一部分真理，因为刘承府的企业，恰正面临着这样一种"发展危机"的磨难。

  春风一行催白鹭，江天九万任逍遥。1985、1986两年，振兴建筑公司借助改革开放热流的推动，一跃而发展到拥有六队三厂、一百多万固定资产的规模，成为山东省乃至全国最大的私营企业之一。然而，当1986年即将成为历史、1987年即将成为现实的时候，摆在刘承府面前的是一幅严峻的图画：管理松弛，账目混乱，利润下跌，仅木器厂、预制件厂等三个单位，就亏损了整整十万！

包揽工程增多，木材、水泥预制件等基本建筑材料需求量增大，刘承府相继上了木器厂和预制件厂。他的本意在于缓和矛盾减少开支，却不料反而陷入了"小而全"的绝路。

队伍扩大，管理人员严重缺乏，为了应付急需，刘承府不得不把一大批熟人、亲友和跟自己干过多年的老工人提拔到负责岗位。

他指望这批人能够为他支撑局面，却不料这些人忠诚有余才能不足，有的刚刚放下锄头，连起码的工程常识也不懂，有的干脆打着他的旗号，胡指鸳鸯乱点兵。

部门增多，人员组成复杂，为了把大家的心拢到一起，刘承府特别注重布恩施德。对干部，他放手信用，企望他们知恩图报；对工人，有了问题多是拍拍肩膀喝盅酒，企望人家能够看着他的情面体谅他的难处。这的确在一定程度上发挥了作用，但放松监督和惩戒的结果，使不少人钻了空子，以至蛀虫恣肆大木危殆。

痛定思痛，刘承府食不甘味寝不入寐。

是夜，高空行风，大野走银，孤灯如梦，弯月如弓。刘承府展纸提笔，遂成"心机"二篇：

其一：

老实代替不了本事

着急代表不了积极

出力代表不了营（赢）利

忠于不等于创效益

任人为（唯）亲骄傲自满

不受教育难以成器吹牛者还有不负（服）气

不会管理无有能力

自私自肥亏本归东

良心何在负我心意

投下资金盲目发展

用人不当损失经济

智者千虑总有一失

向谁苦诉责问自己

人才难求百里挑一

人心难求考验实际

突变心乱力量不足

忍心忍气等待时机

其二：

将才觉醒天时地利

立下恒心剪去枯枝

留下精华去其糟粕

任人为（唯）贤努力求之

学会用人才算懂事

注重策略攻（工）于心计

科学管理注重技术

职业道德人才第一

"心机"二篇是含着苦汁和泪水写下的，痛苦、思索、自责折磨着刘承府，终而使他领悟到作为一个企业家所必备的品质。

1987年春节过后，他大刀阔斧地对公司进行了整顿：砍掉了三个厂，精简了二分之一管理人员，对各工程队实行上缴利润承包和会计监督制度。随后不久，他又根据建筑市场过分拥挤，国家将要压缩基建规模的形势，及时调整结构，砍掉了两个工程队；同时，投资五十万，承包经营了一个面向农村和个体车辆的加油站；投资五十一万,创建了一个以工业废料油为原料的石蜡厂。

"狡兔尚且三窟,何况我乎!"刘承府得意地说。

不管西方企业家有关"发展就是危机"的论点能否成立,有一点是肯定的,那就是经过一场企业危机,刘承府是的的确确变得更加老辣和实力雄厚了。

十三

现在,我们该来介绍一点有关刘承府的生活哲学、处世之道,以及理论见解方面的情况了。刘承府是个大老粗、草莽英雄。大老粗和草莽英雄并不见得没有思想和理论,这已经是被历史反复证明过千百遍的了。

关于生活:

酒少喝饭吃好

常活动,别累着

多娱乐,少烦恼

喜怒哀乐悲欢离合

造就人生构成社会

帝王将相都如此何况我乎

关于处世:

君君臣臣

父父子子

党性原则

江湖义气

对于这一条刘承府做了解释：第一句，说的是要有领导，要尊重服从领导，要懂得上下尊卑；第二句则说的是做事、交朋友要仗义，但也要有界限，不犯法犯错。

关于孔孟之道：

　　过去说孔孟之道不行，现在说马列主义不行，西方那一套也不行。那么哪个行？到底怎样才算一个正直的中国人？怎样才能做一个正直的中国人？别人怎么看我不管，我看孔孟之道得继承，不是一般的继承，得正儿八经地继承。

关于商品经济：

　　列宁给商品经济开了一条缝儿，毛泽东又给关上了。邓小平把商品经济的大门打开了，这是个了不起的贡献。但还不够，因为商品经济还不发达，还没有形成一种能够发达的环境条件。

关于个体和私营经济：

　　有人瞧不起咱们个体户，我说我还瞧不起他。我一年上缴几万十几万国税，他的贡献多大拿出来比比！我不就是办企业做生意发展经济！有什么不好的？我犯了法或者胡作非为，有法律，有强大的军队警察，把我铐起来不什么都有了？美国为什么强大，不就是因为税多、钱多！

关于私营企业的地位、作用和前途，特别是人们议论最多的、有关私营企业主所获取的剩余价值应当怎样处理的问题，刘承府在1988年应有关领导同志要求，写给中央统战部的报告，和同年他在山东省政协会议上的提案中，做了清楚明了的阐述。他主张尽快制定私营法，主张以税收手段抑制私人消费刺激扩大生产，主张在私营企业停业时，由国家派员监督拍卖，征收百分之六十到百分之八十的资产转移税上缴国库。

他的直言不讳的理论，惹得不少人大光其火。他在政协会议上的提案，被按程序转报全国人大常委会和有关部门后，一位市有关部门负责人，在一次会上怒气冲冲地说："咱们这儿有那么个角儿，狂得不知天高地厚。不让办公司他办了，不让搞的事他搞了，领导上睁一只眼闭一只眼够可以的了；还不行，还给中央打报告，要在中国发展一部分资本主义！"

话出，全场默然。刘承府笑笑说："刚才这位领导说的那个角儿就是我。说我狂得不知天高地厚我承认，我的第一身份是私营企业主，从这个身份上说，这位领导的批评是对的。但我还有第二种身份——政协委员、无党派民主人士、共产党的朋友，共产党给我的任务就是参政议政、给共产党提批评提建议。刚才这位领导难道还要剥夺我参政议政的权利不成？请回答！"

那位负责人被问得瞠目结舌。出席会议的一位上级领导同志担心事情闹僵，连忙表态说："刘先生说得对。刘先生积极参政议政的态度是值得我们肯定的。"

那位负责人被搞得狼狈不堪。过了很久，当有人提起这件事时，他还拍案大骂说："想不到小小睦里庄藏龙卧虎，还出了刘承府这么个角儿！"

他实在不必动怒。他应该检讨的倒是自己。谁让你忽略了一个关键性的情节：刘承府早就不是睦里庄那个扛着锄头下地的农民了！

十四

年底历来是最忙的时候,1988年年底尤其如此。加油站刚刚开业,石蜡厂正处在筹建的紧要关节,刘承府和秘书老孙每天马不停蹄,恨不能把手脚全变成翅膀。

偏偏这时李秀林又一次病倒了,而且病势非同以往。元旦开会,刘承府大哭了一通"家破人亡",及至春节将临,李秀林已经不行了,好不容易熬到腊月二十三,一盏油灯终于亮到了头。

春节是在凄凄凉凉中度过的,通家四口,两对光棍,有人还登门"贺喜"。刘承府尽管强打精神,心里终究空空落落。人若无妻,如屋无梁。李秀林留给他和三个儿子的,是无限的孤单和怅惘。

职工都放假回家去了,刘承府在加油站当起值班员。初五那天,郭凤香忽然出现在他面前。

郭凤香为刘承府料理过一段衣食杂务之后,在加油站当了会计。如今,她已是一个二十三岁的大姑娘了。

二十三岁,对于一个未婚并且对象也没谈过的女性说来,不能不是一个敏感微妙、焦灼磨人的时光。家中每每催促定亲,她始而拒绝,继而看过几个都未中意。刘承府对她颇为看重,自然也颇为关心。一次听说家里要她辞职还乡,当即赠诗一首曰:

凤香是位好女子
心灵手巧倔脾气
高中毕业学会计
科室工作最适易(宜)
中等收入较书(舒)适
经济生活能独立

世俗观念回家去
农妇喂猪又养鸡
耕耨锄割农家事
风吹日晒拼力气
一身文才无处用
吃饭穿衣靠男的
工作收入很重要
人品爱情属第一
忠言相劝肺腑话
千万仔细挑佳婿
走错步后悔莫及
靠你自己拿主意

但赠诗之后忙忙碌碌，刘承府并没有再过问郭凤香的情况。

"小郭，你怎么这么早就回来了？"刘承府问。公司放假到正月十五，还有整整十天时间呢。

郭凤香不回答，问："听说刘毅他妈过世了？"

刘承府说："是。"

郭凤香沉了沉，又问："你又找了吗？"

刘承府说："她腊月二十三去的，今天正月初五，我到哪儿找能这么快？"

"那……那你还打算找不找了？"

"……找也得有合适的。"刘承府忽然预感到什么。

"那……那要是我跟你行不行？"

刘承府一阵愕然。他想象不出这位文弱女子会有这样的勇气。在他的印象里，郭凤香是个聪明伶俐、长相俊俏的姑娘。这样的姑娘主动求婚，实在要算是他的福气。然而……

"你是不是好好考虑考虑再说？"刘承府认真地说，"我今年四十六岁，你才二十三岁，咱俩……"

"这你不用操心，"回答干净而又利落，"俺对你的情况又不是不了解，考虑不好也不会提这事儿！"

还有什么可说的呢？

一诺千金，当晚交杯酒，第二天便撒了喜糖。

但是，刘承府还有三个儿子，郭凤香还有父母双亲，这两个关过不了，百年之好还只能是空话。

刘承府先采取个别征求意见的办法。大儿子病体未康，心里尽管不痛快，嘴上没能说出什么来。小儿子年方十八，心也粗，也总算没费多少口舌。问题集中到老二刘伟身上。刘伟长相端庄，聪明好学，是个有才分能干事业的苗子，很受刘承府器重。他原先是建筑公司副总经理，石蜡厂上马，他又担起了厂长重任。

刘承府第一次跟他谈，他说："爸，你找个人我不反对，可最好找个岁数稍大些的，哪怕三十岁，我们叫妈叫姨也好张嘴些。"

刘承府第二次跟他谈，他除了重复原先的话，又加了一句："我也知道郭姨人不错，可她跟我岁数相当，以后怎么处呀？"

这的确是个大问题。郭凤香出面了。她传话给三兄弟：三兄弟结婚该怎么准备就怎么准备，她绝不干涉；将来财产的继承，她只要求得到与三兄弟平等的一份，绝不独吞；结婚后她不要求三兄弟和他们的妻子把她当长辈侍候，她要与他们建立一种亲戚般的平等关系。

刘伟听了说："郭姨这么说，我们都不好说话了。"但对这门亲事仍然闪烁其词，不肯发表一句明确赞同的话。——这终究不仅仅是个财产问题啊！

刘承府不得不"将军"了。那天晚饭后，他把三兄弟连同刘伟的对象召集到一起，说："咱家这码事到底怎么办好，我想跟你们讨论讨论。我看一个办法是咱们走旧式家庭的路，我不再找人了，你们谁也不要分家,将来大家一起过;男的干事,女的理家,我只求好好享受天伦之乐。你们看行不行?"

老大、老三看着老二。老二见对象先歪了鼻子,说:"这个办法行不通,我们不同意。"

刘承府等的就是这句话,说:"既然旧式家庭不行,那咱只能按新式家庭来。你们各人建各人的家,我和郭凤香建我们的家;咱们互相平等,和睦相处。"

老二知道,这才是今天这次家庭会的主题和目标,却仍然委婉地说:"爸,我们不是反对你建立新式家庭,只是希望你能考虑考虑影响。"

刘承府见还是不灵,只好拿出撒手锏,"考虑影响也行。不过这样一来,郭凤香和她弟弟郭四成肯定都不能在这儿干了。加油站缺了会计先不说,郭四成跑外那一摊别人干不了,你得接过来。"

这一下刘伟不吱声了。石蜡厂跑外任务非常关键,郭四成果真走了,他这个厂长是果真要抓瞎的!只有到这一刻他才看出,原来郭凤香的去留,对于他们父子所从事的整个事业,有着非同小可的影响。

"那……"他鼓了好一阵勇气,终于吐出一句话,"那你和郭姨的事儿,我不反对了。"

十五

一关闯开,另一关正壁垒森严。

郭凤香的父母最先是从女儿寄回的一封信中,得知女儿要嫁给经理刘承府的。

爸爸妈妈你们好:

……关于我的婚事问题,虽然爸爸您不当面问我,可我知道您为我担心,妈妈更是放心不下。我当然不是木头人,也想这事,只是不好意思说罢了。说真的,我不但想这事,而且还想找好的(当然在社会上必须有一定地位),如果却是(确实)找不到,宁愿一辈子不嫁人。现在我看时机到了,我打算跟我们的经理。

爸爸妈妈,你们一定认为我是一时冲动,才做出这个选择。可是二老,我已不是小孩,我有我的想法,我是经过深思熟虑以后才做出这样的决定。我确实爱经理,绝不是因为他有钱,是因为这个人并不是人们所说的那样"粗";在我同他接触的两年多的时间里,他给我的印象是,聪明、果断、社交能力很强。我佩服的(得)五体投地。在很早以前,我就向往能找这样的对象就知足了……

本来,从女儿两年里断断续续的言谈中,郭凤香父母心目中对刘承府的评价是很高的。但这一封信,使评价一落千丈。"他十准是玩弄小香,把小香给糊弄住了!"这个结论一出,十万火急,郭凤香的父亲和姐姐出征了。

"你这么大岁数,得知道羞耻!你以为你是经理,就可以随便玩弄我们小香?"在加油站办公室,父亲气冲斗牛。

刘承府却是一副诚惶诚恐的样子,"我怎么敢玩弄你家凤香!我和凤香是真心相爱,恳请岳父大人成全!"

"谁是你岳父?"

"你是我岳父。"

"你再胡说我扇死你!"

"岳父大人要扇尽管扇!把我扇死,也省得再想你家凤香了。"刘承府扑通一声跪到了地上。

父亲没了章程，姐姐又出阵了。

"刘经理，像你这种身份地位的人，找什么样的还不随着你挑！你干吗就非缠着我们家小香不可呢？"

"我是找什么样的也能找到，可我就是看中凤香了，非她不娶！"

"你这是说瞎话！"父亲又跳起来，"你把小香耍弄够了，抬抬腿不知又跑哪儿去啦！"

"我跟凤香结婚怎么是耍弄呢？真要耍弄，还能跟她结婚吗？……"

一番唇齿，使郭凤香的父亲确认，刘承府并非像先前想的那样心怀歹意；又见郭凤香心志已坚，便只好让步了，"你们俩要是真心相好，我也不硬拆你们。可你得让小香回家去跟她妈说说。这事得听她妈的。"

郭凤香的母亲是个读过几年书的人，从1946年入党，一直从事农村基层妇女工作。但她对女儿这门亲事却说什么也不肯点头。理由千千万万，归结起来就是一句话：不般配。

"妈，你说怎么叫般配？我比刘承府小二十三岁你说不般配，人家宋庆龄比孙中山小二十七岁，康克清比朱德小二十五岁，你说人家般配不般配？"

"我管不了那些，我就管你！也不想想，要是过二十年刘承府死了，他那三个儿子不得把你欺负死！"

"那才不一定。别说刘承府身体好好的，二十年三十年死不了，就算他死了，我的孩子也大了，谁还敢欺负我？再说我待他们兄弟三个好好的，人家怎么就非欺负我不行呢？"

"好好，我说不过你！你去找你爷，看他怎么说法！"母亲抬出老爷子。她认准老爷子必定支持她无疑。

老爷子确是老了，八十多岁，眉毛胡子稀疏雪白。但他听了事情的原委，说了声："古来有之。"便绘声绘色，讲起刘备染发去会江东妙龄公主孙尚香的故事来了。

母亲没了办法,只好拿出最后一招:就是一个不同意,你要嫁,我就死在你面前!

郭凤香也来了最后一招:非刘不嫁,不让嫁我就死在家里!并且随之采取了绝食行动。

这一下苦了刘承府,并且戳痛了刘承府的心窝子。

刘承府从沈阳回乡后,与姐姐保持了多年联系,后来由于种种原因中断了。几年前,刘承府利用到东北办事的机会,专程去沈阳。要看望姐姐和当年的女朋友。可他得到的消息却是:姐姐退休回老家去了,女朋友在他返乡之后不几年,便因为婚姻失意而死去了。刘承府悲痛不已、失悔不已。半夜惊梦,写下了"忆当年恋人"诗一首:

夜沉沉雨蒙蒙
难入眠思旧情
花虽好随水去
忆情谊留心中
山高路远难相见
恩爱相会在梦中

过去的不能重现,死去的不能复活,但眼前的呢?今后的呢?

当年女朋友的悲剧,还要在刘承府面前,还要在郭凤香身上重演吗?

刘承府已经绝对不是当年的那个刘承府了!

他立即驱车赶到郭凤香村里,利用间谍手段买通了郭家的邻居。在邻居的安排下,他趁郭凤香的母亲出门时,溜进郭凤香绝食的屋里。

一阵劝导和表白,郭凤香拿出一封写给妇代会的求援信,交给刘承府说:"这回嫁不成我就得死。全看你的本事了。"

揣着郭凤香的求援信回家,刘承府立刻写了一份"我的态度和看法",签上名字盖上章,附到求援信的后面;然后复印十几份,星夜找到县、镇妇联和有关部门领导面前。在县镇妇联和郭凤香的父亲、姐姐等人的一致努力下,郭凤香的母亲大哭一场之后,终于默许了女儿的婚事。

刘承府欣喜若狂,立即带上礼物登门拜谢。

"我可把小香交给你了承府,你要是待她不好,我可跟你没完!"老岳母依然神色严峻。

"你老放心,我要是待凤香不好,就让凤香回来奏本;你老登堂扮包公,把我铡了还不行吗?"

一句话说得全家哄然,老岳母也没有例外。

十六

我与刘承府第一次长谈时,郭凤香还是"准夫人",正同母亲较着劲儿。刘承府与我谈了一头午,下午便匆匆坐车要走。"郭凤香还被软禁着呢!"那副悾悾惶惶的神情儿,让人生悯,也让人很难想象这是一位被称之为"一方枭雄"的人物。第二次,我与刘承府再度约会时,电话上他便报起了喜讯:他与郭凤香已经领了结婚证。见面时他告诉我,郭凤香还在家里,准备跟她母亲融洽融洽关系就举行婚礼;婚礼后,他们准备到北京旅行一趟,好好庆贺一番。

他拿出一张字条,说是昨天郭凤香临回家时交给他的,让我解释解释是什么意思。

那是几行清秀流畅的字:

上邪!我欲与君相知,天命无绝衰。山无棱,江水为竭,冬雷震震,夏雨雪,天地合,乃敢与君绝!

千古绝唱!有谁想到,几千年前我们祖先创造的爱情名篇,在这里又焕然出光芒!

"我猜了个差不多,你这一解释就更清楚了。'结婚,就是自己一生最重大的投资。'"他引用加拿大企业家金克雷·伍德写的《企业家爸爸给儿子的三十封信》中的警句说,"你不知道,郭凤香对我的事业是太重要了!她这次回来,就是加油站副经理兼主管会计,这一摊我省心多了。刘伟和郭四成干劲很足,石蜡厂已经投产。现在石蜡缺得很哪!"

他喜形于色,流露出真诚的满足和自得。

的确,他是有理由满足和自得的。国家进行经济调整,多少企业陷入困境,多少建筑业的同行们一蹶不振滑入坡底,而刘承府新建的石蜡厂和承包的加油站,在如此严峻的局势下,依然创造着年产值几百万元、利税几十万元的奇迹!

时过不久,我又一次来到刘承府的大本营时,刘承府做的第一件事,就是介绍我认识他的"压寨夫人"。中等身材,白净面孔,鼻梁上架着一副精巧的眼镜;乍看,"压寨夫人"倒更像是一位还依稀透露着稚气的大学生。

"郭凤香上次送我的那首诗我给答了。"落座,刘承府说。他指的是那首来自两汉乐府的"上邪"。

非妹不娶,天塌地陷,
乾坤倒转,依依阴魂不散!

他读着我记。记完我问:"还有吗?"

"这还不够味啊!天塌地陷、乾坤倒转,魂还不肯分手呢!"

他笑,我也笑。这位民间诗人表达的感情,的的确确是够味的呢!

结婚,并没有大事铺张;旅游,只上了一趟泰山。刘承府说:"眼下太忙。以事业为重。"郭凤香说:"行,眼下太忙,以事业为重。"

郭凤香说:"等忙过这一阵儿,可得好好补一补。"刘承府说:"行,等忙过这一阵儿,可得好好补一补。"

作为"压寨夫人",郭凤香发号施令了。老三刘奇欠了饭店十几块猪下水钱,她听说了,把老三找来问:"你欠了人家饭店的账是吗?"

刘奇不愿承认,说:"没有。"

郭凤香说:"别丢那个人啦!赶快去还上。以后没有钱就到我这儿拿。"当即递过三张印着大团结的票子。

李秀林去世后,睦里庄只留下一个刘毅。那天郭凤香拉着刘承府进了门。

"刘毅,收拾收拾跟我们一起走!一个人在家,没病也得闷出病来!到那儿,让四成跟你做个伴儿!"

刘毅被接到大本营,吃饭与刘承府、郭凤香一桌;更重要的是公司这边人多,说说笑笑精神愉快。——果然没过多久,他的病情便明显见出好转来了。

最难征服的自然还是老二。郭凤香进门他一直客客气气,但"郭姨"两字只限于在刘承府面前叫,对外,对郭凤香依然是"郭会计"。

那天当着全家的面,郭凤香叫住他说:"刘伟,这么多天你连个姨还没叫我一声哪!"

刘伟脸一红,说:"你不正儿八经的我怎么叫哇!"

郭凤香说:"那容易。"随之端端正正坐到椅上,胸挺直,腿摆平,两手放在膝盖上,神情也变得庄严而又肃穆,"这会儿叫吧!"

刘伟说:"我叫你得答应才行。"

郭凤香说："那自然。"

"……郭姨……"

"哎！"

怯怯一叫，朗朗一应，激起浪涛般一片大笑。

家里又回荡起笑声，刘承府的得意是不言而喻的。然而还有他更得意的：他再也不用发愁来了客人无法应酬了，郭凤香喝得下八两白酒，而且酒风绝对端正豪爽，每每使客人们拍案惊奇，大叫够味。

半世慷慨事，唱来鬼神惊。

刘承府的过去的确够味道了！刘承府的现在也的确够味道！那么刘承府的明天和下半生呢？

刘承府不回答，只说："我还是那句话，社会就像一个大舞台，谁扮演什么角儿是一定的。咱只能尽可能演好自己的角儿。"

这是一种预言抑或是一种雄心？

社会将要赋予刘承府的会是一种什么样的角色呢？

后　记

公元1749年（清乾隆十四年），时任潍县县令郑板桥，在完成了他的《诗抄》编选后，写下了两则"后刻诗序"。其中一则是："板桥诗刻止于此矣，死后如有托名翻版，将平日无聊应酬之作，改窜阑入，吾必为厉鬼以击其脑。"

郑板桥是一位享誉"诗书画三绝"的大诗人、大书画家，大半生里他创作的诗歌难以计数，但入选《诗抄》的不过五十几首，其遴选标准之高可想而知，《诗抄》之外"遗珠"的可能性之大也不难想象。但他坚决不允许后人"托名翻版"和"改窜阑入"，以至于发出了即便死了也要化为厉鬼打破人家脑袋的警告。

三十多年前，我最初读到这段文字时心灵曾经为之一震，后来每次读起或者议起，心中也还是禁不住荡起一层涟漪。精品！精品至上！绝不容许平庸、应酬之作流入社会、流入后世！那无形中成了我的一种意愿和信念。由此，对于文坛上盛行的多部头的"文集热"，我始终抱着一种冷眼旁观的态度。

斗转星移，终于轮到了自己。作为一名专业作家和文学艺术工作的组织者，在半个多世纪的岁月里，我写过长篇小说，也写过中篇小说、短篇小说、散文、诗歌、剧本、报告文学、文学评论，以及工作报告、领导讲话、理论文章、新闻报道等等，可以说是要多杂有多杂，要多多有多多。但我自知，那些东西中真正有价值和能够经得起读者和历史检验的少之又少,如果汇编成十几卷二十几卷的文集推向社会,实在与作孽没有多大区别。

作家的生命在作品,作品的生命在精粹;精准、精练、精短、精致、精美、精华、精彩……应该成为永恒的目标。

置身于微信时代、短信时代则尤其如此。

半生尘与泪,化作数行书。我不敢保证入选本书的作品篇篇都是精品,都令人满意,但我可以保证每一篇都是我心血的结晶,只要你走近,就一定会有所收获。

感谢作家出版社给予了我这样一次机会。感谢路英勇董事长、王松副总编辑、省登宇主任为本书出版付出的热情和努力。

作者
2021 年 11 月 15 日

图书在版编目（CIP）数据

海猎 / 刘玉民著 .—北京：作家出版社，2023.3
ISBN 978-7-5212-1995-1

Ⅰ.①海… Ⅱ.①刘… Ⅲ.①中篇小说－小说集－中国－当代 ②短篇小说－小说集－中国－当代 ③散文集－中国－当代 Ⅳ.① I217.2

中国版本图书馆 CIP 数据核字（2022）第 157814 号

海猎

作　　者：刘玉民
责任编辑：省登宇　周李立
装帧设计：琥珀视觉
出版发行：作家出版社有限公司
社　　址：北京农展馆南里 10 号　　邮　　编：100125
电话传真：86-10-65067186（发行中心及邮购部）
　　　　　86-10-65004079（总编室）
E-mail:zuojia@zuojia.net.cn
http://www.zuojiachubanshe.com
印　　刷：北京盛通印刷股份有限公司
成品尺寸：145×210
字　　数：390 千
印　　张：14.75
版　　次：2023 年 3 月第 1 版
印　　次：2023 年 3 月第 1 次印刷
ISBN 978-7-5212-1995-1
定　　价：58.00 元

作家版图书，版权所有，侵权必究。
作家版图书，印装错误可随时退换。